AF300872

C. S. Harris, auch bekannt als Candice Proctor und C. S. Graham, ist die *USA-TODAY*-Bestsellerautorin von mehr als zwei Dutzend Romanen, darunter die historische Krimi-Bestsellerserie rund um Sebastian St. Cyr. Als ehemalige Akademikerin mit einem Doktortitel in europäischer Geschichte hat Candice einen Großteil ihres Lebens im Ausland verbracht und in Spanien, Griechenland, England, Frankreich, Jordanien und Australien gelebt. Heute wohnt sie zusammen mit ihrem Ehemann, dem pensionierten Armee-offizier Steven Harris, in New Orleans, Louisiana.

DER
WOLF
VON
ALDGATE

Ein Sebastian St. Cyr Krimi

C.S. HARRIS

Deutsche Erstausgabe Oktober 2023

Copyright © 2023 dp Verlag, ein Imprint der
dp DIGITAL PUBLISHERS GmbH
Made in Stuttgart with ♥
Alle Rechte vorbehalten

Der Wolf von Aldgate

ISBN 978-3-98778-662-4
E-Book-ISBN 978-3-98778-218-3

Copyright © 2013 by The Two Tallers, LLC
Titel des englischen Originals: What Darkness Brings

Published by Arrangement with TWO TALERS LLC.
Dieses Werk wurde vermittelt durch die Literarische Agentur
Thomas Schlück GmbH, 30161 Hannover.

Übersetzt von: Angelika Lauriel
Covergestaltung: Buchgewand
Umschlaggestaltung: ARTC.ore Design
Unter Verwendung von Abbildungen von
stock.adobe.com: © rodjulian, © Abdul, © FinnKainoa
Korrektorat: Dorothee Scheuch
Satz: dp DIGITAL PUBLISHERS GmbH
Druck und Bindung: Books on Demand GmbH, Norderstedt

*Für
Helen Breitwieser*

*Der bunte, plauderhafte, scheue Tag
Hat sich verkrochen in den Schoß der See;
Lautheulend treiben Wölfe nun die Mähren,
Wovon die schwermutsvolle Nacht geschleppt wird,
Die ihre trägen Fitt'ge, schlaff gedehnt,
Auf Grüfte senken und aus dunst'gem Schlund
Die Nacht mit ekler Finsternis durchhauchen.*

*William Shakespeare,
Heinrich IV, Teil 2, Akt 4, Szene 1*

Kapitel 1

London, Sonntag, 20. September 1812

Der Greis war so alt, dass all die unzähligen tiefen Falten, die sich in sein Gesicht eingegraben hatten, nach unten strebten. Durch sein dünnes weißes Haar konnte Jenny die rosige Kopfhaut schimmern sehen.

»Darin liegt eine feine Ironie, findest du nicht auch?«, sagte er und fuhr mit einer großen, blauen Glasscherbe, die in tausend Facetten funkelte, die Haut zwischen ihren schwellenden Brüsten entlang. Das Glas fühlte sich auf ihrer nackten Haut glatt und kühl an, aber seine Finger waren so knochig und kalt wie die eines Leichnams.

Sie zwang sich, still liegenzubleiben, obwohl sie nichts mehr wollte, als sich wegzudrehen. Auch wenn sie erst siebzehn Jahre zählte, arbeitete Jenny schon seit fast fünf Jahren in diesem Gewerbe. Sie wusste, wie sie das Lächeln auf ihrem Antlitz festkleben musste, auch wenn in ihr alles dagegen aufbegehrte und sie verzweifelt gern ausrufen würde: *Können wir es nicht einfach hinter uns bringen?*

»Denk darüber nach.« Er blinzelte, und sie bemerkte, dass seine kleinen, tiefliegenden Augen wimpernlos und seine Zähne so lang und gelb waren, dass sie unwillkürlich an das schäbige Maultier erinnert war, das den Karren des Müllmanns zog. Er sagte: »Einst hat dieser Diamant die Kronen von Königen geziert und am seidigen Busen einer Königin geruht. Und jetzt liegt er hier … zwischen den leicht schmuddeligen Brüsten einer billigen Londoner Hure.«

»Ach, geh weiter«, schnappte sie und äugte auf das hübsche Glas. »Nur weil ich 'ne Hure bin, bin ich noch lang nich blöd. Das is kein Diamant nich. Das Ding is blau. Und größer als n verdammter Pfirsichkern.«

»Viel größer als ein Pfirsichkern«, stimmte ihr der alte Mann zu. Im Glas fing sich das flackernde Licht eines in der Nähe stehenden Kerzenständers, und darin glühte es wie von einem inneren Feuer auf. Seine Augen glitzerten, und Jenny fragte sich nachgerade, wofür er überhaupt ein Freudenmädchen brauchte, da er von seinem Stück Glas angetaner war als von ihr. »Es hieß, dieser Stein war einst das dritte Auge eines Heiden...«

Er unterbrach sich und riss den Kopf hoch, als von der entfernten Eingangstür ein lautes Pochen erklang.

Unwillkürlich wand Jenny sich. Sie lag im gewölbeartigen, schäbigen Salon im Haus des alten Mannes auf einem verstaubten, kratzigen Pferdehaar-Sofa. Die meisten Männer nahmen ihre Nutten in die Hinterzimmer der Kaffeehäuser oder in eines der zahlreichen Unterkunftshäuser der Stadt mit. Dieser Mann nicht. Er hatte seine Huren immer schon hierher gebracht, in dieses alte, von Spinnweben bevölkerte Herrenhaus in St Botolph-Aldgate. Und er nahm sie auch nicht mit nach oben, sondern erledigte seine Geschäfte hier unten auf der Couch – was Jenny durchaus entgegenkam, da sie es schätzte, bei Schwierigkeiten immer schnell die Kurve kratzen zu können.

Er murmelte etwas, das sie nicht verstand, allerdings nahm sie aufgrund der Art, wie er es sagte, an, dass es ein Fluch war. Dann sagte er: »So früh sollte er nicht kommen.«

Er rappelte sich auf und richtete seine Kleidung. Jenny hatte er angewiesen, sich bis auf die Strümpfe und das Unterhemd auszuziehen, das er ihr fast bis zum Bauch aufgeschnürt hatte. Von seiner eigenen Kleidung hatte er nichts abgelegt, nicht einmal den muffig riechenden, altmodischen Mantel oder seine Schuhe. Er sah sich um, die blaue Glasscherbe fest in der einen Hand. »Hier«, sagte er, raffte ihr Korsett, den Unterrock und das Kleid zusammen und warf ihr alles in die Arme. »Nimm die und geh in ...«

Es klopfte erneut, lauter dieses Mal, als sie von der Couch glitt und sich die zerknitterte Kleidung an die Brust drückte. »Ich kann raus...«

»Nein.« Er hastete zum altmodischen Kamin, der am einen Ende des Zimmers stand. Es war ein großartiges Gebilde aus rauchgeschwärzten, holzgeschnitzten Säulen mit Verzierungen aus Früchten, Nüssen und sogar Tieren. »Das dauert nicht lang.« Er drückte eine Stelle in dem Schnitzwerk, und Jenny blinzelte überrascht, als ein Teil der Wandverkleidung zur Seite glitt. »Geh einfach hier rein.«

Sie sah ein dunkles Kabuff von vielleicht zwei Quadratmetern Größe, das bis auf einen alten Korb und eine Reihe eisenbeschlagener Truhen, die an einer Wand aufgereiht standen, leer war. »Da rein? Aber ...«

Er griff so fest nach ihrem Oberarm, dass sie »Autsch!« ausstieß.

»Halt einfach die Klappe und geh da rein. Wenn du einen Mucks von dir gibst, bekommst du kein Geld. Und wenn du irgendetwas anfasst, kostet es dich den Kragen. Klar?«

Sie nahm an, dass er die Antwort – oder auch nur ihre Angst – in ihrem Gesicht sehen konnte, denn er wartete nicht darauf, dass sie etwas sagte, sondern stieß sie in die kleine Kammer und schloss sie wieder. Sie wirbelte herum und hörte, wie ein Riegel einrastete. Die dichte Schwärze verschluckte sie. Sie unterdrückte einen Aufschrei.

Die Luft in diesem Kabuff war staubig und roch alt, wie der Mann und sein ganzes Haus, nur widerwärtiger. Es war so dunkel, dass sie sich wunderte, wie er auf die bekloppte Idee kam, sie könne etwas stehlen, wenn sie doch nichts sehen konnte als einen winzigen Lichtschimmer ungefähr auf Augenhöhe. Sie ging hin, drückte ein Auge an die Stelle und begriff, dass es ein Guckloch war, das dazu diente, einen guten Blick in den angrenzenden Raum zu gewähren. Sie sah, wie der Mann sein hübsches Glasstück in eine samtverkleidete, lederne Schatulle legte. Dann verstaute er die Schatulle in der Schublade einer Kommode und rief »Ich komme ja schon«, als es wieder an der Tür klopfte.

Jenny atmete zitternd ein. Sie hatte schon von alten Häusern gehört, in denen es verborgene Kammern wie diese gab. Man nannte sie Priesterloch. Sie hatten irgendwas mit den Papisten zu tun oder so, obwohl sie nie ganz begriffen hatte, was es genau damit auf sich hatte. Sie fragte sich, was passieren würde, wenn der alte Bock nicht zurückkäme, um sie wieder rauszulassen. Dann wünschte sie, sie hätte sich diese Frage nicht gestellt, denn nun schienen die Wände näher heranzurücken, und die Schwärze wurde so dicht und bedrückend, dass es sich anfühlte, als würde sie ihr den Atem rauben und das Leben aus ihr heraussaugen. Sie lehnte die Stirn an das Holz und versuchte, kleine Atemzüge zu machen. Sie sagte sich, dass die Papisten, wenn sie ihre Priester in solchen Löchern versteckt gehalten hatten, eine Möglichkeit eingeplant haben mussten, dass man die Verkleidung auch von innen öffnen konnte. Sie begann, nach einem Mechanismus zu tasten, dann erstarrte sie, als sie bemerkte, dass die Stimmen vom Flur her näherkamen.

Sie drückte das Auge wieder ans Guckloch und sah, wie der grässliche alte Kerl zurückkam. Er hatte die Hände komisch seitlich hochgehoben, als wolle er einen Geist oder so etwas abwehren. Dann sah sie die Pistole in den Händen des Besuchers und begriff.

Der alte Kerl redete jetzt ganz schnell. Jenny blieb mucksmäuschenstill, obwohl ihr das Herz in der Brust so wild pochte, dass es an ein Wunder grenzte, wenn die da draußen es nicht hörten.

Dann hörte sie wieder ein Poltern an der Tür, und jemand rief etwas. Der Besucher wirbelte mit der Waffe herum, und der alte Bock stürzte vorwärts.

Ein Schuss löste sich, spuckte Flammen und beißenden Rauch. Der alte Mann strauchelte, dann brach er zusammen.

Jenny spürte, wie es heiß und brennend an ihren Beinen hinunterlief und begriff, dass sie sich gerade nass gemacht hatte.

Kapitel 2

»Aber er sollte *mir* gehören«, heulte George, Prinzregent von Großbritannien und Irland, und verzerrte die weibisch anmutenden Gesichtszüge vor Wut, während er den marmorgefliesten Raum auf und abschritt. »Was hat sich Eisler bloß dabei gedacht, sich einfach so umbringen zu lassen, bevor er mir die Lieferung zukommen lassen konnte?«

»Empörend unbedacht von dem Mann«, stimmte ihm der mächtige Vetter des Königs, Charles Lord Jarvis, ohne den geringsten verräterischen Hinweis auf Belustigung in der Stimme zu. »Aber nun beruhigt Euch, Eure Hoheit; Ihr wollt doch nicht einen Eurer Krampfanfälle auslösen.« Er fing einen Blick des Leibarztes des Prinzen auf, der sich in der Nähe bereithielt.

Mit einer Verbeugung zog sich der Arzt zurück.

Jarvis' große Macht beruhte nicht auf seiner Verwandtschaft mit dem König, die nur weitläufig war. Sie beruhte vielmehr auf der einzigartigen Kombination aus hellwacher Intelligenz, unbeugsamer Treue zur Monarchie und deren Fortbestand sowie einer entschlossenen Skrupellosigkeit. Das alles hatte ihn zuerst für George III und dann für den Prinzregenten zu einem unverzichtbaren Mann gemacht. Seit dreißig Jahren agierte Jarvis aus den Schatten heraus und kämpfte darum, den Schaden zu begrenzen, der aus gefährlicher königlicher Schwäche und Unfähigkeit entstand, zu der sich zusätzliche Gefahr aufgrund einer Neigung zu Geisteskrankheit gesellte. Ohne die fähigen Leistungen von Jarvis wäre die britische Monarchie vermutlich den gleichen Weg gegangen wie die französische, und das wussten die Hannoveraner sehr wohl.

»Habt Ihr eine Ahnung, wer hinter diesem Skandal steckt?«, verlangte der Prinz zu wissen.

»Noch nicht, Mylord.«

Sie waren im Rundsaal von Carlton House. George hatte einen musikalischen Abend gegeben, und irgendein Narr hatte in Hörweite des Prinzen gedankenlos ausgeplaudert, dass Daniel Eisler ermordet worden war.

Sie hatten den Saal rasch räumen lassen müssen.

Der Regent durchmaß noch immer den Raum. Seine Bewegungen waren überraschend schnell und energisch für einen Mann seiner Leibesfülle. Früher war er ein gutaussehender Prinz gewesen, beim Volk beliebt und gefeiert, wo auch immer er auftrat. Doch diese Tage waren schon lang passé. Der Prinz von Wales – oder Prinny, wie man ihn oft nannte – war inzwischen fünfzig und aufgrund seines ausschweifenden und verschwendungssüchtigen Lebensstils fettleibig. Die Nation verachtete ihn wegen seiner anwachsenden Schulden, seiner unendlichen, extravaganten Bauvorhaben und seiner zunehmenden Schwäche für teure, juwelenbesetzte Krüge.

»Ich habe Belmont schon den Auftrag erteilt, ein besonderes Stück nur dafür zu entwerfen«, sagte der Prinz. »Und jetzt sagt Ihr mir, der Diamant ist verschwunden? Einfach weg? Wo soll ich einen anderen blauen Diamanten von solcher Größe und Brillanz finden? Sagt mir das. Hm?«

»Wenn der Mörder erst ermittelt ist, wird der Diamant vermutlich auch rasch gefunden«, sagte Jarvis. Gerade betrat der Arzt wieder den Saal, eine kleine Phiole in der Hand. Hinter ihm kam einer von Jarvis' Männern, ein großer ehemaliger Offizier mit einem Schnauzbart und damit der Typ Mann, mit denen Jarvis sich gern umgab.

»Nun?«, fragte Jarvis ihn.

»Sie haben den Mörder geschnappt«, sagte der Offizier und beugte sich vor, um Jarvis ins Ohr zu flüstern. »Ich glaube, Ihr werdet seine Identität interessant finden.«

»So?« Jarvis hielt den Blick auf den Prinzen gerichtet, der gehorsam den Trank seines Arztes schluckte. »Und warum dies?«

»Es ist Yates. Russell Yates.«

Jarvis legte den Kopf in den Nacken und lachte laut.

***

Jarvis hielt sich ein Duftsäckchen an die Nase, und die Absätze seiner Schuhe klapperten auf den durchgetretenen Steinfliesen, als er den kühlen, schlechtbeleuchteten Gefängnisflur entlangging. Für gewöhnlich ließ er Gefangene in seine Räume im Palast bringen. Aber unter den gegebenen Umständen erschien es ihm reizvoller, diesen speziellen Gefangenen in seiner Zelle aufzusuchen.

Der untersetzte Schließer blieb mit dem schweren Eisenschlüssel in der Hand vor einer nagelbeschlagenen Tür stehen und zog fragend eine Braue hoch.

»Nun, denn, öffnen Sie«, sagte Jarvis und sog den Duft von Nelken und Raute ein.

Der Mann schob den Schlüssel in das große Schloss und drehte ihn mit einem Klackern um.

Das schwache Licht einer einzelnen Talgkerze erzeugte tiefe Schatten in der schmalen Zelle. Vor dem vergitterten Fenster drehte sich abrupt ein Mann herum, und seine Ketten klirrten, als der Zug der offenen Tür die Kerzenflamme aufflackern ließ und beinahe löschte. Es war ein junger Mann um die dreißig mit einem starken, muskulösen Körper, und in seinem attraktiven Gesicht erlosch die freudige Erwartung, als er seinen Besucher erblickte.

Jarvis fragte sich, wen der Gefangene erwartet hatte. Vielleicht seine liebende Ehefrau? Der Gedanke brachte ihn zum Lächeln.

Die beiden Männer musterten einander über die Breite der schmalen Kammer hinweg. Dann zog Jarvis eine juwelenbesetzte Schnupftabakdose aus der Tasche. »Wir müssen miteinander sprechen.«

Kapitel 3

Montag, 21. September

Ein düsterer, wolkiger Morgen dämmerte herauf, und die kühle Luft brachte eine frühe Vorahnung bevorstehender Wintertage mit sich. Sebastian St Cyr, Viscount Devlin hielt seine Kutsche am Wendepunkt der Auffahrt an. Die Atemluft seiner eleganten, hochgezüchteten Füchse stieg als weiße Wolken aus ihren Nüstern, als sie schnaubten und die Köpfe hängen ließen. Es war fast sieben Uhr, und sie waren die ganze Nacht unterwegs gewesen.

Sebastian hielt inne und verengte den Blick, um eine Gruppe von Wachtmeistern neben dem Kanalufer zu betrachten. Sie waren im südwestlichen Teil des Hyde Parks, weit weg von den gepflegten und beliebten Reit- und Spazierwegen, die die Bewohner Mayfairs bevorzugten. Hier wuchs das Gras ungehindert, dichtes Unterholz wucherte unter den Baumgruppen, und die wenigen Pfade in diesem Teil waren schmal und kaum benutzt.

Sebastian übergab die Zügel seinem Leibburschen, dem *Tiger.* Der halbwüchsige Junge namens Tom kletterte von seinem hinteren Kutschbock. »Beweg sie«, sagte Sebastian und sprang leichtfüßig auf die Erde. »Der Wind ist schneidend, und sie sind müde.«

»Aye, Meister.« Die auf Toms bleicher Haut verstreuten Sommersprossen stachen hervor. Sein scharfgeschnittenes Gesicht war von Erschöpfung und unterdrückter Emotion gezeichnet. Er war dreizehn Jahre alt, ein ehemaliger Gossenjunge und Taschendieb, der seit fast zwei Jahren bei Sebastian war. Sie waren Herr und Diener, aber auch mehr als das, weshalb Tom sagte: »Es tut mir leid, was mit Euerm Freund passiert ist.«

Sebastian nickte, drehte sich um und schritt durch die Wiese. Seine Hessischen Stiefel hinterließen eine kaum wahrnehmbare Spur heruntergetretenen Grases. Die letzten zehn Stunden hatte er mit der Suche nach seinem vermissten Freund verbracht, einem draufgängerischen, charmanten walisischen Taugenichts namens Major Rhys Wilkinson. Als dessen Ehefrau Sebastian um seine Hilfe bat, hatte er zuerst noch geglaubt, sie reagiere über, und Rhys wäre einfach auf ein Pint irgendwo eingekehrt, auf alte Freunde getroffen und hätte die Zeit vergessen. Aber Annie Wilkinson bestand felsenfest darauf, dass Rhys so etwas nie täte. Je weiter die Nacht in die Morgendämmerung übergegangen war, desto überzeugter war auch Sebastian gewesen, dass etwas Schlimmes geschehen sein musste.

Als er sich der Eichengruppe am Kanal näherte, unterbrach ein kleiner, bebrillter Mann mittleren Alters, dessen Herrenmantel eher dem tiefsten Winter als einem kühlen Septembermorgen angemessen schien, sein Gespräch mit einem der Wachtmeister und kam zu Sebastian.

»Sir Henry. Danke, dass Sie mich benachrichtigen ließen.«

»Schlechte Nachrichten, fürchte ich«, sagte Sir Henry Lovejoy. Er war vor Kurzem von der Behörde am Queen Square zu einem der drei festangestellten Untersuchungsrichter in die Bow Street berufen worden. Er erfüllte seine Pflichten mit einer Ernsthaftigkeit, die aus persönlichen Tragödien und einer unnachgiebigen, religiösen Weltsicht folgte. Er und Sebastian mochten ein unwahrscheinliches Freundespaar sein, aber Freunde waren sie.

Sebastian blickte an dem Magistraten vorbei. Hinter ihm lag neben einer rustikalen Bank der leblose Körper eines großen, dunkelhaarigen Mannes Anfang dreißig zusammengekrümmt auf der Seite. »Was ist ihm zugestoßen?«

»Unglücklicherweise ist das nicht ohne Weiteres zu erkennen«, sagte Lovejoy, als sie sich dem Leichnam näherten. »Es sind keine Anzeichen von Gewaltanwendung zu erkennen. Er wurde so gefunden: als hätte er sich gesetzt, um auszuruhen, und wäre dann kollabiert. Ich hörte, er ist seit einiger Zeit krank gewesen?«

Sebastian nickte. »Das Walcheren-Fieber. Er hat so lange dagegen angekämpft, wie er konnte, aber am Ende wurde er vom Dienst freigestellt.«

Der Magistrat schnalzte leise mit der Zunge. »Ah, ja, das ist eine schreckliche Sache. Schrecklich.« Der Angriff auf die holländische Insel Walcheren im Jahr 1809 war ein militärisches Debakel gewesen, das die meisten Engländer zu vergessen suchten. Die größte britische Landungsoperation, die bis dahin je durchgeführt worden war, war mit dem ehrgeizigen Ziel aufgebrochen, zunächst Flushing, dann Antwerpen einzunehmen, um sich auf den Einmarsch in Paris vorzubereiten. Stattdessen waren die Besatzer gezwungen gewesen, sich nach nur wenigen Monaten von der Insel zurückzuziehen, und das in den Klauen einer medizinischen Katastrophe. Zuletzt verfielen mehr als ein Viertel der vierzigtausend Mann einem mysteriösen Fieber, von dem sich nur wenige erholten.

Sebastian ging neben der Leiche seines Freundes in die Hocke. Er war dem Mann vor fast zehn Jahren begegnet; sie waren beide Offiziere niederen Dienstgrades gewesen, als Sebastian sein erstes Patent als Fahnenjunker erworben hatte und Wilkinson gerade in den gleichen Rang befördert worden war. Der Sohn eines armen Priesters hatte drei lange Jahre als »Gentleman Volunteer« gedient, bevor ein entsprechender Rang für ihn frei wurde. Wilkinson hatte keinen Hehl aus seinem gutmütigen Zorn gemacht, dass der Wohlstand des jungen Erben des Earls diesen dazu befähigt hatte, stracks in einen Rang zu steigen, um den Wilkinson selbst Jahre hatte kämpfen müssen. Nur langsam hatte Sebastian den Respekt des Älteren gewonnen, und ihre Freundschaft war sogar noch später entstanden. Aber Freunde waren die beiden Männer dann doch geworden.

Wilkinson trug noch den stolzen, schweren Schnäuzer eines Kavallerie-Offiziers. Aber seine Kleidung war die eines Gentlemans, den das Glück verlassen hatte. Die Manschetten seines Hemds waren an den Kanten leicht abgestoßen, und sein Mantel war einmal zu oft gebürstet worden. Früher war er ein strammer Offizier gewesen, von der Sonne gebräunt und das blühende Leben. Doch die Jahre der Krankheit hatten seinen einst starken Körper ausgezehrt und seine Haut trocken und eingefallen werden lassen. Sebastian streckte die Hand aus, um die Wange seines Freundes zu berühren, dann legte er die Hand mit gekrümmten Fingern auf seinen Oberschenkel. »Er ist kalt. Er muss die ganze Nacht hier gelegen haben.«

»So scheint es. Ich hoffe, dass uns Paul Gibson nach der Leichenschau Gewissheit geben kann.«

Wie Sebastian und Wilkinson hatte auch Gibson einst die Farben des Königs getragen. Als Militärarzt hatte er sein Handwerk auf den Schlachtfeldern Europas verfeinert. Niemand konnte besser als er die Geheimnisse eines toten Körpers hervorlocken – ein Grund, weshalb Sebastian Gibson als Letzten wollen würde, seinen Leichnam zu untersuchen.

Sebastian rieb sich mit der Hand über sein stoppeliges Gesicht. »Ist das wirklich nötig? Ich meine, wenn er am Fieber gestorben ist ...«

Lovejoy sah etwas überrascht drein. Für gewöhnlich war Sebastian entschiedener Befürworter der neuen und sehr umstrittenen Praxis der Autopsie von Leichen, die einem Mord oder zweifelhaften Tod erlegen waren. »Aber es ist das Beste, um Gewissheit zu erlangen – denkt Ihr nicht auch, Mylord? Obgleich ich nicht bezweifle, dass Ihr Unrecht habt. Wie es aussieht, hat er sich auf die Bank gesetzt, um auszuruhen, und dann irgendeinen Anfall erlitten. Armer Mann. Man fragt sich, was ihn dazu getrieben hat, so weit zu laufen. Und das am Abend, nach dem Abschluss des Parks.«

Sebastian fürchtete, dass er Wilkinsons Gründe, sich nach Stunden in den abgelegensten Teilen des Parks zu verlaufen, nur zu gut kannte. Doch es bestand keine Notwendigkeit, Lovejoy in diese Sorge hineinzuziehen.

Er erhob sich. »Wie nimmt seine Frau es auf?«

Lovejoy räusperte sich unbehaglich. »Nicht gut, fürchte ich. Wie ich hörte, hinterlässt er auch ein Kind?«

»Emma. Sie ist gerade vier geworden.«

»Tragisch.«

»Ja.« Sebastian fühlte sich plötzlich vollends erschöpft und hatte das Bedürfnis, seine eigene Frau in den Armen zu halten und sein Gesicht in ihrem duftenden, dunklen Haar zu bergen. Er war erst seit sechs Wochen verheiratet und hatte die ganze Nacht fern vom Bett seiner Gattin verbracht.

Er nickte dem Magistraten zu und drehte sich zu seinem wartenden Zweispänner um. In den Ulmen sangen lauthals die Lerchen, das Licht wurde stärker, und der Nebel begann sich zu heben. Aber als er die Wiesen durchquerte, bemerkte er eine vertraute Gestalt, die auf ihn zukam. Der Mann trug einen dunklen Zylinder und einen Herrenmantel, der vom morgendlichen Tau glitzerte.

Alistair St Cyr, fünfter Earl of Hendon und Schatzkanzler, war ein großer Mann mit einem fassförmigen Bauch. Mittlerweile Ende sechzig, hatte Hendon sich einst dreier kräftiger Söhne erfreut. Dann hatte sich der Tod den Ältesten, Richard, und den mittleren Sohn, Cecil, geholt und Hendon mit Sebastian, dem Jüngsten, zurückgelassen, der dem Earl am wenigsten ähnelte und ihn anscheinend immer nur verwirrt und enttäuscht hatte.

Tatsächlich war er nicht einmal Hendons Sohn, wenngleich diese Wahrheit erst kürzlich und auf desaströse Art enthüllt worden war.

Sebastian war immer noch der Erbe und, was die Welt anging, auch der Sohn des Earls. Die wenigen, die es besser wussten, hatten ihre Gründe, darüber zu schweigen. Doch seit der schmerzlichen Enthüllung der Wahrheit im Mai hatten Sebastian und Hendon sich in der Öffentlichkeit nur auf formellste und knappste Art gegrüßt. Privat hatten sie überhaupt nicht miteinander gesprochen. Dass Hendon nun nach Sebastian gesucht hatte, konnte nur Schwierigkeiten bedeuten. Unwillkürlich galten Sebastians Gedanken seiner jungen Frau und dem Kind, das sie trug.

»Was ist los? Was ist passiert?«, fragte er ohne Vorrede, als sie aufeinandertrafen.

Hendon rieb sich mit der Fläche seiner dicken Hand über den Kiefer, und erschrocken sah Sebastian, dass der Earl sich, wie er selbst, an diesem Morgen noch nicht rasiert hatte. »Sehe ich es richtig, dass du die Neuigkeiten noch nicht gehört hast?«

»Welche Neuigkeiten?«

»Russel Yates ist nach Newgate überstellt worden, wo er bis zur Verhandlung wegen Mordes inhaftiert ist.«

Sebastian stieß einen langen Atemzug aus und blickte über die im Wind wackelnden Baumwipfel hinweg. Er hatte Yates, einen gutaussehenden und etwas rätselhaften ehemaligen Freibeuter, der Londons Gesellschaft im Sturm erobert hatte, nur flüchtig kennengelernt. Aber Yates' Frau ...

Die schöne, talentierte, quirlige Frau, die mit Yates vermählt war, war einst die Liebe seines Lebens gewesen. So lange, bis Sebastian sie an die gewundene Spur von Hendons Lügen, Halbwahrheiten und vernichtenden Enthüllungen verloren hatte.

»Mord?«, sagte Sebastian. »An wem?«

»Einem Diamantenhändler namens Daniel Eisler.«

»Habe nie von ihm gehört.«

Hendon bewegte den Unterkiefer hin und her wie früher, wenn er über eine Schwierigkeit nachgrübelte oder mit jemandem zu tun hatte, der seinen sorgfältig gesteckten Moralvorstellungen nicht entsprach. »Dann kannst du froh sein. Er war ein übler Zeitgenosse.«

»Hast du Kat gesehen?«

Hendon nickte. »Sie ist sofort zu mir gekommen, in der Hoffnung, ich könnte irgendwie meinen Einfluss nutzen, um zu intervenieren. Aber ich fürchte, dies liegt außerhalb meiner Macht.« Er hielt inne, als müsse er seine nächsten Worte gründlich abwägen. »Ich habe nie vorgegeben, ihre Ehe mit Yates zu begreifen. Aber ich weiß sehr wohl, dass sie im vergangenen Jahr eine große Nähe zu diesem Mann gewonnen hat. Sie macht sich ... Sorgen.«

»Kat?« Kat Boleyn war nicht so leicht in Angst zu versetzen.

Hendon sagte: »Mir ist klar, dass ich in letzter Zeit kritisch – vielleicht gar ablehnend – deiner Leidenschaft für Mord und Recht gegenübergestanden habe. Deshalb ist es gewissermaßen heuchlerisch, dich nun um Hilfe zu bitten. Aber soweit ich es einschätzen kann, ist der Fall gegen Yates relativ klar. Irgendwann diese Woche soll eine Leichenschau durchgeführt werden, aber es besteht kein Zweifel, dass die Ergebnisse die Erkenntnisse des Magistraten bestätigen werden.«

»Bist du sicher, dass er es nicht getan hat?«

»Kat besteht darauf, dass er unschuldig ist. Allerdings sieht es so aus, als ob seine einzige Hoffnung, der Schlinge des Henkers zu entgehen, darin besteht, dass du herausfindest, wer der wahre Mörder ist.« Hendon räusperte sich unbehaglich, und seine Stimme klang gepresst. »Wirst du das tun?«

»Für Kat würde ich alles tun, das weißt du.«

Für Kat. Nicht für dich. Die unausgesprochenen Worte hingen zwischen ihnen.

Hendon blinzelte. St Cyr-Augen wurden diese blauen Augen genannt, denn sie waren seit Generationen das Kennzeichen der Familie. Kat hatte die gleichen Augen.

Sebastians Augen waren hingegen von einem eigenartigen, katzenhaften Gelb.

Hendon sagte: »Ich muss klarstellen, dass sie mich nicht darum gebeten hat, dich zu fragen.«

»Warum denn nicht?«

»Das weißt du.«

Sebastian erwiderte den Blick des Earls. Er wusste, dass nicht nur Sebastians kürzlich geschlossene Ehe Kat schockiert hatte, sondern auch die Identität seiner Braut.

Und es tat ihm weh, als er erkannte, dass die Frau, die er schon fast sein gesamtes Erwachsenenleben liebte, das Gefühl hatte, nicht zu ihm kommen zu können, wenn sie ihn am allermeisten brauchte.

Kapitel 4

Russell Yates war einer jener seltenen Männer, die weder die Erwartungen noch die Konventionen ihrer Zeit erfüllten und dennoch ein Leben im Wohlstand führen konnten.

Er war als Sohn eines Adeligen in East Anglia in ein Leben von Wohlstand und Luxus hineingeboren worden. In einer frostigen, schrecklichen Winternacht jedoch hatte sich der kaum vierzehnjährige Yates aus dem von hohen Mauern umgebenen, weitläufigen Anwesen seines Vaters gestohlen, um sich zur See zu verdingen. Fragte man Yates nach dem Grund für diese kühne, aber unleugbar übereilte Tat, so lachte er meist auf und warnte seine Zuhörer davor, leicht zu beeindruckenden jungen Burschen zu viele mitreißende Abenteuergeschichten vorzulesen. Sebastian hegte allerdings schon seit Längerem den Verdacht, dass seine wahren Gründe viel düsterer waren. Gelegentlich glommen sie in den Tiefen der haselnussbraunen Augen auf, wenn Yates scheinbar spöttisch auflachte, wie Gesichte schlimmster Kindheits-Albträume.

Niemand wusste, was in den Jahren, die Yates zur See gefahren war, alles geschehen war. Es gingen geflüsterte Märchen von Schiffswracks, Piraten und Dolchen um, die vom Blut unschuldiger wie böser Menschen besudelt waren. Was mit Sicherheit stimmte, war Yates'

Aufstieg von seinen ärmlichen Anfängen als Kabinenjunge zum Kapitän eines Kaperschiffs, das Frachtschiffe der Feinde Englands zwischen dem spanischen Festland und den Ostindischen Inseln terrorisierte. Als er in die Londoner Gesellschaft zurückkehrte, um seinen Platz wieder einzunehmen, war er ein wohlhabender Mann.

Er erwarb ein eindrucksvolles Anwesen in Mayfair und machte es sich rasch zur Aufgabe, die frömmlerischen Angehörigen der feinen Gesellschaft, des *Ton*, zu schockieren. Breitschultrig, braungebrannt, das dunkle Haar etwas zu lang und einen goldenen Piratenohrring am linken Ohr, bewegte sich Yates durch Londons Gesellschaft wie ein geschmeidiger Tiger, der auf einer Gartenparty durchs Gebüsch streift. Regelmäßiges, hartes Training in Jackson's Boxing Salon und Angelos Fechthalle sorgten dafür, dass seine Muskeln definiert blieben, und so strahlte Yates ungebremste Lebenskraft und geradezu aggressive Männlichkeit aus, wie sie unter den gebildeten und manierierten Herren des *Ton* selten zu finden waren. Die hochnäsigen Nörgler beäugten ihn immer misstrauisch, wohingegen Londons bekannteste Gastgeberinnen ihn liebten. Obgleich von guter Abstammung, war er ganz einzigartig, unglaublich amüsant – und sehr, sehr reich.

Trotzdem fragte sich Sebastian gelegentlich, was Yates nach so vielen Jahren nach London zurück verschlagen hatte. Eine Ruhelosigkeit trieb den Mann um, ein gewisser Leichtsinn, der sich aus Langeweile ebenso wie aus Verzweiflung speiste, und beides erkannte Sebastian wieder – und verstand es. War es auch Langeweile oder doch ein selbstzerstörerischer

Drang, der Yates alles aufs Spiel setzen ließ, um unter der Nase der Marine Seiner Königlichen Majestät Rum und auch mal einen französischen Agenten zu schmuggeln? Da war sich Sebastian nie sicher. Doch was auch immer Yates dazu trieb, sich in Schmuggel und Spionage zu betätigen, so fanden seine gefährlichsten Aktivitäten im Boudoir statt. Denn in Wahrheit bevorzugte Londons männlichster, bekanntester Lebemann das sexuelle Vergnügen, das er bei seinem eigenen Geschlecht fand.

Seine Neigung war gefährlicher als das Schmuggeln, da sie sowohl in der Gesellschaft als auch im Gesetz als ein Verbrechen gesehen wurde, das dem des Hochverrats gleichrangig war. Denn in diesem Zeitalter, das sich dem Laster und der Ausschweifung hingab, galt die Liebe zum eigenen Geschlecht noch immer als die ultimative, unverzeihliche Sünde, die nur durch einen grässlichen Tod gesühnt werden konnte.

Die Angst vor diesem Tod – noch gesteigert durch die Feindschaft gegen den mächtigen Vetter des Königs, Lord Jarvis – hatte Yates in eine Zweckehe mit der schönsten, begehrenswertesten und gefragtesten Schauspielerin des Londoner Theaters getrieben: Kat Boleyn, der Frau, die Sebastian geliebt hatte. Und die er verloren hatte.

***

Yates' Gefängniszelle war klein und kalt, und in der dicken Luft lag der Gestank von Ausdünstungen und Fäulnis. Vom vollen Hof unterhalb des winzigen, vergitterten Zellenfensters stiegen raue Stimmen und Gelächter herauf, aber Yates selbst saß reglos auf dem Rand seiner schmalen Pritsche, hatte die Ellbogen auf den gespreizten Knien abgestützt und barg den Kopf in beiden Händen. Er sah nicht auf, als der Schließer mit klappernden Schlüsseln die Tür öffnete und aufstieß.

»Klopft einfach an die Tür, wenn Ihr mich braucht, Euer Lordschaft«, sagte der Wärter schniefend.

Sebastian schnippte ihm eine Münze zu. »Danke sehr.«

Yates hob den Kopf und fuhr sich mit den Fingern durch das lange, dunkle Haar, um sie anschließend im Nacken zu verschränken. Der Bartwuchs eines Tages beschattete sein dunkles, attraktives Gesicht; sein Mantel war zerrissen, die Krawatte verschwunden, und seine Hosen und das Hemd waren blut- und dreckverschmiert. Yates war offenbar nicht ohne Gegenwehr hierhergekommen.

»Ach, seid Ihr auch da, um Eure Schadenfreude auszukosten?«, fragte er mit heiserer Stimme.

»Tatsächlich bin ich hier, um zu helfen.«

Ein undeutbarer Ausdruck glitt über das Antlitz des Mannes, dann verbarg er ihn sorgfältig. »Hat Kat Euch gefragt ...«

Sebastian schüttelte den Kopf. »Ich habe sie noch nicht gesehen.« Er zog den einzigen Stuhl in der Zelle heran, ein wackliges Ding mit gerader Lehne, das unter seinem Gewicht verdächtig schwankte. »Erzählen Sie mir, was passiert ist.«

Yates lachte bitter auf. »Ihr seid mit der Tochter meines schlimmsten Feindes verheiratet. Nennt mir nur einen guten Grund, Euch zu vertrauen.«

Sebastian zuckte die Achseln und stand auf. »Wie Sie wollen. Wenngleich ich darauf hinweisen möchte, dass Jarvis auch mein größter Feind ist. Nach allem, was ich so höre, und wie die Dinge jetzt liegen, bin ich Ihre einzige Hoffnung.«

Yates erwiderte seinen Blick lange. Dann atmete er mit schmerzverzerrtem Mund aus und beschattete seine Augen mit einer Hand. »Setzt Euch. Bitte.«

Sebastian nahm Platz. »Man sagte mir, Sie wären über Eislers Leiche gebeugt gefunden worden. Stimmt das?«

»Ja. Aber ich schwöre bei Gott, dass er schon tot war, als ich ihn gefunden habe.« Er rieb sich mit beiden Händen über das Gesicht. »Wie viel wisst Ihr über Daniel Eisler?«

»Nicht das geringste bisschen.«

»Er ist – oder ich sollte wohl sagen: war – einer der größten Diamantenhändler Londons. Prinny hat mit ihm Geschäfte gemacht, wie auch die meisten der königlichen Herzöge. Ich hörte einmal, dass er sogar an Napoleon das Diamanthalsband verkauft haben soll, das dieser der Kaiserin Marie Louise zur Hochzeit verehrt hat.«

»Er hat also noch mit den Franzosen Handel getrieben?«

»Aber gewiss. Das tun alle, müsst Ihr wissen. Die Kontinentalsperre und die Erlasse *Orders in Council* sind kleine Unannehmlichkeiten, mehr nicht.« Der Hauch eines Lächelns glitt über Yates' Züge. »Das ist der Grund für Gottes Erfindung der Schmuggler.«

»Und an dieser Stelle kommen Sie ins Spiel, schätze ich?«

Yates nickte. »Die meisten Diamanten, mit denen Eisler handelte, stammten aus Brasilien, aus einem speziellen Arrangement, das er mit den Portugiesen hatte. Aber er arbeitete auch mit Agenten in ganz Europa zusammen, die für ihn Edelsteine aufkauften. Viele ehemals wohlhabende Menschen sehen dem Ruin ins Auge, was bedeutet, dass sie auf jede erdenkliche Art versuchen, zu Geld zu kommen.«

»Und den Familienschmuck zu veräußern, ist eine dieser Arten?«

»Ja.«

Sebastian betrachtete das müde, erschöpfte Gesicht seines Gegenübers. »Was ist letzte Nacht geschehen?«

»Ich fuhr zu Eisler nach Hause, um die Einzelheiten einer bevorstehenden Transaktion zu besprechen. Ich hatte gerade angeklopft, da hörte ich von drinnen einen Pistolenschuss. Die Tür war nicht verschlossen, also schob ich sie auf und bin hineingeeilt, ich Narr!«

»Warum?«

»Was meint Ihr mit *warum*?«

»Warum haben Sie sich in Gefahr gebracht, auch erschossen zu werden?«

Yates betrachtete ihn mit verengten Augen, seine Kiefermuskeln arbeiteten. »Wenn Ihr auf der Schwelle eines Geschäftspartners stündet und von drinnen ein Schuss hörtet, würdet Ihr dann weglaufen?«

Sebastian lächelte. »Nein.«

»Seht Ihr.«

»Wo waren zum dem Zeitpunkt denn Eislers Bedienstete?«

»Der Kerl war ein Pfennigfuchser. Er hat in einem baufälligen alten Tudor-Haus gewohnt, das über ihm

zusammengebrochen ist, und hat nur ein altes Ehepaar
beschäftigt, das sich jeden Abend nach dem Dinner ins
Bett zurückzog. Campbell heißen sie, glaube ich. Soweit
ich weiß, haben sie alles verschlafen. Ich habe sie jedenfalls nicht gesehen.«

»Um welche Uhrzeit hat sich das Ganze abgespielt?«

»Gegen halb neun.«

»Also war es dunkel?«

»Ja. In der Eingangshalle hatte er nur eine mickrige
Kerze auf einem Tisch brennen, aber vom Salon rechts
der Treppe konnte ich Licht sehen. Dort habe ich ihn
auch gefunden, vielleicht zweieinhalb Meter weit im
Raum lag er auf dem Boden. Seine Brust war eine blu-
tige Masse, aber ich bin trotzdem zu ihm gegangen, um
zu schauen, ob er durch einen glücklichen Zufall überlebt hatte. Ich beugte mich gerade über ihn, da stürmte
hinter mir ein Mann herein und heulte los: ›Was haben
Sie getan? Großer Gott, Sie haben ihn umgebracht!‹ Ich
sagte: ›Was zur Hölle sagen Sie denn da? Ich habe ihn
so gefunden.‹ Aber der verfluchte Narr rannte schon
raus, brüllte ›Mord‹ und rief nach der Wache. Dann
habe ich die zweite dumme Sache an dem Abend gemacht: Anstatt zu bleiben, um dem Constable alles zu
erklären, bin ich losgerannt. Mir war nicht klar, dass
der Kerl wusste, wer ich war.«

»Und wer war er?«

»Es stellte sich heraus, dass er Eislers Neffe war – ein
Mann namens Samuel Perlman.«

Nach einer Weile sagte Yates: »Sieht nicht gut für
mich aus, oder?«

Sebastian erwiderte seinen Blick. »Um ehrlich zu sein, nein. Können Sie sich vorstellen, wer Grund gehabt haben könnte, Eisler zu töten?«

Yates lachte. »Meint Ihr das ernst? Es dürfte Euch verdammt schwerfallen, irgendjemanden zu finden, der je mit Eisler Geschäfte gemacht hat, und ihn *nicht* töten wollte. Er war ein gemeiner, niederträchtiger Scheißkerl, der es noch genoss, vom Pech der anderen zu profitieren. Ehrlich gesagt ist es erstaunlich, dass er überhaupt so alt geworden ist – und ich glaube, das liegt nur daran, dass die Menschen Angst vor ihm hatten.«

»Angst? Weshalb?«

Yates zog eine Schulter hoch und sah weg. »Er hatte einen üblen Ruf und galt als rachsüchtig. Ich sagte ja schon: Er war ein Scheißkerl.«

»Und hatten *Sie* Grund, ihn zu töten?«

Yates schwieg einen Augenblick und zog die Unterlippe zwischen die Zähne. Dann drehte er den Kopf herum und sah Sebastian in die Augen. Sebastian wusste noch bevor er den Mund öffnete, dass er log. »Nein, hatte ich nicht.«

Kapitel 5

Sebastian musterte Yates' erschöpftes Gesicht, das von Bartstoppeln beschattet war. »Sofern Sie nicht darauf erpicht sind, zum Rhythmus der Glocken von St Sepulchre am Hanfseil zu baumeln, müssen Sie ehrlich zu mir sein.«

Yates spannte den Kiefer an. »Wie ich schon sagte, ich hatte keinen Grund, den Bastard zu töten. Ich habe ihn nicht geschätzt, aber wenn wir es uns alle zur Gewohnheit machten, Menschen, die wir nicht schätzen, zu töten, wäre es in London bald mager um jegliche Gesellschaft bestellt.«

Sebastian ging zur Tür, um dem Wächter ein Zeichen zu geben. »Wenn Ihnen etwas Hilfreiches einfällt, lassen Sie es mich wissen.«

Yates hielt ihn mit einer Frage zurück: »Warum tut Ihr das?«

Sebastian blieb stehen und blickte über die Schulter. »Sie wissen, warum.«

Sie musterten sich eine Weile, dann sah Yates zur Seite, und Sebastian war einen Augenblick zutiefst beunruhigt.

Er sagte: »Halten Sie es für möglich, dass Jarvis hinter dieser Sache stecken könnte?«

Zwar kannte Sebastian die Ursache der Animosität zwischen den beiden Männern nicht, doch wusste er, dass sie tief und tödlicher Natur war. Bisher hatte Yates

die Feindseligkeit des mächtigen Vetters des Königs
nur überlebt, weil er Beweise besaß, die Jarvis vernich-
ten würden, wenn sie je ans Tageslicht kämen. Worin
diese Beweise jedoch bestanden, hatte Sebastian nie
herausgefunden. Doch ihretwegen lebten die zwei
Männer in einem labilen Gleichgewichtszustand, da
keiner von beiden sich bewegen konnte, um den anderen zu zerstören, ohne zugleich sich selbst zu ruinieren.

Sebastian ging davon aus, dass diese Lage nicht bis in
alle Ewigkeit andauern konnte. Und obzwar es ihn beunruhigte, das einzugestehen, so würde Sebastian,
wäre er eine Spielernatur, auf Jarvis setzen.

Yates sagte: »Jarvis will mich auf keinen Fall hängen
sehen, da er die Konsequenzen kennt.«

»Das hätte ich auch angenommen. Da stellt sich allerdings die Frage: Wieso tut er nichts, um genau das zu
vermeiden?« Wenn es einen Menschen gab, der über
die nötige Macht verfügte, die Vorwürfe gegen Yates
fallenzulassen, dann war es der machiavellistische Vetter des Königs.

Doch Yates schüttelte nur den Kopf und zuckte die
Achseln, als wäre ihm die Antwort schleierhaft.

***

Als Sebastian sich den Weg zurück durch den bevölkerten Hof und das Labyrinth der Gänge des Gefängnis-
komplexes suchte, musste er sich gegen das Meer blas-
ser, verzweifelter Gesichter und den endlosen Chor ab-
schotten, in dem sich Ausrufe wie »Habt Mitleid mit
dem armen, kleinen Jack!« und »Meister, habt Ihr 'nen

Viertelpenny über? Nur 'nen Viertelpenny!« abwechselten.

Vor nur zwanzig Monaten hatte er selbst sich in der gleichen, aussichtslosen Lage wie Russell Yates befunden. Des Mordes angeklagt, hatte er das Leben eines Flüchtigen gewählt und verzweifelt versucht, einen grässlichen Mörder zu finden, um seinen eigenen Namen von der Anklage reinzuwaschen. Sebastian wusste nur allzu gut, wie die britische »Justiz« arbeitete.

Yates' Aussichten, für unschuldig erklärt zu werden, waren mager.

Hinter ihm fiel die schwere, eisenbeschlagene Gefängnistür ins Schloss, und Sebastian blieb auf dem Bürgersteig draußen stehen, um die klare Luft tief in die Lunge zu saugen. Um ihn herum wirbelte die Lebendigkeit der Straße, die als Old Bailey bekannt war: Achsen ächzten, als die Fahrer von Karren fluchend die Peitschen schwangen, um ihre Gespanne anzutreiben. Ein Pastetenverkäufer rief: »*Frisch und heiß. Heiß! Heiß!*« Aus einer Taverne drang Biergeruch. Und trotzdem schien der Gestank des Gefängnisses an ihm zu kleben, ein fauliger, öliger Geruch nach Verfall, Hoffnungslosigkeit und dem drohenden Tod.

Fortgesetztes Hämmern zog seine Aufmerksamkeit zum Schuldnergefängnis, wo ein Arbeitertrupp das Gerüst und die Zuschauerbühne zusammenbauten, die für die Hinrichtung zweier Straßenräuber am nächsten Morgen gebraucht würden. Bis vor Kurzem waren in London verurteilte Gefangene in Tyburn im Westen der Stadt erhängt worden. Man hatte die dem Tod geweihten Männer, Frauen und Kinder in offenen Karren durch die Straßen gezerrt, wo ein lärmender, trunkener Mob sie begaffen konnte. Doch da sich die Felder rund um den Hyde Park mit eleganten Häusern wohlhabender Bewohner füllten, hatten die Adligen im Stadtteil Mayfair von dieser nicht enden wollenden, übelriechenden Parade abgesehen. So hatte man die Zurschaustellung hierher verlegt, auf die Straße vorm Gefängnis von Newgate. Sebastian hatte gehört, dass man bei der Hinrichtung eines berühmtberüchtigten Mörders – oder einer Frau – für die Vermietung von Aussichtsplätzen an den Fenstern der umstehenden Gebäude beachtliche zwei oder sogar drei Guineen verlangen konnte.

Jemand mit einem so farbenfrohen Hintergrund wie Russell Yates konnte leicht eine Menge von zwanzigtausend oder mehr Personen anlocken.

Sebastian bemerkte Tom, der regungslos auf dem Bock des Zweisitzers saß. Mit ernstem Blick beobachtete der Junge einen Arbeiter, der auf die Bühne kletterte, um einen dicken Balken, der mit massiven Eisenhaken versehen war, in die richtige Position zu bringen. Toms eigener Bruder war hier im Alter von gerade mal dreizehn Jahren wegen Diebstahls erhängt worden.

Eigentlich hatte Sebastian vorgehabt, nach St Botolph-Aldgate zu fahren und einen Blick auf den Tatort von Mr Daniel Eislers Mord zu werfen. Doch schlagartig befiel ihn eine bleierne Erschöpfung, die den Ausdruck widerspiegelte, den er im Antlitz seines *Tigers* wahrnahm, und ihm wurden seine zerknitterte Kleidung und die Bartstoppeln bewusst. Außerdem musste er der trauernden Witwe eines alten Freundes seine Anteilnahme aussprechen.

Er rieb mit der Hand über den schweißnassen Hals des Fuchses, der ihm am nächsten stand, und sagte zu Tom: »Geh heim, sieh zu, dass die Füchse versorgt werden, und nimm dir den restlichen Tag frei.«

Tom zog ein langes Gesicht. »Ihr sacht mir jetzt nich, dass Ihr 'ne *Droschke* mieten wollt?« Der bekannte Dandy Beau Brummell, seines Zeichens angesagtester, unvergleichlicher Richter über Geschmack und gutes Benehmen, hatte einst festgelegt, dass kein Gentleman je dabei gesehen werden solle, in einer Mietdroschke zu fahren, und Tom hatte sich Beaus Benimmregeln zu Herzen genommen.

»Genau das werde ich. Mit diesem Gespann bis nach Kensington zurück zu fahren, wäre nach allem, was sie durchgemacht haben, mehr als grausam.«

»Aye, aber ... *Meister.* Eine Mietdroschke?«

Lachend drehte sich Sebastian um.

***

Sebastian kannte Annie Wilkinson schon genauso lange wie er Rhys gekannt hatte – nur dass sie bei ihrer ersten Begegnung noch Annie Beaumont gewesen war, die beherzte, sommersprossige, siebzehnjährige Gattin eines schneidigen Kavalleriehauptmanns namens Jake Beaumont. Nur wenige Offiziersgattinnen entschieden sich, mit ihren Männern dem »Ruf der Trommeln« zu folgen, denn dieses Leben konnte sowohl brutal als auch tödlich sein. Aber Annie, Tochter eines Colonels, war in Armeecamps von Indien bis Kanada groß geworden. Sie nahm die Herausforderungen und Gefahren einer vorrückenden Kompanie hin, ohne je ihre Bereitschaft zum Lachen oder ihr fröhliches Gemüt zu verlieren. Er erinnerte sich an einen Zwischenfall in Italien, bei dem sie sich gegen einen Brigadisten, der sie in den Hügeln außerhalb des Camps gefangen hatte, gewehrt und ihm geistesgegenwärtig mitten ins Gesicht geschossen hatte. Als ihr erster Mann an einer entzündeten Schwertwunde verstarb, heiratete sie erneut, einen großen und breitgebauten Schotten, der jedoch nur drei Wochen nach ihrer Heirat auf den Westindischen Inseln dem Gelbfieber erlag.

Auch wenn Rhys Wilkinson Annies dritter Ehemann war, so hatte Sebastian doch nie an der Stärke ihrer Liebe zu dem angenehmen Waliser gezweifelt. Und von den drei Ehemännern hatte es nur Wilkinson geschafft, Annie ein Kind zu schenken. Als Sebastian nun die Stufen zu der ärmlichen Wohnung des Paares in einer engen Straße mit der Bezeichnung Yeoman's Row am Rand vom Kensington Square hinaufstieg, fragte er sich, ob diese Tatsache es für Annie leichter oder schwerer machte, den Tod ihres Mannes zu ertragen.

Er hatte nur seine Karte abgeben und eine Beileidsbekundung hinterlassen wollen. Aber an der Tür begegnete er einem atemlosen, halbwüchsigen Hausmädchen, das knickste und sagte: »Lord Devlin? Mrs Wilkinson sagt, sie würde sich sehr über Euern Besuch freuen, wenn Ihr doch bitte heraufkommen wollt?«

Kurz darauf folgte er also dem Hausmädchen durch das kahle, enge Treppenhaus hinauf zu dem schäbigen

Apartment, zu dem Rhys Wilkinsons hartnäckige Erkrankung seine junge Familie verdammt hatte.

»Devlin«, sagte Annie Wilkinson und kam mit ausgestreckten Händen auf ihn zu. »Ich hatte gehofft, dass du kommst. Ich wollte dir nochmals dafür danken, dass du versucht hast ... nach ihm gesucht ...« Ihr brach die Stimme.

»Annie. Es tut mir so leid.« Er nahm ihre Hände und sah ihr ins Gesicht. Die immer noch vorhandenen Sommersprossen waren zu zimtfarbenen Pünktchen verblasst, die über ihre blassen, hohen Wangenknochen und ihre gebogene Nase verstreut waren. Als Mädchen war sie ungelenk gewesen und hatte fast witzig ausgesehen mit ihren dünnen Armen und Beinen und dem breiten Lächeln. Aber sie war zu einer feingliedrigen Schönheit herangewachsen, von großer, geschmeidiger Statur, mit ungewöhnlichen, aber exquisiten Zügen und einer Fülle erdbeerblonden Haares. »Sag mir, was ich tun soll«, sagte er, »und ich tue es.«

Er spürte, wie ihre Hände in seinen zitterten. »Setz dich zu mir und lass uns ein bisschen reden. Die meisten meiner Bekannten gehen anscheinend davon aus, dass ich mich entweder mit Laudanum betäubt habe oder dass ich den Tod meines Mannes leicht wegstecken kann, weil es ja bereits meine dritte Witwenschaft ist. Ich kann mich nicht recht entscheiden, welche Möglichkeit ich als beleidigender empfinde.«

Sie geleitete ihn zu einem durchgesessenen, alten Sofa, neben dem ein kleines Mädchen mit einem Schopf voller Locken saß und mit Pferdchen spielte. »Komm und mach einen Knicks vor Seiner Lordschaft, Emma«, sagte sie zu dem Kind.

Das kleine Mädchen stand auf und stellte sorgsam einen Fuß hinter den anderen, dann beugte es sich mit einem verschmitzten Kichern auf und ab. Sie war groß für ihr Alter, dünn wie ihre Mutter, aber mit dem dunklen Haar und den grauen Augen ihres Vaters. Ihr verwegenes Grübchen hatte sie von keinem der beiden geerbt.

»Hallo du«, sagte Sebastian und ging neben ihr in die Knie. »Erinnerst du dich noch an mich?«

Emma nickte heftig. »Von dir habe ich die Fabeln des *Aes-hop*«, sagte sie, wobei sie über die Aussprache des Namens stolperte. »Daddy erzählt mir jeden Abend eine Geschichte.« Kurz runzelte sie die Stirn. »Aber gestern Abend ist er nicht rechtzeitig heimgekommen.«

Sebastian sah auf in Annies bestürztes Gesicht. Er hatte dem Kind das Buch vor mehreren Monaten gebracht, als Rhys ihn zu einem Abendessen eingeladen hatte. »Ich kann dir jetzt eine Geschichte vorlesen«, sagte er, »wenn du möchtest.«

»Ach, ist schon gut«, sagte Emma mit einem Lächeln, das mehr dem ihrer Mutter als dem ihres toten Vaters ähnelte. »Aber danke sehr.« Sie knickste wieder und ging zurück zu ihren Spielzeugpferdchen.

Sebastian richtete sich langsam auf.

Annie sagte: »Ich habe es ihr gesagt, aber ich glaube nicht, dass sie verstanden hat, was passiert ist. Wie viel verstehen wir im Alter von vier Jahren schon vom Tod?« Ihre Stimme zitterte erneut, und Sebastian nahm eine ihrer Hände.

Sie blieben eine Weile schweigend sitzen und betrachteten das Kind, das jetzt vor sich hin flüsterte. »Klipper-di-klapper, klipper-di-klapper«, machte sie und schob ein kleines, bronzenes Spielzeugpferd auf Rädern am Muster des fadenscheinigen Teppichs entlang. Dann fragte Annie mit leiser Stimme: »Hat er sich umgebracht, Devlin? Sag es mir ehrlich. Ich würde ihm keinen Vorwurf machen, wenn es so wäre – es ist ihm so furchtbar schlecht gegangen. Ich weiß nicht, wie er es so lange aushalten konnte.«

Ihre Äußerung beunruhigte Sebastian zutiefst. Es war eine Sache, wenn er selbst einen solchen Verdacht hegte, aber eine ganz andere, ihn mit der Stimme von Wilkinsons Frau ausgesprochen zu hören. »Ich habe nichts gesehen, das darauf hindeutet, aber zum jetzigen Zeitpunkt ist es unmöglich zu sagen.«

Ihre Sommersprossen hoben sich dunkel von der Blässe ihres Gesichts ab. »Gibt es eine Leichenschau?«

»Gibson führt sie gerade durch. Ich kann an seiner Praxis haltmachen und dich wissen lassen, was er herausgefunden hat, wenn du möchtest.«

Sie nickte und schluckte mühsam, bevor sie antwortete. »Ja, bitte. Ich würde es gern aus deinem Mund hören … wenn es denn wahr ist.«

»Annie …« Er zögerte kurz. »Ich weiß, dass das Leben für dich schwer geworden ist, seit Wilkinson ausgemustert wurde. Ich wünschte, du würdest mir erlauben …«

»Nein«, schnitt sie ihm das Wort ab. »Danke, aber nein. Ich habe eine Großmutter in Norfolk, die mir schon vor Jahren angeboten hat, mich aufzunehmen, wenn ich je obdachlos werden sollte. Wenn das alles vorbei ist, werde ich mit Emma zu ihr ziehen.«

Er musterte ihr beherrschtes Antlitz. »Gut. Aber versprich mir, dass du es mich wissen lässt, wenn ihr je in Not geratet.«

»Es geht mir gut, Devlin; sorge dich nicht.«

Er blieb, um noch mit ihr über glücklichere Tage in Italien und auf der iberischen Halbinsel zu sprechen. Aber als er ging, berührte er sanft mit den Fingerspitzen ihre Wange und sagte: »Du hast es mir nicht versprochen, Annie.«

Sie kräuselte die Nase auf eine Weise, die ihn an das junge Mädchen, fast noch Kind, ihrer ersten Begegnung erinnerte. »Mir wird es gutgehen, Devlin. Wirklich.«

Er unterließ es, sie noch weiter zu drängen. Aber als er sich eine Kutsche heranwinkte und nach Hause losfuhr, konnte er das Gefühl nicht abschütteln, dass er sowohl sie als auch seinen toten Freund im Stich ließ.

Kapitel 6

Sebastian wohnte in der Brook Street in der Nähe Ecke Davies Street in einem Haus mit Erkerfront. Es war ein elegantes, aber kleines Haus, das ihm früher völlig ausgereicht hatte. Doch seit seiner Eheschließung mit Miss Hero Jarvis vor sechs Wochen dachte er darüber nach, ob er vielleicht in Betracht ziehen sollte, in ein größeres und herrschaftlicheres Haus zu ziehen. Als er das Hero gegenüber jedoch erwähnt hatte, hatte sie ihn nur auf ihre typische, unerschütterliche Art angesehen und gesagt: »Ich mag unser Haus gern.«

Als er jetzt zu ihr kam, saß sie vor ihrem Garderobentisch seitlich auf der Bank. Sie trug ein hervorragend sitzendes smaragdgrünes Ausgehkleid, das mit marineblauen Borten abgesetzt war, und beugte den Kopf, während sie damit beschäftigt war, ihre marineblauen Halbschuhe zu schließen. Er blieb einen Augenblick mit der Schulter an den Türrahmen gelehnt stehen und genoss ihren Anblick.

Sie war fünfundzwanzig Jahre alt, wurde allgemein eher als attraktiv denn hübsch bezeichnet, und war größer, als es die meisten Leute für eine Frau für angemessen hielten. Ihr Profil mit der Hakennase, den scharfen Verstand und eine gewisse Skrupellosigkeit hatte sie von ihrem mächtigen Vater Charles Lord Jarvis geerbt. Ihre aufklärerische Einstellung und ihre Überzeugung, dass mit Wohlstand und Privilegien die

Pflicht einherging, für die Rechte der gesellschaftlich vernachlässigten Menschen zu kämpfen, waren allerdings ihre ganz persönliche Eigenheit.

Sebastian hatte Hero bei ihrer ersten Begegnung nicht sehr geschätzt. Da er ihr damals eine Waffe an die Schläfe gehalten hatte, ging er davon aus, dass diese Antipathie beiderseitig gewesen war. Gegenseitiger Respekt hatte sich nur langsam, geradezu widerwillig eingestellt; und die starke körperliche Anziehung, die ihn begleitete, hatte sie beide überrascht – und erschreckt.

Ihre Ehe war ebenso kompliziert wie die Gründe, die dazu geführt hatten, und sie bemühten sich noch immer um Verständnis und noch etwas anderes, tiefes und mächtiges, das ihn gleichzeitig verlockte und ihm unsägliche Angst machte. Leidenschaft stellte sich leicht ein; Vertrauen und Offenheit brauchten Zeit und Mühe und eine Bereitschaft, an das Gelingen zu glauben, von der er sich nicht sicher war, ob sie beide schon dazu bereit waren. Es gab noch so viele Dinge, die sie nicht von ihm wusste – oder er von ihr. Und just wurde ihm bewusst, dass er soeben dabei war, alles, was sie bisher in ihrer Beziehung erreicht hatten, durch das, was er im Begriff zu tun war, aufs Spiel zu setzen.

Gleichermaßen wusste er jedoch, dass ihm keine Wahl blieb.

Sie sah auf, bemerkte, dass er sie beobachtete, und lächelte.

»Du hast so eine unangenehme Angewohnheit«, sagte sie, »herumzuschleichen und die Leute auszuspionieren.«

»Ich bin nicht geschlichen. Ich habe sogar ziemlichen Lärm gemacht.«

Sie schnaubte sacht. »Wir haben nicht alle die Augen und Ohren eines Raubvogels.« Sie stand auf und kam zu ihm. Immer noch lächelnd legte sie ihm die Hand auf die Schultern und sah ihm ins Gesicht. Ihr Lächeln erlosch, und ihm kam der Gedanke, dass sie ihn vielleicht besser kannte als er dachte, denn sie sagte: »Dein Freund ist tot, nicht wahr?«

»Ein Wärter hat ihn heute früh im Hyde Park gefunden.«

»Ach, Devlin, es tut mir so leid.«

Er umschlang ihr Gesicht mit beiden Händen und küsste sie lang und intensiv. Dann legte er seine Stirn an ihre und sog tief den Atem ein, bevor er sie wieder losließ. »Führst du heute wieder ein paar Befragungen durch?«, fragte er leichthin.

Sie nickte, drehte sich um und steckte ein kleines Notizbuch in ihr Retikül. »Ich habe noch einen Straßenkehrer gefunden, der bereit ist, mit mir zu sprechen.«

»Ich denke doch, dass sie alle ganz erpicht darauf sind, mit dir zu sprechen, da du sie gut dafür bezahlst, ihnen dabei zuzuhören, wenn sie von sich selbst erzählen.«

»Du würdest dich wundern, wie viele dieser Kinder Angst haben, sich zu öffnen«, sagte sie und suchte in dem Wust von Haarnadeln und Büchern auf ihrem Garderobentisch nach etwas. »Und das kann ich ihnen nicht vorwerfen. Nach allem, was ich bisher von ihnen gehört habe, ist ihr Misstrauen gegenüber den Autoritäten mehr als gerechtfertigt.«

Sebastian merkte, dass er lächelte. Nachdem Hero sich mit vielen Themen – von der Emanzipation der Katholiken über den Sklavenhandel und die Arbeitsgesetze bis zu den wirtschaftlichen Ursachen für den sprunghaften Anstieg sich prostituierender Frauen – in London befasst hatte, schrieb sie nun an einem Artikel über die armen Kinder, die sich mühsam ihren Lebensunterhalt verdienten, indem sie die Straßenkreuzungen Londons fegten. Sie war von dem Projekt so in Anspruch genommen, dass sie darüber nachdachte, eine ganze Artikelsammlung zu schreiben, die in einer Anthologie mit dem Titel *Londons arme Arbeiterklasse* erscheinen sollte.

»Ach, da ist er ja«, sagte sie und hob einen Stift hoch. Sie streckte den Rücken durch, sah sein Lächeln und sagte: »Du lachst über mich.«

»Ja. Aber das bedeutet nicht, dass ich das, was du tust, nicht bewundere.«

Sie steckte den Stift in ihr Retikül und griff nach ihren Handschuhen. »Mein Vater ist entsetzt, wie ich dir nicht eigens zu sagen brauche. Ich bin mir nicht sicher, was ihm größere Sorgen macht: Die Möglichkeit, dass ich mir von einem der Gossenkinder eine schreckliche Krankheit einfange oder der stetige Verdacht, ich könnte mich zu einer larmoyanten Lady Großzügig entwickeln.«

»Sicher kennt er dich doch besser.«

Sie gluckste leise. »Sollte er inzwischen jedenfalls. Ich bin viel zu sehr seine Tochter, um jemals Suppe auszugeben oder an der Sonntagsschule zu unterrichten.« Sie sah von ihren Handschuhen auf, die sie gerade überzog, und was auch immer sie in seinem Antlitz erkannte, ließ ihre Belustigung verschwinden. Sie sagte: »Es ist noch etwas anderes, oder? Außer Rhys Wilkinsons Tod.«

Er nickte. »Hast du die Morgenzeitungen gesehen?«

»Noch nicht, warum? Was ist geschehen?«

»Russell Yates ist wegen Mordes an einem Diamantenhändler aus Aldgate verhaftet worden.«

Sie behielt ihre Gesichtszüge unter Kontrolle. Sie verbarg immer sehr gut, was sie dachte. »Und hat er es getan?«

»Er sagt nein, und ich glaube ihm.«

»Kannst du es beweisen?«

»Das weiß ich nicht. Ich weiß nur, dass er hängen wird, wenn mir das nicht gelingt.«

Sie griff nach ihrem Hut, wandte sich ab und konzentrierte sich ganz auf ihr Spiegelbild, als sie den samtgepaspelten Hut auf ihren Kopf setzte. Wie fast die gesamte Londoner Gesellschaft wusste auch Hero nur zu gut, dass die Frau, die heutzutage Yates' Gattin war, einst die Geliebte von Sebastian gewesen war. Sie wusste außerdem, dass im vergangenen Herbst etwas zwischen den beiden vorgefallen war, das zur Vermählung von Kat Boleyn und Yates geführt hatte. Daraufhin war Sebastian in eine Abwärtsspirale aus Trunkenheit geraten, aus der er mit einiger Schwierigkeit erst vor nicht allzu langer Zeit herausgefunden hatte. Aber mehr wusste sie nicht, und er war sich nicht sicher, ob er schon bereit war, ihr auch den Rest zu erzählen.

Er sagte: »Ich *muss* das machen.«

Er beobachtete, wie sie den Hut richtete und sich dann langsam wieder zu ihm umdrehte. »Machst du dir

Sorgen, dass ich Einwände erheben könnte? Dass ich einen Anfall bekomme und in meinem Zimmer aus lauter Eifersucht vor mich hin schmollen könnte?«

Er lachte reuig auf. »Nein, aber ...«

»Du hast mir gerade gesagt, dass du meine Arbeit bewunderst. Meinst du denn, ich bewundere nicht auch das, was du tust? Meinst du, ich gehöre zu der Sorte Frauen, die über deine Mühe murren würde, das Leben eines Mannes zu retten, nur weil du mit der Gattin dieses Mannes eine gemeinsame Vergangenheit hast?«

Er schüttelte den Kopf. Er legte ihr die Hand unters Kinn und neigte den Kopf, um sie sacht zu küssen. »Du bist für mich ein Rätsel, Lady Devlin«, sagte er, als ihrer beider Atem sich mischte.

Sie lächelte. Aber er nahm den Schatten in ihren feinen, grauen Augen wahr, und wusste, dass sie zwar niemals über das murren mochte, was er tun wollte, aber dass die Situation ihr dennoch große Sorgen bereiten konnte.

Genau wie ihm selbst.

Kapitel 7

Der Junge schien höchstens acht oder neun Jahre alt zu sein; der Mund in seinem runden Gesicht stand immer ein bisschen offen, und sein sandfarbenes Haar war so schmutzig und matt wie vergammeltes Stroh.

Er saß auf der untersten Stufe der Kirche St Giles, hielt einen billigen, schäbigen Besen in der Faust und linste mit schiefgelegtem Kopf zu Hero hoch. Er trug abgewetzte Kordhosen und einen fadenscheinigen Männermantel, der so groß war, dass ihm die Schöße bis zu den Fesseln gingen und er die Ärmel hatte aufrollen müssen wie eine Waschfrau. Seine Hände und Füße waren unbekleidet, und jedes Fitzelchen Haut, das man sehen konnte, war so schmutzig, dass ihre Farbe alter, nachgedunkelter Eiche glich. Aber seine hellbraunen Augen strahlten lebendig, seine Züge waren fix und ausdrucksstark, als er Heros großartige Erscheinung in sich aufnahm – ihr Kleid mit den Bordüren sowie ihren federgeschmückten, breitkrempigen Samthut.

»Seid Ihr wirklich 'ne Viscountess?«, fragte er leicht lispelnd.

»Ja, das bin ich.« Hero nickte zu der eleganten Pferdekutsche, die neben ihnen am Bordstein stand. »Siehst du meine Kutsche?«

Der Bengel, der sich selbst als Drummer vorgestellt hatte, beäugte die glänzende, gelbe Kutsche mit dem Gespann nervöser, hochgezüchteter schwarzer Pferde, dem livrierten Kutscher und dem Burschen, der regungslos wartete. »Und Ihr wollt mit *mir* sprechen?« Der Junge stieß entzückt den Atem aus.

»Richtig. Ich möchte wissen, wie lange du schon als Straßenfeger arbeitest.«

Der Bengel legte nachdenklich das Gesicht in Falten. Über London verteilt gab es Tausende armer Buben und Mädchen wie ihn – Kinder, die davon lebten, den Schmutz und den Pferdedung von den Straßenkreuzungen zu kehren. Auf gewisse Weise war es eine Art zu betteln, obwohl die Kinder ja einen Dienst ausführten. Da sie sich eine bestimmte Stelle sicherten und dort dann jahrelang arbeiteten, wurden die zuverlässigen in der jeweiligen Nachbarschaft schnell bekannt und konnten sich mit dem Erledigen von Besorgungen, dem Halten der Pferde und Trägerdiensten für die Anwohner noch extra Geld hinzuverdienen.

»Also«, sagte er, »ich hab in dem Winter, in dem ich zehn wurde, damit angefangen, gleich nachdem mein Paps gestorben is. Jetzt bin ich zwölf, also sind es schon mehr als zwei Jahre, schätze ich.«

Hero korrigierte verstohlen etwas in ihren Notizen im Taschenbuch. »Und lebt deine Mutter noch?«

»Nein, M'lady. Sie is nur 'n halbes Jahr nach meinem Paps an der Ruhr gestorben. Er war Maurer. Aber dann isser von einem Gerüst gefallen und hat sich so schlimm das Bein gebrochen, dass er dran gestorben is. Zuerst hab ich noch versucht, wie meine Mum früher Haarnetze zu knüpfen, aber da drin war ich nich gut. Dann hab ich gesehn, dass andere Kinder fürs Kreuzungkehren bezahlt werden, also hab ich mir 'nen

Besen gekauft und damit angefangen. Ich arbeite immer hier an der Ecke mit 'nem anderen Jungen, Jack, aber ihm geht's in letzter Zeit nich so besonders gut.«

»Wo wohnst du?«

»Normal nehm ich mir mit 'n paar anderen Bum in so einem Unterkunftshaus in der Straße dort oben 'n Zimmer. Aber das kost drei Pence die Nacht, und bald kommt doch der Winter. Also spar ich mein Geld, damit ich mir bald ein Paar Stiefel kaufen kann.«

»Wo schläfst du derzeit?«

»Hier, M'lady. Wenn ich mich als Kugel hier im Schatten neben der Tür zusammenrolle, sieht mich der Wächter normalerweise nich. Und wenn er mich doch aufweckt, dann komm ich halt wieder, wenn er weg is.«

Hero ließ den Gedanken an die Angst, Einsamkeit und den Hunger nicht zu, die dieses Kind verfolgen mussten, wenn es sich für die Nächte auf den kalten Steinstufen zusammenrollte. Trotzdem musste sie sich räuspern, bevor sie ihre nächste Frage stellen konnte. »Und wie viel verdienst du durchschnittlich mit dem Kehren?«

Verwirrt sah der Junge sie an. »Durchschnittlich?«

»Wie viel verdienst du für gewöhnlich an einem Tag?«

»Gestern hab' ich zwei Pence und 'nen Halfpenny eingenommen, weil's so trocken war. Trockene Tage sind immer die schlimmsten. Uns is lieber, es regnet – am besten so'n richtiger Guss, damit alles gut dreckig wird, und wenn's danach aufklärt, dass die Leute wieder vor die Tür gehen. An 'nem guten Tag kann ich dann zehn Pence machen. Allerdings is der Besen schneller hinüber, wenn's matschig is. Ein Besen kost zwei Pence und 'nen Halfpenny, und bei nassem Wetter hält er nur vier oder fünf Tage. Wenn's trocken is, kann ich einen« schon mal vierzehn Tage lang benutzen.«

Hero blickte auf den Besen des Jungen hinunter, der im Grunde aus einem Bündel Zweigen bestand, die um einen dickeren Stock gebunden waren. Vielleicht verstand er nicht, was »Durchschnitt« bedeutete, aber von seinem Geschäft hatte er offensichtlich eine solide wirtschaftliche Vorstellung – und noch dazu die Weitsicht, in einer Herbstnacht kein Geld für die Unterkunft zu verwenden, damit er für die Stiefel sparen konnte, die er im bevorstehenden Winter brauchen würde.

»In welchen Stunden arbeitest du normalerweise?«

»Hier sind die Einnahmen am besten zwischen neun und sieben, obwohl ich Jungs kenn, die in Mayfair arbeiten. Die fangen meistens erst um Mittag oder sogar ein Uhr an, wenn die reichen Pinkel ausgehen. Ich wünschte, ich könnte auch dort arbeiten«, fuhr Drummer sehnsüchtig fort. »Die verdienen manchmal sogar 'nen Schilling am Tag, aber dort sind alle Plätze schon besetzt. Aber ich geh nachts mit denen zusammen zur Oper und schlag Purzelbäume.«

»Du schlägst Purzelbäume?«

»Aye. Wir machen Purzelbäume oder schlagen Salto, und die Gentlemen, die aus der Oper kommen, lachen und geben uns 'n paar Pence, vor allem, wenn sie noch eine junge Frau im Arm haben. Da is dieser eine Bub, Louis, der kriegt sogar noch mehr, weil er Rückwärtssaltos kann. Ich bin nich so gut, nich mal beim Purzelbaumschlagen. Ich werd nach zwei oder drei immer schon schwindlig.«

»Dann gehst du erst schlafen, wenn die Oper aus ist?«

»Ach nee, M'lady. Dann gehn wir erst noch zum Haymarket – nur nich sonntags, dann gehn wir nämlich schon früher hin.«

»Was macht ihr denn dort?«, fragte Hero. Haymarket, die alte Durchgangsstraße von Picadilly zur Pall Mall, war von Theatern, Hotels und Garküchen gesäumt – und Prostituierten.

»Na, manchmal fährt 'n Gentleman in 'ner Kutsche ran und sagt uns, wir solln ihm 'n Mädchen bringen. Dafür können wir sogar fünf oder sechs Pence kriegen. Wenn der Gentleman hübsch angezogen is, suchen wir ihm 'n richtig hübsches Mädchen.«

Hero betrachtete den arglosen kleinen Kuppler vor sich mit einer Art Faszination des Grauens. »Und wenn er nicht hübsch angezogen ist?«

Der Junge grinste. »Na, dann holen wir ihm eins von den Mädels, die wo nich mehr so jung und hübsch sind. Aber manchmal picken wir speziell die Mädels raus, die nett zu uns warn. Manchmal geht 'n Mädchen vorbei, dem wir viel Glück wünschen, und dann gibt sie uns 'ne Kupfermünze.«

»Diese jungen Frauen, die ihr, ähm ...«, Hero zögerte und suchte nach einem passenden Wort, »... liefert«, sagte sie schließlich, »findet ihr die auf der Straße?«

»Manchmal. Aber wenn wir keine Mädchen finden, die da herumlaufen, wissen wir, zu welchen Unterkunftshäusern wir gehen können, um sie zu finden. Am nächsten Tag geben sie uns eine oder zwei Kupfermünzen zum Dank.«

»Um welche Zeit hörst du denn normalerweise mit der Arbeit auf?«

»Wir treffen uns alle um drei Uhr nachts auf den Stufen vor St Anne's und rechnen zusammen, was wir eingenommen ham.«

Großer Gott, dachte Hero. Das Kind arbeitete von neun Uhr morgens bis drei Uhr am nächsten Tag. Sie sagte: »Und dann kommst du hierher, um zu schlafen?«

»Aye. Aber wenn die Sonne aufgeht, muss ich weg.« Die Müdigkeit, die die Augen des Jungen umschattete und ihn den Kiefer herunterhängen ließ, war nicht zu verkennen. »Ich bin froh, wenn ich genug gespart hab, um mir die Stiefel zu kaufen. Letzte Nacht war's frisch.«

Hero drückte dem Kehrer eine Münze in die Hand und schloss seine Faust darum. »Hier hast du eine Guinee, kleiner Mann. Danke, dass du zugestimmt hast, mit mir zu sprechen.«

Dann drehte sie sich um und ging rasch zu ihrer Kutsche zurück, bevor sie versucht war, ihre Börse in seine dünnen, rissigen Hände zu stecken.

Kapitel 8

Das verwahrloste Haus von Daniel Eisler stand zwischen einem schmuddeligen Backsteinlager und dem Laden eines Kerzenziehers eingezwängt in einer schmalen, verwinkelten Straße namens Fountain Lane, gleich neben den Minories. Das Haus, das aus verputzten Sandsteinquadern erbaut war, die im Lauf der Jahre dunkel und bröckelig geworden waren, sah aus, als wäre es früher von einem großen Garten umgeben gewesen. Heutzutage war der Hausgiebel von wucherndem Efeu bedeckt, und rostige Eisenstangen verunstalteten die Sprossenfenster.

Die Pfarrei St Botolph-Aldgate erstreckte sich auf einem schmalen Streifen von der Themse bis zur Aldgate High Street und verlief damit über die Grenze zwischen der Londoner Innenstadt und Middlesex. Der Komplex der East India Company beherrschte die Gegend, in der sich vor allem Waffenschmiede und unterschiedliche Marine-nahe Gewerbe breitgemacht hatten, vor allem Schlachthäuser und Brauereien. Hier, in den engen Gassen der Minories, hatten sich zahlreiche Flüchtlinge aus den Niederlanden und mehreren deutschen Staaten niedergelassen.

Sebastian blieb auf dem Bürgersteig gegenüber dem alten Haus stehen und ließ den Blick über das hängende Gesims und das schmutzige, zerbrochene Glas eines Dachbodenfensters wandern. Er war nah genug an der Themse, um den Geruch nach Teer, Salzwasser und totem Fisch zu riechen und die rauen Rufe der Seemänner und Dockarbeiter zu hören, die die Tavernen und Bierbeizen in Whitechapel im Osten bevölkerten. Hier in der kopfsteingepflasterten Straße herrschte aber Ruhe, da viele der ehemaligen Läden und Häuser durch Lagerhäuser ersetzt worden waren. Um acht oder neun Uhr abends – Eislers Todeszeitpunkt – war die Gasse vermutlich menschenleer.

Ein Mann, der eine hoch mit Schrott beladene Karre schob, warf ihm einen neugierigen Blick zu, ging aber weiter. Sebastian überstieg mit einem großen Schritt ein Abflussgitter, in dem dick die Abwasserbrühe stand, überquerte die Straße und pochte fest an die verwitterte, aber dicke Haustür. Er musste den Klopfer noch zwei Mal benutzen, erst dann wurde die Tür einen Fußbreit nach innen geöffnet.

In der Lücke erschien das blasse, hagere Gesicht eines alten Mannes. Von seinem kleinen, knochigen Kopf standen dünne, graue Haarbüschel wirr in alle Richtungen; seine Wangen waren eingefallen, die Haut gelb und von Altersfalten durchfurcht, und sein schäbiger Butlermantel war fadenscheinig und viel zu breit für seine geschrumpfte Gestalt. Er blinzelte mehrmals, als überfordere ihn das grelle Tageslicht. Mit dünner, zittriger Stimme sagte er: »Falls Sie zu Mr. Eisler wollen, bedaure ich, Sie informieren zu müssen, dass er nicht zugegen ist. Tatsächlich ist er verstorben.«

Er machte Anstalten, die Tür zu schließen.

Flink schob Sebastian einen Fuß in die Öffnung. »Tatsächlich möchte ich mit Ihnen sprechen. Sehe ich es richtig, dass Sie Mr Eislers Butler sind – Campbell?«

Der alte Dienstmann ließ den Blick auf Sebastians Fuß fallen, dann hob er ihn wieder. »Sie gehören doch nicht zur Bow Street, oder doch? Denn Mr Leigh-Jones sagte mir, wir sollten niemandem von der Bow-Street Rede und Antwort stehen.«

»Mr Leigh-Jones?«

»Der Chef-Untersuchungsrichter der Lambeth Street. Ließ uns alle als Zeugen ins Amt vorladen, das hat er. Letzte Nacht, als er diesen Yates nach Newgate überstellt hat, bis seine Verhandlung wegen Mordes stattfindet. Mr Leigh-Jones hat uns ausdrücklich davor gewarnt, irgendjemandem von der Bow Street irgendetwas zu berichten.«

Die Bow Street war als erste öffentliche Behörde eingerichtet worden und hatte noch immer eine höhere Position inne, die ihr die Autorität über Verbrechen und Verbrecher gab, und zwar nicht nur in der Metropole, sondern in ganz England. Es war nicht ungewöhnlich, dass die Magistraten der niederen Behörden die Höherstellung der Bow-Street-Behörde ablehnten und deshalb versuchten, jeglicher möglichen Einmischung in ihre Distrikte zuvorzukommen.

Sebastian sagte: »Sehe ich aus wie ein Bow-Street-Runner?«

Campbell musterte Sebastians hervorragend geschneiderten Mantel, die tadellos gebundene Krawatte, seine rehledernen Hosen und die Hessischen Stiefel. »Nein, das tun Sie nicht. Aber Sie könnten einer dieser Kerle von der Presse sein. Mr Leigh-Jones hat uns auch ausdrücklich angewiesen, mit keinem von denen zu sprechen.«

Sebastian zog seine Karte aus dem Etui und hielt sie ihm zwischen zwei Fingern hin. »Mein Name ist Devlin. Ich gehe davon aus, dass Mr Leigh-Jones Sie nicht angewiesen hat, auch nicht mit mir zu sprechen?«

Der Butler hielt Sebastians Karte auf Armeslänge von sich und blinzelte. »Nein, das hat er nicht.« Im Gesicht des alten Mannes bewegte sich kein einziger Muskel, doch er öffnete die Tür weit und führte eine von einem knackenden Geräusch begleitete Verbeugung aus. »Wie kann ich Euch zu Diensten sein, Mylord?«

Sebastian trat in eine hohe mittelalterliche Eingangshalle mit dunklen, holzverkleideten Wänden, einem unebenen Fliesenboden, der stark beschädigt war, und einer aufwendig gearbeiteten, rauchgeschwärzten Kassettendecke. Es war ein riesiger Raum, der jedoch hoffnungslos überfüllt war, und zwar mit dem seltsamsten Sammelsurium verstaubter, doch exquisiter Möbel. Sebastian sah Konsolen aus Sandelholz mit feinen Intarsien, eine dunkle Renaissance-Truhe mit Schnitzereien mystischer Tiere und vergoldete Stühle, die aussahen, als stammten sie aus Versailles. Reihen dunkler Gemälde in schweren, schimmeligen Goldrahmen bedeckten die gesamten Wände, während sich am anderen Ende der Halle eine abgetretene, steile Treppe zum ersten Stock hinaufwand. Daneben sah Sebastian durch einen kalkverputzten Bogen in einen dunklen Flur, der zum hinteren Teil des Hauses führte. Ein zweiter Bogen mit schadhaftem, schmutzigem Putz führte offenbar zu einem altmodischen Salon. Die löchrigen Brokatvorhänge an den Fenstern waren fest zugezogen, doch als Sebastians Augen sich an das Dämmerlicht gewöhnt hatten, konnte er leicht den Fleck sehen, der den fadenscheinigen Teppich dort verunzierte.

»Mr Eisler wurde hier gefunden.« Campbell nickte in Richtung des Salons, zog sorgsam die Haustür hinter sich zu und sperrte sie ab. »Er wurde genau in die Brust getroffen. Eine elende Schweinerei.«

»Sie waren gestern Abend hier, oder?«

»Jawohl, Mylord. Nur, das habe ich auch Mr Leigh-Jones gesagt, ist es Mrs Campbells und meine Gewohnheit, uns vor acht Uhr in unsere Räume zurückzuziehen. Wir haben erst gemerkt, dass etwas nicht stimmte, als der Wachtmeister an unsere Tür auf dem Dachboden geklopft hat.«

»Dann haben Sie den Schuss nicht gehört?«

»Nein, Mylord. Ich höre nicht mehr so gut wie früher – und Mrs Campbell auch nicht.«

Sebastian ließ den Blick erneut durch die alte Halle schweifen und maß den Abstand von der Haustür bis zur Treppe und dem Flur dahinter. Wenn Yates, wie er behauptete, auf der Eingangstreppe gestanden hatte, als er den Schuss hörte, und dann sogleich hineingeeilt und auf den toten Eisler gestoßen wäre, hätte der Mörder dann genug Zeit gehabt, um aus dem Salon zu entkommen und den dunklen Durchgang zu nehmen oder die Treppe hinauf zu flüchten, ohne gesehen zu werden?

Das bezweifelte Sebastian.

Er sagte: »Gibt es eine Tür, die von diesem Stockwerk aus hinter das Haus führt?«

»Ja, am Ende des Flurs dort.«

»Kann ich sie sehen?«

Der Butler verbeugte sich erneut wacklig. »Wenn Ihr mir folgen wollt, Mylord?«

Mit tatterigen Schritten ging er Sebastian langsam voran durch einen engen Flur, der durch weitere Möbel, die auf beiden Seiten aufgereiht standen, noch schmäler war. Sebastian zählte vier Türen, die beidseitig vom Flur abgingen, und dazu ein paar steile, schmale Stufen, die wohl in die Kellerküche hinunter führten. Im ganzen Haus stank es nach Verfall und ranzigem Kochfett. Darunter mischte sich der Geruch der ungewaschenen Kleidung eines alten Mannes und noch eine weitere, unbestimmbare Note, für die Sebastian keine Bezeichnung fand.

»Ich hab schon von Euch gehört, wisst Ihr das?«, sagte der Butler und zog einen schweren Eisenriegel an der Tür am Ende des Gangs zurück. Die Tür war alt, bemerkte Sebastian, im Lauf der Jahre zusammengeschnurrt und verzogen, sodass sie nicht mehr in den Rahmen passte. »Tatsächlich verfolge ich Euren Werdegang mit einer morbiden Faszination. Und ich muss schon sagen, es ist interessant, dass Ihr nach dieser Tür fragt.«

»Ach, wieso das?«

»Als die Constables letzte Nacht weggegangen sind, habe ich natürlich überprüft, ob alle Fenster und Türen verschlossen sind.«

»Und?«

»Diese Tür war offen.«

»Meinen Sie damit, dass der Riegel geöffnet war?«

»Mehr als das, Mylord. Die Tür selbst stand sperrangelweit offen. Kann natürlich sein, dass die Wachtmeister sie auf der Suche nach dem Verdächtigen aufgestoßen haben – er ist sofort abgehauen, als Mr Perlman gekommen ist und ihn über den Leichnam gebeugt gefunden hat. Aber ich hab's schon seltsam gefunden. Ich meine, ich habe selbst gehört, wie Mr Perlman sagte, dass der Verbrecher durch die Haustür weggelaufen ist. Warum sollten sie das also überhaupt machen? Und wenn die Wachtmeister wirklich die Tür geöffnet haben, warum haben sie sie dann nicht wieder zugemacht? Das gehört sich doch nicht, wenn Ihr mich fragt.« Campbell zog die Tür auf und verbeugte sich. Ein Chor von Vogelgezwitscher erfüllte die Luft. »Nach Euch, Mylord.«

Sebastian trat auf eine Terrasse aus unebenen Schieferplatten, die von Laub und abgebrochenen Zweigen übersät waren und auf der reihenweise Vogelkäfige standen. Im größten Käfig bei der Tür schlug ein halbes Dutzend Krähen frustriert mit den Flügeln. In den anderen Käfigen saß alles von Spatzen und Tauben über eine weiße Eule bis zu einer sehr mürrisch dreinblickenden, langhaarigen, schwarzen Katze mit einem buschigen, langen Schwanz und glitzernden grünen Augen.

»Hatte Mr Eisler eine Vorliebe für Vögel?«, fragte Sebastian und ging zum Käfig der Katze, wo er stehenblieb. Die Katze blinzelte und erwiderte mürrisch seinen Blick.

Campbell räusperte sich. »Ich weiß nicht, ob ich sagen würde, dass er eine besondere *Vorliebe* für sie hatte, Mylord. Aber er hat immerzu welche gekauft.«

Sebastian blickte den Butler an, der keine Miene verzog. »Und was hat er mit ihnen gemacht?«

Der Butler schaute über den überwucherten Überrest des einstigen Gartens zu einer verfallenden Backsteinmauer und dem eingestürzten Dach von einem Bau, der einst ein Stall gewesen sein mochte. »Das kann ich nicht sagen, Mylord.«

Sebastian studierte die sorgsam beherrschten Züge des alten Faktotums, dann wandte er sich wieder dem Haus zu. »Wissen Sie, ob Mr Eisler gestern Abend Besuch erwartet hat?«

Campbell wartete, bis sie wieder im Hausinnern waren und die Tür sorgfältig verschlossen war, dann sagte er: »Mr Eisler hatte oft Besuch.«

»Ach? Erinnern sich an jemand Besonderen?«

»Ich fürchte, mein Gedächtnis ist nicht mehr so gut wie früher, Mylord.«

»Wie Ihr Gehör.«

Campbell schob mit zittrigen Fingern den Riegel vor. »So ist es, Mylord.«

Sebastian ließ den Blick durch den vollgestellten Flur wandern. Viele der Gemälde an diesen Wänden, erkannte er jetzt, waren unbezahlbar. Er sah einen Van Eyck, einen Fouquet und, halb hinter der offenen Tür zur Küchentreppe versteckt, einen riesigen Tintoretto. »Ist die einzige Treppe zum ersten Stock diejenige in der Halle?«

»Jawohl, Mylord.« Mit gerunzelter Stirn beugte sich der Butler näher zu ihm, und seine Züge verhärteten sich plötzlich beleidigt, als er zu Sebastian aufsah.

»Was ist los?«, fragte Sebastian.

»Wart Ihr zufällig schon einmal hier, Mylord?«

»Nein, weshalb fragen Sie?«

»Seid Ihr sicher, dass Ihr nicht letzte Woche an einem Tag hergekommen seid, um Mr Eisler zu treffen?«

»Sehr sicher.«

Der Butler schürzte die Lippen und runzelte die Stirn, als er Sebastian mit zusammengekniffenen Augen einer genauen Musterung unterzog. »Gewiss, Ihr habt recht. Jetzt, wo ich drüber nachdenke, glaube ich, dass der fragliche Gentleman etwas dunkler und vielleicht ein paar Jahre älter war – und auch nicht wirklich ein Gentleman, wenn Ihr mich versteht, Mylord. Aber von alldem abgesehen kann man nich leugnen, dass das fragliche Individuum Euch genug ähnelte, um Euer Bruder zu sein. … Wenn Ihr mir gestattet, so frei zu sprechen, Mylord?«

Kapitel 9

Eine eigenartige Empfindung durchlief Sebastian gleich einer brennenden Flüssigkeit, die durch seine Adern strömte, seine Fingerspitzen prickeln ließ und die Außengeräusche dämpfte. Wie aus weiter Ferne hörte er den alten Mann sagen: »Ihr habt nicht zufällig einen Bruder, oder doch, Mylord?«

»Einen Bruder?« Irgendwie gelang es Sebastian, seine Stimme ruhig und gleichmäßig klingen zu lassen. »Keinen lebenden, nein.« *Meines Wissens jedenfalls nicht*, dachte er, sprach es aber nicht aus. Betont drehte er sich zu dem dunklen Salon neben ihnen um. »Sie sagten, Mr Eisler wurde in diesem Raum gefunden?«

»Ja, Mylord.« Campbell ging zu den Frontfenstern und zog die verschossenen Vorhänge zurück. Staubschwangeres, spärliches Licht füllte die Kammer. Die dicken, gewellten Glasscheiben, die mit dem Schmutz vieler Jahre bedeckt waren, dämpften es noch weiter. »Er lag ausgestreckt auf dem Rücken, genau da. Ich fürchte, er hat den Läufer ruiniert.«

Das Zimmer war lang und schmal und wie das gesamte Haus mit einem wüsten Sammelsurium aus Mobiliar und Kunstwerken vollgestopft. Sebastian erkannte ein Selbstporträt von Rembrandt und eine Madonna von Fra Filippo Lippi. Der Teppich auf dem Boden sah aus wie ein unbezahlbares Isfahan-Stück aus dem siebzehnten Jahrhundert. Am einen Ende war er von einem großen, dunklen Fleck verunziert, den offenbar noch niemand zu entfernen versucht hatte.

Er ging daneben in die Hocke und atmete eine widerliche Geruchsmischung aus Staub, Blut und einem schwachen, aber unverkennbaren Hauch verbrannten Schwarzpulvers ein. Mr Eislers Wunde hatte offensichtlich stark geblutet. Dennoch waren weder auf der Wand noch auf einem der Möbelstücke Blutspritzer zu sehen. Sebastian sah hoch. »Wie genau war der Leichnam ausgerichtet?«

Der Butler trat neben ihn. »Er lag auf dem Rücken, wie ich schon sagte, Mylord.«

»Ja, aber zur Tür oder von ihr weg?«

»Nun, sein Kopf lag genau hier«, der alte Mann bewegte sich mit schwerfälliger Langsamkeit und wedelte mit den dünnen Armen, um die Lage der Leiche in der Luft anzudeuten, »und die Füße hier, näher zur Tür. Also denke ich, dass er in diese Richtung gestanden haben muss, als er erschossen wurde. Meint Ihr nicht auch, Mylord?«

»Wahrscheinlich«, sagte Sebastian, obschon er im Krieg genügend erschossene Männer gesehen hatte, um zu wissen, mit welcher Wucht eine Kugel einen Mann herumschleudern und schwanken lassen konnte.

Er erhob sich wieder und ließ den Blick durch das eigenartige, düstere Zimmer wandern. Mit der Sammlung von Möbelstücken, Statuetten, Porzellangegenständen und Gemälden glich dieser Ort eher einem Lager oder einem Auktionshaus als einer Privatwohnung. »Sind alle Räumlichkeiten so wie dieser?«, fragte

Sebastian. »Voller Möbelstücke und Kunstwerke, meine ich.«

»Die meisten, ja. Mr Eisler war gewissermaßen ein Sammler. Ich fürchte, Mrs Campbell hat es vor einiger Zeit aufgegeben, gegen den Staub ankämpfen zu wollen. Die Leute haben ihm immer ... Dinge gegeben.«

Von seiner Position aus konnte Sebastian mindestens zwei weitere Rembrandts, einen Caravaggio und das fast lebensecht große Marmorstandbild eines Pferdes sehen, das aussah, als hätten die Ritter des Vierten Kreuzzugs es in Konstantinopel erbeutet. »Anscheinend waren Mr Eislers Freunde sehr großzügig«, sagte er und bahnte sich durch das Gerümpel den Weg zum anderen Ende der Kammer. Fast die gesamte Wand wurde von einem riesigen, altmodischen Kamin beherrscht, dessen Oberteil aus kunstvollen Schnitzereien mystischer Wesen und von Girlanden mit Früchten und Blumen bestand.

»Ein interessantes Stück.« Sebastian blieb davor stehen.

»Mhm. Es heißt, dieses Haus stammt schon aus der Tudor-Zeit, aber nach allem, was ich weiß, kann das auch ein Gerücht sein.«

Sebastians Blick fiel auf ein abgenutztes schwarzes Sofa aus Pferdehaar, das in einem bestimmten Winkel neben den Kamin gezogen worden war. Er sah die Spitzen eines Paares blauer Satinschläppchen unter dem Sitzpolster hervorlugen.

»Wissen Sie, wem die gehören könnten?«, fragte er und nickte in die entsprechende Richtung.

Dem alten Dienstmann sackte das Kinn herunter. »Großer Gott, nein.« Er stützte sein Gewicht auf einer der runden Armlehnen des Sofas ab, bückte sich und hielt ein Paar billiger Frauenschuhe in die Luft, die mit kitschigen, strassbesetzten Schnallen versehen waren und nicht aussahen, als ob sie den Füßen guttun könnten.

»Offensichtlich waren einige von Mr Eislers Besuchern Damen?«, fragte Sebastian und griff nach einem der Schuhe. Die Besitzerin musste ein kleines Ding gewesen sein; der Schuh war praktisch klein genug, um einem Kind zu passen.

Campbell räusperte sich und sah ausgesprochen unbehaglich drein. »Manche waren Damen ... manche eher weniger Damen, wenn Ihr versteht, Mylord?«

Sebastian betrachtete den Schuh mit wachsendem Erstaunen. Er konnte sich vorstellen, dass eine Frau unbeabsichtigt ein Haarband oder einen Armreif vergaß. Aber ihre Schuhe? Wie konnte denn eine Frau ihre Schuhe vergessen?

»Waren manche von Mr Eislers Besucherinnen besonders ...« Ein lautes Pochen an der Haustür unterbracht Sebastian.

»Entschuldigt, Mylord.« Campbell verbeugte sich unter offensichtlichen Schmerzen und ging davon, um die Tür zu öffnen.

Sebastian ließ den Blick ein weiteres Mal durch den Raum wandern. Jetzt erkannte er eine zweite Tür gleich links neben dem Kamin, die halb hinter einem Vorhang versteckt war und aussah, als könnte sie auf den hinteren Flur führen. Er trat heran, um sie zu untersuchen, da drang die ärgerliche, laute Stimme eines Mannes vom Eingang herein.

»Wo ist er? Ich habe gehört, dass man ihn herfahren gesehen hat. Bei Gott, wenn er denkt, er ist ...«

Auf der Türschwelle erschien ein vierschrötiger, mittelalter Mann. Er war groß, schwitzte und platzte vor Selbstgerechtigkeit. Sein frühzeitig ergrautes Haar war immer noch dicht, das runde Gesicht gerötet und faltenfrei, seine unmäßige Körperfülle deutete auf behagliche Lebensumstände hin. »Aha! Es stimmt also.« Er fuchtelte mit einem dicken, anklagenden Finger in Sebastians Richtung. »Ich wusste es. Wusste ich es doch! Ihr seid Devlin, nicht? Ich hab schon gehört, dass Ihr in Newgate wart und diesen verfluchten Halunken aufgesucht habt. Ich will Euch eines sagen: Wir können Eure Einmischung nicht brauchen. Das hier ist Aldgate, nicht die Bow Street, hört Ihr? Sir Henry Lovejoy mag ja Eure Einmischungen schätzen, aber die Bow Street hat in diesem Fall keinerlei Zuständigkeiten – keine! Also wäre ich Euch sehr dankbar, wenn Ihr Euch gefälligerweise nicht in Dinge einmischt, die nicht Eure Angelegenheit sind. Drücke ich mich klar aus?«

Sebastian zog gelassen eine Augenbraue hoch. »Kennen wir uns?«

Der Mann verkniff die Lippen zu einem dünnen Strich. Seine Augen waren blass haselnussfarben, die Wangen voll und stark geädert, sein Stiernacken bestand aus mehreren Rollen. »Mein Name ist Leigh-Jones. Bertram Leigh-Jones, leitender Untersuchungsrichter der Lambeth-Street-Behörde. Und Ihr, Sir, seid hier nicht willkommen. Nicht im Geringsten. Wir haben den Abschaum, der das getan hat, bereits gefasst. Ihr habt ihn in Newgate selbst gesehen.«

»Er sagt, er hat es nicht getan.«

Leigh-Jones lachte abfällig auf. »Natürlich sagt er, dass er es nicht getan hat. Das sagen sie alle. Wenn man ihnen glaubt, ist kein einziger Mann in Newgate schuldig.« Das Lachen wurde zu einem gemeinen Feixen. »Euer Mann, Yates, ist da nicht anders. Er wurde über die Leiche gebeugt gefunden. Tja, der wird hängen, das ist klar. Kein Zweifel.«

Mit betonter, provokanter Langsamkeit ließ Sebastian den Blick über sein Gegenüber wandern, von seinem fleckigen Gesicht mit Schweißstriemen über die nachlässig geknotete Krawatte und den Eierfleck auf der schreiend bunten Weste, die straff seinen ausladenden Bauch umspannte. Er beobachtete, wie die Gesichtsfarbe des Mannes dunkler wurde und sein Kiefer sich anspannte, bis er vor Wut geradezu bebte. Dann nickte Sebastian dem alten Butler zu und sagte: »Vielen Dank für Ihre Zeit.«

Er wandte sich zur Tür und verstaute den blauen Satinschuh unbemerkt. Er hatte schon beschlossen, später am Abend wiederzukommen, im Schutz der Dunkelheit, wenn Campbell und seine Gattin in ihren Räumen im Dachgeschoss schliefen.

»Ihr kommt nicht wieder her«, rief ihm Leigh-Jones hinterher. »Wenn Ihr wieder herkommt, dann schwör ich bei Gott, werd ich Euch wegen Einbruchs bestrafen – Viscount oder nicht. Hört Ihr? *Hört Ihr mich?*«
Sebastian ging weiter.

Kapitel 10

Zum ersten Mal hatte Sebastian durch einen Arzt in Chelsea von der Existenz eines anderen dunkelhaarigen, schlanken Mannes mit gelben Augen gehört. Jener Arzt hatte seine Uhr und seine Brieftasche in einer stürmischen Nacht in Hounslow Heath an einen solchen Mann verloren. Und just im August hatte Sebastian eben diesem Mann von Angesicht zu Angesicht gegenübergestanden.

Sein Name war Jamie Knox, und er hatte als Grenadier im 145. Regiment gedient. Er war ein präziser Schütze mit dem fast mystischen Ruf einer Treffsicherheit auf große Entfernungen bei Dunkelheit gewesen, war aber nach der desaströsen Niederlage der britischen Truppen unter Wellington in Corunna entlassen worden. Was er danach gemacht hatte, war umstritten. Sebastian neigte dazu, Gerüchten Glauben zu schenken, die besagten, dass er sich den »High Tobys« angeschlossen hatte, also Straßenräuber geworden war. Als sagenhafte Gestalt ganz in schwarz hatte er Jagd auf die Kutschen derjenigen gemacht, die närrisch genug waren, nach der Dämmerung ohne Begleitung durch das Hinterland von Hounslow Heath zu fahren.

Mit Hilfe eines gerüchteweise fast tierhaften Gehörsinns und einer übernatürlichen Fähigkeit, im Dunkeln zu sehen, hatte Knox rasch die nötigen Ressourcen angehäuft, um in Bishopsgate ein Gasthaus zu eröffnen, das als das *Black Devil* bekannt war. Allerdings gab es auch die Version, Knox hätte das Pub gestohlen und den Eigentümer ermordet.

Sebastian hatte nie herausgefunden, welche Version stimmte. Aber aus zuverlässiger Quelle wusste er, dass der französische Wein und der Brandy in Knox' Keller ihren Weg über den Kanal im Bauch abgedunkelter Schiffe in mondlosen Nächten antraten ...

Und dass einer von Knox' Verbündeten in dieser Schattenwelt ein gewisser Aristokrat und ehemaliger Freibeuter namens Russell Yates war.

Das *Black Devil* war ein Fachwerkhaus, ein Überbleibsel aus einer anderen Zeit, das an einen der wenigen noch vorhandenen Abschnitte antiker römischer Mauern in London gebaut war. Es war beliebt bei Kaufleuten, Uhrmachern und Schneidern von Bishopsgate, und ein verwittertes Holzschild mit der Darstellung eines schwarzen Teufels, der vor Flammen tanzte, hing über dem Eingang. Wie das Äußere hatte sich auch das Innere des Hauses im Lauf der Jahrhunderte kaum verändert. Die schwere Balkendecke war niedrig, der mit Steinplatten geflieste, unebene Boden mit Sägespänen ausgestreut, um Vergossenes aufzusaugen, und ein schwerer, rauchgeschwärzter steinerner Kamin nahm einen beträchtlichen Teil der einen Wand ein. Als Sebastian die Tür zum Schankraum öffnete, traf er die übliche mittägliche Ansammlung von Handwerksgesellen und Lehrburschen aus den umgebenden Straßen an.

Einige der Männer sahen neugierig auf und wandten sich dann wieder ihrem Bier zu. Die junge Schankmaid hinter dem Tresen fror mitten in der Bewegung ein, als Sebastian zu ihr kam. Sie war gerade dabei, einen Krug Bier zu füllen.

»Hölle aber auch«, sagte sie und ruckte mit dem Kopf, um eine schwere, dunkle Locke aus dem Gesicht zu schütteln. »Nich Ihr wieder.«

Sebastian lächelte sie breit an. »Wo ist er?«

Sie stellte den Krug zur Seite, stemmte eine Hand in die Hüfte und schob das Kinn vor. Sie hatte breite, volle Lippen, hohe Wangenknochen, und ihre mandelförmigen dunklen Augen standen exotisch schräg. Sie sah schön und sinnlich aus, und das wusste sie. »Meint Ihr etwa, das sag ich Euch?«

Hinter ihm erscholl ein Lachen. »Pippa neigt zum Schmollen, fürchte ich«, sagte Knox. »Sie hat was dagegen, dass Ihr mir mit dem Strang gedroht habt.«

»Nur, wenn ich herausfinde, dass Sie schuldig sind«, sagte Sebastian und drehte sich um.

Der Kneipenbesitzer stand mit einer Hand an den Rahmen einer Tür gestützt da, die sich am anderen Ende des Schankraums nach außen öffnete. Den High Toby hatte er vielleicht hinter sich gelassen, doch kleidete er sich noch immer ganz in schwarz wie der Teufel, der auf dem Holzschild draußen über dem Eingang vor dem Höllenfeuer tanzte. Schwarzer Mantel, schwarze Weste, schwarze Hosen und Stiefel, schwarze Krawatte. Nur sein Hemd war weiß.

Er war ein paar Jahre älter als Sebastian, dunkler und vielleicht eine Spur größer. Aber er hatte die gleiche schlanke, muskulöse Gestalt, das gleiche feingeschnittene Gesicht und die gleichen gelben Katzenaugen. Soweit Sebastian wusste, waren sie nicht miteinander verwandt; und doch sah Knox ihm dermaßen ähnlich, dass er sein Bruder sein konnte.

Oder zumindest sein Halbbruder.

»Ich hab Euren verfluchten Franzmann nicht umgebracht«, sagte Knox. Sein Lächeln blieb, doch seine Gesichtszüge wurden härter. Vor nur sechs Wochen hatte Sebastian Knox beschuldigt, einen auf *Parole* entlassenen französischen Offizier namens Philippe Arceneaux getötet zu haben. Knox hatte es geleugnet, aber Sebastian war nicht vollends von der Unschuld des Mannes überzeugt.

»Und wie steht es mit einem Diamantenhändler namens Daniel Eisler?«

Ein winziger Anflug von Überraschung glitt über das Antlitz des Kneipenwirts und verschwand wieder. Es konnte alles bedeuten. »Ihr hattet ordentlich was zu tun, nit? Hab gehört, der Mann is grade mal zwölf Stunden tot.« Bedeutungsvoll richtete er den Blick auf einen Tisch in ihrer Nähe, an dem Gerber saßen, die plötzlich sehr interessiert wirkten. Er stieß sich vom Türrahmen ab und trat einen Schritt zurück. »Pippa? Bringst du uns zwei Pints?«

Sebastian folgte ihm in den Innenraum und fand sich in einem kleinen, spärlich möblierten Büro, das mit seiner unprätentiösen Funktionalität an ein Gefechtszelt erinnerte.

»Bitte setzt Euch.« Knox deutete auf den schlichten Tisch mit den heruntergeklappten Seiten, der am Fenster stand, das auf den kopfsteingepflasterten Hinterhof wies.

Sebastian setzte sich. Pippa kam und stellte zwei Krüge so fest auf dem Tisch ab, dass der Schaum überlief, dann warf sie ihm einen finsteren Blick zu, bevor sie wieder in den Schankraum verschwand und die Tür hinter sich zuschlug. Er sagte: »Irgendwie habe ich damit gerechnet, dass Sie leugnen würden, Eisler zu kennen.«

Knox fläzte sich in den gegenüberstehenden Stuhl. »Warum sollt ich? Weil er tot ist? Stellt Ihr Euch vor, ich hätt auch den umgebracht?«

»Wo waren Sie letzten Abend gegen acht oder neun Uhr?«

Knox nahm einen ausgiebigen Zug seines Ales und stellte es wieder ab. »Hier im *Black Devil.* Und verflucht sollt Ihr sein, mich das zu fragen.«

Sebastian betrachtete das dunkle, attraktive Gesicht des Mannes ihm gegenüber und sagte: »Sie waren letzte Woche bei Eisler. Warum?«

»Woher wisst Ihr, dass ich bei ihm war?«

»Sein Butler hat sich an Sie erinnert.«

Knox erwiderte seinen Blick lange, dann erhob er sich, durchmaß den Raum und sperrte eine kleine Kommode auf. Er zog ein flaches, eckiges, in Öltuch gewickeltes Objekt heraus, verschloss die Truhe wieder, kam zu Sebastian und legte den Gegenstand vor ihm auf den Tisch.

Das Bündel, das mit einer Kordel umwickelt war, war vielleicht dreißig Zentimeter lang, nur wenig schmäler und gute fünf Zentimeter hoch. »Was ist das?«, fragte Sebastian.

»Öffnet es.«

Sebastian öffnete die Kordel, die das Öltuch zusammenhielt, und zog das Tuch zurück. Er enthüllte ein mitgenommenes braunes, in Kalbsleder gebundenes Buch. Er schlug den schäbigen Deckel auf und sah einen handgeschriebenen Text, der weder römisch noch griechisch war und dennoch auf eigenartige Weise vertraut wirkte. Das Buch war aus Papier hergestellt, nicht aus Pergament, aber es war handgeschrieben, nicht mit der Druckerpresse fabriziert.

»Wie alt ist es?«, fragte er.

»Mir sagte man, aus dem späten sechzehnten Jahrhundert.« Knox setzte sich wieder auf seinen Platz.

»Ist das Hebräisch?«

»So sagte man mir.«

Sebastian blätterte die brüchigen, stockfleckigen Seiten vorsichtig um und betrachtete das Skript, das mit eigenartigen geographischen Formen und ungewöhnlichen Bildern versehen war. Er sah auf. »Was hat dieses alte Manuskript mit Eisler zu tun?«

Knox griff nach seinem Krug, trank jedoch nicht daraus, sondern drehte den Kopf herum, um aus dem Fenster zu schauen. Sebastian, der ihn beobachtete, hatte den Eindruck, dass er über den Hof und die schattigen Ulmen des alten Friedhofs, der ihn abschloss, hinweg sah. Weit weg, zu einem fernen, sonnenüberfluteten, trockenen Land, das durch einen Krieg verwüstet war. Nach Sebastians Erfahrung trugen die meisten Soldaten ihre Erfahrungen immer in sich, wie eine düstere Vision der Hölle, die man, einmal gesehen, nie wieder vergisst.

»Für Männer wie Euch und mich«, sagte Knox mit rauer Stimme, »bedeutet Krieg verbrannte Dörfer, tote

Frauen und Kinder, von Kanonenkugeln durchpflügte Schlachtfelder. Er bedeutet Obst, das in Gärten verrottet, weil keiner mehr lebt, der es ernten kann, und Brunnen, die von den stinkenden Kadavern von Schweinen, Böcken und Hunden verpestet sind. Er bedeutet Männer mit aufgeschlitzten Bäuchen und weggeschossenen Gesichtern. Aber das is ja nur so, weil wir zu den armen Teufeln gehören, die kämpfen, bluten und sterben. Für manche Männer is der Krieg eine Gelegenheit.«

»Und Sie sagen, dass Eisler einer dieser Männer war?«

Ein spöttisches Lächeln umspielte kurz die Lippen des Kneipenwirts. »Es gab nur sehr wenig Gelegenheiten, die Daniel Eisler sich durch die Lappen hat gehen lassen.«

»Man sagte mir, er unterhalte Agenten auf dem Kontinent, die von Familien, die sich in schwierigen Umständen wiederfinden, Schmuck aufkaufen.«

»Das hab ich auch gehört, hab aber nie selbst mit ihm Geschäfte gemacht. Aber Eisler hatte auch ’nen andern Mann angeheuert, einen entlassenen spanischen Pfaffen namens Ferdinand Arroyo. Seine Aufgabe war’s, bestimmte Arten von Manuskripten für Eisler zu beschaffen – hauptsächlich griechische, lateinische und hebräische, aber manchmal auch welche auf Altfranzösisch, Italienisch oder Deutsch.«

Sebastian blickte auf eine altersfleckige Seite, die halb von der seltsamen Darstellung eines geflügelten Engels bedeckt war, der etwas festhielt, das wie Saturn aussah, und Feuer spuckte. »Und das hier ist eines davon?«

»Ja.«

»Wie kommt es in Ihren Besitz?«

»Es wurde von Gentlemen nach London gebracht, mit denen ich Geschäfte mache. Ich sollte es heute an Eisler liefern.«

»Warum zeigen Sie es mir?«

Knox zögerte. »Sagen wir, ich betrachte Russell Yates gewissermaßen als Freund.«

Sebastian musterte das harte, sonnengebräunte Gesicht seines Gegenübers. Er bezweifelte keine Sekunde, dass Knox einen verdammt guten Grund hatte, ihm das Manuskript zu zeigen, glaubte allerdings nicht, dass Freundschaft eine Rolle spielte. Laut fragte er lediglich: »Wer hat Ihrer Meinung nach Eisler ermordet?«

Knox lehnte sich zurück und überkreuzte die Füße in den ausgetretenen Stiefeln. »Ich schätze, es gibt so irgendwas zwischen fünfhundert und tausend Männern – und Frauen – in unsrer Stadt, die den Dreckskerl gern tot gesehn hätten. Bei so einer Quote war es unvermeidbar, dass er irgendwann auf jemanden stößt, der bereit war, es nicht beim Wünschen zu lassen. Aber wenn Ihr nach Namen fragt ... Ich hab keine.«

»Außer Señor Ferdinand Arroyo?«

Knox hob seinen Krug an die Lippen und trank. »Als ich letztes Mal von ihm gehört hab, war Arroyo in Caen.«

Sebastian klappte den fragilen Buchdeckel des Manuskripts zu und erhob sich. »Danke.«

»Nehmt es«, sagte Knox und beugte sich vor, um das Manuskript auf dem Tisch zu ihm zu schieben. »Ich hab keine Verwendung dafür. Is ja nit so, als ob ich Hebräisch lesen würde.«

»Sie könnten es verkaufen.«

»Der Handel mit alten Büchern hat mich nie gereizt. Nehmt es. Wenn Ihr jemanden findet, der es Euch vorlesen kann, könntet Ihr es … nützlich finden.«

Sebastian fragte sich, was ein dreihundert Jahre altes Manuskript ihm über den am vorherigen Abend begangenen Mord an einem Diamantenhändler würde verraten können. Aber er schlug den alten Band wieder in die Öltuchhülle ein und steckte ihn sich unter den Arm. »Ich sorge dafür, dass Sie es wiederbekommen.«

Knox zuckte die Schultern. »Wie Ihr wollt.«

Sebastian war fast an der Tür, da hielt Knox ihn auf. »Ihr habt gesagt, Eislers Butler konnte sich an mich erinnern.«

Sebastian blieb stehen und blickte zu ihm zurück. »Das ist richtig.«

»Ich hab ihm meinen Namen nit genannt.«

»Ihren Namen kannte er nicht, aber er erinnerte sich an Ihr Aussehen.«

Knox' Augen wurden groß. »Seine Beschreibung muss bewundernswert gewesen sein.«

»Er hat gesagt, dass Sie mir genug ähneln, um mein Bruder zu sein.«

»Ach so.«

Die beiden Männer sahen sich an, keiner sprach, denn das war nicht nötig. Der eine war vielleicht der Sohn der treulosen, schönen Countess of Hendon und der andere nur der Bastard einer Schankmaid von Ludlow, aber die Ähnlichkeit zwischen beiden war ebenso unleugbar wie unerklärlich.

Kapitel 11

Als Sebastian das Black Devil verließ, sah er, dass eine Frau auf einem modernen, hochgestellten Phaeton, dem eine hübsche, weiße Stute vorgespannt war, auf ihn wartete. Ihr berühmtes, kastaniengesprenkeltes, dunkles Haar war unter einem Hut im Husarenstil aufgesteckt, und ein Schleier verbarg den größten Teil ihres Gesichts. Aber Kat Boleyn würde er überall erkennen.

Er blieb kurz stehen, da er eine unangenehme Enge in der Brust spürte, dann ging er zur Bordsteinkante. »Woher wusstest du, wo du mich finden kannst?«

Anstatt zu antworten, wandte sie sich dem livrierten Burschen neben sich zu. »Warten Sie hier auf mich, Patrick.«

»Jawohl, Ma'am«, sagte er und räumte für Sebastian den Platz.

»Yates sagte mir, dass du ihn heute Morgen besucht hast«, sagte sie, als Sebastian auf die hohe Kutschbank neben ihr stieg. »Ich wollte dir für dein Hilfsangebot danken.«

»Du lieber Himmel, Kat. Als ob ich das nicht täte?! Warum zur Hölle bist du nicht zu mir gekommen anstatt zu Hendon?«

Sie ließ das Pferd loslaufen, den Blick auf die Straße vor ihnen gerichtet. »Du weißt, weshalb.«

»Wenn du dich um Hero sorgst, glaube ich, dass du sie unterschätzt.«

Sie schwieg, ganz darauf konzentriert, ihr Pferd zwischen einem Brauereiwagen und einem Kohlekarren hindurch zu leiten.

Er sagte: »Du hast mir noch nicht gesagt, woher du wusstest, wo du mich findest.«

»Ich habe einfach gut geraten. Yates sagte, dass Knox etwas mit dem Einschmuggeln von Waren für Eisler zu tun hatte. Er wusste nur nicht, welche Art Ware.«

Sebastian umfasste das in Öltuch gebundene Bündel in seinen Händen fester. »Laut Knox waren es Bücher. Ungewöhnliche, alte Manuskripte, die hauptsächlich auf Griechisch, Lateinisch und Hebräisch verfasst sind.«

Sie warf ihm einen ungläubigen Seitenblick zu. »Alte Bücher? Aber warum das denn?«

»Anscheinend war er ein Sammler, unser Mr Eisler.«

»Der Mann war ein Dreckskerl.«

»Auch das.«

Sie bog scharf um die Kurve. »Weiß Knox etwas über Eislers Tod?«

»Er sagt nein.«

»Aber du glaubst ihm nicht?«

»Er ist nicht gerade ein Paradebeispiel an Aufrichtigkeit und Verantwortungsbewusstsein.«

»Das stimmt.«

Sebastian musterte ihre feinen, vertrauten Züge. Er hatte sich in sie verliebt, als sie sechzehn und er knapp einundzwanzig Jahre alt gewesen war. Das war so lange her – lange, bevor Hendons üble Machenschaften sie nicht nur einmal, sondern zweimal auseinandergetrieben hatten. Noch bevor Sebastian der Armee beigetreten war und Tod, Zerstörung und ungezügelte Grausamkeit in einem Maße gesehen hatte, dass seine Menschlichkeit beinahe verlorengegangen und seine Seele nahezu verdorrt wäre. Noch bevor Kat versucht hatte, ihrem Herkunftsland Irland beiseitezustehen, indem sie Informationen an die Franzosen durchstach. Und bevor sie in einer Verzweiflungstat Russel Yates geheiratet hatte, um sich selbst vor dem rachegetriebenen Zugriff von Charles Lord Jarvis zu retten, der ihr Folter und einen grausamen Tod versprochen hatte.

Sebastian wusste, dass ihre Ehe nie mehr als eine Zweckverbindung gewesen war – gar nicht sein konnte. Yates' Verbindung mit der schönsten, begehrtesten Frau der Londoner Theaterbühnen war für ihn eine Taktik, mit der er die Gerüchte um seine sexuelle Neigung zum Erliegen brachte, während Kat im Gegenzug durch das Wissen, das Yates über Jarvis hatte, geschützt war, welcher zerstörerischer Natur es auch sein mochte. Es war eine Ehe, in der es keinen Platz für sexuelles Begehren oder romantische Liebe gab. Aber Sebastian wusste, dass die beiden im Lauf des vergangenen Jahres Freunde geworden waren – gute Freunde sogar. Und Kat war seit jeher außerordentlich loyal gegenüber Freunden und Freundinnen.

Dennoch konnte Sebastian das Gefühl nicht abschütteln, dass ihre Sorge noch eine weitere Nuance enthielt, deren Natur sich ihm entzog.

»Du hast mir einmal gesagt, dass Yates Beweise gegen Jarvis in der Hand hat. Beweise, die ihn zerstören würden, kämen sie ans Licht.«

»Ja.«

»Es sollte also im besten Interesse von Jarvis liegen, dass Yates kein Unheil geschieht. Wenn jemand die Macht hat, die Anklage gegen ihn fallenzulassen, dann ist es Jarvis. Warum hat er es also nicht getan?«

Sie atmete schwer ein, ein verräterischer Zug, der für sie ganz untypisch war.

»Was?«, fragte er und betrachtete sie.

»Jarvis hat Yates gestern in seiner Zelle besucht. Yates sagt, er wäre gekommen, um ihm zu versichern, er schwebe nicht in Gefahr.«

»Aber das glaubst du ihm nicht?«

Sie schüttelte den Kopf, die Lippen zu einem festen Strich gepresst, und wendete ihr Pferd zurück nach Bishopsgate. »Yates hat immer geglaubt, dass die Beweise, die er gegen Jarvis hat, uns beide schützen. Aber ich bin mir nicht so sicher.«

Sebastian war zutiefst beunruhigt. Er hatte wenig Zweifel, welche Seite Yates wählen würde, wenn er vor die Wahl gestellt würde, sich selbst oder Kat zu retten.

Aber er fragte nur: »Wie gut hast du Eisler gekannt?«

»Gar nicht. Aber ich habe mich umgehört. Auf der Straße heißt es, er wäre von einem Pariser namens Jacques Collot getötet worden. Collot erzählt gern herum, er wäre während der Revolution aus Frankreich geflüchtet, weil seine Ansichten zur Monarchie im Widerstreit zu den Auswüchsen republikanischer und demokratischer Exzesse gestanden hätten. Nach allem, was ich so hörte, ist die Wahrheit allerdings weit weniger schmeichelhaft.«

Sebastian runzelte die Stirn. »In welcher Verbindung stand er zu Eisler?«

»Sagen wir, Eisler machte sich keine großen Sorgen um die Herkunft der Edelsteine, die er aufkaufte. Er neigte außerdem dazu, Menschen, mit denen er Geschäfte machte, übers Ohr zu hauen.«

»Du meinst, er hat Collot betrogen?«

Sie hielt den Phaeton wieder neben dem *Black Devil* an. Ihr Bursche beeilte sich, ein in Papier gewickeltes Würstchen aufzuessen, das er sich an einem Stand in der Nähe gekauft hatte. »Es heißt, man hätte Collot gehört, wie er vor zwei Nächten in einer Taverne fürchterlich über Eisler geschimpft hat – er schwor, dass er den Mann töten wolle, wenn er ihn wiedersähe.«

»Auf die Rede eines Betrunkenen ist nichts zu geben.«

»Schon. Aber es ist ein Ausgangspunkt, oder nicht?«

»Ja. Weißt du, wo ich den Mann finden kann?«

Sie schüttelte den Kopf. »Tut mir leid.«

Er sprang leichtfüßig auf das Pflaster und blieb mit einer Hand an der Reling der Kutschbank stehen. Er hatte so ein beunruhigendes Gefühl, dass hinter der ganzen Geschichte unsichtbare, aber mächtige Kräfte am Werk waren. Mächtige und gefährliche. Er blickte ihren Burschen an. »Ist dein Diener bewaffnet?«

Sie kniff die Lippen zusammen und schüttelte den Kopf. »Ich weigere mich, zuzulassen, dass Jarvis mir Angst einjagt.«

»Jarvis jagt *mir* Angst ein, Kat. Bitte … sei einfach auf der Hut.«

***

Als Sebastian zurück zur Brook Street kam, schickte er nach seinem Leibdiener und fragte ohne Umschweife: »Haben Sie je von einem widerwärtigen Franzosen namens Jacques Collot gehört?«

Die meisten *Gentleman's Gentlemen* wären empört, wenn ihre Dienstherren andeuten würden, sie hätten Umgang oder wären auf vertrautem Fuße mit den Mitgliedern von Londons riesiger Verbrecherklasse. Aber Jules Calhoun war nicht wie andere *Gentleman's Gentlemen*. Der kleine und geschmeidige Mann mit einem jungenhaften, flachsfarbenen Haarschopf und einem verschmitzten Lächeln war ein Genie, wenn es darum ging, die Schäden wieder auszubessern, die Sebastians Jagd nach Mördern gelegentlich dessen Garderobe zufügte. Doch verfügte er zudem über gewisse andere Fertigkeiten, die für einen Mann von Sebastians Interessen zuträglich waren – Fertigkeiten, die darauf zurückzuführen waren, dass er sein Leben in einem der schlimmsten Freudenhäuser Londons begonnen hatte.

»Ich habe von ihm gehört, Mylord«, antwortete Calhoun. »Ich glaube, er ist vor zehn, fünfzehn Jahren nach London gekommen. Allerdings kann ich nicht behaupten, viel über ihn zu wissen.«

»Wissen Sie, wo er wohnt?«

»Nein. Aber das kann ich in Erfahrung bringen.«

***

Einige Stunden später saß Sebastian gerade in seiner Bibliothek am Schreibtisch, das Manuskript von Knox offen vor sich, als Hero hereintrat.

Sie trug noch immer das smaragdgrüne Reisekleid, allerdings hing die Feder an ihrem kecken Hut inzwischen traurig herunter, da es zu regnen begonnen hatte. »Ah, da bist du ja«, sagte sie, setzte den Hut ab und betrachtete finster die tropfnasse Feder.

»Hat dir dein Straßenfeger Rede und Antwort gestanden?«, fragte er und lehnte sich im Stuhl zurück.

»Ja. Und du würdest so manches von dem, was er mir erzählt hat, nicht glauben.« Sie trat zu ihm und blickte ihm über die Schulter aufs Manuskript. »Ich wusste nicht, dass du Hebräisch lesen kannst.«

»Tue ich auch nicht. Ich schaue mir nur die Bilder an. Sie sind … eigentümlich.«

Sie ließ den Blick über die Seite gleiten, und ihre Augen wurden etwas größer, als sie die Illustration sah, die eine Art Spinnrad darstellte, das von seltsamen Symbolen gesäumt war. »Woher stammt das?«

»Man sagte mir, es wäre für Daniel Eisler ins Land geschmuggelt worden, der allerdings vor der Übergabe gestorben ist. Und ich habe nicht den geringsten Schimmer, worum es sich hier handelt.«

Sie blätterte um und hielt bei der Abbildung eines Dämons mit Fangzähnen und Adlerflügeln inne. »Vielleicht irre ich mich, aber das sieht ganz danach aus, als hätte sich dein Mr Eisler für Okkultismus interessiert.«

»Weshalb denkst du …« Er unterbrach sich, da Calhoun gerade auf der Türschwelle erschien.

»Ich bitte um Verzeihung, Mylord.« Der Leibdiener begann, sich rückwärts zu bewegen. »Ich wusste nicht, dass Ihre Ladyschaft …«

»Das ist schon gut so«, sagte Sebastian. »Haben Sie Callot ausfindig gemacht?«

»Ganz recht, Mylord. Man sagte mir, er hat ein Zimmer im *Pilgrim* in der White Lyon Street.«

»Grundgütiger.«

Die Augen des Kammerdieners funkelten amüsiert. »Wenn ich es richtig sehe, ist Euch das Etablissement ein Begriff?«

»In der Tat.«

Calhoun warf Hero einen beredten Blick zu, die immer noch damit beschäftigt war, das abgenutzte, alte Manuskript durchzublättern. »Soll ich Tom bitten, den Zweispänner vorzufahren, Mylord?«

»Nein; ich habe ihm gesagt, dass er sich nach letzter Nacht ausruhen soll. Schicken Sie mir Giles.«

»Jawohl, Mylord.«

»Wer ist denn Collot?«, wollte Hero wissen, nachdem Calhoun gegangen war. »Und was ist am *Pilgrim* so schlimm, dass weder du noch Calhoun meine empfindlichen Damenohren damit beschmutzen wollten?«

Sebastian lachte leise. »Collot ist ein berüchtigter, widerwärtiger Franzose, der vielleicht etwas mit Eislers Tod zu tun hat, und das *Pilgrim* ist eine üble Lasterhöhle in Seven Dials.«

»Hm. Ich gehe davon aus, dass du auf jeden Fall eine Pistole mitnimmst.«

»Meine liebe Lady Devlin, macht Ihr Euch womöglich Sorgen um mein Wohlergehen?«

»Im Grunde nicht.« Ein Lächeln umspielte ihre Lippen, als sie sich wieder dem Buch zuwandte. »Stört es dich, wenn ich mir das genauer ansehe, derweil du weg bist?«

»Kannst du etwa Hebräisch?«

»Leider nicht. Aber ich kenne eine Person, die es kann.«

Kapitel 12

Eine Viertelstunde darauf ging Sebastian die Eingangsstufen seines Hauses hinunter und fand neben dem Zweispänner, bei den Köpfen der Pferde, Tom vor, der ihn schon erwartete.

»Was zum Teufel machst du hier? Ich habe dir doch gesagt, dass du dir den Tag freinehmen sollst, um dich zu erholen. Wo ist Giles?«

»Giles ist indisponiert. Und ich hab schon Erholung gehabt. Stundenlang!«

Sebastian sprang auf den Kutschbock und griff nach den Zügeln. »Ich kann mich nicht erinnern, etwas von Giles' ›Indisponiertheit‹ gehört zu haben.«

Tom kletterte auf seinen Bock. »Is aber so.«

Sebastian warf seinem *Tiger* einen misstrauischen Blick zu, doch Tom grinste nur.

***

Im Nordwesten von Covent Garden gelegen, war das winzige Nest Seven Dials, das aus übelriechenden Gassen und dunklen Höfen bestand, einst eine prosperierende Gegend gewesen, die Dichter, Botschafter und Günstlinge der guten alten »Queen Bess« sehr geschätzt hatten. Doch diese Tage waren längst vergangen. Die einst großartigen Häuser aus Backstein und anderem

Stein, die die Hauptdurchgangsstraße säumten, verfielen zusehends, und die Gärten und Parks zum Lustwandeln verschwanden unter einem Gewirr aus schäbigen Holzschuppen. Sie waren längst Bettlern, Dieben und Straßenhändlern der übelsten Sorte überlassen worden.

Das *Pilgrim*, das in einer engen Gasse lag, die von der Castle Street abging, hatte zwar die Lizenz, neben Hochprozentigem auch Bier zu verkaufen, schien jedoch vor allem jene Kundschaft anzuziehen, die Alkohol in Form billigen Gins den Vorzug gab.

»Ein Cork, bitte«, sagte Sebastian, als er an den Tresen trat.

Die Ginverkäuferin, eine stämmige, ältere Frau mit ausladender Oberweite, die über dem Mieder ihres schäbigen, schmutzigen Kleides hervorquoll, sah ihn mit verkniffenen, misstrauischen Augen an, als sie ihm Gin in ein schmuddeliges Glas kippte. »Was mache Ihr do? Euer Sort brauche mir nit. Euer Sort bringt nur Ärger.«

»Ich suche Jacques Collot. Wissen Sie, wo ich ihn finde?«

»Collot?« Sie zog die Nase hoch und schüttelte den Kopf. »Nie gehört.«

Sebastian ging in den Hintergrund der Schänke, setzte sich an einen der abgenutzten Tische und drehte das Glas mit dem scharfen Gin zwischen den Fingerspitzen. Er hob es sogar mehrmals hoch, als ob er trinken würde, achtete dabei jedoch darauf, es nicht mit den Lippen zu berühren.

Im niedrigen Kamin flackerte träge ein Feuer, das den Raum mit beißendem Rauch füllte, der nicht viele der

Kunden dazu verleitete, sich länger aufzuhalten. Sebastian beobachtete den stetigen Strom von Männern, die in den niedrigen Raum traten, einen Gin für einen Penny hinunterkippten, und sich dann wieder verkrümelten. Soweit er sehen konnte, wurden die Gläser zwischendurch nicht gespült.

Nach fünf bis zehn Minuten kam ein untersetzter Mann mittleren Alters mit graumelierten Schläfen und einem irritierenden Schielauge durch die Tür herein. Er ging am Tresen vorbei stracks zu Sebastian und zog sich den Stuhl ihm gegenüber heraus.

Es heißt, Collot hat ein Schielauge, und man weiß nie genau, wohin er damit guckt, hatte Calhoun Sebastian noch gesagt, bevor er aus der Brook Street aufgebrochen war. *Er ist vielleicht vierzig oder Mitte vierzig, meine Größe, aber schwerer.*

»Wie isch ’ör, sucht Ihr nach Collot«, sagte der Mann mit dem Schielauge in schwerem, französischem Akzent. »Isch bin es nischt, *mais je puis* – ähm, isch kann ihn vielleischt für Eusch finden, wenn ihr wünscht. Oui?«

Sebastian nickte der liederlichen Schankfrau zu, die vor dem Franzosen einen Gin auf den Tisch knallte, ihm einen verhangenen Blick zuwarf und wieder ging.

Der Mann schüttete den Gin in einem einzigen Zug hinunter und leckte sich über die Lippen. »Ihr ’abt einen Auftrag, nischt?«

»Für Collot.«

»Collot ist seit vielen Jahren mein guter *ami.* Ihr sagt mir Bescheid, isch sage es ihm.«

»Sie kannten ihn in Paris, oder?«

»*Mais oui.* Wir waren als Kinder zusammen. In Montmartre. Kennt Ihr Paris?«

»Ich habe gehört, Collot war in Paris als Juwelendieb tätig.«

Der Mann lehnte sich zurück und ließ in gespielter Empörung den Mund offenstehen. »Dieb? *Non.* Wer sagt denn so etwas?«

»Dieselben Leute, die sagen, dass der Pinkel in Newgate Daniel Eisler gar nicht ermordet hat. Sie sagen, Collot hat es getan.«

Der Mann sprang auf, bereit zu flüchten, und rollte wild mit dem Schielauge. »*Monsieur!*«

»Ich schlage vor, Sie setzen sich wieder«, sagte Sebastian ruhig. »Vor der Tür warten zwei Bow-Street-Runner auf Sie, und hinter dem Haus noch zwei weitere.« Er unterstrich die Lüge mit einem Lächeln. »Wenn es Ihnen lieber ist, können Sie auch mit denen sprechen, aber ich schätze, es wäre angenehmer, mit mir zu verhandeln.«

Collot sank wieder auf seinen Stuhl und sagte mit heiserer Stimme: »Was wollt Ihr von mir?«

»Woher kennen Sie Eisler?«

»Aber isch 'abe nisch gesagt, dass …«

»Sie kannten ihn. Woher?«

Collot leckte sich erneut über die Lippen, und Sebastian gab der Schankfrau das Zeichen, einen weiteren Gin zu bringen.

»Woher?«, wiederholte Sebastian, als sie wieder ging.

»Isch 'abe ihn vor Jahren kennengelernt.«

»In Paris?«

Collot kippte den zweiten Gin hinunter und schüttelte den Kopf. »In Amsterdam.«

»Wann war das?«

»Zweiundneunzisch.«

»Haben Sie ihm Schmuck verkauft?«

Der Franzose schürzte die Lippen und kräuselte die Nase, als hätte er gerade etwas Übles gerochen. »Er war Abschaum. Die schlimmste Sorte Abschaum. Er 'at jeden sofort betrogen und ihm dann ins Gesicht gelacht und einen Idioten genannt.«

»Hat er Sie auch betrogen?«

Als ahnte er den Abgrund, der sich vor ihm öffnete, richtete Collot sich auf. »Misch? *Mais non.* Misch nischt.«

Sebastian drehte sein Ginglas zwischen den Fingerspitzen vor und zurück und bemerkte, wie der Franzose das Glas fixierte. »Woher hatten Sie den Schmuck, den Sie zweiundneunzig an Eisler verkauft haben?«

»Aus meiner Familie. Die Collots sind schon seit *générations* Edelsteinschleifer. Fragt jeden, der Paris kennt. Die werden's Eusch sagen. Aber im 'Erbst zweiundneunzig stand es schlecht – sehr schlecht. Wir konnten nischt bleiben. Wir 'aben in Amsterdam Zuflucht gesucht.«

»Und Ihre Edelsteine an Eisler verkauft?«

»*Oui.*«

»Und hier in London haben Sie mit ihm keine Geschäfte gemacht?«

»Nein.«

»Ich habe Anderes gehört.«

»Vielleischt 'aben die Leute misch mit wem verwechselt. Einem anderen *Émigré.*«

»Vielleicht.« Sebastian verlagerte das Gewicht auf dem Stuhl, sodass er die Füße ausstrecken und die Stiefel an den Knöcheln übereinanderschlagen konnte. »Wer hat Ihrer Meinung nach Eisler getötet?«

Collot berührte mit dem Handrücken seine Nase und schniefte. »Was wollt Ihr mir da an'ängen? Wenn die Leute misch mit einem Bow-Street-Runner spreschen sehen, was sollen sie da glauben? Dass Ihr versucht, misch töten zu lassen?«

»Ich bin kein Runner, und alle hier nehmen an, dass ich Ihnen einen Auftrag anbiete. Welche Art Aufträge nehmen Sie denn genau an?«

Collot schniefte erneut. »Dies und das.«

Sebastian schob seinen unangetasteten Gin über den Tisch. Nach kurzen Zögern griff Collot danach und hob das Glas an die Lippen. Seine Hand zitterte so stark, dass er den Inhalt beinahe verschüttete.

»Sie haben vor irgendetwas Angst«, sagte Sebastian, der ihn beobachtete. »Wovor?«

Collot leerte das Glas und beugte sich vor. Seine Lippen waren feucht, und auf seiner schweißnassen Stirn traten die Adern hervor. Sebastian konnte die Angst, die von ihm ausging, geradezu riechen. Sie vermischte sich mit dem Geruch nach altem Schweiß und billigem Gin. Der Franzose warf einen verstohlenen Blick um sich, dann flüsterte er: »Eisler 'at einen großen Diamanten feilgeboten. Einen großen, *blauen* Diamanten.«

»Von welcher Größe sprechen wir?«

»Fünfundvierzig oder fünfzig Karat, vielleischt sogar mehr.«

»Woher stammte der?«

»Also, isch kenne nur einen einzigen großen blauen Diamanten, und der ge'ört dem Bankier 'ope.«

»Henry Philippe Hope?«

»Nein, dem anderen. Seinem Bruder Thomas.«

»Ich habe nichts davon gehört, dass ein großer, blauer Diamant in einem Zusammenhang zu Eislers Tod stünde.«

»Sage isch ja. Niemand 'at davon ge'ört. Isch frage Eusch: Wo ist er? Hein?« Er wischte sich mit zitternder Hand über den Mund und wiederholte: »Wo ist er?«

Kapitel 13

Sebastian ging davon aus, dass er vorneweg neunzig Prozent dessen, was Jacques Collot ihm erzählt hatte, ignorieren konnte. Aber zumindest die Furcht des Franzosen war echt gewesen. Und seine Bemerkung zu den Hope-Brüdern war so unerwartet und unerhört, dass Sebastian beschloss, an dieser Stelle genauer nachzuforschen.

Die alte schottische Bankiersfamilie Hope hatte sich im vorherigen Jahrhundert in Amsterdam niedergelassen und dort über mehrere Generationen ein Vermögen aufgebaut. Das Familienunternehmen Hope and Company gehörte zu der Sorte Finanzunternehmen, die Geld an Könige verlieh. Es war erst zehn Jahre her, dass sie das Finanzpaket geschnürt hatten, dank dem die noch jungen Vereinigten Staaten das Louisiana-Territorium vom napoleonischen Frankreich hatten erwerben können – womit sie unbeabsichtigt auch den fortgesetzten französischen Krieg mitfinanziert hatten.

Allerdings waren die Hopes, wie nicht anders zu erwarten, nicht sehr erpicht darauf, aus erster Hand republikanische Prinzipien zu erleben. Als die französischen Armeen in Amsterdam und Den Haag einmarschierten, hatten die Hopes ihre riesigen Sammlungen von Gemälden, Skulpturen und Juwelen gut verpackt und waren eilends über den Kanal zurück nach England gereist.

Sebastians Bekanntschaft mit den Hopes beschränkte sich auf ausschweifende Abendgesellschaften, überfüllte Ballsäle und verschiedene andere gesellschaftliche Verpflichtungen von der Art, die er für gewöhnlich zu meiden versuchte. Sollte er in dem riesigen, museumsähnlichen Haus von Thomas Hope in der Duchess Street gewesen sein, so erinnerte er sich jedenfalls nicht mehr daran. Aber als Sebastian seine Karte vorzeigte, bat ihn der propere britische Butler der Hopes flugs herein. Den Erben von Alistair St Cyr, Earl of Hendon und Schatzkanzler, wies man schließlich nicht an der Tür ab.

Thomas Hope begrüßte ihn mit einem breiten Lächeln und festem Handschlag. Seine kleinen Augen jedoch waren umwölkt und sein Blick auf der Hut, und Sebastian fragte sich unwillkürlich, weshalb.

»Devlin! Wie schön, Euch zu sehen. Welche Überraschung. Bitte, nehmt Platz.« Der kleine, unattraktive Mann um die vierzig mit zerklüftetem, fast schon grob wirkendem Antlitz deutete mit der Hand auf ein gelbes, satingepolstertes Sofa, das aussah, als könnte sich Cleopatra darauf ausgestreckt haben, während sie auf Mark Anton wartete. »Wie geht es Eurem Vater?«

Dem zufälligen Beobachter hätte diese Bemerkung unschuldig erscheinen mögen; sie war es mitnichten. Jeder Londoner, der jemanden darstellte, wusste, dass sich zwischen dem Earl of Hendon und seinem Erben eine tiefe Entfremdung gebildet hatte.

»Ihm geht es gut, danke.« Sebastian erwiderte das routinierte Lächeln des Bankiers. »Und Ihnen?«

Während sie die üblichen Belanglosigkeiten austauschten, ließ Sebastian den Blick durch den Raum wandern. Er sah die an die Wand gemalten Sarkophage, die Alabastervasen, die königlichen Katzen in ägyptischem Stil und das lebensgroße Porträt einer schönen, dunkelhaarigen, dunkeläugigen Frau, das auf verwitterte Bretter gezeichnet war, die ganz danach aussahen, als wären sie Teil eines antiken Sarkophags.

»Stammt das von einem ptolemäischen Grab?«, fragte Sebastian und betrachtete das Kunstwerk.

Hope schien erfreut zu sein. »Ihr erkennt es! Ja, in der Tat. Dies ist mein ägyptisches Zimmer – so nenne ich es. Das Stück, auf dem Ihr sitzt, ist nach meinem eigenen Entwurf gefertigt worden. Es basiert auf einer Zeichnung, die ich von einem ähnlichen Relikt hergestellt habe, das in einem Grab am Nil gefunden wurde, als ich dort weilte.«

Sebastian sah auf den schwarzen Holzrahmen des Sofas hinunter, der mit Zeichnungen des schakalköpfigen Gottes Anubis verziert war und auf Bronzefüßen in Form von Skarabäen ruhte. Thomas, fiel ihm ein, war derjenige der Hope-Brüder, der sich für die eigentlichen Geschäfte, die das Vermögen der Familie begründeten, weniger interessierte. Er hatte seine Verwandten zur Betreuung der Bank und des Handelsimperiums zurückgelassen und einen großen Teil seiner Jugend auf einer ausgedehnten »Grand Tour« verbracht, in deren Verlauf er nicht nur Europa besucht hatte, sondern auch Afrika und Asien. Da ihn das Ungemach des Kriegs nun auf die Grenzen Britanniens beschränkte, galt seine Hingabe vor allem dem Steigern seines Ansehens als Kunstmäzen. Kürzlich hatte er auch zu schreiben begonnen und einen Folianten mit dem Titel

»Haushaltsausstattung und Innendekorationen« veröffentlicht, dem wenig später »Gewandungen der Antike« folgte. Angeblich war sein neuestes Projekt ein außerordentlich ehrgeiziges philosophisches Werk über die Herkunft und die Zukunftsaussichten des Menschen. Allerdings hieß es auch, er verzweifle darüber, ob er es jemals beenden könne.

»Wart Ihr in Ägypten?«, fragte er gespannt und nickte diskret dem Butler zu, der dazu überging, eine Flasche Wein zu öffnen.

»Ein Mal, allerdings vor einigen Jahren schon.«

»Hervorragend! Und in Istanbul? Damaskus? Bagdad?«

»Ich fürchte nein.«

Hope zog ein Gesicht. »Ach, wie schade. Ich habe ein ganzes Jahr in Istanbul verbracht und die Ruinen und Paläste gezeichnet. Wenn sich Euch jemals die Gelegenheit bietet, die Stadt zu besuchen, müsst Ihr sie ergreifen. Es gibt keinen anderen Ort wie Istanbul.«

»Meine Gattin wollte immer schon verreisen, also werden wir es vielleicht eines Tages schaffen, hinzukommen.« Sebastian unterbrach sich, um vom Tablett des Butlers ein Glas Wein entgegenzunehmen, dann sagte er angelegentlich: »Ich frage mich, wo Sie Daniel Eisler kennengelernt haben.«

Thomas Hope war kein Narr. Er nahm sich Zeit, um sich einen Wein einzuschenken, und nutzte die Pause zum Nachdenken. Er hatte einen großen Mund mit ausladenden, feuchten Lippen, und unmittelbar vor dem Sprechen verzog er sie auf eigenartige Weise. Das tat er auch jetzt und glich damit einem aalglatten, geschmeidigen Fisch, der einen mit einem üppigen Köder ausgestatteten Haken betrachtete und dann verschmähte.

»Eisler? Aber ja. Er war bei uns in Amsterdam.« Er nippte mit niedergeschlagenen Augen an seinem Wein. »Sein Tod ist schockierend, nicht wahr? Ich glaube wirklich, dass die Engländer eines nahen Tages der Formierung einer richtigen Polizei zustimmen müssen, sonst werden wir alle ermordet in unseren Betten enden.«

»Haben Sie ihm jemals Edelsteine abgekauft?«, fragte Sebastian und ließ sich von diesem beliebten, immer wieder aufbrandenden Thema nicht ablenken.

»Von Eisler? Ihr müsst meinen Bruder Henry Philip meinen. Er ist der Juwelensammler in der Familie, nicht ich. Ihr müsst ihn wirklich einmal bitten, Euch seine Sammlung zu zeigen. Er bewahrt sie in einer großen Mahagonikommode mit sechzehn Schubladen auf, jede für eine Art. Er besitzt die angeblich größte existierende Salzwasserperle – nahezu zweihundert Gramm schwer und sechs Zentimeter Umfang. Sie ist zauberhaft – und spektakulär.«

»Wie steht es um große, blaue Diamanten? Interessieren sie ihn auch?«

»Blaue?« Thomas Hope nippte an seinem Wein und schürzte die Lippen, sodass er nun ganz wie ein Frosch aussah. »Das kann ich tatsächlich nicht sagen. Ich weiß, dass die roten die seltensten sind. Und die Damen schätzen natürlich besonders die rosafarbenen.«

»Daniel Eisler hat also nicht versucht, für Ihre Familie einen großen, blauen Diamanten zu verkaufen?«

Hope lachte laut. »Himmel, nein. Es ist der richtige Zeitpunkt, Edelsteine aufzukaufen, nicht zu verkaufen.

Die Preise sind sehr niedrig. Das liegt an all diesen Émigrés, wisst Ihr. Henry Philip hat mir von einem quadratischen Fünfundzwanzigkaräter im Smaragdschliff erzählt, den er kürzlich von einer alten Französin erworben hat, die so verzweifelt war, dass sie bereit war, ihn *für ein Lied* herzugeben.«

Leichtfüßige Schritte in der Halle wurden hörbar. Hope drehte den Kopf und verzog angespannt den Mund, als eine Frau auf der Türschwelle erschien. Sie war beträchtlich jünger als Hope, vielleicht fünfzehn oder sogar zwanzig Jahre. Sie trug ihr Haar modisch kurz, sodass es sich um ihr Antlitz lockte und ihren langen Hals sowie die abfallenden, breiten Schultern betonte. Sie hatte dunkle, strahlende Augen, eine sehr gerade Nase und einen üppigen, rosenfarbenen Mund.

»Ah, Louisa, meine Liebe«, sagte Hope und lächelte. »Wie schön, dass du dich zu uns gesellst. Ich glaube, du bist Lord Devlin schon einmal begegnet? Devlin, dies ist meine Gattin.«

»Mrs Hope.« Sebastian erhob sich und vollführte eine Verbeugung.

La Belle et la Bête, so nannte man sie in der Gesellschaft. Die Schöne und das Biest. Es war leicht zu erkennen, weshalb. Die Schöne streckte Sebastian die Hand entgegen, damit er sie küssen konnte, und ihr Antlitz strahlte auf eine Art, die Dichter und Maler zu inspirieren vermochte. »Lord Devlin. Welch angenehme Überraschung.«

Sie trug ein schlichtes Kleid aus weißem Musselin, das unterhalb ihrer üppigen Büste mit einem rosafarbenen Satinband zusammengehalten wurde, und um ihren Hals lag eine einfache Goldkette mit einem Medaillon. Sie war eine jener Frauen, die eine Aura sanfter Ruhe und Andacht verströmten, die einen an die Abendandacht, Weihrauch und Sonnenlicht denken ließ, das durch bleiverglaste Fenster strömte. Aber Sebastian wusste, dass dieser Eindruck freundlicher Seligkeit irreführend war. Als professionelle Miesmacherin im Gefolge von Hannah More und den Clapham Saints war sie aktives Mitglied der Gesellschaft zur Unterdrückung des Lasters, einer grässlichen Organisation, die sich dem Verbot von Tanz, Gesang, Spielen und auch aller anderen Vergnügungen verschrieben hatte, welche die Herzen und Seelen der armen, arbeitenden Bevölkerung der Stadt fröhlicher zu stimmen vermochten.

Sie forderte ihn nicht auf, wieder Platz zu nehmen, sodass Sebastian sich amüsiert fragte, ob sie vor der Tür des Salons gewartet hatte, bereit, hereinzueilen und jeder Unterhaltung Einhalt zu gebieten, die drohte, in eine unerwünschte Richtung zu führen.

»Ihr müsst einmal wieder herkommen, mit Lady Devlin«, sagte sie und hob anmutig ihre beringten Finger, um sie ans Kinn zu legen. Ihr Lächeln wankte nicht eine Sekunde.

Die Vorstellung der beiden Frauen zusammen – Hero mit ihren aufrechten, radikalen Grundsätzen und Louisa Hope mit ihren selbstgerechten, moralinsauren Vorurteilen – drohten, Sebastian ins Wanken zu bringen. Er griff nach seinem Hut. »Aber gewiss. Inzwischen möchte ich nicht länger stören.« Er verbeugte sich erneut. »Zu Diensten, Mrs Hope. Es ist nicht nötig, nach dem Butler zu läuten, ich finde allein hinaus.«

»Ich begleite Euch zur Tür«, sagte Hope, anscheinend von dem Verhalten seiner Frau leicht beschämt. »Ihr müsst wirklich einmal mit Lady Devlin wiederkommen und das restliche Haus sehen. Ich habe jeden Raum im Stil eines anderen Landes gestaltet, einen für jeden der vielen Orte, die ich bereits bereist habe.«

Sie stiegen die große, breite Treppe hinunter. Ihre Schritte hallten wie in einem Gewölbe wider. Sebastian sagte: »Wenn Eisler versucht hätte, einen großen, blauen Diamanten zu verkaufen, woher könnte er ihn Ihrer Meinung nach bekommen haben?«

Hope blieb am Fuß der Treppe stehen und kräuselte den Mund, als wäre das nötig, damit er nachdenken konnte. »Hmm. Das ist tatsächlich schwer zu sagen. Die Herkunft vieler Exemplare von solcher Größe ist ... nun, sagen wir, bestenfalls dubios.«

»Sie kennen keinen solchen Edelstein?«

»Nein. Aber wie ich sagte, ist mein Bruder ja der Amateur-Edelsteinschleifer in der Familie. Vielleicht hat er von einem solchen Stück gehört. Unglücklicherweise weilt er derzeit auf dem Lande.« Er nickte dem Butler zu, der sich zur Haustür begab und sie öffnete.

»Wann haben Sie Eisler zum letzten Mal gesehen?«

»Großer Gott, ich bin nicht sicher, ob ich das beantworten kann. Es ist jedoch schon einige Zeit her, das weiß ich.«

»Können Sie sich vorstellen, wer ihn ermorden wollte?«

Thomas Hopes wulstige Lippen verzogen sich erneut. »Russell Yates, wenn man den Zeitungen glaubt. Von arg schlechter Herkunft, dieser Mann. Ich habe immer schon geglaubt, dass er ein böses Ende nehmen würde.«

Der Butler stand unbeweglich neben der immer noch offenen Tür. Wind war aufgekommen, ließ ein Flugblatt über die Straße flattern und versprach noch mehr Regen.

»Er wurde noch nicht erhängt«, sagte Sebastian.

»Aber das wird er bald genug.«

Vom Fußgängerweg draußen drang das Gelächter eines Mannes herein. Seine Stimme klang kultiviert, war aber von einem irischen Akzent eingefärbt, als er sagte: »Hol dich der Teufel, Tyson! Ich sage dir, das Pferd ist gesund – so gesund wie die Bank of England.«

Ein anderer antwortete, und er klang eher nach Hereford und Eton als nach Irland, und er war Sebastian so vertraut, dass dieser sich versteifte.

»Und das soll mich beruhigen?«

Sebastian konnte ihn jetzt auch sehen. Er war groß und breitschultrig und füllte den Türrahmen aus. Er war noch halb umgewandt, blickte noch immer den verdeckten Iren auf dem Fußweg unter ihm an. Er war Mitte zwanzig und trug die übliche Aufmachung eines Londoner Beaus: einen dunkelblauen, perfekt geschnittenen Mantel von Schultz, Stiefel von Hobbs und einen Hut von Lock. Sein kräftiger Körperbau und seine militärische Haltung erzählten allerdings eine andere Geschichte. Dann fiel sein Blick auf Sebastian, und das Lachen erstarb auf seinen Lippen.

»Ach, was für ein glücklicher Zufall«, sagte Hope. »Devlin, erlaubt mir, Euch Lieutenant Matt Tyson und den jungen Vetter meiner Gattin vorzustellen, Blair Beresford.«

Tyson blickte Sebastian aus klaren, grauen Augen an. Er hatte kastanienfarbenes Haar, ausgeprägte Wangen, ein kantiges Kinn mit einer schurkenhaften Narbe quer darüber, die sein raues, attraktives Erscheinungsbild eher noch unterstrich.

»Der Lieutenant und ich kennen uns bereits«, sagte Sebastian gleichmütig.

»Hervorragend, hervorragend«, sagte Hope strahlend und offenbar vollends unempfänglich für die starke Unterströmung aus Abneigung, die zwischen den beiden Männern aufwallte.

Tysons Begleiter – um einiges jünger und heller als er – lupfte den Hut und schüttelte Sebastian mit jungenhafter Begeisterung die Hand. Louisas irischer Vetter sah nicht älter als zwanzig oder zweiundzwanzig aus. Er hatte einen Kopf voller weichen, güldenen Haares, fröhliche blaue Augen und das Antlitz eines Engels. »Devlin?«, sagte Blair Beresford. »Oh, beim Jupiter. Es ist mir eine Ehre, Mylord, eine große Ehre. Seid Ihr Matt auf der Halbinsel begegnet?« Er sah lachend seinen Freund an. »Und Matt hat mir nichts davon erzählt.«

»Unsere Begegnung war ... von kurzer Dauer«, sagte Tyson, auf dessen Wange sich ein kräftiger Muskel vorwölbte.

Sebastian bemerkte Tom, der unten beim Zweispänner zu den Köpfen der Schimmel stand. Er rührte sich nicht und hatte das Gesicht zu einer Maske verhärtet, während sein Blick zwischen den Männern hin und her wanderte.

»Gentlemen.« Sebastian tippte an seinen Hut.

Ohne einen Blick zurück ging er die Stufen hinunter, sprang auf den Hochsitz der Kutsche und griff nach den Zügeln. »Lass sie los«, sagte er zu Tom.

Die Schimmel machten einen Satz nach vorn, und der Junge krabbelte eilig auf seinen Sitz auf der Rückseite der Kutsche. »Kennt Ihr den Kerl irgendwoher?«, fragte Tom, während Sebastian die Schimmel in unglaublichem Tempo die Straße hinauf jagte. »Den Großen mein ich.«

»Aus Spanien. Er war im hundertvierzehnten Infanterieregiment, scheint sich allerdings freigekauft zu haben.«

»Scheint mir, als ob er nich grad froh wär, Euch zu sehn«, stellte Tom fest. »Ich würd sogar sagen, er hat sich kein bisschen gefreut, Euch zu sehn.«

»Vielleicht, weil ich das letzte Mal, als er mich gesehen hat, im Kriegsgericht über ihn gesessen habe.«

»Was hat er'n angestellt?«

»Laut Entscheid meiner Offizierskollegen nichts. Er wurde für unschuldig befunden. Aber er war des Raubs und Mordes an einer jungen spanischen Frau und ihrer beiden Kinder angeklagt.«

Kapitel 14

Er hatte sich den ganzen Tag davor gedrückt, aber nun war die Zeit gekommen, das wusste Sebastian, dass er seinen alten Freund Paul Gibson am Tower Hill aufsuchen musste.

Gibson, ehemaliger Militärarzt im Zweiundfünfzigsten Leichte Dragoner, hatte viel über die Geheimnisse von Leben und Tod durch seine genauen Beobachtungen der unzähligen zerschmetterten, aufgeschlitzten, verbrannten und entstellten Leichen gelernt, die auf den Schlachtfeldern der Welt verstreut gelegen hatten. Dann hatte eine französische Kanonenkugel ihn den Unterschenkel eines Beines gekostet und ihn von Phantomschmerzen gequält und mit einer Schwäche für die Erleichterung zurückgelassen, die er im Elixier der Mohnblumen fand. Jetzt verbrachte er seine Zeit zur Hälfte damit, seine Expertise in der Anatomie des Menschen in den Krankenhäusern St Thomas's und St Bartholomew's zu lehren, und zur Hälfte mit dem Betreiben seiner eigenen kleinen Praxis im Schatten des Tower of London.

Sebastian überließ den Zweisitzer Toms Aufsicht und schritt durch die schmale Gasse, die neben dem alten Steinhaus des Chirurgen entlang zu dem kleinen Gebäude am Ende des ungepflegten Gartens führte, in dem Gibson seine Autopsien durchführte. Hier praktizierte er außerdem heimlich Sektionen an Leichen, die von sogenannten Totenausgräbern, Banden widerwärtiger Gestalten, von den Friedhöfen Londons gestohlen wurden. Gesetzlich waren Sektionen an menschlichen Leichen mit Ausnahme derjenigen von hingerichteten Schwerverbrechern verboten, was dazu führte, dass Ärzte, die eine Technik perfektionieren oder ihr Verstehen der menschlichen Anatomie und Physiologie ausweiten wollten, keine andere Wahl hatten, als mit diesen Leichengräbern zusammenzuarbeiten.

Sebastian hörte fernes Donnergrollen und platschende Regentropfen, als er dem ausgetretenen, grasüberwucherten Pfad folgte. Die Luft füllte sich mit dem Geruch nach feuchter Erde und Tod. Gibson hatte die Tür des Gebäudes offenstehen lassen; Sebastian konnte den blassen Leichnam eines Mannes sehen, der auf der Granitplatte des Arztes ausgebreitet lag. Es handelte sich um Rhys Wilkinson, und wie es aussah, begann Gibson gerade erst mit seinem Werk.

»Da bist du ja, mein Freund.« Gibson sah mit einem Grinsen auf, als Sebastian auf der Türschwelle stehenblieb.

»Schon etwas gefunden?«, fragte Sebastian und achtete darauf, nicht zu sehr hinzusehen, was Gibson mit der Leiche vor sich gerade tat. Sebastian hatte in den Kriegen von Italien über Spanien bis zu den Westindischen Inseln sechs Jahre lang für den König gekämpft und den Tod in seinen hässlichsten, herzzerreißendsten und widerwärtigsten Formen gesehen. Er hatte sogar selbst Menschen getötet, und zwar öfter als er sich erinnern mochte. Doch nichts davon hatte ihm die Unbekümmertheit beschert, mit der Gibson die sezierten, entstellten oder verwesenden Leichen betrachtete ...

Erst recht nicht, wenn es um den Leichnam eines Menschen ging, den er einst als seinen Freund betrachtet hatte.

»Nu-un ...«, Gibson zog das Wort in zwei Silben, »ich fürchte, ich habe soeben erst begonnen. Ich hatte eine Leichenschau, die viel länger gedauert hat als vorgesehen. Was ich dir bisher schon sagen kann, ist, dass Leber und Milz vergrößert sind. Allerdings ist das typisch für das Walcheren-Fieber.«

»Er hat mir gerade vor ein paar Wochen noch gesagt, dass er dachte, das Schlimmste überstanden zu haben.«

»Niemand kann Walcheren-Fieber wirklich überstehen, fürchte ich«, entgegnete Gibson. Er war ein paar Jahre älter als Sebastian, inzwischen Anfang dreißig. Aber der chronische Schmerz hatte die Fältchen neben seinen Augen tief eingegraben, sein dunkles Haar an den Schläfen silbern eingefärbt und ihn dünn und sehnig werden lassen. »Womit ich nicht unbedingt sagen will, dass es ihn umgebracht hat. Ich muss mir zuerst noch einiges ansehen.« Er hielt inne. »Wie trägt Annie es?«

»Schlecht.«

Gibson schüttelte den Kopf. »Armes Ding. Sie hat schon so viel durchgemacht.«

»Sie ist stark.«

»Aye, ist sie. Aber als ich sie zum letzten Mal gesehen habe, sah sie sehr niedergeschlagen aus.«

»Das Leben war für sie in letzter Zeit nicht leicht, da Wilkinson ausgemustert wurde und zu krank war, um eine Position zu bekleiden. Ich habe Hilfe angeboten, aber sie wollte nichts annehmen.«

»Das wundert mich nicht. Sie war immer schon eine stolze Frau.« Gibson humpelte hinter dem Granitblock hervor; sein Holzbein erzeugte auf dem unebenen Boden ein klapperndes Geräusch. »Ich nehme an, du hast von Russell Yates gehört?«

»Ja. Weißt du zufällig, wer die Obduktion an Daniel Eisler durchführt?«

Gibson lächelte. »Ich dachte mir schon, dass dich das interessiert, und habe mich umgehört. Anscheinend gab es gar keine. Ich habe mir zusammengereimt, dass der zuständige Untersuchungsrichter nichts von so fremdländischen Praktiken hält. Ich konnte aber mit einem Kollegen sprechen – einem Dr. William Fenning – der gerufen wurde, um vor Ort den Tod des Mannes festzustellen. Er sagt, Eisler wurde aus nächster Nähe in die Brust geschossen. Wahrscheinlich ist der Tod unmittelbar eingetreten.«

»Hat er noch etwas anderes festgestellt?«

»Im Haus, meinst du?« Gibson schüttelte den Kopf. »Ich fürchte nein. Er wurde hinzugerufen, um die Leiche zu beschauen, äußerte seinen Eindruck und ist wieder gegangen. Soweit ich es verstanden habe, war er schon spät dran für eine Abendeinladung.«

Die beiden Freunde standen draußen, mit dem Rücken zu dem engen Raum mit dem gruseligen Inhalt, und der feuchte Wind pustete sauber und kühl in ihre Gesichter. Sebastian fragte: »Erinnerst du dich an Matt Tyson?«

Gibson wandte ihm den Blick zu. »Meinst du den Lieutenant vom Hundertvierzehnten Infanterie, der nach Talavera vor's Kriegsgericht musste?«

»Eben den. Ich bin ihm vorhin begegnet. Wie es aussieht, ist er aus der Armee entlassen.«

»Das nimmt mich nicht wunder. Er ist vielleicht nicht verurteilt worden, aber solche Anschuldigungen hinterlassen eine Schmach, die haften bleibt.«

»In diesem Fall richtigerweise«, sagte Sebastian trocken.

Gibson schüttelte den Kopf. »Ich habe nie an das Böse geglaubt – zumindest nicht als etwas Eigenständiges, das außerhalb von uns selbst existiert. Aber wenn ich jemandem wie Tyson begegne, frage ich mich, ob die guten Nonnen nicht doch recht behalten haben.«

Gibson schwieg, sein Blick hing an den sich auftürmenden, schweren grauen Wolken, die tief über den umgebenden Dächern und dem weißen, von Rußstreifen überzogenen normannischen Trutzturm dräuten. Und ohne, dass sein Freund es ihm sagte, wusste Sebastian, dass die Gedanken des Chirurgen sich wieder dem Mann auf der Granitplatte hinter ihnen zugewandt hatten, genau wie seine eigenen.

Er sagte: »Annie hat mich gebeten, ihr die Ergebnisse der Autopsie zu berichten. Lässt du es mich wissen, wenn du fertig bist?«

»Aber sicher.« Gibson zögerte. »Ist dir klar, dass man es nicht erkennt, wenn jemand an einer Überdosis Laudanum stirbt? Vielleicht wird die Wissenschaft es eines Tages möglich machen, so etwas herauszufinden, aber derzeit liegt es nicht im Bereich unserer Fähigkeiten.«

Sebastian sah seinem Freund in die Augen und schwieg.

Gibson fuhr fort: »Es sieht nun einmal so aus, als hätte der Körper schlicht seine Funktionen eingestellt, was auch zu jemandem passt, der lange schwer krank war.«

Sebastian stieß die Luft aus und nickte. »Das ist gut. Annie hat genug gelitten.«

Keiner von beiden sagte: *Sie braucht nicht auch noch die Schande, dass ihr Ehemann Selbstmord begangen hat.* Aber das war auch nicht nötig.

Dieses Wissen lag ohnehin in der sturmschwangeren Luft.

Kapitel 15

Charles Lord Jarvis saß bequem in einem dick gepolsterten Sessel neben dem Kamin seines Gastgebers. Er hielt ein Glas guten französischen Brandys in der Hand, und sein Kopf ruhte an der hohen Rückenlehne, während er zusah, wie sein Gastgeber unruhig auf dem Teppich auf und ab lief. Das Geräusch von Regen, den der Wind gegen die Scheiben peitschte, und der auf die Blätter der Bäume draußen prasselte, erfüllte den Raum.

»Der Brandy ist unbestreitbar hervorragend.« Jarvis nahm einen kleinen Schluck. »Aber ich glaube nicht, dass Sie mich eingeladen haben, um meine Meinung über Ihren Vorratskeller einzuholen.«

Otto von Riedesel, der unruhige Geist, wirbelte herum und sah ihn an. Der grobknochige, untersetzte Mann, der Ende fünfzig sein musste, trug den schwarzen Dolman aus feinem Tuch und die schwarzen Hosen eines Obersten der Schwarzen Braunschweiger, eines Freiwilligenkorps', das an der Seite der Briten gegen die Franzosen kämpfte. Obgleich der Herzog von Braunschweig de facto Britanniens Verbündeter war, war von Riedesels Stellung als Repräsentant des Herzogs in London dennoch heikel. Denn während Braunschweig sowohl Vetter ersten Grades als auch Schwager des Prinzregenten war, hatte sich Prinny seiner fülligen, leicht närrischen Gattin, Prinzessin Caroline, längst entfremdet. Diese war jedoch die Tochter des verstorbenen und die Schwester des derzeitigen Herzogs von Braunschweig oder Duke of Brunswick.

»Dieser Mord ist beunruhigend. Äußerst beunruhigend«, sagte der Oberst und strich sich mit der Hand den üppigen, schwarzen Schnäuzer nach unten. Er hatte volle, rote Wangen und eine Knubbelnase. Trotz seiner Uniform und seines Ranges waren die aktiven Kampftage des Obersten vorbei. Er war verweichlicht und, so Jarvis' aufkeimender Verdacht, gefährlich leicht einzuschüchtern.

»Tatsächlich? Das würde ich so nicht sagen.«

Der Braunschweiger zog die Brauen zusammen. »Wollt Ihr mich glauben machen, dass alles unter Kontrolle ist?«

»Allerdings. Wenngleich Sie, wenn Sie der Welt dieses sorgenvolle Gesicht zeigen, nur erreichen, dass die Aufmerksamkeit sich exakt auf das richtet, was Sie verbergen wollen, und somit genau zu dem führt, was Sie vermeiden wollen.«

»Ihr habt leicht reden.« Von Riedesel hob sein Glas an die Lippen und leerte es. »Ihr seid auch nicht ruiniert, wenn die Wahrheit ans Licht kommt.«

»Sie wird nicht ans Licht kommen«, sagte Jarvis.

Kapitel 16

Der Regen fiel schwer, als Sebastian durch die Tür ins Haus trat. »Ist Lady Devlin zu Hause?«, fragte er und übergab seinem Majordomus Morey, einem ehemaligen Artilleriesergeanten, den Hut und die Handschuhe.

»Das ist sie in der Tat, Mylord.« Morey wischte sorgfältig die Feuchtigkeit von Sebastians Zylinder. »Ich glaube, Ihr werdet sie im Kleinen Salon antreffen, mit einem älteren Gentleman, einem Mr Benjamin Bloomsfield. Ich habe soeben etwas Tee hinaufgebracht.«

»Danke sehr.«

Sebastian hörte den tiefen Klang der Stimme eines älteren Mannes, als er die Treppe zum ersten Stockwerk erklomm.

»Ich glaube nicht, dass Ihr in London viele Menschen finden werdet, die sein Dahinscheiden betrauern«, hörte er den Mann sagen.

»War er ein gerissener Händler?«, fragte Hero.

»Gerissen? Das wäre eine Bezeichnung dafür.«

Sebastian konnte den Besucher nun sehen; er saß in einem Sessel, der zum Kamin geschoben worden war. Er war tatsächlich ein alter Mann, dessen langer, üppiger Bart so weiß war wie Eislers Schneeeule, und dessen knochige Finger, die er vor dem Bauch verschränkt hielt, von der Arthritis verkrümmt und alterslahm waren. Er trug einen schlechtsitzenden, schwarzen Mantel, dessen Schnitt altmodisch und unvorteilhaft war.

Doch in seinen hellbraunen Augen blitzte noch immer wache Intelligenz, und im eingefallenen Fleisch seiner Wangen hatte sich ein Muster aus Falten abgezeichnet, das einen milden Humor und ein Leben verriet, in dem er oft über die Launen des Schicksals und die Narreteien seiner Mitmenschen gelacht hatte. Niemand, der seine abgewetzten Schuhe und die geflickten Strümpfe sah, würde jemals annehmen, dass er einer der wohlhabendsten Männer Londons war, dessen Interessen vom Bankierswesen und Handel über Leder bis hin zu Weizen reichte und ...

Und Diamanten.

»In Wahrheit war Daniel Eisler einfach ein bösartiger, skrupelloser Dreckskerl, und die Welt ist ohne ihn besser dran.« Der alte Mann wandte den Kopf, als Sebastian in der Tür stehenblieb, und schickte sich an, sich vom Stuhl zu erheben.

»Nein, bitte, Sir, bleiben Sie sitzen«, sagte Sebastien und ging zu dem alten Mann, um ihm die Hand zu drücken. »Wir haben uns noch nicht kennengelernt, Mr Bloomsfield, aber ich habe schon viel von Ihrer Wohltätigkeitsarbeit gehört. Es ist mir eine Ehre, Sie kennenzulernen.«

»Das Vergnügen ist ganz meinerseits, junger Mann. Ich kenne Miss Jarvis – entschuldigt, *Lady Devlin* – bereits seit Jahren, obgleich ich gestehen muss, dass ich nicht gehofft habe, sie je mit einer eigenen Familie zu erleben. Ihr seid sowohl ob Eures Glückes als auch Eurer guten Wahl zu beglückwünschen.«

Sebastian sah Hero an und sah gerade noch einen schwachen, rosigen Hauch über ihre Wangen gleiten. Dann blickte sie betont zur Seite und sagte mit schmerzlicher Höflichkeit: »Möchtest du etwas Tee, Devlin?«

Er unterdrückte ein Lächeln. »Ja, bitte.«

Bloomsfield sagte: »Eure Gattin sagte mir, dass Ihr diesen jungen Mann, den die Behörden festgenommen haben, für unschuldig haltet.«

»In der Tat, ja.« Im Kamin war ein Feuer entzündet worden, um die Abendkühle fortzutragen, und Sebastian stellte sich davor. »Sie haben Eisler gekannt, nicht wahr? Soweit ich verstanden habe, war er Witwer.«

Bloomsfield schüttelte den Kopf. »Meines Wissens hat der Mann nie geheiratet. Er hat in dieser Bruchbude von Haus jahrelang allein gelebt, und nur zwei alte Dienstboten haben sich um ihn gekümmert.«

»Das Haus habe ich gesehen. Es quillt von Mobiliar und Kunstgegenständen regelrecht über.«

Bloomsfield stieß ein freudloses Lachen aus. »Ihr meint, es sieht aus wie ein sagenumwobenes Pfandleihhaus. Was es im Grunde auch war.«

»Wollen Sie damit sagen, dass Eisler auch die Gewohnheit hatte, auf Pfand Geld zu verleihen?«, fragte Hero, während sie Sebastian eine Tasse Tee reichte.

»Ich weiß nicht, ob ich es Gewohnheit nennen würde. ›Geschäft‹ passt besser. Seine Raten waren ruinös, seine Fristen unerhört. Er bestand für gewöhnlich darauf, dass seine Opfer – Entschuldigung, seine Kunden – mehrere zusätzliche wertvolle Stücke als Pfand daließen. Gemälde, Statuen … ja, sogar Möbel, wenn sie edel genug waren.«

»Und Juwelen?«

»Aber ja, Juwelen schätzte er ganz besonders. Unnötig zu erwähnen, dass nur wenige seiner Kunden es bewerkstelligen konnten, ihr Eigentum zurück zu erwerben ... selbst wenn sie ihre Kredite zurückzahlten.«

Sebastian trank einen Schluck Tee. »Jemand sagte zu mir, es müsse eine große Zahl Menschen in London geben, die Eisler gern tot sähen. Langsam verstehe ich, weshalb.«

Bloomsfield nickte. »Ich habe kürzlich von einem jungen Adligen gehört, der den Familienschmuck reinigen lassen wollte, um ihn seiner zukünftigen Frau zu zeigen, und dann erfahren musste, dass alles nur Nachbildungen waren. Seine Mutter hatte sie nachmachen lassen und die Originaljuwelen Eisler verpfändet, um ihre Spielschulden zu zahlen. Der junge Marquis hat Eisler legale Schritte angedroht – sie hat den Schmuck ja nicht einmal besessen. Aber dann hat er es aufgegeben.«

»Warum?«, wollte Hero wissen.

Bloomsfield zuckte mit den Schultern. »Das habe ich nie erfahren. Aber es ist nicht ungewöhnlich. Wusstet Ihr, dass mehr als die Hälfte der Juwelen in der britischen Krone Nachbildungen sind? Die Originale sind im Lauf der Jahre verpfändet worden, um die diversen glorreichen Kriege unserer Monarchen zu finanzieren.«

»Ganz zu schweigen von ihren Mätressen«, sagte Hero.

Bloomsfields weiche, braunen Augen funkelten amüsiert. »Auch das.«

Sebastian sagte: »Ich habe herausgefunden, dass Eisler in jemandes Auftrag den Verkauf eines großen Diamanten abwickelte. Hat er so etwas gemacht? Den Verkauf von Juwelen für andere verhandeln?«

»Oft, ja.«

»Warum?«, fragte Hero. »Ich meine, ich kann verstehen, weshalb er es tat, da für ihn offensichtlich eine opulente Kommission dabei heraussprang. Aber warum sollte der Besitzer einen Edelstein nicht selbst verkaufen?«

»Üblicherweise, weil er nicht will, dass jemand von dem Verkauf erfährt. Wenn man erfährt, dass ein Sammler eines oder zwei seiner Stücke verkauft, weist das normalerweise darauf hin, dass er sich in finanziellen Schwierigkeiten befindet. Und diese Information möchten die meisten Menschen nicht öffentlich machen.«

»Kennen Sie irgendwelche Edelsteinsammler, die derzeit verkaufen? Insbesondere jemanden im Besitz eines großen, blauen Diamanten?«

Bloomsfield schüttelte den Kopf, obgleich er leicht beunruhigt wirkte. »Ich habe von niemandem gehört.«

»Was?«, fragte Sebastian und betrachtete ihn.

»Sagtet Ihr großer, *blauer* Diamant?«

»Allerdings. Warum?«

»Es ist nur ... Die sind sehr rar, wisst Ihr. Das einzige Exemplar, das ich kenne, auf das eine solche Beschreibung passt ...« Er unterbrach sich und schüttelte wieder den Kopf. »Nein, das kann nicht sein.«

»Also habt Ihr von einem solchen Diamanten Kenntnis?«

Der alte Mann beugte sich vor und griff mit den Händen nach beiden Armlehnen. Seine Stimme klang gehetzt vor Aufregung. »Ich habe keine Kenntnis eines großen, blauen Diamanten, der derzeit in irgendjemandes Sammlung wäre. Aber ich weiß von einem solchen Stück, das verschwunden ist. Und zwar interessanterweise vor genau zwanzig Jahren in diesem Monat. Ist Euch *le diamant bleu de la Couronne* ein Begriff?« Er sah von Sebastian zu Hero.

Beide schüttelten den Kopf. »Nein.«

»Auf Englisch ist er als ›French Blue‹ bekannt. Er hat früher zu den französischen Kronjuwelen gehört. Es heißt, er ist als riesiger, rohgeschnittener Diamant in Form eines Dreiecks von mehr als hundert Karat aus Indien gekommen. Louis XIV hat ihn für die französische Krone gekauft, und soweit ich weiß, schleifen und als Krawattennadel fassen lassen.«

»Das muss eine sehr große Krawattennadel geworden sein«, sagte Hero.

Bloomsfield zwinkerte. »Das stimmt. Aber Louis XIV war auch ein großer Mann. Sein Nachfolger, Louis XV, hat den Stein neu bearbeiten lassen, als zentrales Stück eines Emblems des goldenen Vlieses.«

»Was ist daraus geworden?«

»Es ist während der französischen Revolution mit den übrigen Kronjuwelen verschwunden – genauer gesagt, in der Woche vom 11. September 1792. Der Stein wurde nie wieder gefunden.«

»Dass es zwanzig Jahre sind, ist von Bedeutung«, sagte Sebastian. »Von welcher?«

»Weil Napoleon 1804 ein Dekret erlassen hat, mit dem eine zwanzigjährige Verjährungsfrist für alle Verbrechen festgelegt wurde, die während der Revolution begangen wurden. Allerdings habe ich keine Zweifel daran, dass die französische Königsfamilie dem Verkauf des Diamanten widersprechen und den Anspruch darauf erheben würde, wenn sie davon erführe.«

Hero stellte ihre Teetasse ab. »Was nur ein weiterer guter Grund wäre, den Diamanten in aller Stille zu verkaufen.«

»Richtig«, pflichtete Bloomsfield ihr bei.

In der Ferne grollte Donner, der lauter und lauter wurde, während der Wind den Regen gegen die Fensterscheiben des Kleinen Salons peitschte.

Sebastian sagte: »Wenn Eisler den French Blue verschachern wollte, wer wäre dann aller Wahrscheinlichkeit nach der Käufer?«

Bloomfield schwieg eine Weile nachdenklich, dann blickte er auf das Feuer und pustete besorgt die Luft aus.

»Wer?«, fragte Hero, die ihn beobachtete.

Er sah auf. Seine Züge waren sorgenvoll verzogen. »Prinny. Dem würde ich an Eislers Stelle versuchen, den Diamanten zu verkaufen. Dem Prinzregenten.«

Kapitel 17

Nachdem Bloomsfield gegangen war, blieb Sebastian mit dem Rücken zum Kamin stehen und beobachtete, wie seine Gattin sich ruhig eine weitere Tasse Tee einschenkte. Ihre Haltung und die Tätigkeit waren typisch weiblich und sehr häuslich. Aber er wusste, dass nichts an Hero typisch war.

Sie stellte die schwere Silberkanne ab und griff nach einem Löffel, um ihren Tee umzurühren. »Ich vermute, es war der Franzose Collot im unsäglichen *Pilgrim* in Seven Dials, der dir von diesem mysteriösen blauen Diamanten erzählt hat?«

»Ja. Er hat behauptet, Eisler hätte den Diamanten im Auftrag von Thomas Hope verkauft.«

Sie sah auf. »Thomas? Nicht Henry Philip?«

»Richtig. Hope streitet es natürlich ab.«

»Aber du glaubst ihm nicht.«

Sebastian lächelte. »Ich fürchte, ich habe keine sehr vertrauensvolle Seele.« Er spürte selbst, wie sein Lächeln sich verhärtete.

»Es gibt noch etwas«, sagte sie mit erkennendem Blick. »Was ist es?«

»Bin ich so durchschaubar?«

»Gelegentlich.«

Er richtete den Blick auf die brennende Kohle. »Ich bin einem Mann über den Weg gelaufen, als ich aus Hopes Haus kam – einem Lieutenant im Hundertvierzigsten Infanterie, Matt Tyson. Ich habe ihn in Spanien kennengelernt.«

»Wenn ich es richtig deute, war er nicht gerade einer deiner engsten Kameraden?«

»Nein. Ich saß mit im Kriegsgericht über ihn.«

»Was hat er getan?«

»Er wurde angeklagt, eine spanische Frau und ihre beiden Kinder getötet zu haben, um ihr Gold und ihren Schmuck zu stehlen. Ihre Kehlen waren aufgeschnitten worden.«

»Hat er es getan?«

»Er behauptet, nein. Er sagt, er wäre am Tatort just in dem Moment aufgetaucht, als ein anderer Mann – ein Fähnrich – die Tat begangen hat, und er hätte es gesehen. Leider war der Fähnrich nicht in der Lage, etwas zu seiner eigenen Verteidigung vorzubringen, da Tyson ihn sofort erschossen hat. Ich persönlich bin der Meinung, dass Tyson und der Fähnrich die Morde gemeinschaftlich begangen haben und Tyson seinen Komplizen dann getötet hat, als er erkannte, dass sie kurz davor waren, von einer britischen Patrouille entdeckt zu werden.«

»Weshalb glaubst du das?«

»Tyson und ich waren vielleicht nicht die besten Kameraden, aber er und der Fähnrich schon.«

»Ach so. Aber Tyson wurde freigesprochen?«

»Ja. Ein Grenadiersergeant hat bezeugt, dass er die Frau hat schreien hören und dann gesehen hat, wie Tyson in dem vergeblichen Versuch in das Haus hastete, sie zu befreien. Meine Offizierskollegen haben ihm geglaubt.«

»Du aber nicht. Weshalb?«

»Die Patrouille, die an den Tatort kam, sagte aus, dass Tyson blutbedeckt war, der Fähnrich aber nicht. Ich glaube, dass Tyson den Sergeant bestochen hat, einen Meineid zu leisten.«

Gemächlich trank sie einen Schluck Tee. »Welche Art Mann ist dieser Tyson?«

»Ungefähr fünfundzwanzig Jahre alt, auffallend attraktiv. Er stammt von einer alten, angesehenen Familie in Hereford ab. Hat sich in Eton gut geschlagen. Wenn man ihn kennenlernt, wirkt er sehr angenehm. Engagiert, ausgesprochen liebenswert. Aber das alles ist eine sorgsam aufgebaute Fassade. Darunter steckt einer der kältesten, brutalsten und eigensüchtigsten Männer, die mir je begegnet sind.«

»Glaubst du, er könnte Daniel Eislers Mörder sein?«

»Das weiß ich nicht. Ich bezweifle keine Sekunde, dass Matt Tyson ein Mörder und Dieb ist. Aber das heißt nicht zwangsläufig, dass er auch hinter diesem Mord und Raub steckt.« Er zögerte. »Wie interessant, dass Mr Bloomsfield dich ausgerechnet jetzt besucht hat.«

Sie stellte die Teetasse beiseite. »Tatsächlich bin ich heute Nachmittag zu ihm gegangen, um ihn zu sehen, aber er war aushäusig. Genau genommen hat er also nur meinen Besuch erwidert.«

»Ach so.« Sein Blick ging an ihr vorbei zu dem Tisch neben dem Bogenfenster. Darauf lag Eislers altes, zerknittertes Manuskript. »Ich nehme an, du hast ihm das Manuskript gezeigt?«

»Ja. Er sagte, es heißt *Der Schlüssel Salomos*, und es scheint tatsächlich eine Art Magisches Handbuch zu sein.«

»Also hattest du recht«, sagte Sebastian und ging hinüber, um es hochzuheben.

»Ja. Allerdings fürchte ich, dass der arme Mr Bloomfield vom Inhalt recht entsetzt war. Er hat ein paar Passagen für mich übersetzt, dann weigerte er sich, noch mehr darin zu lesen.«

»Hatte er zuvor schon davon gehört?«

Sie schüttelte den Kopf. »Nein. Aber er hat auf der Innenseite des Buchdeckels eine Inschrift gefunden, die darauf hinweist, dass die Abschrift in Amsterdam hergestellt wurde. Er sagte, es ist in Sephardischer Kursivschrift verfasst.« Sie kam zu ihm und beobachtete ihn dabei, wie er durch die Seiten blätterte. »Ich habe eine Freundin namens Abigail McBean, die eine Art Expertin für solche alten, magischen Texte ist. Sie hat mir einmal gesagt, man nennt sie ›Grimoire‹, und ...« Sie unterbrach sich und zog die Augen zusammen, als er zu ihr aufsah und lächelte. »Was ist so lustig?«

Da lachte er laut auf. Sie hatte einen buntgemischten Freundeskreis brillanter, faszinierender und entschieden ungewöhnlicher Menschen, von Gelehrten und Poeten bis zu Reformisten und Künstlerinnen. Sie kannte Geologen und Architekten, Antiquare und Ingenieure. Er hätte also damit rechnen müssen, dass sie zumindest eine Person kannte, deren Fachgebiet alte, magische Texte waren.

Seine Belustigung schwand allerdings, als ihm bewusst wurde, dass etwas ausgesprochen unüblich daran war, dass ein Mann die Hilfe seiner Frau annahm, um die Unschuld des Gatten seiner ehemaligen Geliebten zu beweisen. Er sagte: »Du musst das nicht machen.«

Sie griff nach dem Manuskript und zog es ihm aus den Fingern. »Doch.«

Sie wandte sich mit dem Buch in der Hand vom Fenster ab, hielt dann inne und betrachtete die dunkler werdende Szenerie draußen.

Der Regen hatte sich verstetigt und fiel gleichmäßig herab, die Wolken hingen dunkel und tief und stahlen das letzte Licht vom Himmel. Frauen eilten mit klappernden Holzpantinen, die Schultertücher fest über die Köpfe gezogen, durch die sich ausbreitende Dunkelheit. Der schwache Schein der Öllampen wurde als matter Glanz von den regennassen Pflastersteinen reflektiert. Ein mit einer Krone geschmückter Landauer, der von einem Paar Apfelschimmel gezogen wurde, fuhr eilig vorbei, und seine roten Räder ließen das Wasser aus dem Rinnstein auf den Bürgersteig spritzen. Die Hosen eines Mannes, der in der Nähe der Eingangstreppe des Hauses gegenüber stand, wurden nass. Er zuckte nicht zusammen und rührte sich nicht, sondern stand einfach da und beobachtete unter seinem tief sitzenden Schlapphut hervor ihr Haus.

»Was ist los?«, fragte Sebastian, der sah, wie sich Heros Ausdruck veränderte.

»Der Mann dort. Er steht schon seit fast einer Stunde da und beobachtet unser Haus. Ich habe ihn bemerkt, als ich Mr Bloomsfield das Manuskript gezeigt habe. Wir haben es zum Fenster geholt, damit er das letzte Tageslicht nutzen kann, und ...«

Aber Sebastian war schon vom Fenster verschwunden und eilte zur Haustür.

Kapitel 18

Sebastian trat aus dem Haus in einen kräftigen Wind, der ihm den Regen ins Gesicht trieb und seine Mantelschöße flattern ließ. Eine Peitsche knallte, und ein Paar zottiger Ackergäule füllte die Straße vor ihm aus, sodass er am Rand des Trottoirs abrupt stehenbleiben musste. Er fluchte ungeduldig und lief geduckt um den Kohlekarren herum. Er erwartete schon halb, dass der Mann im Schlapphut im Nebel verschwunden wäre, bis er die andere Straßenseite erreichte. Aber der Beobachter war immer noch da, sein regennasser Mantel um seine skelettartige Gestalt war riesig, und er erwartete Sebastian mit zu breitem Grinsen verzogenem Mund.

»Wer zur Hölle sind Sie, und warum beobachten Sie mein Haus?«, wollte Sebastian wissen und blieb vor dem Mann stehen.

»Wie witzig, dass Ihr mich das fragt«, sagte der Mann, »denn ich wollte Euch gerade dieselbe Frage stellen.«

Sein fettiges, verfilztes Haar war stark mit Grau durchsetzt und hing zu lang um sein eingefallenes Gesicht mit den tiefliegenden, wässrig schwarzen Augen. Seine Nase war offenbar erst vor Kurzem gebrochen worden, und eine gezackte rote Narbe verunstaltete eine Gesichtshälfte. Er konnte alles zwischen fünfunddreißig und fünfzig Jahren alt sein. Den Elementen ausgesetzt zu sein, hatte seine Haut rau werden lassen und tiefe Furchen neben seinem Mund eingegraben. Kurz dachte Sebastian, dass er vage vertraut aussah; dann zuckte es im zerklüfteten Gesicht, und der Eindruck verflüchtigte sich.

Sebastian runzelte die Stirn. »Welche Frage?«

»Wer seid Ihr?«

»Sie wollen mir sagen, dass Sie deshalb hier im Regen stehen? Weil Sie wissen wollen, wer ich bin?«

»Genau.«

Um sie herum platschte der Regen, wühlte das Wasser im Rinnstein auf und machte klingelnde Geräusche auf dem Eisengeländer der Treppe, die zur Küche führte. Am lächelnden Gesicht des Mannes lief er in Rinnsalen hinunter.

Das Grinsen des Mannes wurde noch breiter. »Sie ist eine gutaussehende Frau, Eure Gattin. Sehr gut aussehend.«

Eine mächtige Welle furchtgetriebenen Zorns durchlief Sebastian. Er stieß den Mann rückwärts gegen die Backsteinmauer des Hauses hinter ihm und drückte ihm einen Unterarm gegen die dürre Gurgel. »Was soll das heißen, zum Teufel?«

Der Mann schüttelte den Kopf, fortgesetzt unheimlich grinsend. »Ich meinte nix Spezielles damit.«

»Warum zur Hölle wollen Sie wissen, wer ich bin?«

Die Augen des Mannes schlossen sich, und er lachte eigenartig, halb erstickt. »Ich hab Euch gesehen. Hab Euch aus seinem Haus kommen sehen.«

»Aus wessen Haus?«

Der Mann legte die Hände flach gegen die Backsteinmauer in seinem Rücken. Seine sehnigen Muskeln waren angespannt, die Finger ausgestreckt. Dann öffnete er die Augen, und sie sahen aus wie die Augen eines Kindes oder eines Greises, wenn der Geist die Fähigkeit zu verstehen verliert und nur noch in hilfloser Verwirrung und Not in die Welt hinausblickt. »Oh, das kann ich Euch nicht sagen.«

Sebastian trat einen Schritt zurück und ließ den Mann los. »Sie bleiben meiner Frau fern, ist das klar? Sie bleiben meinem Haus fern und Sie bleiben meiner Frau fern. Wenn ich Sie wieder hier herumlungern sehe, werde ich Sie vom Wachmann festnehmen lassen.«

Er bemerkte, dass der Mann nicht mehr ihn ansah, sondern etwas hinter ihm. Er drehte sich um und sah Hero, die ruhig über die Straße zu ihm kam, wobei sie den Saum ihres feinen, weißen Musselinkleids über das von Schmutz und Dung übersäte Pflaster hob.

Als Sebastian sich wieder umdrehte, war der Mann verschwunden.

»Also, wer war das?«, fragte Hero und folgte mit den Blicken der verschwindenden Gestalt des mageren Mannes, als sie auf den Bürgersteig neben ihn trat. Ein Windstoß ließ den Regen in stechenden, wirbelnden Schichten um sie herum tosen.

»Jemand, der nach Bedlam gehört.«

Sie wandte den Blick Sebastian zu. »Ach? Du meinst, wie ein Mann, der ohne Hut und ohne Mantel in den Regen hinaus rennt?«

Er wischte sich das Wasser aus den Augen und sah seine Frau an. Aus ihrem nassen Haar tropfte der Regen, lief über ihre Wangen und durchnässte den Musselinstoff ihres eleganten Kleids, sodass es an jeder Wölbung ihres wunderschönen Körpers haftete. Er sagte: »Du meinst, so wie du?«

Ihr Gesicht leuchtete in überraschter Freude auf, und ein perlendes Lachen stieg in ihr auf, das sie den Kopf in den Nacken werfen ließ.

***

Später am Abend lockerte der Regen auf, kehrte aber nach Mitternacht mit voller Wucht zurück.

Sebastian lag wach im Bett seiner Frau und sah, wie seltsam grüne Blitze über die sich ballenden Wolken zuckten, die auf die stinkenden Gassen und im prasselnden Regen liegenden Docks im Osten herunterdrückten. Einen atemlosen Augenblick der Stille später begann das Donnergrollen, steigerte sich lauter und lauter in ein Crescendo, das die Fensterscheiben klirren ließ und ihn sogleich in Erinnerungen stürzte, die er lieber vergessen hätte.

Er spürte eine leichte Gewichtsverlagerung neben sich, hörte den Hauch einer Bewegung. Dann schob sich eine weiche und warme Hand auf seine nackte Brust. Hero sagte: »Du schläfst nicht.«

Er lächelte im Dunkeln. »Und du?«

Sie rutschte herüber und schmiegte sich mit ihrer hochgewachsenen Gestalt an ihn, als er die Arme herunterschob und sie zu sich zog.

Sie sagte: »Du machst dir Sorgen um diesen Mann, der das Haus beobachtet hat.«

Er streichelte mit der Hand ihren Rücken entlang und über die Wölbung ihrer Hüfte. »Ich denke die ganze

Zeit, dass ich ihn schon einmal gesehen habe, aber ich kann ihn nicht zuordnen.«

»Vielleicht ist er ein Bettler an einer Straßenecke? Oder ein Gesicht, das du unter den verzweifelten Menschen vorm St Martin-Armenhaus gesehen hast?«

Sebastian schüttelte den Kopf. »Ich glaube nicht, dass er Bettler ist.«

»Du hast selbst gesagt, dass er klingt, als ob er ins Irrenhaus Bedlam gehörte.«

»Das heißt aber nicht, dass er nicht auf die eine oder andere Weise mit Daniel Eislers Tod zu tun haben könnte.«

»Ich sehe keine Verbindung.«

»Warum war er denn hier, um das Haus zu beobachten, um dich zu beobachten? Nicht mich, sondern dich.«

Sie stützte sich auf einem Ellbogen ab, sodass sie auf ihn herabsehen konnte. »Ich kann auf mich aufpassen.«

Ihre Worte klangen wie ein Echo dessen, was Kat früher an diesem Tag zu ihm gesagt hatte. Nur dass Kat sich in dem Moment auf die Drohung bezogen hatte, die Jarvis darstellte ... Heros Vater.

Er umfasste das dunkle Haar, das wie ein Vorhang über ihr Gesicht fiel, und schob es mit ausgestreckten Fingern zurück. Er hatte mit angesehen, wie sie einen Mann in die Brust geschossen hatte, ohne dabei eine Regung zu zeigen, sei es nun Schock oder Bedauern. Diese Frau hatte eine harte Seite, und er wusste, dass sie von ihrem Vater Jarvis stammte. Sie wurde durch ihren Gerechtigkeitssinn und ihr Mitgefühl für das Leiden derjenigen ausgeglichen, die vom Schicksal weniger gut bedacht worden waren – ein Zug, der Jarvis vollends abging. Aber Sebastian wusste, dass sie ohne zu zögern und ohne Gewissensbisse töten konnte, um sich oder andere zu retten. Doch ebenso wusste er, dass diese Fähigkeit dennoch zu wenig sein könnte, um sie zu schützen.

Er sagte: »Wir sind alle verletzlich. Vor allem, wenn wir es mit einem Irren zu tun haben.«

Sie schwieg mit ernster Miene einen Augenblick lang. Eine Sorgenfalte bildete sich zwischen ihren Brauen. »Denkst du denn, dass ich mir um dich keine Sorgen mache?«

»Das ist nicht ...«

»Nicht das Gleiche? Weil du ein Mann bist und ich eine Frau?«

»Nein. Weil es eine Sache ist, wenn ich entscheide, mein Leben zu gefährden, aber eine ganz andere, wenn mein Handeln das Leben anderer in Gefahr bringt.«

Sie berührte mit den Fingern seine Lippen. »Ich wusste, worauf ich mich einlasse, als ich dich geheiratet habe, Devlin.«

Er lächelte unter ihrer Hand. »Ich bin nicht sicher, ob ich es wusste.« Noch nie war er so dicht dran, von den tiefen Verwerfungen in ihrer Beziehung zu sprechen – und von der unerwartet anwachsenden und lebensverändernden Intensität des Bandes, das sie miteinander verknüpfte.

Sie ließ die Hand über seine Brust und die weiche Haut seines Bauchs nach unten wandern. Er hielt den Atem an und sah, wie sich ihre Augen vor Begehren verdunkelten.

Er rollte sie auf den Rücken und kam über sie. Der Wind trieb den Regen gegen die Fensterscheiben. Um sie herum flackerte das grüne Licht der Blitze wie ein ätherisches Pulsieren. Er küsste ihre Wange, ihre Lider, ihr Haar, das weiche Grübchen an der Wurzel ihres Halses. Dann verengte sich seine Wahrnehmung der Welt auf das Reiben ihrer Haut an seiner, auf die suchenden Hände und sich ineinander verschlingenden Finger. Die Weichheit ihrer Lippen. Ihr geflüstertes, drängendes Verlangen.

Und seines.

∗∗∗

Sebastian zog sich gerade die Hosen über die Hüfte, da bemerkte er Hero, die auf der Türschwelle seines im Dunkeln liegenden Ankleidezimmers erschien. Sie hatte sich gegen die Kühle eine Decke um die Schultern gelegt, doch darunter war sie nackt. Im zuckenden, elektrisch geladenen Licht trat die Silhouette ihres runden Bauchs an ihrer schmalen Gestalt deutlich hervor.

Sie sagte: »Ich nehme an, du hast einen guten Grund, dich um ein Uhr nachts aus meinem Bett zu stehlen.«

Er lächelte und zog sich ein Hemd über den Kopf. »Ich will mir Eislers Haus noch einmal ansehen – allein und ohne Unterbrechungen.«

»Es sei denn, jemand unterbricht deinen Hausfriedensbruch mit einem Schießeisen.«

»Hältst du mich für so unbedacht?«

»Nein. Aber du hast letzte Nacht keinen Schlaf bekommen. Du brauchst auch einmal Ruhe, Devlin.«

Er bückte sich, um die Stiefel anzuziehen. »Was meinst du, wie viel Ruhe Russell Yates diese Nacht bekommt?«

»Es wird immer unschuldige Männer geben, die in Gefahr schweben, erhängt zu werden.«

Er band sich ein schlichtes Tuch um den Hals und griff nach seinem Mantel. »Das stimmt.«

»Du sagtest, die Türen waren verriegelt und die Fenster verrammelt. Wie willst du also hineinkommen?«

»Ich habe so eine Vorstellung.«

»Na, es ist beruhigend zu wissen, dass du für den Fall, dass wir je in Schwierigkeiten geraten, auch mit Einbrüchen unseren Lebensunterhalt verdienen kannst.«

Er schnaubte und zog sie an sich, um sie rasch zu küssen, doch überraschenderweise umschlang sie ihn und hielt ihn fest.

Sie sagte: »Du passt auf dich auf.« In ihrer typischen Art klang es eher nach Befehl als nach Bitte.

Er küsste sie auf die Nase. »Grundgütiger. Du klingst ja ganz wie eine Ehegattin.«

»Werd nicht beleidigend.« Sie rückte ihm den Hut gerade. »Was genau meinst du denn zu finden?«

»Hoffentlich ein paar Antworten.«

»Auf welche Fragen genau?«

»Das weiß ich noch nicht.«

Kapitel 19

Eine einsame Öllampe, die hoch oben an der Wand des Gemüseladens auf der Ecke angebracht war, warf eine kleine, matte Lichtpfütze auf das Pflaster. Doch der Rest der nassen, gewundenen Gasse lag still und unbehelligt in der Dunkelheit.

Sebastian blieb im Schutz eines zurückgesetzten Durchgangs stehen, der stark nach Urin stank, und sah, wie der auffrischende Wind das regennasse Efeu erzittern ließ, das die mitgenommene Steinfassade von Eislers Haus ganz und die alten Bleiglasfenster halb bedeckte. Wie die Lagerhäuser und die verschlossenen Ladenlokale hier war auch das Haus dunkel. Sebastian wusste nicht, ob die beiden Alten, die in Eislers Diensten gestanden hatten, noch immer im Haus wohnten, aber falls ja, dann hätten sie sich schon längst für die Nacht in ihr Schlafzimmer auf dem Dachboden zurückgezogen. Er warf einen schnellen Blick um sich, überquerte die Straße und huschte geduckt durch die schmale, übelriechende Gasse, die an der Seite des Hauses vorbeiführte.

Vennels, so wurden sie in Schottland und Wales genannt, wie er gehört hatte. Diese hier war kaum breit genug, um einen Mann seitlich hindurchzulassen, und endete an einem alten Tor, das aus dicken, vertikalen, mit Astlöchern übersäten Holzplanken bestand, die mit Eisenstreifen beschlagen waren. Aber das Holz war schon halb verrottet und die stark verrosteten Eisenbeschläge so dünn, dass sie leicht nachgaben, als Sebastian sich mit seinem Gewicht gegen die Bretter drückte. Er fing das Gatter auf, bevor es klappernd auf das von Gras und Laub bedeckte Pflaster fallen konnte, und stellte es sorgfältig auf eine Seite.

Was vor ein-, zweihundert Jahren ein bezaubernder Renaissance-Garten gewesen sein musste, in dem von Rosenbüschen beschattete Pfade Beete mit Beinwell und Kamille, Geiskraut und Mutterkraut gesäumt hatten, war nun ein dunkles, zugewuchertes Wirrwarr, das von den aufragenden, schmutzigen Backsteinmauern der Nachbarn eingehegt war. Die jetzt regenschweren Äste der massiven Ulmen waren bis zur Terrasse gewachsen. Jeder andere Mann wäre nachtblind. Aber Sebastian bewegte sich mühelos, suchte sich den Weg über herabgefallene, verrottende Äste, wuchernde, nasse Weinstöcke und zerbrochenes Gemäuer.

Seine Mutter hatte ihm gesagt, seine Fähigkeit, in völliger Dunkelheit wie eine Katze zu sehen, sei eine Gabe, genauso wie die Fähigkeit, Geräusche zu hören, die für die meisten menschlichen Ohren zu schwach oder von einer zu hohen Frequenz waren. Niemand sonst in der Familie hatte diese Fähigkeiten, und er erinnerte sich noch an den Ausdruck seiner Mutter, als sie zum ersten Mal die fremden, fast tierhaft anmutenden Wahrnehmungen seiner Sinne entdeckt hatte.

Sie war eines Abend unerwartet zu ihm gekommen, als er im Sommerhaus noch lange nach Sonnenuntergang mit hochgezogenen Beinen auf einer Bank saß und ein Buch las. Jetzt wurde ihm klar, dass sie damals, im Gegensatz zu Sebastian, gleich gewusst hatte, wer ihm diese Gabe vererbt hatte.

Sein Vater, der nicht der Earl of Hendon war.

Er schob die Erinnerung beiseite und stieg leise die ausgetretenen Stufen zur Terrasse hinauf, wobei er die Füße behutsam aufsetzte, um zu verhindern, dass lose Steine unter seinen Stiefeln verräterisch klapperten. Die Reihen der schäbigen Holzkäfige links der Tür standen noch da, ihre zurückgelassenen gefiederten Insassen hatten sich gegen den feuchten Wind, der einen fauligen Gestank nach Vernachlässigung und Elend mit sich brachte, aufgeplustert. Fast alle Futterschalen waren leer, die Wassertröge verschmutzt.

Sebastian ging von Käfig zu Käfig und öffnete rasch eine Tür nach der anderen, und bei den Insassen, die zu schwach oder zu mitgenommen wirkten, die angebotene Freiheit zu ergreifen, ruckelte er an den Stangen. Mit peitschenden Flügeln stiegen sie in den Nachthimmel auf, zuerst die Spatzen, Tauben und Lerchen. Nachdem die kleinen Vögel in die Sicherheit geflohen waren, folgten die Habichte und Eulen. Zuletzt stand Sebastian vor dem Käfig der übellaunigen, langhaarigen, schwarzen Katze, die aus grünen Augen mit geschlitzten Pupillen zu ihm aufsah. Sebastian ließ die Käfigtür aufschwingen, deren Scharniere so laut quietschten, dass er zusammenzuckte.

»Na los«, flüsterte er, als die Katze sich nicht muckste. »Worauf wartest du? Auf eine Einladung des Königs?«

Die Katze blinzelte.

Sebastian kippte den Käfig leicht, bis die Katze herausfiel und mit einem indignierten Ton leichtfüßig neben ihm auf dem Boden landete.

»Sch«, zischte Sebastian.

Die Katze schritt in die Nacht hinaus, wobei ihr lächerlich langer, buschiger Schwanz hin und her zuckte.

Sebastian beobachtete sie eine Weile und spitzte die Ohren, um jegliches Geräusch wahrzunehmen, welches darauf hindeuten könnte, dass seine Anwesenheit bemerkt worden war. Abermals frischte der Wind auf und versetzte die knarrenden Äste der alten Ulmen in Bewegung.

Er zog das Messer aus seinem Stiefel und ging zur Hintertür hinüber.

Der Spalt zwischen Tür und Rahmen war nicht so breit wie erhofft, aber er würde reichen. Sebastian schob das Messer am Rahmen durch und drückte es hinunter, bis der harte Stahl der Klinge in das weichere Eisen des Riegels drang und ihm ermöglichte, den Riegel ein kleines Stück nach rechts zu schieben. Dann löste er das Messer, senkte es erneut dicht am Rahmen und drückte es hinunter.

Das tat er immer wieder und bewegte den Riegel Stückchen für Stückchen. Er kam enervierend langsam voran. Es wäre viel leichter gewesen, einfach an einem der Fenster einen der Balken auszuhebeln oder das Fenster zu zerschlagen, aber er zog es vor, so wenige Einbruchsspuren wie möglich zu hinterlassen. Er hörte leichtes Füßetrappeln, als der Regen wieder stärker wurde, außerdem den fernen Ruf des Nachtwächters: *»Zwei Uhr in einer regnerischen Nacht, und alles ist ruhig.«* Dann rutschte der Riegel mit einem leisen Klackern aus dem Rahmen, und die Tür öffnete sich quietschend vielleicht fünfzehn Zentimeter nach innen.

Sebastian schob sie weiter auf, machte einen Schritt hinein und wäre beinahe gestolpert, als etwas Warmes und Pelziges sich zwischen seine Beine schob.

»Willst du wohl verschwinden?«, flüsterte er.

Die Katze gab ein leises Miauen von sich.

Hölle nochmal.

Sebastian schob das Messer zurück in die Scheide und machte einen Schritt über die Katze, dann schloss er die Tür rasch vor ihrer Nase.

»Miau«, beschwerte sich die ausgesperrte Katze.

Als die Tür zu war, lag der Flur in fast vollständiger Dunkelheit da; als einzige Lichtquelle sickerte ein Schimmer von den Fenstern der riesigen Halle am anderen Ende des Gangs herein. Die Reihen schwerer Gemälde an den Wänden und das gestapelte Mobiliar hoben sich vor den dunklen Schatten ab. Dicht lag der Geruch von Verfall und Schmutz in der Luft.

Sebastian bewegte sich leise voran, öffnete die erste Tür zu seiner Rechten und blickte in einen Speisesaal, der aussah, als wäre er seit Jahrzehnten nicht mehr zu seinem eigentlichen Zweck genutzt worden. Die Samtvorhänge hingen in Fetzen an den Fenstern herunter; im Zentrum des Raums stand ein Jakobinischer Tisch mit zwölf Stühlen mit gedrechselten Beinen. Sie waren durch Jahrhunderte von Rauch und altem Wachs so nachgedunkelt, dass sie fast schwarz aussahen. Doch alles war derartig hinter Stapeln von Möbeln, Gemälden und *Objets d'art* versteckt, dass man eine ganze Woche brauchen würde, um den Raum zu durchzusuchen und dabei für sich einen Pfad freizuräumen.

Sebastian schloss die Tür und wandte sich der gegenüberliegenden Seite des Flurs zu, dann blieb er abrupt stehen. Ein grünes Augenpaar funkelte ihn aus der Dunkelheit an.

»Wie zum Teufel bist du hereingekommen?«, flüsterte er der Katze zu. Dann bewegte ein Windstoß, der den Geruch nach nassen Platten und feuchter Erde mit sich brachte, die Tür, die laut knarrte, und ihm wurde klar, dass sie ohne den Riegel wieder aufgeschwungen war.

Mit dem Stiefel schob er die Katze zur Seite. »Sei bloß still.«

Die nächste Tür führte in eine Kammer, die kaum weniger überfüllt war als das Speisezimmer, obgleich sie offensichtlich nicht nur als Abstellkammer benutzt wurde, denn hier führte ein erkennbarer Pfad zu einem schönen Ebenholz-Schreibtisch mit Elfenbeinintarsien, der voller Papierstapel lag. Es sah aus, als hätte sie jemand durchsucht – sicherlich Eislers Erben oder deren Anwälte. Hinter dem Schreibtisch stand ein massiver Tresor, dessen schwere Eisentür offenstand. Die Fächer darin waren leer. Was auch immer an Edelsteinen, Währungen und anderen Geheimnissen er einst geborgen haben mochte, war verschwunden.

Sebastian ging weiter.

Wie vermutet erwies sich die nächste Tür als zweiter Eingang zu dem langen Salon, in dem Eisler erschossen worden war. Offenbar war der Mörder hier entlang geflüchtet, ohne von Yates gesehen zu werden ... *wenn* Yates über die Geschehnisse jener Nacht die Wahrheit gesagt hatte.

Es störte Sebastian, dass er sich da nicht so sicher war, wie er es gern wäre.

Von diesem Flur führte nur noch eine weitere Tür neben den engen Stufen, die zur Küche hinunter führten, ab. Er ging zurück durch den Flur und drückte die Türklinke hinunter.

Es war abgeschlossen.

Zu seinen Füßen setzte die Katze sich hin und stieß ein leises Miau aus.

»Ja, das ist eigenartig, nicht?«, sagte Sebastian zu ihr. »Aber ich wünschte, du würdest ...«

Er unterbrach sich, als von unten ein gedämpftes Geräusch heraufklang.

Sebastian zog sich von der Treppe zurück, und mit dem Dolch aus seinem Stiefel in der Hand drückte er sich gegen die Wand. Ein schwacher Lichtschein wie von einer Lampe erhellte das Treppenhaus, das vom Keller heraufführte, und warf die langen Schatten zweier Männer gegen die Wand am anderen Ende. Ein schwerer Schritt wurde auf der Treppe hörbar, dann ein zweiter.

»*Miau*«, machte die Katze.

Die Schritte hielten inne.

»*Miau*.« Die Katze stand wieder auf und machte einen Buckel, dann ging sie zum Treppenabsatz, ihr enormer, buschiger Schwanz schlug hin und her, und ihre grünen Augen glühten in der Dunkelheit.

»Wat is dat dann, bei all Heilige?«, fragte einer der Männer in ängstlichem Flüsterton.

Der zweite Mann antwortete, seine Stimme war älter und harscher. »Das is ’n Katz, du Dussel.« Sebastian hörte ein klatschendes Geräusch, als hätte der ältere Mann seinen Komplizen mit dem Hut geschlagen.

»Au. Für was is dat dann?«

»Klapp zu un geh weiter.«

Die vorsichtigen Schritte näherten sich wieder.

Sebastian schob sich seitwärts tiefer in den Schatten der offenstehenden Treppentür und eines massiven Sekretärs, der völlig überladen war, von einer Marmorbüste über eine griechische Urne bis zu einem Bündel eleganter Gehstöcke. Aber es gab hier kein Versteck, und er konnte nicht vor den Treppenstufen hergehen oder sich sogar im Speisezimmer verbergen, ohne in die Blickrichtung der Männer zu geraten.

»Wo gucke wir zuerst?«, flüsterte der jüngere Mann mit nervös flatternder Stimme.

»Im Salon, denk ich«, antwortete sein Komplize.

»Und wenn wir 'n dort nit finde?«

»Dann müssen wir halt durch jede beschissene Bude im ganzen Haus, bis wir ihn finde. Wat meinste dann? Willste dem Meister verklickern, dass wir's nit geschafft ham?«

»Ne. Aber ...« Die Schritte hielten wieder inne. »Morgan?«

»Was? Für was bleibst'n jetze stehn?«

»Warum is die Hintertür auf?«

Sebastian konnte den ersten Einbrecher jetzt sehen. Der große, dünne Kerl in ausgebeulten Hosen und einem braunen Kordmantel hielt eine schäbige Hornlampe in der einen Faust, deren gedämpftes Licht golden auf den weichen, faltenlosen Zügen eines Jungen von wohl höchstens sechzehn oder achtzehn Jahren lag. Sein Blick glitt über die offene Hintertür, er schluckte angestrengt, wobei sein Adamsapfel sichtlich auf und ab hüpfte. Das Lampenlicht war unstet, da seine Hand zitterte.

»Was zur Höll?«, sagte der ältere Mann und blieb auf der Stufe unter ihm stehen.

»Meinste, der Wind hat sie vielleicht aufgeweht?«

»Wie soll ich dat dann wisse? Geh un guck nach.«

»Gib mir die Pistol.«

»Für was? Meinste, dass Rawhead und Bloodybones dich sonst schnappe?«

»Lach mich nit aus, gib mir halt die Pistol.«

Der Alte murrte, gab ihm aber eine Pferdepistole, die wie ein Relikt aus dem Dreißigjährigen Krieg aussah.

Sebastian rührte sich nicht, als der junge Einbrecher vor ihm vorbei ging, während das Lampenlicht über die Wände und die angehäuften Schätze des Flurs huschte. Hätte der Mann nur den Kopf gedreht, hätte er Sebastian sofort gesehen. Aber seine Aufmerksamkeit galt der offenen Tür und der Terrasse dahinter. Er war so nervös, dass Sebastian den Lauf seiner Waffe zittern sah; das Lampenlicht tanzte und zuckte.

»Un?«, fragte der ältere Mann, der nun die oberste Stufe erreichte. Er war nur wenig kleiner als sein Komplize, aber viel kräftiger, stiernackig, mit einer breiten Brust und muskulösen Armen und Beinen. Er hatte schlichte Züge, eine große, gekrümmte Nase, und sein Blick unter dichten Brauen war wie der des jüngeren Mannes auf die Tür zur Terrasse gerichtet.

Dann drehte er den Kopf und sah Sebastian, der nicht mehr als anderthalb Meter von ihm entfernt stand.

Kapitel 20

»Was zur Höll!«

Der Kerl zog ein großes, gekrümmtes Schwert aus der Scheide an seiner Seite und hastete auf Sebastian zu, wobei er die Waffe über den Kopf hielt.

Sebastian griff sich einen schweren Messinggehstock von der Sammlung auf dem Schreibtisch neben sich und riss ihn in die Luft, um den tödlichen Abwärtshieb der Klinge abzuwehren. Metall krachte auf Metall. Aber die Wucht des Schlags war so groß, dass der Aufprall Sebastians linken Arm bis zur Schulter erschütterte und er ins Straucheln geriet.

Der Einbrecher hatte sich sofort erholt, verzog die Lippen zu einem fiesen Grinsen und veränderte den Griff an seiner Waffe. »Knall ihn ab!« rief er dem jüngeren Mann an der Tür zu.

»Ich kann nit! Du bist im Weg«, gellte der, die Waffe zitternd vor sich haltend, und seine Stimme wurde noch eine Oktave höher, während er versuchte, die Lampe abzusetzen.

»Verfluchter Bastard«, fluchte der Stiernackige. Er machte einen weiteren Ausfallschritt nach vorn, um Sebastian die Waffe ins Herz zu stoßen.

Sebastian wich einen Augenblick zu spät zur Seite aus und spürte, wie die Klinge durch das Fleisch auf seinen Rippen schnitt. Zugleich drehte er sich und stieß seinen Dolch tief in die Brust des Schurken.

»Morgan!«, rief der Mann im Gang.

Wie in einer Zeitverzögerung erstarrte der Einbrecher, seine groben Züge wirkten wie eine Studie des Ausdrucks von Überraschung. Dann brach er zusammen.

Sebastian versuchte, seinen Dolch herauszuziehen, merkte, dass er zwischen den Rippen des Mannes feststeckte, und stürzte auch schon.

»Du hast mein Bruder umgebracht!«, rief der junge Mann an der Tür, hielt die Pistole vor sich und hob die linke Hand, um seinen Griff zu stützen. Er bewegte schon den Finger am Abzug, da stieg die Katze auf die Hinterbeine und grub die Krallen der Vorderpfoten in sein Bein.

Der Mann stieß einen schrillen Schrei aus. Eine Stichflamme spuckte, als die Pistole mit ohrenbetäubendem Knall explodierte und den Flur mit beißendem Rauch und schwarzem Schießpulver füllte, und die Kugel sich in die Wand bohrte.

Das Gesicht in Angst und neuem Schrecken verzogen, warf der jüngere Mann die nun nutzlose Pistole von sich und hastete zur Tür hinaus.

Sebastian zog den Dolch mit solcher Wucht aus der Brust des toten Mannes, dass der Leichnam sich drehte und die Treppe hinunter polterte. Er hörte, dass der junge Mann durch den völlig zugewucherten Garten brach; wie von Sinnen stolperte er blindlings vorwärts. Als Sebastian durch der Tür in die nasse, windumtoste Nacht rannte, war der Einbrecher fast schon bei den verfallenen Ställen.

Sebastian umgriff den blutverschmierten Dolch mit der Faust, rannte über die Terrasse und sprang die Stufen hinunter. Ein spitzer Zweig verhakte sich in seinem Mantel; Sebastian wirbelte herum und hörte, wie der Stoff zerriss, als er weiter stürmte. Er sah die schmale Gestalt des Einbrechers als Silhouette vor dem Nachthimmel. Der Junge kletterte über den Stapel heruntergefallener Backsteine hinauf, der die eingebrochene Mauer am Ende des Gartens markierte.

»Was willst du von mir?«, brüllte er, hielt inne und griff nach einem der losen Backsteine, um ihn auf Sebastians Kopf zu schlagen.

Sebastian duckte sich. »Ich will wissen, wer euch geschickt hat.«

»Geh zur Höll!«

Der Bursche zog die Füße hoch, dann sprang er. Sebastian hörte, wie sein Körper auf der anderen Seite aufprallte, dann erklang das schmatzende Geräusch von Füßen, die durch Matsch liefen.

Sebastian erklomm die halb eingestürzte Mauer, die bedrohlich schwankte, als er auf der anderen Seite leichtfüßig hinuntersprang.

Er landete in einer schmutzigen, von Unrat übersäten Gasse, die zu beiden Seiten von hohen Mauern gesäumt war. Er sah den Jungen, der auf die Straße am Ende zustürzte. Seine Füße rutschten und glitten beim Laufen im Matsch aus.

Sebastian jagte ihm hinterher und blieb abrupt stehen, als der dunkle Umriss einer Kutsche am Ende der Gasse auftauchte. Die Tür flog auf, und der lange Lauf eines Gewehrs ragte in die Nacht hinaus.

»Mist«, fluchte er, zog instinktiv den Kopf ein und
tauchte in den Schatten der Mauer neben sich ab. Er berührte den kalten Matsch und stieß erneut »Mist« aus,
als er mit dem Gesicht voran in einen Haufen rutschte,
der dem Geruch nach aus einer Mischung aus verrot-
tenden Kohlblättern und Pferdedung bestand. Als er
aufblickte, sah er eine Feuerzunge und hörte einen Gewehrschuss die Nacht zerreißen.

Doch der unsichtbare Mann in der Kutsche zielte
nicht auf Sebastian.

Vielleicht sechs Meter vor dem Ende der Gasse taumelte der junge Einbrecher, sein Körper zuckte, er verdrehte den Oberkörper, dann sackten die Knie unter
ihm zusammen. Der Kutscher gab den Pferden die Peitsche, das Gefährt schoss voran in die Nacht, und das Geschirr klapperte, als die Räder über das Kopfsteinpflaster ratterten.

Sebastian wischte sich den Matsch und Dreck aus
dem Gesicht, während er zu dem Jungen lief und neben
ihm in die Hocke ging. Er zog seinen zitternden, blutigen Körper in die Arme. »Wer hat dich angeheuert?«,
fragte Sebastian und hob ihn hoch.

Der Junge schüttelte den Kopf und hustete, die Augen
schreckgeweitet. Mit einer klauenartigen Hand krallte
er sich an Sebastians Arm.

»Sag es mir, verflucht noch mal! Hörst du? Wer sie
auch sind, sie haben dich gerade getötet.«

Doch schon wich das Licht aus den Augen des Burschen, seine Körperspannung ließ nach, der feste Griff
an Sebastians Arm wurde locker, dann fiel die Hand
hinunter.

»Verfluchter Dreckskerl«, fluchte Sebastian. Trotz des Matsches ließ er sich zurücksinken, den toten Jungen hielt er immer noch in den Armen. »Verfluchter Dreckskerl«, sagte er erneut.

Und dann sagte er es ein drittes Mal. »Verfluchter Dreckskerl.«

***

Hero saß angekleidet in ihrem Schlafzimmer am Kamin, und das alte hebräische Manuskript lag offen auf ihrem Schoß, als Sebastian hereinkam. Mit sich brachte er den durchdringenden Gestank nach verrottendem Kohl, Pferdedung und Dreck. Mantel und Stiefel hatte er bereits abgelegt, aber sein Gesicht, die Weste und die Hose waren über und über mit Schmutz beschmiert, und er hielt eine langhaarige, schwarze Katze unter dem einen Arm.

Das Manuskript rutschte unbeachtet auf den Boden, als sie ihn anstarrte. »Großer Gott, Devlin, geht es dir gut?«

»Wieso bist du auf?«, fragte er. Die Katze gab ein missgelauntes Jaulen von sich und sprang von seinem Arm herunter.

»Ich konnte nicht schlafen. Was ist geschehen? Und was tust du mit dieser Katze?«

»Der Kater beharrt darauf, dass ich ihm gehöre, seit er mir das Leben gerettet hat, während ich darauf bestehe, dass er mir nur einen Gefallen vergolten hat.«

Sie lachte. Dann sah sie den dunkelroten Schimmer, der sich unter den Schmutz auf seiner Weste gemischt hatte, und das Lachen erstarb auf ihren Lippen. »Ist das dein Blut?«

»Nur ein Teil davon.« Er ging zu seinem Ankleideraum und begann schon einmal sich auszuziehen.

Sie folgte ihm. »Wie viel davon?«

Er zog die ruinierte Weste aus und warf sie naserümpfend beiseite. »Ich entschuldige mich für das Aroma. Ich fürchte, ich bin durch einen Abfallhaufen geschliddert. Calhoun wird nicht begeistert sein. Ich glaube, dies war sein Lieblingsgilet.«

»Wie viel davon?«, wollte sie erneut wissen und half ihm, das aufgeschlitzte Hemd über den Kopf zu ziehen. Er versuchte, sich abzuwenden, aber sie sah den langen, violetten Schnitt, der seine Rippen entlang verlief, und griff nach seinem Arm. »Devlin ...«

Er sah darauf hinunter. »Er ist nicht tief.«

»Warum bist du nicht zu Gibson gegangen, um ihn nähen zu lassen?«

»So schlimm ist es nicht.«

»Man könnte eine Maulsperre davon bekommen!«

»Den Schnitt zu nähen, würde den Effekt aber nicht ändern, oder?«

Sie bedachte ihn mit einem Blick, der keiner weiteren Worte bedurfte, und ging zum Glockenseil. »Du musst das wenigstens mit heißem Wasser auswaschen. Ich läute nach Calhoun.«

»Großer Gott, nein. Es ist fast vier Uhr morgens.«

Sie ließ die Hand fallen und wandte sich zur Tür um. »Nun gut. Dann gehe ich in die Küche hinunter und mache selbst etwas Wasser heiß.«

Er ließ sie nach Calhoun läuten.

Später hockte sie mit untergeschlagenen Beinen auf dem Teppich neben seinem Sessel, als er vor dem Kamin saß und ihr mit einem Glas Brandy in der Hand erzählte, was passiert war.

»Was glaubst du, wonach diese Männer gesucht haben?«, fragte sie, als er fertig war. »Nach dem blauen Diamanten, von dem Collot dir erzählt hat?«

Er nahm einen langen Zug Brandy. »Das könnte sein, aber ich bezweifle es. Ich glaube, dass es hier um etwas viel Wichtigeres geht als einen Diamanten, wie groß er auch immer sein mag.«

»Bist du sicher, dass der Gewehrschütze in der Kutsche auf den jungen Einbrecher gezielt hat, nicht auf dich?«

»Wenn er auf mich gezielt hat, ist er ein miserabler Schütze.«

»Das sind die meisten Menschen.«

»Dieser nicht. Er hat den Jungen genau in die Brust getroffen und fast sofort getötet.«

Sie beobachtete den Kater, der sich ausgiebig und gemütlich neben dem Kamin räkelte. »Meinst du, er wurde umgebracht, damit er nicht sagen konnte, wer ihn angeheuert hat?«

»Das halte ich für wahrscheinlich, ja.«

»Aber ... warum? Warum hat er den Jungen nicht einfach in die Kutsche gezogen und ist mit ihm verschwunden?«

»Er sagte, dass der Mann, den ich im Haus getötet habe, sein Bruder war. Ich nehme an, dass es, wenn wir erst herausgefunden hätten, wer der der tote Mann war, nicht schwer gewesen wäre, den Burschen aufzuspüren und herauszufinden, wer hinter dem versuchten Raub steckte.«

»Aber der Mann in der Kutsche konnte nicht wissen,
dass der ältere Mann tot war.«

»Sie können den Schuss gehört haben. Und sie wussten, dass nur einer ihrer Männer aus dem Haus gekommen ist. Gejagt von mir.«

»Stimmt«, gab sie zu. »Hast du irgendjemanden gesehen, bevor du hineingegangen bist?«

»Nein. Aber das heißt nicht, dass keiner da war.«

»Meinst du, man hat dich erkannt?«

»Gut genug jedenfalls, um zu begreifen, dass ich nicht
der war, den sie angeheuert hatten. Aber wohl nicht gut
genug, um zu wissen, wer ich bin. Die meisten Menschen sehen im Dunkeln nicht gut.«

»Manche schon.«

Er sah sie an, und sie wusste, dass er das Gleiche
dachte wie sie. Er sagte: »Der Bursche war höchstens
sieben Meter vom Schützen entfernt, als er getroffen
wurde. Es war kein komplizierter Schuss.«

»Das stimmt.« Sie sah, wie die Katze sich zu einer Kugel zusammenrollte, seufzte und die Augen schloss. Die
Milchschale und der Teller mit gehacktem Fleisch daneben, die Calhoun gebracht hatte, waren jetzt leer. Sie
sagte: »Warst du bei der Polizei?«

»Nein. Ich habe die Füße in die Hände genommen
und bin geflohen.«

»Mit der Katze.«

»Er hat darauf bestanden.«

»Ist es ein er?«

»Ja. Ich habe nachgesehen.« Er beugte sich vor und hob das Manuskript neben ihr hoch. »Wenn du dir das angesehen hast, ist es kein Wunder, dass du nicht schlafen konntest.«

»Das ist … seltsam. Ich bin gespannt, was Abigail McBean mir morgen früh dazu sagen kann.« Sie lehnte sich zurück an seinen Sessel, spürte seine Finger, die ihre Haut berührten, als er mit den Locken in ihrem Nacken spielte.

Er sagte: »Ich habe kein gutes Gefühl in dieser Sache.«

Ihre Blicke begegneten sich, und ernst sagte sie: »Ich auch nicht.«

Kapitel 21

Dienstag, 22. September

In der Welt der Wohlhabenden, in der Bälle bis zur Morgendämmerung dauerten und das Frühstück gegen Mittag eingenommen wurde, begann die Zeit der Morgenbesuche gegen drei Uhr am Nachmittag. Glücklicherweise wusste Hero, dass Miss Abigail McBean schon vor langer Zeit resigniert eingesehen hatte, dass sie einfach anders war, und sich nicht an die üblichen Zeiten hielt.

Die überzeugte Jungfrau Mitte dreißig teilte ihr kleines, aber gemütliches Haus in Camden Town mit einer kleinen Nichte und einem Neffen, die vor etwa sechs Monaten durch den tragischen Tod ihrer Eltern plötzlich zu Waisen geworden waren. Hero hörte das Lachen der Kinder vom rückwärtigen Garten her, als sie am nächsten Morgen mit dem zerfledderten, alten Manuskript am Haus ihrer Freundin ankam.

Sie wurde von einem jungen Hausmädchen mit flachsfarbenem Haar empfangen, das so aufgeregt darüber war, an der Tür einer echten Viscountess gegenüberzustehen, dass sie Hero sogleich zu ihrer Dienstherrin führte, die, wie das Mädchen ungenau beschrieb, »oben« weilte.

Oben stellte sich als Dachboden heraus. Als sie zum oberen Ende der engen Speichertreppe kamen, hörte

Hero ihre Freundin hinter einer halboffenen Tür am Ende des Gangs. Sie sang: »*Angeli supradicti.*«

Das Hausmädchen, ein dünnes Ding, das nicht älter als fünfzehn oder sechzehn Jahre sein konnte, zögerte auf der letzten Stufe, und mit großen Augen schluckte sie. »Miss McBean is da drin, M'lady«, flüsterte sie. Plötzlich atmete sie so heftig, dass ihre Brust bebte, und mit zitternder Hand deutete sie auf die Tür am Ende. »Ich kann für Eich klopfe, aber ...« Sie sog hörbar die Luft ein, und die Stimme blieb ihr weg.

»Ich kündige mich selbst an«, sagte Hero zu dem Mädchen, das rasch einen erleichterten Knicks machte und die Treppe wieder hinunter eilte.

»*Agla, On, Tetragrammaton*«, exklamierte die Stimme am Ende des Flurs.

Hero biss sich auf die Lippe, um nicht zu lachen, und stieß die Tür weiter auf.

Eine kleine, füllige Gestalt in einem weißen Leinengewand, das Gesicht von einer tiefen, mönchshaften Kapuze verborgen, ging in langsamen, wohlbemessenen Schritten in dem Zimmer im Kreis. In einer Hand hielt sie ein offenes Buch, in der anderen einen Flakon mit Weihwasser, wie die katholischen Priester es benutzten. »*Per sedem Adonay, per Hagius, o Theos*«, intonierte sie und betonte jede Phrase mit einem Spritzer Weihwasser. Auf den geschrubbten Holzboden des Raums war ein Kreis gezeichnet, um den herum ein seltsames Sammelsurium von Objekten aufgestellt worden war: Eine irdene Schale mit glänzenden Kohlestücken, eine blanke Schwertklinge, Parfümflakons. Der durchdringende Duft nach Myrte und Moschus lag in der Luft. Die gewandete Gestalt konzentrierte sich so sehr auf die Gesänge aus ihrem Buch und darauf, genau entlang des Kreises zu gehen, dass sie Hero erst bemerkte, als sie fast bei ihr war. Da sah sie zu ihr hoch, ihr Schritt strauchelte und das Kinn klappte ihr herunter. Sie klappte den Mund wieder zu und brach in Lachen aus.

»*Losh!*«, rief sie in schwerstem Schottisch aus. »Du hast mich zu Tode erschreckt. Einen kurzen Augenblick dachte ich wie ein verrücktes Huhn, alle Gesetze des Universums hätten sich verkehrt, und der dumme Zauberspruch hätte gewirkt.«

»Wie? Hast du etwa versucht, mich zu beschwören?«

Miss Abigail Mc Bean schob die Kapuze zurück und stellte ihr Weihwasser zur Seite. »Nicht dich, genaugenommen.« Sie deutete auf eine Holzschnittabbildung in ihrem Buch. »Sondern den Engel Anael, der die zehnte Stunde des Dienstags beherrscht – oder zumindest tut er das laut Peter de Abano, der dieses Ding hier im Jahr 1496 geschrieben hat.«

Hero studierte die Illustration. »Und du findest, dass ich so aussehe?«

Mit gespielter Ernsthaftigkeit hielt die Schottin das offene Buch mit der Illustration neben Hero, als würde sie die beiden vergleichen. »Hm. Na, du bist natürlich eine Frau. Und du hast kein schwarzes Haar oder zwei Meter breite, graue Flügel. Um den mit Bändern geschmückten Zauberstab mit der Spitze in Form eines Pinienzapfens gar nicht zu erwähnen.«

Hero schnappte das Buch aus den Händen der Freundin und studierte den Titel. »Heptameron«, las sie laut. »Ich nehme an, das ist eines deiner Grimoires?«

»Genau.« Miss McBean zog sich die Leinenrobe über den Kopf und verwandelte sich von einer exotischen, leicht bedrohlichen Gestalt in eine plumpe Frau in einem einfachen Kleid aus bossiertem Musselin. Sie hatte ein hübsches, rundes Gesicht mit einer zierlichen Nase, vollen, rosigen Wangen und einen Kopf voller wildgelockter, rostroter Haare, die sie erfolglos versucht hatte, in einem Knoten zu bändigen. »Übersetzt lautet der Titel *Magische Elemente*. Ich wollte diese Beschwörung seit Monaten ausprobieren, aber das Ysop habe ich gerade erst beschaffen können.«

Hero betrachtete das faltenfreie, hübsche Gesicht ihrer Freundin. »Wenn du an diese Sprüche gar nicht glaubst, warum wendest du sie dann an?«

»Weil ich keine bessere Möglichkeit kenne, um zu verstehen, was diese Menschen versucht haben und wie sie sich dabei gefühlt haben.« Sie nickte zu dem in Kalbsleder gebundenen Manuskript, das Hero sich unter den Arm gesteckt hatte. »Was ist das?«

Hero streckte es ihr hin. »Man sagte mir, es heißt *Der Schlüssel Salomos*. Hast du je davon gehört?«

Miss McBean nahm das Manuskript mit plötzlich zittriger Hand entgegen. »Ich habe davon gehört.«

Kapitel 22

Sebastian achtete darauf, seiner Tante, der Dowager Duchess of Claiborne, nicht vor elf Uhr einen Besuch in ihrem Haus in der Park Street abzustatten. Das Haus war nicht wirklich Eigentum der Witwe, sondern gehörte ihrem Sohn, dem Duke of Claiborne. Der Herzog jedoch, ein stämmiger, gutmütiger Mann mittleren Alters, war sich bewusst, dass er seiner formidablen Mutter nicht gewachsen war. Anstatt auf seinen Eigentümerrechten zu bestehen, wohnte er mit seiner wachsenden Familie einfach in einem viel kleineren Haus in der Half Moon Street und überließ das riesige Anwesen, über das Henrietta mehr als ein halbes Jahrhundert lang als Herrin residiert hatte, ihrem Besitz.

Die geborene Lady Henrietta St Cyr, die älteste Schwester des derzeitigen Earl of Hendon, war einer der wenigen Menschen, die wussten, dass sie nicht Sebastians echte Tante war, obwohl die Welt das annahm. Aber weder Sebastian noch Henrietta waren die Art Menschen, die irgendwelchen Formalitäten eine Bedeutung schenkten, wenn es darum ging, wem sie ihre Zuneigung gaben.

Er traf sie am Frühstückstisch an, auf dem sie eine halb aufgegessene Scheibe Toast und eine Tasse Tee vor sich stehen hatte. Wie ihr Bruder war sie grobknochig gebaut und beleibt, hatte ein breitflächiges Gesicht und überdies das Markenzeichen der Familie St Cyr – die stechenden, blauen Augen. Sie war nie eine hübsche Frau gewesen, nicht einmal, als sie jung war. Aber sie war ganz und gar die Tochter des Earls und gab eine hervorragende Duchess ab. Immer in Begleitung der bestausgebildeten Burschen und von tadellosen Manieren, war sie eine der Grandes Dames der feinen Gesellschaft. Und wenn irgend möglich, verließ sie ihr Ankleidezimmer nie vor ein Uhr mittags.

»Himmel, Tante«, sagte Sebastian und beugte sich hinunter, um ihre gepuderte Wange zu küssen. »Die Glocken haben gerade erst elf geschlagen, und ich finde dich schon fix und fertig, um in die Welt hinaus zu gehen. Wie ... schrecklich ungehörig.«

Sie zupfte ihm voller Zuneigung am Ohr und schob kichernd den hohen, violetten Turban gerade, den er leicht zur Seite bewegt hatte. »Impertinenter Frechdachs. Zufällig habe ich letzte Nacht nicht gut geschlafen. All dieses Holtern und Poltern; ich schwöre, es hätte einen Toten erweckt. Jetzt rag nicht länger so hoch über mir auf, sondern setz dich und sag mir, weshalb du hier bist. Nein, bringen Sie ihm doch keinen Tee, Sie närrischer Mensch«, sagte sie zu dem verdutzten Burschen, der im Begriff war, genau das zu tun. »Holen Sie ihm ein Ale.«

Sebastian zog den Stuhl neben ihr heraus. »Was macht dich so sicher, dass ich nicht einfach hier bin, um in den Genuss deiner Gesellschaft zu kommen?«

»Na, die Tatsache, dass ich dich kenne. Und weil ich Zeitung lese.« Sie hielt inne, und aufdämmernde Erkenntnis zeichnete sich um ihren Mund ab. Mochte Henrietta seiner kürzlichen Vermählung mit der Tochter von Lord Jarvis skeptisch gegenüber stehen, so hatte sie seine Beziehung zu Kat Boleyn erst recht nie akzeptiert. Sebastian wusste, dass nichts, das ihn vermutlich wieder in den Dunstkreis seiner ehemaligen Geliebten brächte, ihr Wohlwollen erregen würde.

Sie beugte sich vor und sah ihm in die Augen. »Aber zuerst möchte ich wissen, wie deine frischgebackene Frau zurechtkommt. Geht es ihr gut?«

»Hero? Ich bezweifle, dass ihr je im Leben übel war. Ich wollte dich fragen …«

»Ich habe sie neulich in der Bond Street gesehen«, sagte Henrietta und ging über seinen Versuch, das Thema zu wechseln, einfach hinweg. »Sie sah umwerfend aus – regelrecht *strahlend* sogar, und das ist kein Wort, von dem ich je gedacht hätte, es einmal für Hero Jarvis zu verwenden. Sie ist nicht zufällig guter Hoffnung, oder doch?« Sie sah ihn abwartend an.

Sebastian erwiderte den Blick. Ihre Fähigkeit, die Geheimnisse anderer zu wittern, war ihm immer schon als nahezu unheimlich erschienen. Er sagte: »Es ist noch etwas früh dafür, oder?«

»Ist das so?«

Sebastian schwieg, als ihr Diener einen Krug Ale vor ihm abstellte, dann nahm er einen tiefen Zug. »Ich bin hier, um dich zu fragen, was du mir über die Hopes sagen kannst.«

Die Andeutung eines rätselhaften Lächelns glitt über ihre Lippen. »Welche?«

»Henry Philip und Thomas.«

»Ah. Nun, über Henry Philip ist nicht viel zu sagen. Er hat nie geheiratet und begibt sich nur selten in Gesellschaft. Ein seltsamer kleiner Mann ist er.«

»Soweit ich erfahren habe, sammelt er Edelsteine.«

»Das stimmt. Ich habe gehört, er besitzt die größte private Edelsteinsammlung Europas, auch wenn ich sie nie selbst gesehen habe.«

»Und Thomas? Teilt er das Interesse seines Bruders an Juwelen?«

»Meines Wissens nicht. Oh, er kauft seltene Stücke für seine *Gattin.*« Henrietta kräuselte die Nase auf eine Weise, die Sebastian verriet, dass Louisa Hope nicht zu den Damen gehörte, die sie am meisten schätzte. »Aber vor allem sieht er sich gern als Antiquar und Kunstkenner.«

»Erzähl mir etwas über seine Gattin.«

»Louisa de la Poer Beresford. Ihr Onkel ist der Earl of Tyrone und der Marquis of Waterford.«

»Und ihr Vater?«

»Ein Geistlicher. Ausgerechnet in Irland.«

»Sir Thomas Hope war also ein guter Fang für sie.«

»Allerdings. Wenngleich ich gehört habe, dass es Tränen gab, als ihr die Partie zum ersten Mal angetragen wurde.«

»Er ist recht ... unattraktiv. Auch wenn er schwindelerregend reich ist.«

»Richtig. Aber ich glaube, dass da noch mehr dahintersteckte. Sie hatte eine Zuneigung zu jemandem gefasst, der äußerst unpassend war – ein Seitensprung ihres Onkels oder so etwas. Es stand ganz außer Frage, dass ihre Familie jemals einer solchen Verbindung zustimmen würde. Also hat sie zu guter Letzt nachgegeben und Hope geheiratet.«

»Bewundernswert«, sagte Sebastian sarkastisch.

Seine Tante runzelte die Stirn. »Pragmatisch.«

»Schade, dass sie anscheinend keine große Vorliebe für ägyptische Sarkophage hat – oder für Thomas Hope, was das anbelangt.«

»In der Tat. Ich fürchte, sie hat sich zu einer jener Frauen entwickelt, die anscheinend überzeugt sind, dass sie, nur weil sie selbst unglücklich sind, ihr Leben dem Versuch verschreiben müssen, auch den Rest der Welt unglücklich zu machen.«

Sebastian lächelte. »Du bist keine Freundin der Gesellschaft für die Unterdrückung des Lasters, oder, Tante?«

»Ich sage immer, ein bisschen Laster schadet nicht, solange es in Maßen bleibt. Ich bevorzuge jemanden mit einem kleinen Laster jederzeit einem anderen, der übermäßige, frömmlerische Scheinheiligkeit an den Tag legt.«

Er lachte und trank einen weiteren Schluck Ale. »Ich hörte, dass ein junger Vetter aus Irland bei ihr lebt. Hast du ihn schon kennengelernt?«

Henriettas Stirn glättete sich. »Das habe ich tatsächlich. Blair Beresford. Ein charmanter junger Mann. Ebenso attraktiv wie seine Base, aber ohne Louisas selbstgerechte Art. Ich muss allerdings sagen, dass ich von dem militärischen Mann, mit dem er sich abgibt, nicht viel halte.«

»Meinst du Lieutenant Tyson?«

»Ja. Er mag ja ein Prachtbild von Mann sein, und ich weiß, dass die Tysons eine alte, angesehene Familie aus Hereford sind. Aber irgendetwas stimmt nicht mit ihm. Bitte mich jedoch nicht, es zu erklären, denn das vermag ich nicht.«

Sie leerte ihre Teetasse und stellte sie ab, dann sah sie ihn mit einem entschlossenen Blick an. »Und jetzt bekommst du kein weiteres Wort aus mir heraus, solange du mir nicht verrätst, welchen Zusammenhang es zwischen den Hopes und dem Mord an Eisler geben könnte. Und versuch gar nicht erst zu leugnen, dass es genau darum geht, denn ich kenne dich zu gut.«

»Ich weiß nicht, ob es einen Zusammenhang gibt.«

»Hm. Na, ich gehe mal davon aus, dass du nun nicht jeden Menschen verdächtigen willst, der jemals bei diesem grässlichen Menschen Juwelen erworben hat.«

»Grundgütiger«, sagte Sebastian und riss die Augen auf. »Tante Henrietta! Was hast du denn bei ihm gekauft?«

Sie hob die Hand und richtete erneut ihren Turban, obgleich das gar nicht vonnöten war. »Dieses zauberhafte, feingliedrige Diamantarmband, das ich kürzlich im Salon der Queen getragen habe – das, dessentwegen Claiborne solch ein Aufhebens gemacht hat, als er es sah. Na, ich habe natürlich nicht selbst mit Eisler verhandelt. Aber ich hatte keine Zweifel, woher das Stück stammte.«

»Und mit wem hast du verhandelt?«

»Mit einem Edelsteinschleifer namens John Francillon. Er hat ein Geschäft an der Strand. Tatsächlich habe ich ihn vor ein paar Tagen dort gesehen.«

»Meinst du, du hast Francillon dort gesehen?«

»Nein. Ich meinte, dass ich Eisler in Francillons Laden gesehen habe.«

»An welchem Tag war das?«

»Ich glaube, am Samstag. Die beiden standen zusammen im hinteren Bereich, als ich reingekommen bin. Es wäre mir nicht weiter aufgefallen, wenn Eisler nicht so betont unauffällig getan hätte. Als ginge es um nichts Besonderes.«

Sebastian lächelte. »Also hast du natürlich besonders aufgepasst.«

»Das kannst du glauben. Auch wenn ich nur einen kleinen Blick auf den fraglichen Stein erhaschen konnte. Er sah wie ein riesiger blauer Saphir aus. Nachdem Eisler gegangen war, fragte ich Francillon, ob das Objekt zum Verkauf stünde. Er wurde ganz nervös, als ihm klar wurde, dass ich den Stein gesehen hatte, und bat mich, mit niemandem darüber zu sprechen. Was ich auch nicht getan hätte«, fügte sie hinzu, »wäre Eisler jetzt nicht tot.«

Sebastian erhob sich und drückte ihr einen krachenden Kuss auf die Wange. »Tante Henrietta, ich wüsste nicht, was ich ohne dich täte.«

»Wohin gehst du?«, fragte sie, als er sich der Tür näherte.

»Ich statte Mr Francillon einen Besuch ab.«

Kapitel 23

Lange bevor Sebastian zur Strand kam, setzte der Regen wieder ein. Die tiefhängenden Wolken raubten der Stadt alle Farbe, bis nur noch grau übrig blieb: graue, nasse Straßen, fahlgraues Licht, grauer Himmel. Die Luft war schwer vom Geruch nach nassem Stein, dem Rauch von Kohlenfeuer und dem durchdringenden Gestank des nahen Flusses.

Sebastian ließ die Pferde in Toms Obhut und ging geduckt unter einem adretten schwarzen Vordach hindurch, auf dem in Goldlettern der Name *Francillon* stand. Er drückte die Tür auf, und die Ladenglocke bimmelte. Ein alter Mann, der hinter der Theke dabei war, eine botanische Illustration einer exotischen Lilie aufzuhängen, hielt inne und drehte sich um.

Er schien Ende sechzig zu sein, sein Haar war an den Schläfen silbern durchzogen; seine Bewegungen waren allerdings voller Energie, und seine zierliche, sehnige Gestalt immer noch hübsch und aufrecht. Er hatte die hohe Stirn, die schmalen Lippen und die dünne, gallische Nase seiner Vorfahren, französischer Hugenotten, die vor mehr als hundert Jahren nach der Aufhebung des Ediktes von Nantes aus ihrer Heimat geflüchtet waren. Die Francillons führten ihre Geschäfte bereits seit Generationen in London aus, und doch lag in seiner Stimme noch ein leichter Akzent, als er fragte: »Kann ich Euch helfen?«

Sebastian ging zum Tresen, legte die Hände darauf und beugte sich vor. »Mein Name ist Devlin. Ich untersuche die Umstände um Daniel Eislers Tod, und ich interessiere mich für den großen blauen Diamanten, den er verkaufen wollte. Soweit ich weiß, haben Sie ihn gesehen.«

In den hellbraunen Augen des Hugenotten flackerte etwas auf, das er rasch verbarg, indem er die Lider senkte. »Es tut mir leid, aber ich weiß nicht, wovon Ihr da sprecht.«

»Sind Sie sich da ganz sicher?«

»Ja.«

Betont ließ Sebastian den Blick durch den kleinen Laden wandern. Eine Vielfalt von Steinen lag in den Kästchen, manche davon geschliffen, poliert und gefasst, andere noch roh. Aber an den Wänden über ihnen hingen Bilder von Vögeln und Insekten und Schaukästen mit allem vom exotischen Käfer bis zu riesigen, leuchtend bunten Schmetterlingen. Francillon war vielleicht zum Edelsteinschleifer ausgebildet worden, aber seine Interessen umfassten offensichtlich alle Aspekte der Naturgeschichte.

Sebastian sagte: »Ich nehme an, dass ein Etablissement wie dieses, um zu prosperieren, sehr von seinem guten Ruf als ehrliches und integres Unternehmen abhängt. Unglücklicherweise ist es nahezu unmöglich, einen guten Namen, ist er erst einmal verloren, wieder zurückzuerobern.«

»Francillon hat seinen angesehen Namen seit über hundert ...«

»Das hat man mir gesagt. Deshalb nehme ich an, dass es in Ihrem besten Interesse liegt, den Namen Ihres Unternehmens nicht in Verbindung mit einem unrühmlichen Zwischenfall von Diebstahl und Mord zu sehen.«

Seine Taktik war plump, aber wirkungsvoll. Francillon erwiderte mit angespanntem Kiefer und vor unterdrückter Indignation gepresster Stimme: »Was genau wünscht Ihr über den Stein zu erfahren?«

»Zunächst einmal bin ich neugierig, warum Eisler ihn zu Ihnen gebracht hat.«

»Ich wurde gebeten, eine illustrierte Verkaufsbroschüre zu erstellen.«

»Und haben Sie das getan?«

»Ja.«

»Was beinhaltet das?«

»Im allgemeinen den Umfang des Steins zu bestimmen, ihn zu wiegen und eine farbige Darstellung vorzubereiten. In diesem Fall sowohl als Draufsicht als auch im Profil.«

»Also können Sie ihn mir beschreiben.«

»Das könnte ich. Allerdings bin ich nicht überzeugt, dass ich das auch sollte.«

Erneut ließ Sebastian den Blick betont durch den Laden wandern.

Francillon räusperte sich. »Das fragliche Exemplar war ein Diamant im Brillantschliff in ungewöhnlichem Saphirblau. Als ich ihn gewogen habe, war er nicht gefasst und hat über fünfundvierzig Karat gewogen.«

Damit hatte Sebastian die erste Bestätigung, dass ein solcher Diamant tatsächlich existierte. Er sagte: »Wem wollte Eisler ihn verkaufen?«

»Das weiß ich nicht. Diese Information ist mir nicht anvertraut worden.«

»Hat er erwähnt, woher der Stein kam?«

»Das hat er nicht.«

»Aber Sie haben die eine oder andere Vorstellung, nicht wahr?«, fragte Sebastian und beobachtete das Gesicht des Edelsteinschleifers.

Francillon schluckte, schwieg jedoch.

Sebastian sagte: »Ich hörte, dass große, blaue Diamanten recht selten sind. So selten sogar, dass ein erfahrener Schleifer wie Sie sicherlich Kenntnis aller solcher Steine hätte, die es gibt.«

»Ich weiß nichts von einem fünfundvierzigkarätigen blauen Diamanten in irgendeiner Sammlung.«

»Und wie steht es mit verschwundenen Sammlungen?«

»Wie bitte?«

»Der French Blue war ein großer Diamant in Saphirblau, nicht wahr? Er ist mit den anderen französischen Kronjuwelen vor genau zwanzig Jahren verschwunden. Erscheint Ihnen das nicht auch wie ein ziemlicher ... Zufall?«

»Der French Blue war größer, über siebenundsechzig Karat. Und anders geschliffen.«

»Ein Diamant kann neu geschliffen werden, nicht wahr? Mir scheint doch, dass jemand, der den French Blue verkaufen möchte, es ratsam fände, ihn zu verändern.«

Francillons Blick begegnete dem von Sebastian und glitt dann rasch weiter. »Ich verstehe nicht, weshalb Ihr hier seid und mir diese Fragen stellt.«

»Ich bin hier, weil Daniel Eisler tot ist und ich mehr und mehr glaube, dass der French Blue etwas mit seinem Mord zu tun hat.«

»Aber die Behörden haben den Verantwortlichen doch bereits gefangen genommen!«

»Sie haben einen Mann nach Newgate überstellt, ja. Ich halte ihn jedoch nicht für schuldig. Und ich habe eine ausgeprägte Abneigung dagegen, unschuldige Männer hängen zu sehen.«

Francillon zögerte kurz, dann griff er unter den Tresen und holte einen großen Folianten hervor, den er auf die Theke legte. Er blätterte darin herum, als suche er nach etwas, dann drehte er das Buch um, damit Sebastian hineinschauen konnte. »Hier.« Er zeigte auf eine seitengroße Illustration. »Seht Ihr? Hier ist ein Bild des goldenen Vlieses von Louis XV.«

Sebastian sah ein knallbuntes Gebilde aus Gold und unbezahlbaren Edelsteinen. In der Mitte prangte ein roter Drache, der filigran aus einem langen, ochsenblutroten Stein geschnitzt worden war. Unzählige kleine Steine, anscheinend Diamanten, bildeten die Flügel und den Schweif des Drachen, und über ihm prangte ein enormer, sechseckiger Diamant mit einem wenig kleineren, gelben Stein darüber. Der wahre Fokus der Darstellung lag jedoch auf einem riesigen, saphirblauen Diamanten, der zwischen den Flammen lag, die aus dem Drachenmaul hervorschossen. Unterhalb, von dem großen blauen Stein fast zur Winzigkeit verdammt, baumelte ein goldenes Fähnchen, dessen Vlies aus Dutzenden kleiner, goldgefasster, gelber Steine bestand.

»Was für ein Stein ist der große, klare Diamant hier oben?«, fragte Sebastian und deutete darauf.

»Der hieß Bazu. Mit fast dreiunddreißig Karat war er nach dem French Blue der zweitgrößte. Die großen gelben Steine, die Ihr hier seht«, er zeigte darauf, »und hier, das sind gelbe Saphire, jeder zehn Karat. Die fünf Diamanten im Brillantschliff hatten alle fünf Karat. Und dann gab es noch Dutzende kleinerer Steine. Diese im Vlies waren allesamt gelbe Diamanten.«

»Und keiner von all diesen Steinen ist je wiedergefunden worden?«

»nur der geschnitzte rote Drache – der als Côte de Bretagne bekannt ist. Er wurde fast durch Zufall kurz nach dem Diebstahl gefunden.«

»Also wissen wir, dass das Stück zerteilt worden ist.«

»Ja.« Francillon klappte das Buch zu und räumte es wieder außer Sicht unter die Theke. »Aber Ihr müsst verstehen, dass das alles nichts weiter als reine Spekulation meinerseits ist. Eisler hat nichts, rein gar nichts zu mir gesagt, das mich zu der Annahme verleitet hat, der Diamant, den er mir zeigte, könnte der French Blue mit neuem Schliff sein.«

»Für wen war der Verkaufsprospekt vorgesehen?«

»Ich sagte Euch schon, dass Eisler es nicht erwähnte. Aber ...«

»Aber?«, hakte Sebastian nach.

»Das ist nicht schwer zu erraten.«

»Sie meinen Prinny, nicht wahr?«

Francillon zuckte die Schultern und rollte mit den Augen, sagte jedoch nichts.

Sebastian betrachtete das beherrschte Antlitz des kleinen Franzosen. »Als Sie hörten, dass Eisler ermordet worden ist, wen haben Sie da als Erstes verdächtigt?«

Francillon stieß ein erschrockenes Lachen aus. »Das kann nicht Euer Ernst sein.«

»Oh doch.«

Francillon räusperte sich erneut und sah betont zur Seite. »Nun, wenn Ihr es wissen wollt, ich dachte natürlich, dass Perlman etwas damit zu tun haben könnte.«

»Wer?«

»Samuel Perlman. Eislers Neffe.«

»Ist er nicht derjenige Neffe, der Russell Yates über Eislers Körper gebeugt gefunden hat?«

»Es gibt nur diesen einen Neffen, deshalb ist er auch Eislers einziger Erbe.«

»Das wusste ich nicht.«

Francillon nickte. »Er ist der Sohn von Eislers Schwester. Eisler hat nie ein Geheimnis darum gemacht, dass er nichts von dem Jungen hielt. Er hat immer gedroht, ihn zu enterben und sein Geld für wohltätige Zwecke zu stiften.«

»Womit genau hat sich Perlman den Unmut seines Onkels zugezogen?«

»Mr Eisler hat seinen Neffen immer als ... verschwendungssüchtig betrachtet.«

»Ist er das?«

Francillon kratzte sich an der Nasenspitze. »Sagen wir einfach, dass Mr Perlmans Einstellung zu Geld und Ausgaben sich von der seines Onkels beträchtlich unterschieden hat. Aber es gab noch mehr Gründe für die

Abneigung. Mr Eisler war durch die kürzliche Eheschließung seines Neffen mehr als missgestimmt. Tatsächlich sagte er mir am Sonntag, das sei der letzte Tropfen gewesen. Derjenige, der das Fass zum Überlaufen bringt.«

»Ist seine Frau nicht standesgemäß?«

»Eisler sieht es so.« Ein angedeutetes Lächeln straffte die Haut neben den Augen des Edelsteinschleifers. »Ihr Vater ist der Erzbischof von Durham.«

»Ach«, sagte Sebastian. »Sagen Sie, war Mr Perlman auf irgendeine Weise in den Diamantenhandel seines Onkels eingebunden?«

Francillon schüttelte den Kopf. »Ich würde mich wundern, wenn Mr Perlman je den Wunsch ausgesprochen haben sollte, eingebunden zu sein. Selbst wenn er das getan hätte, hätte Eisler niemals zugestimmt.«

»Weil er seinen Neffen für inkompetent gehalten hat? Oder für unehrlich?«

»Weil Mr Eisler niemandem je getraut hat, nicht einmal seiner eigenen Verwandtschaft. Meiner Erfahrung nach betrachten wir alle die Welt durch den Filter unseres eigenen Verhaltens. Ein aufrechter Mann geht im Allgemeinen davon aus, dass diejenigen, mit denen er Geschäfte macht, ebenfalls aufrecht sind. Deshalb vertraut er Menschen und nimmt sie beim Wort – auch wenn er es besser nicht täte. Da er selbst nicht lügt und betrügt, kommt ihm nicht in den Sinn, dass andere ihn belügen oder betrügen könnten.«

»Und Eisler?«

»Sagen wir, dass Daniel Eisler in der Angst, betrogen zu werden, durchs Leben ging.«

»Ist es jemandem je gelungen, ihn zu betrügen?«

Die Lachfältchen neben den Augen des Edelsteinschleifers wurden tiefer. »Selbst die ausgebufftesten Männer werden manchmal hereingelegt. Aber solltet Ihr mich nach Namen fragen, so muss ich passen. Eisler hat seine Geheimnisse streng gehütet.«

Sebastian neigte den Kopf und drehte sich zur Tür um. »Danke für Ihre Hilfe.«

Francillon verbeugte sich und begann wieder damit, die Wand hinter seinen Schaukästen zu säubern.

Sebastian verließ den Laden und blieb unter dem Vordach stehen, um nach dem Regen zu schauen. Ein Hausmädchen hastete vorbei, das Schultertuch über den Kopf hochgezogen, und ihre Pantinen klapperten auf dem Pflaster; an der Straßenecke war ein Junge mit einem Besen damit beschäftigt, einen Haufen nassen Dung von der Straße zu kehren.

Sebastian drehte sich um und ging wieder in den Laden.

»Können Sie sich vorstellen, dass Eisler vor jemandem Angst hatte?«

Francillon blickte zu ihm, das Gesicht nachdenklich verzogen. Dann schüttelte er den Kopf. »Nur vor Toten.«

Diese Bemerkung mutete Sebastian seltsam an.

Aber so sehr er Francillon auch drängte, weigerte dieser sich, genauer zu werden.

Kapitel 24

Paul Gibson hatte die Hände um einen Krug Ale mit Schaumkrone geschlungen und saß mit zurückgelegtem Kopf auf dem altmodischen Stuhl seines Lieblingspubs in Tower Hill. Seine Augen waren eingefallen und dunkel vor Erschöpfung, und der Bartwuchs eines Tages lag auf seinen Wangen. Sebastian, der ihm gegenüber saß, nahm einen Schluck seines eigenen Ales und sagte: »Du siehst aus wie frisch aus der Hölle.«

Der Chirurg gluckste heiser. »Dann werde ich wohl alt. In alten Zeiten konnte ich eine ganze Nacht um das Leben eines Burschen kämpfen und dann am nächsten Morgen in aller Frühe eine schöne Partie Kricket spielen. Heutzutage entbinde ich in den frühen Morgenstunden eine Steißlage und merke, dass ich kaum aus dem Bett komme, bevor es zum Abend läutet.«

»Und was ist aus dieser Steißgeburt geworden?«

»Mutter und Kind sind wohlauf, danke.« Gibsons Blick lag auf Sebastian. »Du siehst selbst nicht ganz wie der junge Frühling aus, weißt du das?«

Sebastian schnaubte. »Je mehr ich über Daniel Eisler erfahre, desto verworrener wird alles, was anscheinend um seinen Mord herum geschehen ist.« Er berichtete Gibson von seinem Besuch im alten Haus in der Fountain Lane am Abend zuvor, von dem jungen

Mann, der in seinen Armen gestorben war, und von seiner interessanten Unterhaltung mit dem Edelsteinschleifer Francillon.

»Hast du mit diesem Neffen, Perlman, schon gesprochen?«, fragte Gibson.

Sebastian schüttelte den Kopf. »Noch nicht. Ich wollte zuerst noch einmal zu Annie fahren. Ich nehme an, du hast Wilkinsons Autopsie beendet?«

»Ja.«

»Gab es etwas Besonderes?«

Gibson schüttelte den Kopf. »Ich habe als wahrscheinliche Todesursache Walcheren-Fieber eingetragen.«

Sebastian bemerkte erst, dass er den Atem angehalten hatte, als er ihn lang und kräftig ausströmen ließ. »Annie wird froh sein, das zu hören.«

»Meinst du, sie wird es glauben?«

Sebastian blickte in die besorgte Miene seines Freundes. »Willst du sagen, dass es nicht stimmt?«

»Könnte sein. Ich sagte ›wahrscheinlich‹. In Wahrheit weiß ich es nicht sicher.« Er trank einen weiteren tiefen Schluck Bier. »Einem Mann wie Wilkinson muss es wie die Hölle erschienen sein, auf das Leben eines schwachen Invaliden reduziert worden zu sein.«

»Er hat mir doch kürzlich erzählt, dass er dachte, es würde besser.«

Gibson erwiderte Sebastians Blick. »Er hat gelogen.«

***

Sebastian verließ Tower Hill und fuhr nach Kensington. Annie Wilkinson saß auf einer Bank im kleinen, ummauerten Garten des öffentlichen Platzes in der

Nähe ihrer Wohnung, den Blick nachdenklich auf Emma gerichtet, die in einer Regenpfütze ein rotes Bötchen fahren ließ. Es war ein nebliger, kühler Tag, aber Mutter und Kind waren warm eingepackt, und Sebastian meinte, verstehen zu können, welches Bedürfnis sie hierher geführt hatte, weg von den Erinnerungen, die sicherlich in ihrer kleinen Wohnung geisterten.

»Devlin«, sagte Annie und stand rasch auf, als sie ihn sah. »Hast du etwas erfahren?«

»Ich habe gerade mit Gibson gesprochen. Er sagte, er wird dem Bestatter mitteilen, dass Rhys am Walcheren-Fieber gestorben ist.«

Sie drückte die Finger einer Hand an die Lippen. »Gott sei Dank.«

Sie drehten sich um und gingen zusammen den Pfad entlang. Emma hüpfte fröhlich vor ihnen her, ihr kleines Holzboot hielt sie fest in der Hand. Er sagte: »Annie, du hast mir gesagt, dass Rhys an dem Abend gegen acht oder neun Uhr zu einem Spaziergang ausgegangen ist. Weißt du, weshalb?«

»Das hat er manchmal vorm Schlafengehen gemacht.« Sie sah zu ihm herüber und verengte die Augen. »Warum?«

»Wirkte er, als ob ihn an dem Tag etwas ungewöhnlich stark beunruhigt hätte?«

Sie blieb stehen, ihr Kopf zuckte zurück und ihr Gesicht war angespannt. »Wenn es so wäre, meinst du, dann würde ich es jemandem sagen?«

»Annie«, sagte er sanft. »Ich stehe auf deiner Seite. Ich will nur sichergehen, dass wir nichts übersehen.«

Mit zitternder Hand schob sie sich eine weiche Haarlocke aus der Stirn. »Es tut mir leid.« Sie zögerte kurz, als dächte sie über seine Frage nach, dann sagte sie: »Rhys ist seit einiger Zeit nicht mehr er selbst gewesen. Es kann nicht einfach sein, mitzuerleben, wie deine Gesundheit zusammenbricht und du nach und nach nicht einmal mehr die einfachsten Dinge tun kannst. Aber am Sonntag wirkte er nicht anders als am Tag oder der Woche vorher.«

»Weißt du von irgendwelchen Feinden, die er hatte?«

»Rhys? Himmel, nein. Du kanntest ihn doch. Manchmal hat er vorschnell geurteilt, aber er war nie die Sorte Mann, die sich Feinde macht. Was deutest du an? Sicher meinst du nicht, jemand hat ihn ... dass jemand ihn ermordet haben könnte?«

»Das glaube ich nicht. Aber ich wollte sichergehen.«

Sie blieben wieder stehen, als Emma sich bückte, um ihr Boot in eine neue, größere Pfütze zu setzen, die am Rand des Wegs lag.

Annie beobachtete sie und sagte ruhig: »Noch erinnert sie sich an Rhys, aber nicht mehr lange. Bald schon wird er nur noch jemand sein, über den sie ihre Mutter sprechen hört, jemand, der für sie nicht realer ist als Schildkröte und Hase in dem Buch mit den Fabeln, das du ihr geschenkt hast.«

»Sie erinnert sich vielleicht an ihn – oder zumindest an die Wärme seiner Liebe für sie, wenn auch nur, weil sie damit aufwächst, dass du von ihm sprichst.«

»Aber sie wird ihn nie wirklich kennen, so wie er auch nicht mehr die Freude erlebt, sie zu der Frau heranwachsen zu sehen, die sie einst sein wird. Wenn ich daran denke, kann ich es kaum ertragen.«

Er wollte sagen: *Dann denk nicht daran. Jetzt darüber nachzugrübeln, wird den Schmerz seines Todes nur noch tiefer treiben.* Doch den Gedanken behielt er für sich, denn er wusste, dass keine frisch verwitwete Frau etwas dagegen tun konnte.

Wie ein Echo zu seinen Gedanken sagte sie: »Wie schrecklich sentimental und weibisch ich mich anhören muss.«

»Du bist eine der stärksten Frauen, denen ich je begegnet bin, Annie. Es ist richtig, dich der Trauer hinzugeben.«

Sie schüttelte den Kopf, und ihr Hals bewegte sich, als sie mühsam schluckte. »Weißt du, was das Schlimmste daran ist? Ich denke immer wieder, dass ich Rhys – den Rhys, in den ich mich verliebt habe – schon vor drei Jahren verloren habe, als er zu dieser verfluchten, seuchengeplagten Insel aufgebrochen ist. Nur fühle ich mich dann so klein und selbstsüchtig und verachtenswert, dass ich mich selbst nicht mehr ertrage.«

»Ich verstehe dich, Annie.«

Sie verzog das Gesicht und erinnerte ihn plötzlich so sehr an das Mädchen von einst, dass er lächeln musste. »Hör nur«, sagte sie. »Noch mehr sentimentales Gewäsch. Und ich habe dir nicht einmal dafür gedankt, dass du herausgekommen bist, um mich zu besuchen.«

»Ich komme morgen wieder, wenn ich darf. Vielleicht möchte Emma nächstes Mal, dass ich ihr eine Geschichte vorlese.«

»Ich glaube, das würde ihr gefallen.«

Er spürte die Blicke von Mutter und Kind, als er aus dem Park hinausging und auf den hohen Kutschbock stieg. Aber als er zurückblickte, sah er Annie neben ihrer Tochter in die Knie gehen. Der Saum ihres schwarzen Trauerkleids hing in die Pfütze, als sie dem kleinen roten Boot einen kräftigen Schubs gab, sodass es über das Wasser schoss und eine immer größer werdende Welle vor sich herschob.

Kapitel 25

Als Sebastian endlich herausgefunden hatte, dass Samuel Perlman sich in den Klubräumen von *Tattersall's* aufhielt, hatte er in der Zwischenzeit viel über Daniel Eislers großartigen Neffen gelernt.

Obgleich Francillon die Bezeichnung »Junge« für Perlman benutzt hatte, war dieser bereits zweiundvierzig Jahre alt. Der Stammkunde der exklusivsten Etablissements in der Bond Street und der Savile Row wohnte mit seiner frischgebackenen Ehefrau in einem aufwendig ausgestatteten Herrenhaus an der Nordseite des Hanover Square. Sein Vermögen sprudelte aus einem riesigen Handelsimperium, das er vor etwa zehn Jahren von seinem Vater geerbt und unverzüglich in die Hände kompetenter Manager gelegt hatte, da er es vorzog, sich einem Leben von Vergnügen und Ausschweifungen hinzugeben. Soweit Sebastian herausgefunden hatte, war er jedoch kein Glücksspieler, hielt sich keine Geliebte und war auch nicht verschuldet.

Perlman begutachtete gerade eine braune Stute mit weißen Socken im Hof von *Tattersall's*, als Sebastian sich zu ihm gesellte. Zwar hatte es zu regnen aufgehört, aber der von Bogengängen gesäumte offene Marktplatz glitzerte noch von mehreren verteilten Pfützen, durch die platschend Männer und Pferde gingen. Einen intensiven Augenblick begegneten sich Perlmans und Sebastians Blicke über den Rücken der Stute hinweg. Dann rollte er die Augen, stieß einen langen, gelangweilten Seufzer aus und sagte: »Oh Gott, Ihr habt mich also gefunden.«

»Haben Sie sich denn vor mir versteckt?«, fragte Sebastian amüsiert, lehnte sich mit der Schulter an einen der Bögen und verschränkte die Arme vor der Brust.

Perlman stieß ein ungläubiges Lachen aus und wandte sich wieder der Stute zu. »Verstecken? Was für eine ermüdende – um nicht zu sagen, gewöhnliche – Beschäftigung. Wohl kaum.«

Er war ein großer und schlaksiger Mann, um dessen kahl werdenden Kopf sich die Locken kringelten. Sein traurig fliehendes Kinn wurde durch die von ihm favorisierten, übertrieben hohen Kragenspitzen und das ungewöhnlich hoch geknotete Halstuch unvorteilhaft betont. Sein Mantel war hauteng geschneidert und kniff in der Taille; seine langen Hosen waren von allerhellstem Gelb und die Weste aus gemusterter Seide. Daniel Eislers extravaganter Neffe hatte ganz offenbar Ambitionen, als Dandy gesehen zu werden.

Sebastian lächelte. »Wenn Sie wissen, dass ich nach Ihnen suche, dann nehme ich an, Sie kennen auch den Grund.«

»Ich habe mitbekommen, dass Ihr Euch für den Mord an meinem Onkel interessiert. Wenngleich ich mir ehrlicherweise nicht erklären kann, warum das so ist, denn der Kerl, der dafür verantwortlich ist, sitzt längst in Newgate und wartet auf seine Hinrichtung.«

»Sie meinen, er wartet auf die Gerichtsverhandlung.«

Perlman wischte mit einer langfingrigen, in feinstes Leder gewandeten Hand durch die Luft. »Reine Formalität. Der Mann ist klar schuldig. Ich selbst habe ihn über dem leblosen Körper meines armen Onkels stehend gefunden.«

»Das sagte man mir. Ich habe mich gefragt, weshalb Sie dort waren?«

Perlman erstarrte. »Wie bitte?«

»Warum haben Sie an dem Abend beschlossen, Ihren Onkel zu besuchen?«

»Warum nicht? Er ist – oder wahrscheinlich sollte man sagen: war – mein einziger naher Verwandter.«

»Und er hat Sie nicht im Mindesten gemocht.«

Perlman hörte auf, das Pferd zu begutachten, und wandte sich ihm zu. »Ich weiß nicht, ob ich so weit ginge, obgleich ich nicht bestreiten werde, dass wir kein enges Verhältnis hatten. Dennoch muss man seinen Pflichten den älteren Verwandten gegenüber nachkommen, wisst Ihr.«

»Besonders, wenn man sich von jenen älteren Verwandten etwas erwartet.«

»Was für eine überaus ordinäre Sichtweise.«

»Die Wahrheit ist oft recht ordinär, fürchte ich.« Sebastian streckte die Hand aus und strich der Stute über die Blesse auf der Nase. »Man sagte mir, Ihr Onkel habe damit gedroht, Sie zu enterben.«

Perlman lächelte schmallippig. »Jeden zweiten Tag. Er hat geschworen, er würde seinen gesamten Besitz wohltätigen Organisationen vermachen, wenn ich meine – wie er es gern nannte – ›extravaganten Grillen‹ – nicht ablegen würde. Aber es wäre nie so weit gekommen.«

»Sicher?«

»Mein Onkel hat nicht an Wohltätigkeit geglaubt. Er hätte eher sein Haus mit dem gesamten Inhalt heruntergebrannt, als den Armen und Bedürftigen auch nur einen Penny zu geben.« Er zog die Worte »Arme und Bedürftige« auf eine Weise in die Länge, wie jemand anderes es vielleicht mit »Abschaum und Gesocks« getan hätte.

»Er hätte aber immer noch beschließen können, sein Vermögen einer anderen Person zu hinterlassen. Jemandem, den er mehr ... schätzte.«

»Er hat niemanden mehr geschätzt. Ja, mein Onkel hat mich verachtet – aber andererseits hat er jeden verachtet. Der Unterschied ist nur, dass ich der Sohn seiner Schwester bin. Und das war für ihn zu guter Letzt das Entscheidende. Nicht sehr, versteht mich nicht falsch. Ich bezweifle, dass er auch nur eine Straße überquert hätte, um mir das Leben zu retten. Aber er hat daran geglaubt, das Geld innerhalb der Familie zu halten. Solltet Ihr also andeuten wollen, dass ich meinen Onkel getötet haben könnte, so fürchte ich, dass Ihr sehr weit danebenliegt – und mich noch dazu aufs Äußerste beleidigt.«

»Ich könnte mir vorstellen, dass sich Russell Yates durch Eure Mordbezichtigung ebenfalls äußerst beleidigt fühlt.«

Perlman blähte die Nasenflügel, und sein modisch blasses Gesicht färbte sich rot vor Wut. Jeglicher Anschein von Langeweile und Gleichgültigkeit hatte sich verflüchtigt und einem zornbebenden Ausdruck Platz gemacht – und noch etwas anderem, das sehr nach Furcht aussah. »Ich bin ins Haus meines Onkels gekommen und habe Yates über seine Leiche gebeugt gefunden. Wie zum Teufel soll ich derjenige sein, der ihn erschossen hat?«

»Im Grunde ist es ganz einfach. Sie haben ihn erschossen. Yates klopft an die Tür. Sie bekommen es mit der Angst, laufen hinten hinaus und huschen ums Haus herum, stürzen durch die Vordertür wieder hinein und beschuldigen Yates Ihrer eigenen Tat.«

»Das ist das Lächerlichste, was ich je gehört habe. Ich weiß nichts über Schusswaffen, habe keine militärische Ausbildung erhalten und bin nicht einmal ein Sportler.«

»Man braucht kein erfahrener Schütze zu sein, um jemanden zu treffen, der unmittelbar vor einem steht.«

Der Regen war wieder stärker geworden, trommelte aufs Dach des Bogengangs und fegte den Hof rasch von Menschen und Pferden leer. Perlman blinzelte in den tiefhängenden Himmel hinauf. »Genug von diesem Unfug. Ich werde diesem Gefasel nicht länger lauschen.« Er nickte dem Pferdehändler knapp zu und machte Anstalten, sich abzuwenden.

Sebastians Worte »Sagen Sie mir etwas zum blauen Diamanten« hielten ihn auf.

Perlman drehte sich langsam wieder zu ihm um. War sein Gesicht zuvor rot gewesen, so war es jetzt weiß. »Wie bitte?«

»Der große blaue Diamant im Brillantschliff, den Ihr Onkel verkaufen wollte. Sie wissen darüber Bescheid, oder nicht? Ich nehme an, er ist eine ziemliche Summe wert.«

»Mein Onkel hat keinen blauen Diamanten besessen.«

»Ach, ich fürchte doch. Jedenfalls hatte er ihn so lange im Gewahrsam, bis er für den eigentlichen Besitzer den Verkauf unter Dach und Fach brächte. Sie wollen mir nicht sagen, dass er verschwunden ist, oder doch?«

Perlmans Zungenspitze schoss hervor, als er sich über die Lippen leckte. »Ich fürchte, da seid Ihr falsch informiert oder habt vielleicht schlicht etwas falsch verstanden, das man Euch sagte.«

»Vielleicht.« Sebastian lächelte. »Ich hoffe um Ihretwillen, dass das stimmt. Ansonsten könnten die Dinge etwas … unangenehm werden, hm? Ich meine, wenn der eigentliche Eigentümer des Diamanten fordert, dass sein Besitz aus dem Vermögen Ihres Onkels ausgeglichen wird?«

Immer noch schmunzelnd ging Sebastian davon und ließ Perlman auf dem offenen Hof zurück. Er schien den strömenden Regen gar nicht zu bemerken, der Matsch auf seine blassgelben, langen Hosen spritzen ließ und die hochstehenden Spitzen seines lächerlichen Kragens aufweichte.

Kapitel 26

»Das ist eine interessante Ausgabe«, sagte Abigail McBean und blätterte vorsichtig durch die abgegriffenen, vergilbten Seiten des Manuskripts.

Sie hatten sich im ersten Stock in ein vollgestopftes Zimmer gesetzt, das zum verregneten Garten wies. Hero nahm an, dass der Raum ursprünglich als Morgenzimmer entworfen worden war. Aber Abigail hatte ihn in eine Mischung aus Morgenzimmer und Bibliothek umgewandelt. Die meisten Wände waren durch hohe Regale verstellt, in denen sich alte Bücher und eine seltsame Sammlung von Objekten tummelten. Sie hatte *Der Schlüssel Salomos* offen vor sich auf dem Tisch liegen und entschuldigte sich bei Hero, dass sie ihr keine Erfrischung angeboten hatte. »Ich habe es mir zur Gewohnheit gemacht, niemals Essen oder Getränke um mich herum zu haben, wenn ich ein wertvolles altes Manuskript begutachte.«

»Das verstehe ich vollkommen«, sagte Hero, die ihre Freundin betrachtete. »*Ist* es denn wertvoll?«

»Aus Gelehrtensicht ja. In monetärer Hinsicht vermag ich es nicht zu beurteilen. Nach der Schrift zu urteilen, würde ich sagen, dass diese Ausgabe wohl aus der Mitte des sechzehnten Jahrhunderts stammt.«

»Also ein Jahrhundert nach Erfindung der Buchdruckerei. Warum ist es also handgeschrieben?«

Miss McBean blätterte die Seite um und sah mit gerunzelter Stirn auf eine Illustration mit eigenartiger geometrischer Form hinunter. »*Der Schlüssel Salomos* wurde ins Griechische, Lateinische, Italienische, Französische und teilweise auch ins Englische übersetzt. Meines Wissens ist es jedoch nie verlegt worden. Aber auch Grimoires, die gedruckt wurden, sind oft auch handschriftlich zu finden. Es gibt den Glauben, dass handgeschriebenen Texten eine eigene Magie innewohnt, weshalb man sie für mächtiger als die gedruckten Ausgaben hält.«

»Also ist es – was genau? Im Grunde ein Lehrbuch der Magie?«

»Ja. Es beschreibt, wie man Talismane und Amulette herstellt, wie man Flüche ausspricht, Engel oder Dämonen beschwört – solcherlei Dinge.«

»Zu welchem Zweck?«

»Den üblichen: Sex, Geld, Macht.«

»Und Rache?«

»Auch.«

»Allesamt übliche Mordmotive«, sagte Hero leise.

»So habe ich es noch nicht gesehen, aber ich schätze, du hast recht.« Miss McBean hielt die Hände über den Seiten still. »Woher hast du es?«

»Es wurde für einen Mann, der am Sonntag ermordet wurde, nach England geschmuggelt.«

»Meinst du Daniel Eisler?«

»Hast du ihn gekannt?«

Miss McBean klappte den abgenutzten Lederumschlag des Manuskripts sorgfältig zu und legte es beiseite. »Ja, habe ich. Er war von Okkultismus besessen. Und ich meine nicht, als Gelehrter – wenngleich er am

Anfang versucht hat, mich davon zu überzeugen, dass das sein Motiv wäre.«

»Du meinst, er hat daran geglaubt?«

»Nach und nach ist mir klar geworden, dass er das tatsächlich getan hat. Er hat mich immer wieder aufgesucht, um ihm bei der Übersetzung einer schwierigen Passage zu helfen oder um zweifelhafte Herkünfte nachzuverfolgen.«

»Und du hast ihm geholfen?«, fragte Hero, der es nicht ganz glückte, ihre Überraschung in ihrer Stimme zu verhehlen.

Miss McBean brach in ihr typisches, herzhaftes Lachen aus. »Wenn du fragen willst, ob ich ihm dabei geholfen habe, Dämonen zu beschwören oder vernichtende und ruinierende Flüche auszusprechen, lautete die Antwort nein. Was ich dort oben gemacht habe« – sie nickte in Richtung des Dachbodens – »war nur meine Art, mir klarzumachen, was die Urheber dieser Texte eigentlich wollten.«

Sie schwieg kurz, den Blick auf die Szenerie außerhalb des Fensters gerichtet, wo ihre flachsblonde Nichte und ihr Neffe unter den aufmerksamen Blicken eines Kindermädchens fröhlich mit Schirmen in der Hand durch Pfützen platschten. Das Mädchen mochte acht Jahre alt sein, der Junge vielleicht drei oder vier Jahre jünger. Der Knabe quietschte vergnügt, und das Mädchen rief etwas, das Hero nicht ganz verstand.

Abigail lächelte, dann verlosch ihr Lächeln. »Ich schätze, anfangs habe ich unbeabsichtigt tatsächlich auf gewisse Weise geholfen. Als er mir sagte, er hab ein wissenschaftliches Interesse, habe ich ihm natürlich geglaubt. Wer hätte das nicht? Erst nach und nach habe ich begriffen, dass es ihm mit dem, was er tat, todernst war. Er hat tatsächlich an die Macht der alten Rituale und Beschwörungsformeln geglaubt. Er hatte eine riesige Sammlung Grimoires.«

Hero nickte in Richtung des *Schlüssel Salomos* zwischen ihnen. »Was kannst du mir über dieses hier sagen?«

»Nun ... es wird allgemein als eines der bedeutendsten – wenn nicht gar das bedeutendste – aller Grimoires betrachtet. Angeblich stammt es aus Salomos Zeiten, obgleich es in Wahrheit vermutlich in der Renaissance geschrieben wurde, wie die meisten Grimoires.«

»Aus irgendeinem Grund bringe ich Magie immer mit dem Mittelalter in Verbindung, nicht mit der Renaissance.«

Miss McBean nickte. »Volksmagie war im Mittelalter weit verbreitet. Aber in der Renaissance wuchs der Glaube, dass die Magie aus den Tagen der alten Ägypter und Römer degeneriert wäre. Mit dem Fall Konstantinopels und der Vertreibung der Juden und Mauren aus Spanien haben Frankreich, Deutschland und England einen riesigen Zustrom der wirklich alten magischen Texte erlebt, die für Europa zuvor verloren gewesen waren. Folglich gab es im fünfzehnten Jahrhundert eine wahre Explosion neu geschriebener Grimoires. In diesen Werken findet man viel jüdisch-kabbalistische Magie, arabische Alchemie und griechisch-römische Einflüsse.«

Sie strich mit der Fingerspitze über den Rand des alten, zerfledderten Manuskripts, dann betrachtete sie es sehr aufmerksam.

»Was ist los?«, fragte Hero, die sie beobachtete.

»Ich dachte gerade ... In den Zeitungen steht, Daniel Eisler wäre erschossen worden. Stimmt das?«

»Ja, warum?«

»Das klingt für mich nicht so, als ob sein Interesse am Okkultismus etwas damit zu tun hatte, was ihm widerfahren ist. Ich meine, er wurde ja nicht mit ausgebreiteten Gliedern in ein Pentagramm gespannt und mit der *Hand of Glory* auf der Brust brennend gefunden.«

»Der *Hand of* was?«

Abigail McBeans Augenwinkel kräuselten sich amüsiert. »Ach, das möchtest du gar nicht wissen.« Die Amüsiertheit erlosch. »Glaubst du wirklich, das hier«, sie deutete auf das alte Grimoire, »hat etwas mit seinem Tod zu tun?«

»Wahrscheinlich nicht. Aber es könnte sein, dass wir hier irgendetwas Wichtiges übersehen.«

Hero bemerkte, dass Abigail sie mit festem Blick genau musterte. »Ich vermute, Lord Devlin hat ein Interesse am Mord an Daniel Eisler?«

Hero nickte. »Er glaubt nicht, dass Russell Yates – der Mann, der für das Verbrechen eingesperrt wurde – schuldig ist.«

»Aha.« Der Blick ihrer Freundin wanderte wieder zu den im Garten spielenden Kindern hinunter. Kurz dachte Hero, dass sie etwas sagen wollte, doch sie tat es nicht.

Hero sagte: »Weißt du, wo ich eine englische Version des *Schlüssel Salomos* finden könnte?«

In einer eigentümlichen Duftwolke aus Lavendel und Moschus erhob sich Miss McBean. »Ich besitze mehrere. Ich leihe dir gerne eine davon aus.«

»Danke sehr, aber das kann ich nicht annehmen.«

»Doch, sicher; keine meiner Ausgaben ist außergewöhnlich wertvoll. Lass mich das machen.«

»Dann gerne. Danke.«

Die Ausgabe, die sie Hero gab, war kleiner, nur etwa zwanzig Zentimeter hoch, aber in einer schönen, flüssigen Schrift geschrieben und exquisit in kräftigen Ultramarin-, Zinnober- und Purpurtönen illustriert. Hero blätterte es durch, und ihre Augen wurden groß. »Du hast gesagt, dass die meisten Zaubersprüche sich um Wohlstand, Sex, Macht oder Rache drehen. Welche haben Eisler deiner Meinung nach am meisten interessiert?«

Miss McBean dachte einen Augenblick darüber nach. »Er schien besonders versessen auf die Beschwörung von Geistern der Verstorbenen.«

»Beschwörungen von – großer Gott.«

»Ich bin mir nicht so sicher, ob der liebe Gott mit diesen Dingen irgendetwas zu tun hat«, sagte Abigail McBean, und ihr Gesicht wirkte mit einem Mal verkniffen, während ihr wirres, rotes Haar im trüben Regentag wie Flammen aussah. »Lies das Buch. Dann wirst du es sehen.«

***

Vor dem unauffällig und normal wirkenden Haus von Abigail McBean fiel noch immer feiner Nieselregen vom Himmel. Schwer hingen der Geruch nach feuchtem Gras, verblühenden Rosen und der beißende Gestank vom Rauch aus endlosen Reihen von Schornsteinen in der Luft. Während Hero durch den kurzen

Gartenpfad zu ihrer Kutsche ging, die am Bordstein stand, galt all ihre Aufmerksamkeit dem Schutz der beiden Manuskripte in ihren Händen vor dem Regen. Den dunkelhaarigen Mann in einem zu großen Mantel und mit Schlapphut auf dem Kopf bemerkte sie erst, als er unmittelbar vor ihr aufkreuzte.

»Da seid Ihr ja. Hab schon auf Euch gewartet«, sagte er mit dem breiten und einfältigen Grinsen eines Mannes, der über seine eigenen Witze lacht oder der vor langer Zeit den Verstand verloren hatte.

Heros Blick huschte zu ihrer gelben Kutsche. Das Fell der Pferde davor glänzte im Regen blauschwarz. Sie sah, wie ihr Bursche George vorwärts ruckte. Sein Gesichtsausdruck wirkte alarmiert. Sie wusste, dass sie nicht in echter Gefahr schwebte. Trotzdem spürte sie ein Kribbeln auf der Haut, und ihr Atem beschleunigte sich, wie bei allen lebenden Wesen, wenn sie sich dem Wahnsinn gegenüber sehen.

»Entschuldigen Sie«, sagte sie und machte Anstalten, um ihn herum zu gehen.

Seine Hand schoss vor, und er grub die knochigen, schmutzigen Finger in den Ärmel ihres Kutschgewands. »Geht noch nich. Ich hab 'ne Nachricht für den Captain.«

Angewidert erschaudernd zog Hero den Arm mit solcher Kraft aus dem Griff des Mannes, dass sie beinahe die beiden Manuskripte hätte fallen lassen. »Welchen Captain?«

»Captain Lord Devlin. Sagt ihm, dass mir zusteht, was mir zusteht, und er sollte zusehen, dass ich es bekomme. Vielleicht erinnert er sich nich mehr an Jud Foy. Sollte er mal besser. Oh ja, sollte er.«

»Mylady?«, sagte George und trat zu ihr. »Belästigt diese Person Euch?«

Foy hob die gespreizten Hände zu beiden Seiten hoch. Sein Grinsen wich nicht, und er wandte den Blick nicht von Heros Gesicht ab. »Sagt's ihm, ja?«

Dann schob er die Hände in die Manteltaschen und schlenderte mit wackelnden Ellbogen davon. Mit geschürzten Lippen pfiff er eine Tonfolge, die sich im platschenden Regen rasch verlor.

Kapitel 27

Als Sebastian nach Hause zur Brook Street kam, fand er Hero in der Bibliothek vor, wo sie am Tisch saß und ruhig eine kleine Muff-Steinschlosspistole mit poliertem Walnussgriff und vergoldeten Lafetten reinigte, ein Geschenk ihres Vaters.

Er sagte: »Sind das übliche Wartungsarbeiten, oder hast du auf jemanden geschossen?«

Sie sah zu ihm auf. In ihrem Antlitz lag keine Belustigung, sondern nur kalte Zielstrebigkeit, die ihn unangenehm an Lord Jarvis erinnerte. »Hast du schon einmal von einem Mann namens Jud Foy gehört?«

Er dachte kurz darüber nach, dann schüttelte er den Kopf. »Ich glaube nicht. Warum fragst du?«

»Weil er heute auf mich gewartet hat, als ich von Abigail McBean weggegangen bin. Es war derselbe Mann, der letzte Nacht unser Haus beobachtet hat. Er sagte, sein Name ist Jud Foy und wollte, dass ich dir eine Nachricht übermittle.«

»*Hölle nochmal.* Woher wusste er, wo du warst?«

Sie schüttelte den Kopf. »Ich habe keine Ahnung. Aber er hat dich ›Captain‹ genannt. Er sagte: ›Sagt dem Captain, dass mir zusteht, was mir zusteht.‹«

»›Zusteht‹? Was denkt er denn, dass ihm zusteht?«

»Das hat er nicht spezifiziert. Aber was es auch ist – offenbar meint er, dass du dafür verantwortlich bist, dass er es auch bekommt. Vielleicht erinnerst du dich nicht an ihn, aber er ist eindeutig der Ansicht, dass du das solltest.«

Sebastian ging zu einem Tablett, auf dem eine Flasche Burgunder stand. Er schenkte sich ein Glas ein und blieb stehen, mit den Gedanken in weiter Ferne.

Jud Foy. Jud Foy? Er versuchte, den Namen mit dem nassen, abgerissenen und klapperdürren Mann von letzter Nacht in Zusammenhang zu bringen, und hatte erneut das vage Gefühl einer Erinnerung, die schon wieder verblasste, bevor er sie zu fassen bekam.

Hero sagte: »Gestern Abend sagtest du mir, dass du das Gefühl hattest, er sähe vertraut aus.«

»Ja. Aber ich kann ihn noch immer nicht zuordnen.« Sebastian trank langsam einen Schluck Wein. »Heute Nacht dachte ich, dass er wohl etwas mit meinen Ermittlungen im Mord an Daniel Eisler zu tun haben muss, aber jetzt bin ich mir nicht mehr so sicher.«

»Weil er weiß, dass du in der Armee warst?«

Sebastian nickte. »Auch wenn ich denke, dass er vielleicht in irgendeinem Zusammenhang zu Matt Tyson steht. Als er sagte: ›Ich hab Euch aus seinem Haus kommen sehen‹, bin ich davon ausgegangen, dass er Eislers Haus meinte. Aber er kann auch Hopes Haus gemeint haben.«

Sie hörte ihm mit unbeweglichem Gesicht zu, während er ihr von seiner Unterhaltung mit Francillon und Perlman berichtete. Dann sagte sie: »Ist es möglich, dass Foy etwas mit deinem Freund Rhys Wilkinson zu tun hat? Du hast seine Wohnung in den letzten Tagen mehrmals aufgesucht, nicht wahr?«

»Ich glaube, das kann auch möglich sein, bezweifle es aber.« Er stellte sein Glas beiseite und griff nach seinem Hut und seinen Handschuhen.

»Wohin gehst du?«

»Ich will Sir Henry bitten, diesen Foy zu überprüfen. Und dann ist es, glaube ich, Zeit, dass Lieutenant Tyson und ich ein kurzes Gespräch führen.«

***

»Jud Foy?« Kopfschüttelnd runzelte Sir Henry Lovejoy die Stirn und schürzte nachdenklich die Lippen. »Der Name ist mir nicht vertraut. Aber ich kann einen der Männer bitten, ihn zu überprüfen. Wollt Ihr ihn verhaften lassen?«

»Er hat nicht wirklich etwas getan«, sagte Sebastian.

Sie gingen die Bow Street entlang. Der Regen war wieder schwächer geworden, aber die enge Straße war dunkel und nass und wimmelte von heruntergekommenen Straßenhehlern und Karren auf quietschenden Rädern, die mit Produkten des nahegelegenen Covent Garden überladen waren. Der Geruch feuchter Erde und schwitzender, ungewaschener Körper hing schwer in der Luft.

Sir Henry sagte: »Gestern Abend hatte ich einen Besuch von Mr Bertram Leigh-Jones.«

Sebastian sah ihn von der Seite an. »Ach?«

»Im Lauf des Gesprächs ist Euer Name gefallen. Er hat mehrere Forderungen gestellt.« Sir Henry zupfte sich am Ohrläppchen, und in seinen sonst so ernsthaften

Zügen deutete sich ganz vage ein Lächeln an. »Unglücklicherweise kann ich mich offenbar an keine einzige davon erinnern.«

»Er ist ein sehr kratzbürstiger Untersuchungsrichter, dieser Mr Leigh-Jones.«

»Das sind die meisten Magistraten des West End – und aus gutem Grund.«

»So? Wie kommt das?«

Sie bogen in die kurze Russel Street ein, die zum offenen Marktplatz führte. Das Getummel war zu einem fast unerträglichen Gedränge geworden, und Sebastian bemerkte, dass Lovejoy darauf achtete, die Hand in der Tasche zu lassen, wo er seine Börse festhielt.

Der Magistrat schniefte. »Sagen wir, dass eine parlamentarische Untersuchung von mehreren Schanklizenzen in einigen Gemeinden ein Muster von Ungereimtheiten offenlegen könnte.«

»Interessant.«

»Mhm. Nachdem er weg war, habe ich einen meiner Männer zur Fountain Lane hinüber geschickt, um ein paar Befragungen durchzuführen. Die rasche Verhaftung von Mr Yates hat mich zu dem Verdacht verleitet, dass die Lambeth Street es versäumt haben könnte, einige der Anwohner, die nicht direkt betroffen waren, zu befragen.«

Sebastian lachte leise auf. Leigh-Jones hätte es besser wissen müssen, als zu fordern, die Bow Street möge sich aus seinem Zuständigkeitsbezirk heraushalten. »Und?«

»Der Constable konnte niemanden ausfindig machen, der eingestanden hätte, zur Tatzeit in der Gegend gewesen zu sein.« Sir Henry warf Sebastian einen raschen Seitenblick zu. »Habt Ihr davon gehört, dass heute am frühen Morgen bei Eislers Haus zwei tote Männer gefunden wurden? Der eine wurde im Haus erstochen, der andere in der Hintergasse erschossen.«

»Das habe ich gehört, ja.«

»Ihr wisst aber nicht zufällig etwas darüber?«

Sebastian hielt den Blick auf den belebten Marktplatz vor ihnen gerichtet. Auf den klapprigen Ständen waren hohe Haufen Steckrüben, Kartoffeln, Kohl und Kürbisse aufgetürmt. »Wurden sie identifiziert?«

Sir Henry nickte. »Ja. Der Einbrecher im Haus war Morgan Aldrich, ein bei den Behörden einschlägig bekannter Mann. Der Leichnam in der Gasse war der seines jüngeren Bruders, Piers.«

»Wie sind sie in das Haus hineingelangt?«

»Soweit ich weiß, haben sie die Scharniere eines Fensters im Lichtschacht des unteren Stockwerks gelockert und dann eine Diamantklinge benutzt, um das Glas zu schneiden.«

»Für gewöhnliche Diebe ungewöhnlich ausgeklügelt.«

»Das stimmt. Eigenartigerweise scheint aber auch der Riegel der Hintertür bearbeitet worden zu sein. Es war eine sehr subtile Arbeit – so subtil, dass ich vermute, die meisten Menschen hätten es vollends übersehen. Nur Eislers altes Faktotum Campbell hat es bemerkt.«

»Das musste er auch«, sagte Sebastian.

»Es wird vermutet«, fuhr Sir Henry fort und sah Sebastian unverwandt an, »dass eine unbekannte Person, die ihr unerlaubtes Eindringen verschleiern wollte, sich Zugang durch die Hintertür verschafft hat, und dass diese unbekannte Person für den Tod der Aldrich-Brüder verantwortlich ist, welche in das Haus eingestiegen sind, ohne sich große Sorgen um zurückbleibende Spuren ihres Eindringens zu machen.«

»Welch interessante These. Aber wie wahrscheinlich ist es, dass zwei unterschiedliche Verbrecherspezies zur selben Zeit in dasselbe Haus einbrechen würden, um sich hernach gegenseitig umzubringen?«

»Ich nehme an, das hängt davon ab, wonach sie suchten. Euch fällt dazu nicht zufällig etwas ein? Oder doch?«

Sebastian behielt seine Züge sorgsam unter Kontrolle. »Es war bekannt, dass Mr Eisler eine erkleckliche Anzahl interessanter Gegenstände besessen hat.«

»Das stimmt.« Lovejoy blieb stehen und ließ sich kurz von einem Puppenspieler, der unter der nächsten Arkade agierte, ablenken, dann ging er weiter. »Ach, beinahe hätte ich es vergessen: Mein Wachtmeister hat doch eine interessante Information zutage gefördert. Einer der Befragten – der Lehrling eines Kerzenziehers – erinnerte sich, Mr Yates am Vormittag des Mordtages vor dem Haus des Opfers stehen gesehen zu haben. Eisler selbst stand auf der Türschwelle, und die beiden Herren waren in einen ›mächtigen‹ Streit verwickelt, wie der Lehrling es ausdrückte.«

Sebastian spürte, dass er in stiller Wut den Kiefer anspannte. Yates hatte ihm sehr nachdrücklich versichert, dass er keinen Streit mit Eisler hatte. »Hat der Lehrling Yates' Namen gekannt?«

»Nein. Aber seine Beschreibung des fraglichen Mannes war eindeutig. Es kann in London nicht allzu viele sonnengebräunte Männer geben, die ihr Haar lang tragen und in einem Ohr einen goldenen Piratenring tragen.«

»Und der Lehrjunge war sich sicher, dass der Streit, den er bezeugt hat, am Sonntagmorgen stattgefunden hat?«

»Ja, war er. Wie es scheint, ist er Zeuge der Auseinandersetzung geworden, als er gerade auf dem Heimweg von der Messe in Holy Trinity war.«

»Hat er zufällig das Thema ihres Streits mitbekommen?«

»Nein. Aber die letzten, erhitzt gewechselten Worte hat er aufgeschnappt. Wie es scheint, sagte Eisler zu Yates: ›Denken Sie nicht einmal daran, mir in die Quere zu kommen. Ich kann Sie zerstören, und das wissen Sie genau.‹«

Sebastian blinzelte zu der Kirchenfassade, die über dem Platz aufragte und an einen Tempel erinnerte, hinauf. »Und hat er auch Yates' Antwort aufschnappen können?«

»Ich fürchte, ja. Er hat gesagt, Yates hätte laut aufgelacht und dann erwidert: ›Ich kann Ihnen die Gurgel von einem Ohr zum andern schneller aufschlitzen, als eine Hure vom Haymarket Ihnen die Börse klaut. Vergessen Sie das mal nicht, Sie verfluchter kleiner Dreckskerl.‹« Der Magistrat unterbrach sich und blickte über die auf dem Friedhof verteilten, moosbewachsenen Grabsteine hinweg. »Gewiss, Eisler wurde erschossen, nicht erstochen. Dennoch ... für Mr Yates sieht es nicht gut aus.«

»Nein«, sagte Sebastian und blieb neben ihm stehen. »Das tut es nicht.«

Kapitel 28

Russell Yates hatte seinen Zellenstuhl mit der geraden Rückenlehne aus Holzlatten an einen kleinen Tisch gezogen und war mit Schreiben beschäftigt, als der Schließer die mit Eisenbeschlägen versehene Eichentür für Sebastian öffnete. In den letzten vierundzwanzig Stunden hatte es der ehemalige Freibeuter geschafft, sich zu rasieren und frische Kleidung anzulegen. Ein Federbett und warme Decken machten seine Pritsche behaglicher, und auf einer schlichten Anrichte standen ein Krug mit Wasser und eine Waschschüssel neben einer Flasche guten Cognacs und einem Kristallglas. Das Gefängnis konnte für diejenigen, die wohlhabend genug waren, um die passenden Arrangements zu treffen, überraschend komfortabel sein.

Trotzdem war es immer noch ein Gefängnis.

»Ich sollte Sie hängen lassen«, sagte Sebastian unumwunden, nachdem der Wärter die schwere Tür hinter ihm verschlossen hatte. »Ich schwöre zu Gott, das täte ich, wenn es Kat nicht gäbe.«

Yates stand umständlich auf; die Ketten an den Beinen brachten ihn aus dem Gleichgewicht. »Was soll das denn heißen, verflucht noch mal?«

»Das heißt, dass Sie, wenn Sie mir gegenüber nicht ehrlich sein können, nur meine Zeit vergeuden – und Ihre eigene obendrein. Und so wie ich die Sache sehe, haben Sie nicht viel Zeit zum Vergeuden übrig.«

In der Wange seines Gegenübers zuckte ein Muskel. »Worüber habe ich Eurer Meinung nach gelogen?«

Sebastian lachte freudlos. »Haben Sie mir so viele Märchen erzählt, dass Sie nicht sicher sind, auf welche davon ich gestoßen bin? Ich spreche von Sonntagmorgen. Als Sie Eisler gedroht haben, ihn von einem Ohr zum anderen aufzuschlitzen. Der Kerzenmacher, der den Wortwechsel mitbekommen hat, wird zweifellos bei Ihrer Verhandlung aussagen. Wie schätzen Sie jetzt Ihre Aussichten auf einen Freispruch ein?«

Yates starrte ihn nur an, das Gesicht aschfahl.

Sebastian fuhr fort: »Sie haben behauptet, mit Eisler keinen Streit zu haben. Worum zur Hölle ging es dabei?«

Yates ließ sich wieder auf den Stuhl sinken und drückte sich eine gespreizte Hand so fest gegen das Gesicht, dass sich seine Züge verzogen.

»Worüber haben Sie gestritten?«, wollte Sebastian erneut wissen, als er weiterhin schwieg.

Yates verschob die Hand, sodass sie nun die untere Gesichtshälfte und den Mund bedeckte. »Der alte Halsabschneider hat versucht, mich hereinzulegen. Irgendwie ist er an bestimmte Informationen gelangt … Ich denke, bezüglich ihrer Natur muss ich nicht ins Detail gehen. Er dachte, er könnte sie zu seinem Vorteil nutzen.«

»Warum zum Teufel haben Sie mir das nicht vorher gesagt?«

Ein Anflug von Röte ließ das Gesicht seines Gegenübers dunkler schimmern. »Ich dachte wohl, dass Ihr mir nicht helfen würdet, wenn Ihr wisst, dass ich einen

Grund hatte, ihn zu töten. Aber ich habe ihn nicht erschossen. Ich will nicht leugnen, dass ich es in Betracht gezogen habe. Aber ich habe es nicht getan.«

Sebastian betrachtete Yates' verkniffene Züge. Das schwerfällige britische Rechtswesen bezeichnete Männer wie Yates als »Sodomiten« und bestrafte sie mit außergewöhnlicher Härte. Sie bezeichneten sich selbst eher als »warme Brüder«. Sie hatten in London eine Art eigene Schattengesellschaft gegründet, eine verborgene, aber vibrierende Unterwelt mit Pubs und Cafés, die als Schwulenkneipen bezeichnet wurden, und in denen sie sich frei fühlten, sich begegneten und kennenlernten, tanzten und Spaß hatten. Dennoch hing immerzu die Drohung über ihnen, in Ungnade zu fallen, eingesperrt zu werden und den Tod zu finden. Die Männer, die sich in jener Welt bewegten, lebten in der beständigen Furcht vor Entdeckung und Erpressung.

Sebastian fragte: »Woher hatte Eisler diese Informationen?«

»Der Bastard hat mit den Geheimnissen anderer Menschen genauso gehandelt wie mit Edelsteinen, exklusiven Möbelstücken und anderen Kunstobjekten. Er hat immer aus den Menschen, die ihm Geld schuldeten, hässliche Informationen herausbekommen.«

»Sie meinen, er war ein Erpresser?«

»Nicht im striktesten Wortsinn. Dafür ging er zu subtil vor. Aber was er über Menschen wusste, hat er auf jeden Fall zu seinem eigenen Vorteil genutzt.«

»Auf der Straße Drohungen herauszubrüllen klingt in meinen Ohren nicht sehr subtil.«

Die Andeutung eines Lächelns huschte über Yates' Gesicht. »Stimmt. Andererseits habe ich mich geweigert, auf sein Spiel einzusteigen.«

»Hatten Sie keine Angst?«

Der Freibeuter spannte den Kiefer an. »Es gab auch früher schon Männer, die versucht haben, mich zu erpressen.«

Sebastian hatte von den Intrigen gehört, die oft gegen die Schwulen gesponnen wurden. Es war üblich, dass zwei Komplizen durch Parks und Nebengassen spazierten, die dafür bekannt waren, dass Londons warme Brüder sie frequentierten. Dann teilten sie sich auf, und einer von beiden – für gewöhnlich der jüngere und attraktivere – näherte sich einem möglichen Opfer, um »ein Geschäft zu machen«. War das Opfer in einer kompromittierenden Lage, trat der zweite Komplize auf den Plan und drohte, das Opfer bei den Behören zu denunzieren, wenn es nicht zahlte. Und zwar großzügig und wiederholt.

»Und was haben Sie mit denjenigen getan, die Sie für ein passendes Erpressungsopfer gehalten haben?«, fragte Sebastian. »Umgebracht?«

Yates erwiderte lediglich seinen Blick.

»*Zur Hölle*«, fluchte Sebastian.

»Wollt Ihr mich glauben machen, Ihr würdet an meiner Stelle nicht dasselbe tun?«

Die Blicke der beiden Männer prallten aufeinander.

Yates sagte: »Hätte ich Eisler getötet, würde ich es Euch sagen. *Ich habe ihn nicht umgebracht.*«

Sebastian ging zu dem kleinen, vergitterten Fenster und sah auf den Press Yard hinunter. Der Hof wurde Press Yard genannt, weil bis vor Kurzem an diesem Ort diejenigen, die sich weigerten, sich schuldig zu bekennen, im wortwörtlichen Sinne *gepresst* wurden. Man legte immer schwerere Gewichte auf die Brust des Angeklagten, bis er oder sie bereit war, sich schuldig zu bekennen.

Oder bis sie zu Tode erdrückt wurden, und dann waren die legalen Feinheiten nicht mehr von Belang.

Er sagte: »Ich habe gehört, Daniel Eisler versuchte, einen großen, blauen Diamanten zu verkaufen – einen sehr großen blauen Diamanten. Wissen Sie etwas darüber?«

»Nein.«

»Wie steht es mit einem Mann namens Jud Foy? Haben Sie je von ihm gehört.«

»Foy?« Yates schüttelte den Kopf. »Ich glaube nicht. Wie sieht er aus?«

»Dünn. Ausgemergelt. Als gehörte er nach Bedlam.«

Ein Lächeln glitt über die Züge des ehemaligen Freibeuters. »Wirklich, Devlin, ich gestehe, dass ich mich mit einigen rauen Burschen abgebe, aber irgendwo ist für mich die Grenze.«

»Wie steht es um einen ehemaligen Lieutenant namens Tyson?«

»Meint Ihr Matt Tyson?«

»Also kennen Sie ihn.«

»Ich bin ihm hier und dort ein paarmal begegnet. Warum?«

»Wissen Sie, ob er irgendwelche Händel mit Eisler gemacht hat?«

Yates dachte einen Augenblick nach. »Muss er tatsächlich. Ich erinnere mich, dass er mir in der Fountain

Lane einmal über den Weg gelaufen ist, das ist allerdings schon eine Weile her. Vielleicht einen Monat oder so.«

»Wissen sie, weshalb er dort war?«

»Nein. Warum? Was hat denn Tyson damit zu tun?«

Sebastian stieß sich vom Fenster ab. »Ich weiß es nicht. Aber ich habe vor, das herauszufinden.«

***

Lieutenant Matt Tyson wollte gerade *Gentleman Jackson's Boxing Salon* betreten, da kam Sebastian zu ihm und sagte: »Ich muss mit Ihnen sprechen. Begleiten Sie mich ein Stück.«

Tyson blieb stehen, und nur die Ahnung eines Lächelns spannte die sonnengebräunte Haut neben seinen dünnen Lippen an, als er den Kopf schüttelte. »Tut mir leid, aber ich bin um vier Uhr hier mit jemandem verabredet.«

Sebastian behielt den freundlichen Ton bei. »Wenn Sie das bevorzugen, können wir unsere Unterhaltung auch drinnen führen. Ich bezweifle nicht, dass Jacksons Kundschaft die schmutzigen Details über Ihre Kriegsgerichtsverhandlung faszinieren würden.«

In den Augen des Lieutenants flackerte etwas auf, das er fast sogleich verbarg, indem er die Lider senkte. »Ich wurde freigesprochen, erinnert Ihr Euch?«

»Von mir nicht.«

Ohne ihn anzuschauen, setzte Tyson seinen Hut wieder auf und wandte seine Schritte zum Piccadilly. Über der nassen Stadt dräute noch immer eine dicke, dunkle Wolkenbank. Von den Dachtraufen und Fensterläden

205

troff das Wasser, und das Pflaster glänzte nass und feucht.

»Wann haben Sie die Armee verlassen?«, fragte Sebastian, der zu ihm aufschloss.

»Vor einigen Monaten, wenn Ihr es unbedingt wissen müsst. Was für eine Rolle spielt das für Euch, zum Teufel?«

»Eigenartiger Zeitpunkt.«

»Was soll das denn heißen?«

»Nur, dass es nach all den Jahren so aussieht, als ob Wellington gegen die Franzosen endlich doch noch das Ruder herumreißt. Ich sollte doch annehmen, dass das eine Zeit großer Möglichkeiten für einen Mann Ihrer ... Talente ist.«

Tyson verengte die Augen. Doch er sagte schlicht: »Manchmal wird ein Mann des Mordens einfach müde.«

»Nicht alle Männer.«

Tyson warf ihm einen raschen Seitenblick zu. »Ihr schon.«

Sebastian hatte sich vor etwa zwei Jahren vom Militär freigekauft, und zwar aus einem komplizierten Gemenge von Gründen, die ihn immer noch belasteten. Andererseits war er aber auch nie der Typ Mann gewesen, der am Töten Gefallen gefunden hatte.

Tyson hingegen schon.

Sebastian sagte: »Was hatten Sie mit Daniel Eisler zu schaffen?«

Tysons angedeutetes Lächeln wurde breiter. »Meine Güte, Ihr habt geackert, was?«

»Was war es?«, wiederholte Sebastian.

Tyson zuckte die Achseln. »Eisler hat Juwelen gekauft. Ich hatte einige zu verkaufen. Und nein, ich habe nicht einer Señorita die Kehle durchgeschnitten oder ein ganzes Kloster voller Nonnen vergewaltigt, um sie zu bekommen. Ich habe sie in Badajoz von einem toten französischen Colonel genommen. Woher er sie hatte, ist nun wirklich nicht *meine* Sache, richtig?«

Die Leichen der Franzosen wurden routinemäßig von allen Wertsachen, Uniformen und Schuhen entkleidet, bevor sie bestattet oder verbrannt wurden. Kriegsbeute wurde seit Langem als natürlicher Bestandteil des Solds betrachtet, wenn man sich für das Militär hatte anwerben lassen. Offiziere nahmen an dieser Leichenfledderei normalerweise nicht teil, mit einigen Ausnahmen allerdings.

Das systematische Fleddern von Bürgerlichen war jedoch eine ganz andere Angelegenheit. Wellington hatte die uralte Tradition immer abgelehnt, eine eroberte Stadt für drei Tage dem rituellen Plündern durch marodierende, besoffene Soldaten auszusetzen – einerseits, weil es schlecht für die Disziplin war, und andererseits, weil die Briten sich gern selbst als Erlöser darstellten und nicht als Eroberer. Badajoz würde jedoch für alle Zeiten ein Makel in der Ehre der modernen britischen Armee bleiben, denn die befestigte spanische Grenzstadt hatte Tage wüster Vergewaltigungen, des Mordes und der Plünderung erlitten, nachdem sie im März von Wellingtons Truppen erobert worden war. Mochte Tyson auch behaupten, seine Kriegsbeute stammte von der Leiche eines französischen Colonels, so hatte Sebastian doch einen ganz anderen Verdacht.

Er sagte: »Und hat Eisler Ihnen für Ihre ›Stücke‹ einen guten Preis gezahlt?«

»Aber sicher. Warum hätte ich sonst Geschäfte mit ihm machen sollen?«

»Wer hat ihn Ihnen empfohlen? Thomas Hope?«

Tyson schüttelte den Kopf. »Ein Freund aus Spanien. Und seit Wochen war ich nicht einmal in der Nähe des alten Bocks, wenn Ihr also nach jemand anderem als Yates sucht, dem Ihr diesen Mord anhängen könnt, dann müsst Ihr schlicht weitersuchen.«

Sebastians Erfahrung zappelten die meisten Menschen herum, wenn sie logen, oder sie änderten subtil ihre Körperhaltung. Aber dann gab es diejenigen, die dem Blick standhalten, lächeln und lügen konnten, und deren sorglose Grazie dabei einer völligen Abwesenheit von Schulbewusstsein oder Furcht vor Entdeckung geschuldet war. Matt Tyson war einer von dieser Sorte.

»Ich würde Ihnen tatsächlich glauben«, sagte Sebastian, »wenn ich nicht über Sie zu Gericht gesessen hätte.«

Eine zornige Regung zerknitterte die Züge des Lieutenants, doch er verbarg sie rasch und sorgfältig. Er drehte den Kopf und beobachtete einen eleganten, roten Landauer, der die Straße heraufkam. Nach einer kurzen Weile sagte er: »Ich habe, als ich das letzte Mal an Eislers Haus war, tatsächlich etwas gesehen, das Ihr bedeutsam finden könntet.«

»So? Was denn?«

»Eine Frau ging aus dem Haus in der Fountain Lane, als ich gerade hinkam. Eine junge, schön gekleidete Edelfrau. Ich hätte nicht sagen können, wer sie war –

sie trug einen dichten Schleier und stieg in eine Mietdroschke ein, die auf sie wartete. Zunächst habe ich noch angenommen, dass sie bestimmt aus dem gleichen Grund dort war wie ich – um Eisler ein Schmuckstück zu verkaufen, mit dem sie wohl ihre Spielschulden begleichen wollte. Dann habe ich Eisler gesehen.«

»Und?«

»Der alte Bock hatte seinen Latz falsch zugeknöpft. Er musste sie gleich dort im Salon genommen haben, ich konnte den Gestank seiner Lust noch riechen. Seither habe ich erfahren, dass er seine Frauen immer dort nahm – die Huren genauso wie die Damen.«

»Sie wollen sagen, das war eine Gewohnheit von ihm?«

»Wusstet Ihr das nicht?« Ein angelegentliches Grinsen, das beinahe schon gehässig war, legte sich auf Tysons Züge. »Er war ein widerlicher alter Sack, Euer Eisler. Er hat hübschen, jungen Dingern Geld geliehen, und wenn sie seine ruinösen Zinsen nicht zahlen konnten, ließ er ihnen eine Wahl: Entweder sie ließen ihn auf dieser schäbigen alten Couch über sich herüberrutschen, oder sie hatten ihre verpfändeten Stücke, was für Kinkerlitzchen es auch sein mochten, verwirkt. Den gleichen Handel bot er Männern an, die in Zahlungsverzug waren – wenn sie eine hübsche Gattin hatten.«

Als Sebastian nichts erwiderte, lachte Tyson laut auf. »Glaubt Ihr mir nicht? Fragt doch seinen genusssüchtigen Neffen.«

»Meinen Sie Perlman? Was sollte er darüber wissen?«

»Viel mehr als Ihr vielleicht denkt. Ich habe gehört, dass eine Möglichkeit von Perlman, sich das Wohlwollen seines Onkels zu sichern, darin bestand, ihn mit Huren zu versorgen.« Tyson hielt inne, als die Kirchenglocken der Stadt die Stunde schlugen. Eine nach der anderen hallte durch die nassen Straßen. »Und jetzt müsst Ihr mich wirklich entschuldigen. Ich habe doch erwähnt, dass ich um vier Uhr mit jemandem verabredet bin.«

Sebastian ließ ihn gehen.

Unter normalen Bedingungen wäre er geneigt gewesen, jedes Wort anzuzweifeln, das jemand wie Tyson äußerte. Aber er musste die ganze Zeit an den düsteren, übelriechenden Raum mit dem schweren, altmodischen Kamin denken – und an ein Paar kleiner, billiger blauer Satinschläppchen, die unter einem abgewetzten Pferdehaarsofa hervorgelugt hatten.

Kapitel 29

Die Entdeckung, dass Eisler in eine widerliche Kombination aus Erpressung und sexueller Ausbeutung verstrickt gewesen war, barg das Potenzial, eine riesige Anzahl neuer Verdächtiger auf den Plan zu rufen, von denen die meisten bedauerlicherweise namen- und gesichtslos waren. Wenn Yates und Tyson die Wahrheit sagten – und Sebastian hatte den Verdacht, dass sie es zumindest in dieser Hinsicht taten –, dann musste London so voll von Männern und Frauen sein, die einen heimlichen, aber mächtigen Grund hatten, den alten Bastard zu ermorden, dass es schwierig war, herauszufinden, wo man überhaupt mit den Untersuchungen anfangen sollte.

Sebastian saß im Kleinen Salon und hielt nachdenklich das blaue Satinschläppchen in den Händen, da kam Hero herein und zog sich die Haube vom Kopf und die nassen Handschuhe von den Fingern.

»Ich habe den schwarzen Kater gesucht«, sagte sie. »Ich kann ihn nirgendwo finden.«

»Wie hast du nach ihm gerufen? ›Hierher, Kater, Kater, Kater‹? Du musst ihm einen Namen geben.«

»Er ist nicht mein Kater, sondern deiner.« Sie ging zum Fenster und sah auf das regennasse Pflaster hinunter. »Eines der Hausmädchen hat einen Mann herumlungern sehen, dessen Beschreibung sich nach Foy anhört. Sie sagte, er hätte den Kater mit etwas, das nach Sardinen aussah, zu sich gelockt.«

Beunruhigt sagte Sebastian: »Wahrscheinlich hat der Kater sich nur irgendwo vor dem Regen in Sicherheit gebracht. Er kommt schon wieder. Wo sonst bekommt er Grillhühnchen und eine Schale mit Sahne?«

Sie lächelte ihm knapp zu, dann nickte sie zu dem Schühchen in seinen Händen. »Was ist das?«

Sebastian hielt ihn hoch. »Er gehört zu einem Paar, die ich unter einem fadenscheinigen, alten Pferdehaarsofa in Daniel Eislers Salon gefunden habe.«

Sie nahm den Schuh aus seiner Hand. »Das ist nicht der Schuh einer Dame.«

»Nein, in der Tat.«

Sie sah zu ihm auf. »Du sagtest, beide Schuhe waren noch dort?«

»Ja.«

»Wie seltsam. Ich frage mich, ob er der Besitzerin ein neues Paar gegeben hat und sie die alten einfach zurückgelassen hat.«

»Eisler? Ich schätze, der alte Bastard hat niemals irgendjemandem etwas geschenkt – außer vielleicht den Wunsch, sich umzubringen.«

»Dann würde ich sagen, die Besitzerin der Schuhe muss sein Grundstück übereilt verlassen heben.« Sie gab ihm den Schuh zurück. »Wie Aschenputtel beispielsweise.«

»Allerdings glaube ich nicht, dass dieses Aschenputtel sich Sorgen machen musste, seine Kutsche würde sich bei Mitternacht in einen Kürbis zurückverwandeln.«

Hero sagte: »Abgesehen von der Tatsache, dass es entschieden unbequem wäre, nur in Strümpfen zu laufen, müssen diese Schuhe – so billig ich sie auch einschätze – für die Besitzerin eine bedeutende Anschaffung gewesen sein. Ich bezweifle, dass sie sie freiwillig zurückgelassen hat.«

»Ich denke, sie war vielleicht dort, als Eisler erschossen wurde.«

Hero blickte stirnrunzelnd auf den kleinen, heruntergelaufenen Schuh hinunter. »Und ist dann voller Furcht weggelaufen?«

»Das ist die eine Möglichkeit.«

»Willst du sagen, dein blaues Satinaschenputtel könnte ihn erschossen haben?«

»Vielleicht.«

»Wer ist sie denn?«

»Ich habe keinen Schimmer. Aber ich kenne jemanden, bei dem das vielleicht anders ist.«

***

»Oh Gott. Nicht Ihr schon wieder«, rief Samuel Perlman aus, als Sebastian in den Ausstellungsraum der Pall Mall zu ihm kam.

Sebastian warf einen Blick auf das gerahmte, sepiafarbene Gemälde eines Frauenkopfes, das Perlman gerade begutachtete. »Ich hätte doch angenommen, dass Ihr Onkel Ihnen genug von solcherlei Dingen vererbt hat, um damit die exklusiven Wünsche des leidenschaftlichsten Sammlers erfüllen zu können.«

»Ich behalte gern den Überblick über das, was auf dem Markt ist«, sagte Perlman und beugte sich vor, um blinzelnd die Signatur auf dem Gemälde zu beäugen.

»Glaubt Ihr, es handelt sich wirklich um einen Leonardo?«

»Sagen Sie es mir.«

Eislers Neffe trug nun eine enge, beige Hose, eine bordeauxrot und weiß gestreifte Weste und eine monströs breite Krawatte, die er minutiös nach einem Stil gebunden hatte, der als ›Wasserfall‹ bezeichnet wurde. Er richtete sich auf. »Ich hatte nach unserem letzten Gespräch gehofft, Euch nicht mehr sehen zu müssen.«

Sebastian lächelte strahlend. »Lassen Sie sich das eine Lehre sein: Wenn es Ihnen wichtig ist, mich nicht wiederzusehen, sollten Sie es in Betracht ziehen, in Ihren Antworten auf meine Fragen etwas ausführlicher zu sein.«

Perlman seufzte resigniert. »Was denn jetzt noch?«

»Ich habe einige interessante Geschichten über Ihren Onkel in Bezug auf Frauen gehört.«

»Frauen?« Perlman stieß ein grelles Kichern aus. »Macht Euch nicht lächerlich. Mein Onkel war ein alter Mann.«

»So alt nun auch wieder nicht.«

Perlman ging weiter zu einem massiven Ölgemälde in einem schweren Rahmen, das einen beträchtlichen Teil der einen Wand bedeckte. Er widmete all seine Aufmerksamkeit der dunklen, wirbelnden Szene vor seinen Augen.

Sebastian sagte: »Ich habe gehört, dass Sie Ihrem Onkel Prostituierte zuführten.«

Perlman warf ihm einen Seitenblick zu. »Und von wem, fragt man sich, habt Ihr das gehört?«

»Spielt das eine Rolle?« Als Perlman nichts erwiderte, sagte Sebastian: »Ich glaube, dass Ihr Onkel in der Mordnacht eine Frau bei sich im Haus hatte. Haben Sie sie ihm geschickt?«

»Nein.«

»Aber Sie leugnen nicht, dass Sie gelegentlich für ihn als Zuhälter tätig waren?«

Perlman blickte unverwandt das Ölgemälde an. »Was für ein hässliches Wort.«

»Bevorzugen Sie ein anderes?«

»Ich will nicht leugnen, dass ich gelegentlich gewisse ... Vermittlungen für ihn vorgenommen habe.«

»Konkretisieren Sie ›gelegentlich‹.«

»Vielleicht alle paar Wochen.«

»Woher kamen die Frauen?«

»Vom Haymarket. Covent Garden. Also wirklich, Devlin, Ihr wisst ebenso gut wie ich, wo man Frauen dieser Sorte findet.«

»Wollen Sie sagen, Sie haben ihm gewöhnliche Frauen zugeführt, die Sie auf der Straße gefunden haben?«

Perlman rieb sich die Nasenspitze zwischen Daumen und Zeigefinger und zog die Nase hoch. »Die Sorte hat er gemocht.«

»Ich hörte, dass er auch andere Frauen geschätzt hat. Hübsche, junge Edelfrauen, die ihm Geld schuldeten – oder deren Gatten ihm Geld schuldeten.«

»Darüber wüsste ich nichts«, sagte Perlman leichthin.

»Nicht?«

»Nein.« Er warf einen Blick um sich, aber die Auktionsräume waren am trüben, regnerischen Nachmittag fast leer. »Hört mir zu: Ich leugne nicht, dass mein Onkel Gefallen an Frauen hatte. Den hatte er. Das war etwas … unziemlich. Meines Wissens hat er diesen Hunger jedoch mit Huren gestillt. Wenn Ihr mich nun entschuldigen wollt? Ihr lenkt mich ab. Das ist kein reines Vergnügen hier, wisst Ihr. Kunst zu sammeln ist ein ernstes Geschäft.«

»Einen Augenblick noch. Sie wollen mich also glauben machen, dass Sie nie davon gehört haben, er hätte je eine Dame dazu genötigt, mit ihm sein Sofa zu teilen?«

»Nein, nie.«

Sebastian lächelte. Im Gegensatz zu Tyson war Samuel Perlman ein schlechter Lügner. »Dann sagen Sie mir: Wer hat Ihrem Onkel Geld geschuldet?«

Perlman stieß ein missfälliges Schnauben aus. »Diese Art von Informationen ist streng geheim. Das könnte ich Euch nicht einmal sagen, wenn ich es wüsste.«

»Wollen Sie sagen, Sie wissen es nicht?«

»Ganz recht, ich weiß es nicht. Der Dreckskerl muss alles irgendwo aufgeschrieben haben, aber ich will verdammt sein, wenn ich seine Haushaltsbücher irgendwo finde. Er hat sie offenbar versteckt.«

»Das ist die eine Möglichkeit«, sagte Sebastian.

»Wollt Ihr andeuten, es gibt noch eine weitere?«

»Wer auch immer Eisler erschossen hat, kann sie an sich genommen haben.«

Perlman stieß ein weiteres, abfälliges Lachen aus. »Mein Onkel wurde von Russell Yates erschossen. Jeder in London weiß das … nur Ihr nicht, offenbar.«

Sebastian richtete den Blick auf das große Gemälde neben ihnen, eine biblische Szene mit federgeschmückten römischen Soldaten, in Ohnmacht fallenden Frauen und einem zornigen, bärtigen Mann mit nackter, muskulöser Brust, der vielleicht Samson darstellen sollte. »Sieht nach einem van Dyke aus.«

Perlman riss verblüfft die Augen auf. »Beeindruckend.«

»Das heißt nicht, dass es auch so ist.«

Sebastian drehte sich zur Tür um.

Er hatte zwei Schritte gemacht, da hielt Perlman ihn mit den Worten auf: »Ich kenne den Namen eines Mannes, der meinem Onkel Geld schuldete. Beresford. Blair Beresford.«

Sebastian blieb stehen. »Ich dachte, Sie betrachten diese Art Informationen als streng geheim.«

In den Augen seines Gegenüber glomm etwas auf, das verdächtig nach einem heimlichen Triumph aussah. »Ich weiß, ich kann mich darauf verlassen, dass Ihr die Information, die ich Euch gegeben habe, mit der äußersten Diskretion behandeln werdet.«

»Sie haben wohl etwas gegen Beresford?«

Doch Perlman lächelte nur schwach und wandte sich wieder dem Studium des Ölgemäldes zu.

***

Sebastian brauchte eine ganze Weile, bis er Blair Beresford in der Bond Street fand, wo der Ire vor der Erkerfront einer der angesagtesten Putzmacherinnen Londons stand und wartete. Der Regen war endlich schwächer geworden, und die sich ausdünnenden Wolken gaben blass aquamarinfarbene Streifen des klaren Himmels frei. Beresford stand gegen die Seite von Louisa Hopes elegantem Landauer gelehnt da, die Arme vor der Brust verschränkt und das Kinn tief in seinem Halstuch versunken. Gedanklich war er offenbar weit, weit weg.

»Da sind Sie ja«, sagte Sebastian und gesellte sich zu ihm.

Beresford zuckte zusammen und streckte den Rücken durch. Seine Augen weiteten sich auf eine Weise, die Sebastian verriet, dass der junge Ire wohl im Lauf der letzten paar Stunden ein interessantes Gespräch mit seinem Freund Matt Tyson geführt hatte. »Ich wollte eigentlich gerade nachsehen, ob Louisa …«

»Keine Sorge«, sagte Sebastian und steuerte die Schritte des jungen Mannes rücksichtslos zur Oxford Street. »Ich werde nur einen Augenblick Ihrer Zeit beanspruchen. Ich frage mich lediglich, ob Sie mir etwas erklären könnten.«

Beresford warf einen alarmierten Blick über die Schulter zum Laden der Hutmacherin. »Ich kann es versuchen.«

»Gut. Wissen Sie, ich frage mich die ganze Zeit: Warum geht jemand, dessen Base mit einem der wohlhabendsten Männer in ganz England verheiratet ist, zu einem Blutsauger wie Daniel Eisler, um sich Geld zu borgen?«

Sebastian sah, wie alle Farbe aus dem Antlitz seines jüngeren Gegenübers wich und er zu zittern begann. »Ich fürchte, ich weiß nicht, wovon Ihr sprecht.« Er blieb abrupt stehen. »Und wenn Ihr mich jetzt entschuldigen wollt, ich muss wirklich …«

»Schluss aus«, sagte Sebastian und drehte sich ihm zu. »Sie können die Frage beantworten oder ich kann Louisa Hope danach fragen. Was ist Ihnen lieber?«

Beresford erwiderte seinen Blick, dann sah er zur Seite, und in einem langen Ausatmen schob er das Kinn vor. »Louisa weiß nichts über diese Dinge«, sagte er ruhig.

»Warum sind Sie zu Eisler gegangen und nicht zu Hope?«

Beresford ging weiter, die sanften, blauen Augen auf das nasse Pflaster unter sich gerichtet. »Das erste Mal war ich bei ihm.«

»Fahren Sie fort.«

»Das alles ist eines Abends passiert, nachdem ich gerade erst nach London gekommen bin. Ich bin auf ein paar Freunde aus Oxford gestoßen. Sie wollten eine Spielhölle in der Nähe von Portland Place ausprobieren, also bin ich mit ihnen gegangen. Die Einsätze waren … hoch. Ehe ich mich versah, hatte ich tausend Pfund verloren.« Er lachte beinahe hysterisch auf. »Tausend Pfund! Mein Vater erwirtschaftet in einem guten Jahr gerade mal zwölfhundert Pfund.«

»Dann sind Sie zu Hope gegangen?«

Beresford nickte. »Unter den gegebenen Umständen hat er sich bemerkenswert gut verhalten. Natürlich hat er mir einen Vortrag gehalten, aber das hatte ich verdient. Als er mir das Geld übergab, warnte er mich, dass es kein zweites Mal geben würde.«

»Nun sagen Sie nicht, Sie sind ein zweites Mal in dieselbe Spielhölle gegangen?«

Beresford verkrampfte die Lippen zu einem schmerzlich dünnen Strich. »Hope sagte, ich bräuchte ihm das Geld nicht zurückzuzahlen. Aber ... es erschien mir nicht richtig, einfach sein Geld zu nehmen. Das Problem war, dass ich nur eine Möglichkeit kannte, wie ich je wieder so viel Zaster in die Hand bekommen konnte. Es zu gewinnen.«

»Wie viel haben Sie beim zweiten Mal verloren?«

»Fünfhundert Pfund. Zuerst habe ich gewonnen ...«

»So ist es immer.«

»Aber dann hat sich das Blatt gewendet. Sehr plötzlich und katastrophal. Ich hatte genug Verstand, aufzuhören. Aber leider nicht früh genug.«

»Mit nur etwas Verstand wären Sie erst gar nicht wieder dorthin gegangen.«

Beresfords Augen blitzten. »Meint Ihr, das wüsste ich inzwischen nicht selbst? Ich war verdammt nah dran, mir eine Pistole in den Mund zu schieben. Es gab keine Möglichkeit, zu Hope zu gehen und ihm zu gestehen, dass ich weitere fünfhundert Pfund verloren hatte.«

»Also sind Sie stattdessen zu Eisler gegangen. Wie zum Teufel stellten Sie sich vor, ihn jemals auszuzahlen? Hatten Sie vor, sich als Nächstes den Straßendieben anzuschließen?«

Vom Ende der Straße erklang der gleichmäßige Klang von Trommeln, begleitet von marschierenden Schritten. Beresford sah zu der Geräuschquelle, und tiefe Schamesröte überzog seine Wangen. »Er ... Ich ... Das heißt, ich habe zugestimmt, gewisse Dienste für ihn auszuführen.«

Sebastian begriff langsam zumindest in Ansätzen Perlmans Motivation, ihn zu Beresford zu schicken.

»Sie meinen, Sie haben ihn regelmäßig mit Prostituierten versorgt.«

Beresfords Augen weiteten sich, und sein Adamsapfel bewegte sich schmerzlich auf und ab, als er schluckte. »Woher wisst Ihr das?«

»Sagen wir, gut geraten. Haben Sie Eisler am Sonntag eine Hure zugeführt?«

»Am Sonntag? Nein. Aber ich weiß, dass es mindestens noch eine weitere Person gab, die die gleichen Dienste für ihn ausführte.«

Sebastian musterte das angespannte, attraktive Gesicht des Jüngeren. Sebastian wurde klar, dass er ein ernsthafter und grundsätzlich guter Mensch war, nur gefährlich unerfahren und einfältig. Wahrscheinlich sagte er überwiegend die Wahrheit.

Allerdings nur überwiegend.

Sebastian fragte: »Wo waren Sie an dem Abend?«

»Meint Ihr, als Eisler erschossen wurde? Ich war bei Matt Tyson, in seiner Wohnung in St James's. Wir haben Wein getrunken ... eine Freundschaftspartie Whist gespielt ... solche Dinge.«

Nicht zum ersten Mal wunderte sich Sebastian über die Freundschaft zwischen dem älteren, kampferprobten Lieutenant und diesem jungen, kaum aus Oxford entlassenen irischen Jungen mit dem Kindergesicht. »Wie lange kennen Sie Tyson schon?«

»Ich glaube, seit etwa sechs Wochen. Wir haben uns bei einer musikalischen Soirée eines gemeinsamen Bekannten kennengelernt.« Sein Blick schoss zurück zur Tür der Putzmacherin, auf deren Schwelle seine Base erschienen war. Sie hatte den Kopf abgewandt und sprach mit jemandem hinter sich. »Da ist Louisa. Ich muss wirklich ...«

»Noch eine Frage«, sagte Sebastian just, als eine Reihe Soldaten in ihrer Sichtweite erschien. Ihre roten Uniformen waren sauber und neu, die Messingknöpfe glänzten in einem Sonnenstrahl. »Was können Sie mir zu dem blauen Diamanten sagen, den Eisler für die Hopes verkaufte?«

Die Züge des jungen Mannes sackten in überzeugender Verblüffung herunter. »Blauer Diamant?« Er schüttelte den Kopf. »Es tut mir leid. Darüber weiß ich nichts. Henry Philip Hope ist derjenige, der Edelsteine sammelt, und ihm bin ich erst ein paar Mal begegnet.«

»Es besteht die Möglichkeit, dass Thomas Hope diesen Diamanten vor fünf oder sechs Jahren erworben hat, vielleicht für Ihre Base.«

Beresford blickte nachdenklich drein. »Ich weiß, dass er Louisa mehrere lächerlich teure Stücke schenkte, als er ihr den Hof machte – ich erinnere mich, dass meine Mutter sie sardonisch als ›Schmiergeld‹ bezeichnete. Aber ich könnte nicht genau sagen, was für Stücke das waren. Ich habe sie nie gesehen. Und Louisa trägt tatsächlich lieber zarteren, feineren Schmuck.«

Louisa Hopes Stimme drang zu ihnen. »Blair?«

Beresford verbeugte sich rasch nachlässig. »Entschuldigt mich. *Bitte.*«

Sebastian ließ ihn gehen.

Er blieb stehen und sah zu, wie der junge Mann in Schlangenlinien die Straße zurückging und dabei zwei Matronen auswich, die langsam und hin und her wogend Arm in Arm den Bürgersteig entlanggingen, und dann beinahe mit einem livrierten Burschen zusammenstieß, der mit einem Stapel Schachteln beladen war. Er war sich der Soldatenkolonne bewusst, die vor ihm aufmarschierte. Die Trommel schlug, und die Stiefel stampften in vertrauter Kadenz einher. Sie sahen wie Rekruten aus, vermutlich auf dem Weg zum Hafen, von wo aus ein Schiff sie zu noch ungefochteten Schlachten in fernen Landen davontragen würde.

Er drehte sich um und betrachtete sie, den Blick forschend auf die Reihen frisch geschrubbter Gesichter gewandt. Die meisten schienen erbärmlich begierig und voller Vorfreude; nur wenige wirkten ängstlich. Aber einer oder zwei hatten den distanzierten und fokussierten Blick eines Mannes, der seinen eigenen Tod gesehen hatte und dennoch unaufhaltsam darauf zu marschierte.

Kapitel 30

Nach Sebastians Erfahrung begingen Männer wie Blair Beresford selten einen Mord. An dem jungen Mann war etwas Trauriges und Sanftmütiges – fast Verletzliches –, das nicht zu der Art von Leidenschaft und Gewalttätigkeit passte, die für einen Mord meist notwendig waren. Aber vor langer Zeit hatte Sebastian gelernt, dass die meisten Menschen, so ruhig und sanft, so beherrscht und gelassen von Gemüt sie auch waren, dennoch zu einem Mord fähig waren, wenn sie genug Druck ausgesetzt oder in der falschen Lage gestrandet waren.

Er sah nicht, dass Beresford Eisler wegen eines Schuldbetrags von fünfhundert Pfund getötet haben könnte, obgleich er nur Beresfords Wort hatte, dass die Schulden sich nur auf fünfhundert Pfund und nicht auf das Zehnfache belaufen hatten. Würde Beresford für fünftausend Pfund töten? Oder für zehntausend?

Sebastian glaubte auch das nicht. Aber wenn Eisler den jungen Mann gereizt oder verhöhnt hatte? Wenn er damit gedroht hatte, Beresfords Schulden sowie die Art, wie er sie beglich, öffentlich zu machen? Wäre Beresford im Griff eines aus Furcht und Scham geborenen Zorns fähig, einen widerlichen, bösartigen alten Mann umzubringen?

Sebastian konnte sich nicht sicher sein, hielt es aber für möglich. Als er sich zu seinem Zweispänner umdrehte, fragte er sich ein weiteres Mal, warum Samuel Perlman ihm Blair Beresfords Namen genannt hatte. Und dann kam ihm in den Sinn, dass das Ziel von Perlmans Abneigung nicht so sehr Beresford selbst, sondern Thomas Hope gewesen sein konnte. Wenn Eislers Mörder den wertvollen blauen Diamanten gestohlen hatte, den Eisler verkaufen wollte, wäre Perlman als Eislers Erbe dafür zuständig, den Eigentümer für den Verlust des Diamanten zu entschädigen – vorausgesetzt natürlich, der Besitzer konnte beweisen, dass Eisler den Stein in Verwahrung gehabt hatte.

Sebastian ging davon aus, dass ein so penibler Mensch wie Hope über jegliche derartige Transaktion detailliert Buch führte.

War der blaue Diamant hingegen tatsächlich das Mordmotiv, musste der Mörder gewusst haben, dass der alte Mann den Stein in Gewahrsam hatte. Wie viele Menschen hatten Zugang zu dieser Information gehabt? Francillon offensichtlich, und Hope – wenn es wirklich *sein* Diamant war. Samuel Perlman? Vielleicht. Blair Beresford? Möglicherweise. Matt Tyson? Ebenfalls möglich, wenn Beresford es gewusst hatte.

Bloß wie war es Jacques Collot zu Ohren gekommen? Und wer könnte noch davon Kenntnis gehabt haben?

Sebastian machte sich auf den Heimweg zur Brook Street. Dann entschied er sich um und lenkte seine Pferde zur Strand und der unauffälligen Werkstatt des Edelsteinschleifers John Francillon.

***

Die Läden vor den Fenstern waren bereits geschlossen, als Sebastian die Tür zu Francillons kleinem Laden in der Strand öffnete und die Messingglöckchen bimmelten.

Francillon stand hinter dem Tresen, den Rücken nach vorne gewandt und den Kopf gesenkt, da er gerade ein Tablett in einem großen Holzschrank verstaute. »Entschuldigung, wir haben geschlossen«, sagte er, ohne aufzublicken. »Sie können morgen früh wiederkommen, wenn Sie möchten. Wir öffnen um zehn Uhr.«

Sebastian sagte: »Ich muss Ihnen noch ein paar Fragen stellen.«

Francillon wirbelte herum. Die einzelne Öllampe des Ladens warf einen flackernden Schein auf den Tresen und auf die Gemäldereihen und Ausstellungsstücke an der Rückwand. »Aber ich habe Euch schon alles gesagt!«

»Es geht mir nicht um Eislers Diamanten.« Sebastian stützte sich mit den Unterarmen auf der gewienerten Theke ab. »Ich möchte, dass Sie mir vom Diebstahl der französischen Kronjuwelen erzählen.«

Francillon drehte sich um und schloss die Schranktür hinter sich sorgfältig zu. »Weshalb glaubt Ihr, dass ich mehr weiß als das, was ich Euch bereits erzählt habe?«

»Weil Juwelen Ihr Geschäft sind, und es handelt sich vermutlich um den größten Edelstein, der jemals gestohlen wurde. Da Ihre Familie aus Frankreich hergekommen ist, nehme ich doch an, dass Sie die Geschehnisse im Lande sehr aufmerksam beobachtet haben. Außerdem glaube ich, dass Sie nicht die Sorte Mann sind, die sich bei dem Gedanken wohlfühlt, einen Unschuldigen für einen Mord hängen zu lassen, den er nicht begangen hat.«

Francillon strich sich mit den Händen über das Haar, als ob er sich versichern wollte, dass es ordentlich lag, obwohl keine einzige Strähne verrutscht war. Dann setzte er sich auf einen hohen Stuhl, verschränkte die Finger und legte sie auf seinem Oberschenkel ab. Sein Blick ging in weite Ferne. »Nun gut. Lasst mich einmal sehen … Ihr wisst, dass die Revolutionsregierung die Kronjuwelen Louis' XVI konfisziert hat, nachdem er im Sommer 1791 versucht hatte, mit seiner Familie aus dem Land zu fliehen?«

»Ja.«

»Um Euch eine Vorstellung davon zu vermitteln, wie groß der Schatz war, um den es geht – damals wurde ein Inventar erstellt. Es war ungefähr fünfzig Seiten dick.«

»So viel?«

Francillon nickte. »Die Bourbonen hatten die wahrscheinlich größte Juwelensammlung in ganz Europa. Insgesamt wurde die Sammlung auf vierundzwanzig Millionen Livres beziffert; allein der French Blue wurde auf mehr als drei Millionen Livres geschätzt.«

»Was hat die Revolutionsregierung damit getan?«

»Die Kronjuwelen wurden zum Volkseigentum erklärt und im Hôtel du Garde-Meuble am Place Louis XV unter Bewachung gestellt. Später wurde der Platz in Place de la Révolution umbenannt.« Er unterbrach sich, und ein Zucken überlief seine Wange. Der Platz war als der Ort bekannt geworden, an dem die Guillotine gestanden hatte.

»Fahren Sie fort«, sagte Sebastian.

»Dann wurden die Juwelen ausgestellt. Der Gedanke dahinter war, dass die Menschen, da die Juwelen ihnen gehörten, sie auch sehen sollten. Also wurde das *Hôtel* jeden Montag für die Öffentlichkeit geöffnet. Die Juwelen blieben über ein Jahr ausgestellt, bis zum August 1792. Damals wurde beschlossen, die Ausstellung zu schließen, da in Paris die Instabilität wuchs.«

»Aber sie wurden weiterhin im *Garde-Meuble* aufbewahrt?«

»Oh ja, in abgesperrten Schränken in einer Kammer über der Eingangshalle. Der oberste Konservator, der für den Schatz verantwortlich war, beklagte sich fortgesetzt, dass er mehr Wächter bräuchte, aber …« Francillon zuckte die Schultern. »Das war im September 1792; die gesamte Nation brach auseinander.«

Sebastian sagte: »Dann war zur Zeit des Diebstahls die Ausstellung geschlossen?«

»Richtig. Aber bevor die Besuche untersagt wurden, war ein Mann namens Paul Miette wochenlang jeden Montag zum *Garde-Meuble* gegangen und hatte die Arbeitszeiten der Wächter und die verschiedenen Zugänge zur Schatzkammer ausspioniert. Es gab auch Hinweise darauf, dass es ihm gelungen ist, von Eingeweihten Informationen über die Routinen der Wächter zu bekommen, das wurde jedoch nie bewiesen.«

»Was geschah dann?«

Francillon zupfte an seinem Ohrläppchen. »In der Nacht vom 11. September hat Miette mit vielleicht sechs Komplizen einfach eine Leiter an die Front des Gebäudes gestellt, ein Loch in ein Fenster im oberen Stockwerk geschnitten und ist hineingeklettert. Dort gab es so vieles zu stehlen, dass sie gar nicht alles mitnehmen konnten. Aber als sie bemerkten, dass der Diebstahl nicht festgestellt wurde, kamen sie zwei Nächte später wieder zurück, und zwei Nächte darauf abermals. Bei ihrem vierten Besuch waren sie so tollkühn, dass sie den Diebstahl in ein Gelage verwandelten, komplett mit Freudendamen, Essen und Wein. Von juwelenbesetzten Schwertern über Statuetten bis zu Glocken wurde einfach alles aus den Fenstern zu Freunden hinuntergeworfen, die in der Straße warteten.«

»Das kann nicht Ihr Ernst sein«, sagte Sebastian.

Francillon seufzte. »Ich wünschte, es wäre nicht so. Schließlich wurden sie von einem Offizier der Nationalgarde entdeckt, der Alarm schlug. Aber dieser hat so lange gebraucht, die Wachmänner des Gebäudes zu überzeugen, dass sie die Türen der Kammer öffneten – die natürlich noch versiegelt waren –, dass die Diebe flüchten konnten.«

»Wollen Sie damit sagen, kein einziger wurde gefangen?«

»Einer oder zwei, die zu besoffen oder zu dumm waren wegzulaufen, hat man vor Ort festgehalten; einige wenige sind später noch gefangengenommen worden. Aber keiner der Anführer wurde jemals verhaftet. Am Ende hat man mehrere Männer hingerichtet. Einige wurden kurze Zeit inhaftiert und dann schnell begnadigt.«

»Das klingt sehr verdächtig.«

»Ja, nicht wahr?« Francillon räusperte sich. »Damals war die Öffentlichkeit natürlich entsetzt über den Diebstahl des Nationalschatzes. Manche versuchten, die Schuld an dem Diebstahl der Königin Marie-Antoinette zuzuschreiben – was natürlich lächerlich war, da sie damals selbst unter Bewachung stand. Andere dachten, es wäre der Schlag einer Gegenrevolution, um die Revolution zu zerstören, indem Frankreichs Vermögen gestohlen wurde. Und dann gab es noch den Verdacht, dass Mächte innerhalb der Revolutionsregierung selbst verantwortlich wären. Ihr müsst wissen, der Minister des Inneren hatte im August erst vorgeschlagen, dass die Kronjuwelen verkauft werden sollten, um die Papiergeldwährung und andere Ausgaben zu gewährleisten – insbesondere für den drohenden Krieg mit Österreich und Preußen. Doch darauf gab es einen solchen Aufruhr, dass der Plan aufgegeben wurde.«

»Zumindest offiziell«, sagte Sebastian.

Francillon erwiderte seinen Blick mit ernsthaftem Ausdruck. »Genau.« Sein Blick glitt zur Seite. »Interessant ist daran auch, dass der Dieb, dem man die Planung federführend zuschreibt – Paul Miette – noch bis kurz vor der Tat in La Force inhaftiert war, genau wie fast ein Dutzend seiner Komplizen. Es gab Vermutungen, dass ihre Entlassung von Männern innerhalb der Regierung veranlasst wurde.«

»Sie sagen, Miette wurde nie gefangen?«

»Nein, nie. Er ist einfach verschwunden. In den Tagen und Wochen nach dem Diebstahl wurden einige der kleineren Steine in Paris entdeckt. Doch die größten Stücke – der French Blue, der Bazu und viele, viele andere – wurden nie wieder gesehen.«

»Kennen Sie irgendwelche Namen von Miettes Komplizen?«

Angestrengt nachdenkend runzelte Francillon die Stirn. »Lasst mich sehen ... Da war Kadett Guillot; er ist wahrscheinlich am bekanntesten, dazu ein Mann namens Deslanges. Und natürlich Collot.«

»Collot?«, sagte Sebastian scharf. »Meinen Sie Jacques Collot?«

Francillon sah ihn überrascht an. »Ihr habt von ihm gehört?«

»In der Tat. Er behauptet, er stamme aus einer langen Reihe Pariser Edelsteinschleifer.«

Francillon warf den Kopf in den Nacken und lachte. »Ich schätze, er kann gewiss den Anspruch erheben, aus einer langen Reihe von Vorfahren zu stammen, die ein dezidiertes Interesse an Juwelen hatten. Allerdings fürchte ich, die Talente der Familie Collot waren niemals die von Edelsteinschleifern.«

»Und das bedeutet?«

»Die Collots sind Diebe«, sagte Francillon mit ernstem Gesicht. »Und das schon seit hundertfünfzig Jahren oder mehr.«

***

Sebastian stand gerade in seinem Ankleideraum und rieb sich Asche ins Gesicht, da kam Hero und blieb hinter ihm in der Tür stehen. Den schwarzen, majestätisch wirkenden Kater hielt sie auf dem Arm.

Sebastian sah sie über die Schulter an und lächelte. »Wo hat er gesteckt?«

»Irgendwie hat er es geschafft, sich in der Sattelkammer bei den Ställen einsperren zu lassen.«

»Irgendjemand muss ihm beibringen; was mit neugierigen, kleinen Katzen geschehen kann.«

Der Kater wedelte verächtlich mit seinem langen, buschigen Schwanz, sprang von Heros Arm herunter und lief davon. »Das habe ich versucht«, sagte sie. »Er hat es nicht zu schätzen gewusst.«

Sie richtete den Blick wieder auf seine abgetragenen Kniehosen und die lederne Weste, den fadenscheinigen Mantel und das schmutzige Hemd aus dem Laden für gebrauchte Kleidung in der Rosemarie Lane. Außerdem hatte er sich um die Taille herum ausgepolstert, wodurch sowohl seine Gestalt als auch sein Gang sich änderten. »Sehe ich es richtig, dass du nicht vorhast, den Abend in deinem Klub zu verbringen?«

Er beugte sich vor und betrachtete sich im Spiegel, während er mit den Fingern noch mehr mit Küchenfett vermengte Asche aufnahm und sich in das dunkle Haar an den Schläfen schmierte. »Ich hatte gerade eine interessante Unterhaltung mit dem Edelsteinschleifer Francillon.«

»Ach ja?«

»Ja, er hat mir gesagt, dass der Diebstahl der französischen Kronjuwelen wahrscheinlich von der französischen Revolutionsregierung in die Wege geleitet wurde.«

Sie löste sich vom Türrahmen und durchquerte den Raum, fingerte zuerst an einer Kiste mit Kragen herum und dann an den schäbigen Mänteln, die Calhoun für seine Sammlung beschafft hatte. »Was macht dich so sicher, dass dieser blaue Diamant im Zusammenhang mit Eislers Tod steht?«

»Derzeit bin ich gar nicht sicher, dass es so ist. Ich habe auch glaubhafte Geschichten über die halsabschneiderischen Verleihgewohnheiten des Mannes gehört, aber auch über seine abartigen sexuellen Praktiken. Beides könnte sehr gut dazu geführt haben, dass er umgebracht wurde.«

Sie blickte zu ihm herüber. »Präzisiere ›abartig‹.«

»Hübsche junge Frauen zwingen, mit ihm zu schlafen wenn sie oder ihre Ehemänner mit den Ratenzahlungen in Verzug geraten sind.«

Ein Ausdruck der Abscheu glitt über ihr Gesicht. »Ich würde sagen, das ist noch mehr als abartig, eher richtiggehend bösartig. Je mehr ich über Eisler höre, desto mehr neige ich zu dem Gedanken, dass derjenige, der ihn getötet hat, eher eine Belohnung verdient als eine Bestrafung.«

Sebastian wischte seine Hände mit einem Tuch sauber. »Ich stimme dir zu, außer vielleicht in einer Sache.«

»In welcher?«

»Wer auch immer Eisler getötet hat, lässt es zu, dass ein Unschuldiger für seine Tat gehängt werden könnte.«

»Stimmt.« Sie zögerte einen Augenblick. »Woher kommt also dieses fortgesetzte Interesse an den französischen Kronjuwelen?«

»Weil aus irgendeinem Grund der French Blue immer öfter zum Thema wird, je tiefer ich in Eislers Angelegenheiten einsteige. Ganz offenbar fügt er sich in dieser Angelegenheit an irgendeiner Stelle ein; ich habe nur noch nicht herausgefunden, wo und wie.

»Und deswegen bist du gekleidet wie ein dicker Kneipenwirt, den das Glück verlassen hat?«

Sebastian griff nach einem verbeulten schwarzen Hut und setzte ihn sich tief in die Stirn. »Ich habe beschlossen, dass ich noch ein Gespräch mit meinem Freund Jacques Collot führen muss. Ein vertrauliches Gespräch.«

Hero lächelte. »Und was erwartest du von ihm zu hören?«

»Hauptsächlich, was mit dem French Blue passiert ist, nachdem er aus dem *Garde-Meuble* in Paris verschwunden ist, und bevor er kurz vor Daniel Eislers Tod in dessen Besitz wieder aufgetaucht ist.« Sebastian stellte einen Fuß auf eine Bank und lockerte den Dolch, den er in einer Scheide in seinem Stiefel aufbewahrte. Dann richtete er sich auf und ließ eine kleine, doppelläufige Pistole in die Tasche seines fadenscheinigen Herrenmantels gleiten. »Und vielleicht sogar, wo dieser verfluchte Diamant jetzt ist.«

Kapitel 31

Die Dunkelheit der Nacht war bereits vollständig hereingebrochen, als Sebastian in der Gemeinde St Giles ankam. Die Mondsichel und einige schwach leuchtende Sterne, die früher am Abend noch zu sehen gewesen waren, wurden jetzt von einem Schleier aus Kohlenrauch und am Himmel verteilten Wolken verdeckt. Unter dem Geruch nach Herdfeuern und einer durchdringenden Feuchtigkeit, die vom Regen des Tages noch schwer in der Luft hing, lag der unvermeidliche Gestank von Ausscheidungen und Verfall. Als er seinen Kutscher bezahlte, trat eine Frau mit zerzaustem Haar in einem fadenscheinigen, tief ausgeschnittenen, roten Kleid aus dem Schatten einer Tür heraus. Sie lächelte ihn breit an. »Auf der Suche nach 'n bisschen Spaß, Meister?«

Sebastian schüttelte den Kopf und drehte sich um. Er bahnte sich seinen Weg durch die lärmende, besoffene Menge von Hehlern und Tagelöhnern, Dieben und Gaunern, Dirnen und Bettlern. Dabei durchforstete er mit dem Blick sorgfältig den See rauer, schmutziger Gesichter.

Londons Osten war voller Männer wie Collot: in Bedürftigkeit und Verzweiflung aufgewachsen, ohne Bildung, zornig und von den moralischen Prinzipien unbeeindruckt, die diejenigen verkörperten, die von oben auf sie herabschauten. Die meisten von ihnen waren

Engländer oder Iren, man fand jedoch auch viele Franzosen, Dänen, Spanier, ja sogar Afrikaner unter ihnen. Sie lebten mehr schlecht als recht von Tag zu Tag, ernährten sich hauptsächlich von Kartoffeln und Brot und wohnten zu fünft oder zehnt in einem Zimmer zusammengepfercht. Sie übten eine eigene Art der Rache auf ein System aus, das sie permanent als »kriminelle Klasse« betrachtete. Verbesserungen fruchteten nicht, und man konnte nur versuchen, sie einzudämmen. Diejenigen, die nicht jung oder eines gewaltsamen Todes starben, konnten sich für gewöhnlich darauf freuen, entweder erhängt zu werden oder in die neue Strafkolonie in Botany Bay deportiert zu werden, die die ehemaligen Höllenschlunde in Georgia und Jamaica abgelöst hatte.

Mit jedem Schritt ließ Sebastian es zu, immer tiefer in eine Persönlichkeit abzutauchen, die er im Krieg oft angenommen hatte, als er in den Hügeln von Iberien als Kundschafter unterwegs gewesen war. Kat war die Erste gewesen, die ihm vor langer Zeit erklärt hatte, dass für eine echte Tarnung mehr vonnöten war als ein dreckverschmiertes Gesicht und alte Kleider. Eine erfolgreiche Täuschung beinhaltete, die subtilen Unterschiede in den Bewegungen und der Körperhaltung, den Manieren und der Gangart zu erkennen, die uns alle voneinander unterscheiden, und sie bei sich selbst zu ändern. Jetzt waren seine aufrechte Körperhaltung, das unbeirrbare Selbstbewusstsein und die typische Gestik des Sohns eines Earls verschwunden. Stattdessen wanderte er mit hängenden Schultern, gesenktem Kopf und den misstrauischen Seitenblicken eines Mannes von Kneipe zu Kneipe, der keine Weisungsstrukturen kannte und der gezwungen war, sich seinen Weg durchs Leben zu erkämpfen oder zu erschleichen; eines Mannes, der selten wusste, woher er seine nächste Mahlzeit bekäme, der aber immer wusste, dass die strafende Hand der öffentlichen Autorität jederzeit auf ihn herabfallen konnte.

In einem Gasthaus knapp außerhalb der Great Earl Street entdeckte Sebastian endlich den Mann, den er suchte. Er war in ein ernstes Gespräch mit drei Kameraden vertieft, die um einen schäbigen Tisch herum saßen. Sebastian orderte ein Pint Ale von einer Bardame, die nicht älter als vierzehn Jahre sein konnte, dann stellte er sich mit dem Rücken zum Tresen und winkelte das Knie an. Mit der Sohle seines Stiefels stützte er sich am rauen Holz der Planken hinter ihm ab. Die dicke Luft roch nach vergossenem Bier, Tabak und ungewaschenen Männern. Er kniff zum Schutz gegen den Rauch die Augen zusammen und beobachtete, wie Collot seinen Kollegen zunickte und vom Tisch aufstand. Er kam auf Sebastian zu.

Sebastian blieb unbeweglich stehen.

Aber der Franzose ging ohne den geringsten Hinweis auf Wiedererkennen oder Verdacht an Sebastian vorbei und drückte die Tür auf. Seine Kameraden blieben an ihrem Tisch.

Sebastian stellte seinen Krug beiseite und folgte Collot hinaus in die dunkle, kühle Nacht.

Er verfolgte den Franzosen eine gewundene Gasse entlang, in der nur hier und dort eine Fackel etwas Licht spendete, die in einer hoch oben angebrachten

Halterung in einer baufälligen Mauer steckte. Ansonsten gab es nur gedämpftes Licht, das durch die dicken, schmutzigen Scheiben der alten Fenster eines gelegentlichen Kaffeehauses oder einer Kneipe sickerte. Sebastian beschleunigte seinen Schritt und holte Collot ein, als der Franzose gerade an einer schmalen Gasse zwischen einem Pfandhaus und einem Talgkerzenmacher vorbeikam.

Als könne er die Gefahr in seinem Rücken spüren, wandte sich Collot halb um, sodass Sebastian in ihn hinein rannte.

»*Mon dieu*« rief er aus, als die Kraft von Sebastians Aufprall beide Männer tief in die dunkle Gasse hineintrug.

Sebastian stieß den Franzosen mit dem Gesicht gegen eine raue Backsteinmauer und umfasste mit einer Hand fest Collots rechtes Handgelenk, um den Arm hinter seinem Rücken nach oben zu ziehen, womit er ihn so festhielt, dass er sich nicht mehr bewegen konnte.

»*Bête! Bâtard!*«, fluchte Collot, dessen Kopf mit dem grauen Backenbart zur Seite gedreht war. Sein Hut war verrutscht, und das sichtbare Auge riss er so weit auf, dass Sebastian das Weiße, das seine dunkle Iris umgab, gut erkennen konnte. Seine Pupille weitete sich, während er gegen Sebastians Griff ankämpfte. »Wenn du meine Geldbeutel nur berührst du Dreckskerl, dann werde isch ...«

»Halt's Maul und hör mir ganz genau zu«, zischte Sebastian, der seine Verstellung abgelegt hatte.

Collot hielt still. »Ihr seid das.«

Sebastian verzog die Lippen zu einem Lächeln. »Ja, ich bin das.«

»Was soll das? Was wollt Ihr?«

»Es gibt zwei Regeln«, sagte Sebastian ruhig. »Regel Nummer eins: Denken Sie nicht einmal daran, mich noch einmal anzulügen. Lügen haben die Tendenz, mich zu verärgern, und ich bin jetzt schon nicht in der allerbesten Stimmung.«

»Aber isch 'abe nischt gelo...«

»Regel Nummer zwei«, sagte Sebastian und erhöhte den Druck auf den Arm des Franzosen, sodass dieser eine Grimasse zog. »Vergeuden Sie nicht meine Zeit. In Newgate sitzt ein unschuldiger Mann ein, der für einen Mord verantwortlich gemacht wird und hängen soll, den er nicht begangen hat. Und das bedeutet, wenn Sie meine Zeit verschwenden, helfen Sie dabei, ihn zu töten.«

»*Monsieur*, seid Ihr denn so sischer, dass er wirklisch unschuldig ist? Vielleicht seid Ihr ...«

»Sie vergessen Regel zwei«, sagte Sebastian gleichmütig.

Collot schwieg. Sebastian sagte: »Heute habe ich etwas Interessantes erfahren. Wie es scheint, stammen Sie anstatt von einer Familie Pariser Edelsteinschleifer vielmehr von einer langen Reihe Pariser Diebe ab.«

Collot stieß ein nervöses Lachen aus. »Juwelendiebe, Juweliere – ist das so ein großer Unterschied?«

Sebastian fand das nicht amüsant. »Erzählen Sie mir etwas über den Diebstahl der französischen Kronjuwelen aus dem *Garde-Meuble* in Paris.«

»Aber isch 'abe nie ...«

Sebastian griff fester zu. »Sie vergessen gerade Regel eins und zwei. Sie haben mir gesagt, dass Sie 1792 in Amsterdam Juwelen an Daniel Eisler verkauft haben. Ich möchte wissen, ob einer davon der French Blue war.«

Collot schnaubte verächtlich. »Denkt Ihr etwa, er würde es zulassen, dass wir etwas so Wertvolles wie das Emblem des Goldenen Vlieses in 'änden 'alten?«

»Wer ist ›er‹?«

»Danton.« Collot spie das Wort aus, als wäre es ein Bissen vergammelten alten Hammelfleischs.

Die Nennung des Namens verblüffte Sebastian. George Danton, ein rauer, hässlicher Berg von einem Mann, war ursprünglich vor der Revolution geflohen, dann jedoch zurückgekehrt, um Berühmtheit als einer der Architekten des Revolutionstribunals und der Schreckensherrschaft zu werden. »Danton? Nicht der Minister des Inneren, Roland?«

»Beide waren 'inein verwickelt – Danton und Roland 'aben zusammengearbeitet.«

Sebastian sagte: »Aber letztendlich hat Danton Roland an die Guillotine gebracht.«

»Letztendlisch ja. Aber im September 1792 waren Danton und Roland Verbündete. Danton und Robespierre waren einst auch Verbündete, erinnert Ihr Eusch? Bloß, dass diese Tatsache Danton nicht den Kopf gerettet 'at, als Robespierre schließlisch entschied, sisch gegen ihn zu wenden, nischt wahr?«

Sebastian lockerte den Griff und drehte Collot zu sich um, damit er ihn ansah. Im flackernden Licht einer entfernten Fackel sah der Franzose blass aus, seine Gesichtszüge waren herabgesunken, und sein Schielauge war besser zu erkennen als je. »Warum sollte ich Ihnen glauben?«

Collot drehte den Kopf zur Seite und spuckte aus. »Warum sollte es misch scheren, ob Ihr mir glaubt oder nischt? Ich sage Eusch, dass Danton und Roland die Kronjuwelen verkaufen wollten, weil die Regierung das Geld brauchte. Bloß 'aben die anderen Mitglieder der Regierung nischt zugestimmt. Also 'at Danton es so arrangiert, dass die Juwelen stattdessen ›gestohlen‹ wurden.«

»Und der French Blue? Was ist mit ihm passiert?«

Plötzliches Gelächter in der Ferne lenkte Collots Aufmerksamkeit kurz auf die Straße am Ende der Gasse. Dann wandte er den Blick wieder Sebastian zu und lächelte.

»Alles wisst ihr nischt, oder? Das war der September 1792, als die Armeen von Österreisch und Preußen gemeinsam im Valmy lagerten, gerade mal 'undert Meilen vor Paris. Zusammen waren sie den französischen Truppen zahlenmäßig weit überlegen, es stand fast ein Mann gegen zwei. Wenn sie damals, Mitte September, in die Stadt vorgerückt wären, 'ätten sie Paris einnehmen können. Die Revolution wäre vorbei gewesen. Schluss, aus. Genau davor 'atte Danton Angst. Er wusste, was sein Leben noch wert wäre, wenn Louis wieder auf den Thron gesetzt würde.«

»Was wollen Sie andeuten? Dass Danton die französischen Kronjuwelen dazu benutzt hat, die preußische und österreichische Armee zu bestechen, damit sie Paris nicht angreifen?«

Collot lachte rau und misstönend auf. »Nischt die Preußen und Österreischer; ihren Kommandanten.«

Sebastian riss die Augen auf, denn Collots Worte eröffneten einen völlig neuen Blickwinkel auf den Mord an Eisler. Er machte einen Schritt zurück und ließ Collot so plötzlich los, dass der Franzose schwankte und beinahe hinfiel.

Denn der Anführer der preußischen und österreichischen Armeen in Valmy war kein anderer als Karl Wilhelm Ferdinand Herzog von Braunschweig, der Ehemann der Schwester von George III, der englischen Prinzessin Augusta, und Vater von Prinzessin Caroline ...

Der ihm entfremdeten Gattin Georges, des Prinzregenten.

Kapitel 32

Collot trottete in seiner überraschend gewonnenen Freiheit humpelnd die Gasse entlang, wobei er die Hände eigenartig von den Seiten abspreizte und seine Mantelschöße in der feuchten Luft flatterten.

Sebastian ließ ihn ziehen.

Er erinnerte sich an eine dunkle Kutsche, die sich aus der Nacht herausschälte, einen verängstigten jungen Mann, der zu denjenigen rannte, die er für seine Verbündeten hielt, und die tödliche Stichflamme aus dem Ende eines Gewehrlaufs. Wer würde so etwas tun?

Die offensichtliche Antwort lautete: Menschen ohne Gewissen oder ohne Skrupel.

Menschen, die ihre eigenen Agenten für entbehrlich hielten.

Menschen, für die viel mehr als ein bloßer Diamant auf dem Spiel stand, ganz gleich wie groß und selten er auch war.

Während Sebastian Collots Enthüllungen im Kopf immer wieder durchging, verließ er die Gasse und begab sich in das wilde Treiben auf der Straße dahinter. Jemand fiedelte auf einer Geige, ein halbes Dutzend Iren tanzte einen Jig, und ein Kreis von lachenden, zerlumpten Frauen feuerte sie an. Dahinter erkannte er einen geschmeidigen, pockennarbigen Mann mit verbeultem, kleinkrempigem Hut, der allein am anderen Ende der Straße stand. Er lehnte mit einer Schulter an einer rauen Backsteinwand und hatte die Hände in die Taschen geschoben. Sein Blick war scheinbar auf eine kecke Rothaarige in einer Wolke aus Musselinstoff gerichtet, die ihn anlächelte. Als Sebastian sich jedoch nach Süden wandte, Richtung Covent Garden, richtete der Mann seinen Hut und drückte sich von der Mauer ab, um ihm zu folgen.

Sebastian bahnte sich seinen Weg über die belebte Straße und war sich des pockennarbigen Mannes hinter ihm bewusst. Der Mann hielt Abstand; er achtete darauf, jederzeit eine gewisse Distanz zu wahren. Als Sebastian stehenblieb, um durch das schmutzige Fenster eines Kaffeehauses zu blicken, blieb auch sein Schatten stehen. Der Mann hatte ein schmales, scharf gezeichnetes Gesicht mit einer kleinen Nase und spitzem Kinn, sein Haar war dunkel. Er trug die Kleidung eines Tagelöhners oder Lehrlings ...

Oder eines widerlichen Schufts.

Leise pfeifend ging Sebastian weiter.

Der Pockennarbige folgte ihm.

Als sie sich Long Acre näherten, lichteten sich die Menschentrauben etwas, das Viertel war weniger verwahrlost. Sebastian beschleunigte das Tempo, seine Schritte und die seines Schattens hallten in den engen Straßen dumpf wider. Er bog nach rechts ab in die Long Acre und huschte unvermittelt in den dunklen Durchgang eines Knopfladens. Der pockennarbige Mann bog um die Kurve und ging noch drei oder vier Schritte weiter, bevor er bemerkte, dass ihm auf einmal seine Beute entgangen war. Abrupt blieb er stehen.

Sebastian trat aus der Tür heraus in das Licht einer Straßenlampe und sagte: »Wer sind Sie und warum zur Hölle verfolgen Sie mich?«

Der Mann wirbelte herum. Anstatt erschrocken oder auch nur im Geringsten verängstigt zu sein, zog er aus seinem Mantel ein hässliches Messer hervor und machte einen Ausfallschritt nach vorn, um Sebastians Bauch mit solcher Wucht aufzuschlitzen, dass er ihn ausgeweidet hätte, wenn das Metall durch Fleisch geschnitten hätte. Stattdessen schnitt das Messer durch das Polster, das Sebastian benutzt hatte, um seinen Bauch auszustaffieren. Um sie herum stob eine Kaskade weißer Federn auf, die in einer Wolke auf das nasse Pflaster segelten.

»*Qu'est-ce que c'est?*« Einen unachtsamen Augenblick lang starrte ihn der Mann verwirrt an.

»Dreckskerl«, fluchte Sebastian und holte mit seinem Stiefel aus, um gegen das Handgelenk seines Angreifers zu treten.

Das Messer flog wirbelnd in die Dunkelheit. Sebastian schickte dem Tritt einen Hieb mit der rechten Faust hinterher, der den Mann am Wangenknochen traf und ihn herumschleuderte. Ein zweiter Hieb landete auf seinem Ohr und ließ den ausgebeulten Hut fliegen.

Mit einem zornigen Aufschrei senkte der Angreifer den Kopf, ballte die Fäuste und ging in Angriffsstellung. Aber die Federn auf dem Boden waren glitschig, seine Schuhsohlen rutschten aus, und er verlor das Gleichgewicht. Sebastian landete einen weiteren Hieb auf der Schläfe des Mannes. Der gab auf und rannte los.

Er sprang vom Bürgersteig auf die Straße und beinahe in eine Droschke hinein, die von einem nervösen Braunen gezogen wurde. Das Pferd scheute und wieherte verschreckt, während der Mann die enge Straße hinunterlief, die nach St Paul's und Covent Garden Market führte.

Sebastian hastete ihm hinterher.

Aus der schmalen Straße liefen sie auf den weitläufigen Marktplatz, dessen Stände jetzt verschlossen in der Dunkelheit standen. Am Tage fand auf dem Platz vor St Paul's Londons größter Lebensmittelmarkt statt. Bei Nacht allerdings übernahm ihn die *demimonde*. Geschminkte Frauen in tief ausgeschnittenen Kleidern flüsterten und wisperten, als die beiden Männer quer über den Platz rannten und auf den glitschigen Kohlblättern und matschigen, verfaulten Früchten unter ihren Füßen schlidderten.

Der Mann war schlank, geschmeidig und bewundernswert leichtfüßig unterwegs. Sebastian bemerkte bald, dass es ihm schwerfiel, mitzuhalten geschweige denn ihn einzuholen. Sie liefen zwischen Reihen verschlossener Marktstände hindurch, sprangen über Abfallhaufen und umrundeten schläfrige, verlotterte kleine Jungen, die unter den dunklen Ständen hervorkrochen und sie anriefen. Auf der anderen Seite des Platzes raste ein alter Landauer vorbei, der von einem schlecht zusammenpassenden Gespann gezogen wurde und dessen graubärtiger Kutscher in eine abgewetzte Livree gekleidet war. Der einzige Passagier war eine Witwe, die einen Turban trug und entweder zu sehr in Finanznöten steckte oder zu arm war, um einen Burschen zu beschäftigen, der sie hinten auf dem

Kutschbock begleitete. Mit einem großen Satz sprang Sebastians Angreifer auf, hielt sich am hinteren Griff fest und strampelte mit den Füßen, um auf der Plattform Halt zu finden.

»Verflucht nochmal«, stieß Sebastian aus, als der Landauer die Straße hinauf rollte und den ungebetenen Trittbrettfahrer mit sich nahm. Der Pockennarbige drehte sich gewandt um, hielt sich mit der einen Hand weiter am Griff fest und hob die andere in der Parodie eines militärischen Grußes an die Stirn.

Sebastian lief dem Landauer noch zwei Blöcke hinterher. Dann bog die Kutsche in die Strand ein, wurde schneller und rollte Richtung Westen davon.

Sebastian gab auf.

Er beugte sich vornüber, stützte sich mit den Händen auf den Oberschenkeln ab und sog mit zitterndem Körper Luft in seine schmerzende Lunge. Um ihn herum schwebten – Schneeflocken gleich – einige letzte Federn wie die ersten Boten des Winters zu Boden.

***

»Und wer war er nun?«, fragte Hero und blieb auf der Türschwelle zu Sebastians Ankleideraum stehen.

Im Haus um sie herum war es still, die Kammer wurde nur durch einen Kerzenständer beleuchtet, der auf dem Waschtisch stand. Er zog sich das ruinierte Hemd über den Kopf und wickelte das ab, was noch von der Polsterung um seinen Bauch übrig war. »Ich weiß es nicht. Aber er war Franzose.« Stirnrunzelnd sah er auf das Fleisch hinunter, das unter dem Polster sichtbar wurde. Der Mann war mit der Spitze seiner

247

Waffe tief genug durch das Polster hindurchgedrungen, um auf seinem Unterbauch einen hässlichen Kratzer zu hinterlassen.

»Du legst dir ja eine beeindruckende Sammlung von Schnitten am Oberkörper zu«, sagte seine Frau und löste sich vom Rahmen der Tür. »Jetzt brauchst du nur noch einen Schnitt auf der rechten Seite der Rippen, um vollständige Symmetrie zu erreichen.«

Er schnaubte und warf das zerstörte Polster in ihre Richtung.

Sie duckte sich lachend, dann griff sie nach einem Flakon mit Alkohol, schraubte ihn auf und tränkte großzügig ein zusammengelegtes Tuch damit. »Wer er auch war, er muss eher Jacques Collot beobachtet haben als dich; andernfalls hätte er gewusst, dass dein ausladender Bauch im ersten Leben ein Daunenkissen war.«

»Wahrscheinlich hast du recht. In diesem Fall stellt sich allerdings die Frage, wer Jacques Collot beobachtet. Und warum.«

Sie kam zu ihm und drückte das alkoholgetränkte Tuch auf seine Wunde. Mit einem hörbaren Zischen atmete er ein.

»Tut es weh?«, säuselte sie.

»Wüsste ich es nicht besser, gewönne ich den Eindruck, dass du eine Art teuflisches Vergnügen dabei empfindest.«

Sie schnaubte und beugte den Kopf, während sie sich auf ihre Aufgabe konzentrierte. »Sag mir noch einmal, was Collot über den Diebstahl gesagt hat.«

Er erzählte es ihr. Er beobachtete, wie das flackernde Kerzenlicht auf ihrem Gesicht tanzte und wie sie die

Unterlippe zwischen die Zähne zog, während sie arbeitete.

Er sagte: »Warum habe ich den deutlichen Eindruck, dass das alles für dich keine echten Neuigkeiten sind?«

Sie legte das Tuch zur Seite und verschloss den Flakon sorgfältig. »Wie viel weißt du über Prinzessin Carolines Vater, den Herzog von Braunschweig?«

»Nicht viel, fürchte ich.«

»Er war ein überraschend vielseitiger und ungewöhnlicher Mann – ein Student der Lehren der Aufklärung. Sein Hof in Wolfenbüttel wurde ›Versailles des Nordens‹ genannt. Es war ein Zentrum für Poeten, Künstler und Gelehrte. Es gab dort eine exquisite Sammlung von Büchern, Gemälden und feinsten Ausstattungsstücken.«

»Das hört sich so an, als ob es Daniel Eisler dort gefallen hätte«, sagte Sebastian.

»Napoleon hat es ganz gewiss gefallen.«

»Hat er es geplündert?«

»Ich glaube, ›demontiert‹ wäre die treffendere Bezeichnung.« Sie ließ sich am Rand der Bank nieder, während er warmes Wasser in die Waschschüssel schüttete. »Napoleon hegte einen ziemlichen Groll gegen den Herzog. Du musst wissen, abgesehen davon, dass er der Schwager des Königs von England und der Schwiegervater des Prince of Wales war, außerdem ein Mäzen von Künstlern und Gelehrten, wurde er auch als einer von Europas besten Generälen angesehen. Als die amerikanischen Kolonisten sich gegen uns auflehnten, hat der gute alte König George tatsächlich Brunswick gebeten, die britischen Kräfte zu führen. Er hat abgelehnt.«

Sebastian blickte sie an. »Gibt es dafür einen bestimmten Grund?«

»Manch einer sagt, er machte es, weil er wollte, dass König George versagte – weil er mit der amerikanischen Sache sympathisierte.«

»Und hat er das?«

»Ich vermute, ja. Im Gegenzug hat 1792 die französische Revolutionsregierung Brunswick gebeten, ihre Armee zu kommandieren. Er lehnte auch das ab, allerdings nicht, ohne seine Unterstützung für die Reformen auszusprechen, die diese anstrebte.«

Sebastian schrubbte sich das Gesicht und die Haare und spülte die Asche und das Fett aus. »Warum hat er stattdessen zugestimmt, die vereinigten Armeen von Österreich und Preußen zu kommandieren?«

»Das weiß ich nicht. Vielleicht haben sie ihm keine echte Wahl gelassen. Aber sein Misstrauen den Österreichern gegenüber war bekannt, ebenso wie seine Auffassung, dass der preußische König – übrigens auch ein Vetter von ihm – verrückt war.«

Sebastian griff nach einem Handtuch. »Collot zufolge befand sich Brunswicks Armee zum Zeitpunkt des Diebstahls der französischen Kronjuwelen etwa hundert Meilen vor Paris.«

Sie nickte. »Das stimmt, in Valmy. Es ist bekannt, dass die Revolutionsregierung versucht hat, mit Brunswick zu verhandeln und ihn zum Rückzug zu überreden. Tatsächlich hat ein Treffen stattgefunden.«

»Und was ist passiert?«

»Anscheinend sind die Verhandlungen gescheitert.«

Sebastian runzelte die Stirn. »Dennoch hat Brunswick Paris nicht angegriffen.«

»Nein, das hat er nicht. Und jeder Tag, an dem er sich zurückhielt, gab den Franzosen einen Tag mehr, um ihre eigenen Kräfte zu sammeln. Wusstest du, dass Johann Wolfgang von Goethe in der preußischen Armee in Valmy dabei war?«

»Das wusste ich nicht.«

»Seine Erzählung über jene Tage ist eine interessante Lektüre. Er war davon überzeugt, dass ein Verrat stattfand. Er sagt, es gebe keinen sichtbaren Grund, warum die Attacke gegen Paris nicht sofort gestartet wurde.«

»Aber am Ende gab es eine Schlacht.«

»Am Ende ja. Obgleich sie eher einem kleinen Scharmützel ähnelte. Und danach hat Brunswick einfach den Rückzug befohlen. Am nächsten Tag hat der Nationalkonvent die Monarchie abgeschafft und Frankreich zur Republik erklärt. Und kaum vier Monate später wurde Louis XVI geköpft.«

»Du sagst also, Collot hatte recht damit, dass Brunswick bestochen wurde?«

»Die Gerüchte sagen, sein Preis belief sich auf fünf Millionen Livres.«

»Und ein Teil der Bezahlung wurde in Form des French Blue geliefert?«

»So geht das Gerücht.«

Er blickte sie an. »Und stimmt das Gerücht?«

»Das hat man mir nie gesagt.«

Was seine Frage nicht direkt beantwortete, wie er bemerkte.

Ihre Blicke begegneten sich. Und ein weiteres Mal wusste er, dass – ganz gleich, wie innig ihre Beziehung werden könnte –, der Schatten von Jarvis und Heros

Loyalität ihrem Vater gegenüber für immer zwischen ihnen stehen würden.

Sie sagte: »Nach allem, was du über Eisler erfahren hast – die Erpressung, die finanzielle Ausbeutung, der sexuelle Missbrauch – glaubst du immer noch, dass das Geheimnis, das diesen blauen Diamanten umgibt, irgendwie mit seinem Tod zu tun hat?«

»In gewisser Weise schon.«

Sie nickte, als hätte sie einen Entschluss gefasst, und erhob sich. »Dann könntest du es nützlich finden, mit einem gewissen Obersten der Schwarzen Schar namens Otto von Riedesel zu sprechen. Er war bis vor wenigen Monaten – da wurde er verwundet – mit Wellington in Spanien. Aber davor hat er dem alten Herzog von Braunschweig gedient.«

Sebastian wischte mit dem Handtuch einen Wassertropfen ab, der seine Wange entlanglief, dann warf er es beiseite. Die Schwarzen Braunschweiger oder »Black Brunswicker«, ein Freiwilligenkorps, das der jetzige Herzog von Braunschweig-Lüneburg-Oels zusammengestellt hatte, um gegen Napoleon zu kämpfen, waren für ihre Brutalität bekannt.

Und ebenso für ihre Rachsucht.

Kapitel 33

Mittwoch, 23. September

Oberst Otto von Riedesel trainierte bei Morgengrauen des nächsten Tages einen stattlichen schwarzen Hannoveraner auf der Row im Hyde Park, da schloss Sebastian auf seiner Araberstute neben ihm auf.

Der Oberst blickte Sebastian an und wieder weg. Er spannte den Kiefer an. Der große Mann mit dem runden, roten Gesicht, kleinen braunen Augen und einem mächtigen Schnurrbart trug die Uniform der Schwarzen Braunschweiger – oder der Schwarzen Schar, wie sie manchmal auch genannt wurden. Als Zeichen der Trauer um das besetzte Herzogtum von Braunschweig, das jetzt unter Napoleons Kontrolle stand, war die gesamte Uniform des Corps schwarz: schwarze Stiefel, schwarze Hosen, schwarzer Dolman, schwarzer Tschako-Hut. Die einzigen Farbkleckse kamen vom Blau am Kragen der Uniformjacke und dem silbernen Totenkopf der Braunschweiger an seinem schwarzen Hut.

Die beiden Männer trabten in spannungsgeladenem Schweigen nebeneinanderher. Die Stille wurde nur vom Quietschen des Sattelleders, dem Getrappel der Pferdehufe auf der nassen Erde und dem Zwitschern der Spatzen unterbrochen, die soeben in den Ulmen, die den Pfad säumten, erwachten.

Schließlich rief der Braunschweiger, als hielte er es nicht mehr aus, laut: »Vas zur Hölle vollt ihr von mir?«

»Ich glaube, Sie kennen die Antwort.«

Von Riedesel grunzte missfällig.

Sebastian sagte: »Als Daniel Eisler umgebracht wurde, befand sich ein großer blauer Diamant in seinem Gewahrsam. Man sagte mir, dieser Diamant war zuvor im Besitz des verstorbenen Herzogs Karl Wilhelm von Braunschweig.«

»Ich bin ein einfacher Soldat. Varum glaubt ihr, dass ich so etwas veiß?«

»Der fragliche Diamant ist aller Wahrscheinlichkeit nach ein neu geschliffener Stein, der einstmals Teil der französischen Kronjuwelen war.«

Der Oberst zog fest die Zügel an, die Farbe seiner Wangen wechselte zu einem dunklen Zornesrot, und er riss sein Pferd im Maul. »Wenn Ihr damit andeuten wollt, dass der Vater des jetzigen Herzogs sich hat bestechen lassen, um ...«

»Ich deute gar nichts an«, sagte Sebastian ruhig. »Nichts könnte mir gleichgültiger sein als die Art, wie der Herzog in den Besitz des French Blue gekommen ist. Ich möchte wissen, was in der Zeit geschehen ist, *nachdem* Karl Wilhelm ihn erworben hat und *bevor* er im Gewahr von Daniel Eisler wieder aufgetaucht ist.«

»Ich sagte doch, davon veiß ich nichts.« Von Riedesel gab seinem Pferd die Sporen, und der schwarze Hannoveraner machte einen Satz nach vorn.

Sebastian schloss auf. »Und da sind Sie ganz sicher?«

»Ja!«

»Ich schätze, Sie haben recht; ich hätte meine Fragen an den Prinzregenten richten sollen. Als Schwiegersohn des Herzogs und Vollstrecker seines Willens dürfte Prinny sicherlich wissen, was nach dem Tod des Herzogs mit dem Diamanten geschehen ist.« Sebastian lächelte breit. »Entschuldigen Sie die Störung, Oberst. Ich wünsche einen guten Tag.«

Er zog den Kopf seines Pferdes zum Ausgang, da hielt Riedesel ihn auf. »Vartet!«

Sebastian hielt an und zog fragend eine Augenbraue nach oben.

»Begleiten Sie mich ein Stück«, schnappte der Braunschweiger.

Sebastian schloss erneut zu ihm auf.

Von Riedesel sagte: »Vas ich Euch zu sagen habe, ist strengstens vertraulich.«

»Aber gewiss.«

Der Braunschweiger schob den Kiefer vor. »Vor sechs Jahren, als es offensichtlich vurde, dass Napoleon das Herzogtum Braunschweig vahrscheinlich überrennen vürde, entschied Herzog Karl Vilhelm, seine Juvelensammlung seiner Tochter zu übersenden, damit sie sie sicher verwahrte.«

»Sie meinen Prinzessin Caroline.«

»Ja.«

Sebastian musterte das angespannte, rote Gesicht des Obersts. »Er hat Sie damit betraut, ihn herzubringen, nicht wahr?«

Von Riedesel nickte. »Ich habe ihn in meinem persönlichen Gepäck transportiert. Unglücklicherweise erreichte uns bereits kurz nach meiner Ankunft in London die Nachricht vom Tod des Herzogs auf dem Feld.

Seine verwitwete Herzogin – Eure englische Prinzessin Augusta – floh nach London und suchte bei ihrer Tochter Zuflucht.« Nach kurzem Zögern sagte er: »Das war im Jahre 1806. Euch ist bekannt, in welch beschämend armseligen Umständen der Prinz seine Gattin zu leben zwang?«

»Ich weiß«, antwortete Sebastian.

Bereits 1806 hatte der Prinz im Versuch, sich der Gattin zu entledigen, die er auf den ersten Blick verabscheut hatte, eine behördliche Untersuchung gegen Caroline in die Wege geleitet. Er klagte sie unzähliger Vergehen an – von Hexenkunst bis Ehebruch –, doch zu guter Letzt erreichte er mit der »delikaten Untersuchung« nicht sein Ziel. Als Gegenschlag entzog der Prinz in seiner verdorbenen, von Launen beherrschten und vor Nachsicht mit sich selbst und seinen ungezählten Mätressen triefenden Art dem Haushalt seiner Ehefrau praktisch alle Gelder und stürzte sie damit nahezu in die Armut.

»Mit anderen Worten«, sagte Sebastian und blickte zum Fluss in der Ferne, über dem sich die Morgennebel mit der in den hellblauen Himmel aufsteigenden Sonne auflösten, »Caroline begann, die Juwelensammlung ihres Vaters zu verkaufen, um die Kosten für ihren eigenen und den Lebensunterhalt ihrer Mutter zu finanzieren.«

»Sehr diskret natürlich.«

»Sie muss außerordentlich diskret vorgegangen sein, wenn Prinny nie davon Wind bekommen hat.«

Von Riedesel deutete im Sattel eine Verbeugung an. »Eben so.«

Plötzlich fiel Sebastian die feine Ironie auf, die darin lag, dass der seltene blaue Diamant, den der Kronprinz nun wiederholt begehrt hatte, ursprünglich von seiner eigenen Gattin hinter seinem Rücken verkauft worden war. »Und der French Blue?«

»Ich habe nicht gesagt, dass Karl Vilhelm den French Blue je besessen hat. Er hatte allerdings einen großen Diamanten von tiefstem Saphirblau in seinem Besitz.«

Sebastian senkte den Kopf, um sein Lächeln zu verbergen. »Wer hat Caroline diesen großen blauen Diamanten abgekauft?«

»Ihr ervartet nicht ernstlich von mir, dass ich Euch dieses sage, nicht vahr?«

»Nein. Aber Sie können mir sagen, ob ich falsch liege. Es war Hope, richtig? Nicht Henry Philip Hope, sondern Thomas.«

Wortlos hielt der Schwarze Braunschweiger den Blick starr nach vorne gerichtet, und sein Körper hob und senkte sich in unermüdlicher Übereinstimmung mit den Bewegungen seines Pferdes.

***

Hero stand in der Eingangshalle, als Sebastian das Haus betrat, und war dabei, mit gesenktem Kopf die Knöpfe an ihren Handschuhen zu schließen.

»Hast du wieder einen Gesprächstermin zum Straßenfegen?«, fragte er und reichte Morey seine Reitgerte, den Hut und die Handschuhe.

Sie trug ein weißes Ausgehkleid und dazu einen hochgeschlossenen Spenzer aus blauer Seide, der entlang der Knopfleiste gerüscht war. »Ja«, sagte sie, ganz auf

257

die zahlreichen Knöpfe konzentriert. »Auf diesen freue ich mich besonders, denn ich treffe mich mit einem kleinen Mädchen.« Sie blickte auf und verengte die Augen, als sie sein Antlitz genau betrachtete. Und wieder fragte er sich irritiert, wie viel und was genau sie wusste, das sie ihm vorenthielt. Sie fragte: »Du bist auf etwas Interessantes gestoßen?«

Er warf einen vielsagenden Blick zur Bibliothek, und sie ging ihm voraus dorthin. Während er ruhig die Tür schloss, schritt sie zum Kamin und blieb dort stehen.

Er sagte: »Woher wusstest du, dass der verstorbene Herzog von Braunschweig seine Juwelensammlung seiner Tochter, der Princess of Wales, zur Aufbewahrung übersandt hat?«

»Du weißt, dass ich dir das nicht verraten kann.«

Er musterte ihr perfekt beherrschtes Antlitz. Schlechterdings ergab die offensichtlichste Erklärung – dass sie es von ihrem Vater erfahren hatte – keinerlei Sinn. Jarvis hatte immer dem König und dem Kronprinzen gedient; von Riedesel und Caroline jedoch hatten in dieser Sache auf eigene Faust hinter dem Rücken des Prinzregenten gehandelt. Weshalb hatte Jarvis ihr Geheimnis also gewahrt?

Sie fragte: »Konnte von Riedesel dir sagen, wer den French Blue gekauft hat?«

»Er behauptet, dass der große blaue Diamant aus der herzoglichen Sammlung nicht von den französischen Kronjuwelen stammte. Aber das fragliche Stück wurde tatsächlich von Thomas Hope erworben.«

»Also hat Collot dir die Wahrheit gesagt?«

»Ja. Leider verstehe ich aber nicht, wie Collot an diese interessante Information gelangt sein kann. Außerdem bin ich verwirrt darüber, weshalb Hope den Stein gerade jetzt veräußern sollte. Er hat mir selbst gesagt, dass es gerade keine gute Zeit für den Verkauf von Edelsteinen ist. Weshalb wirft er also einen der berühmtesten Diamanten der Welt auf den Markt?«

»Es gibt Gerüchte ...«

»Ja?«, drängte er, als sie zögerte.

»Die Kriege erhöhen beständig den Druck, der sowohl auf internationalen Händlern als auch auf den althergebrachten Banken liegt. Der Zusammenbruch des Marktes war schlicht zu umfassend und hält schon viel zu lang an.«

»Willst du damit sagen, dass Hope and Company in finanziellen Schwierigkeiten steckt?«

Sie nickte. »Soweit ich es verstanden habe, haben sich die Dinge derartig zugespitzt, dass sie bald zum Verkauf an die Barings gezwungen sein könnten. Sie versuchen es aufzuhalten, aber ich schätze, es ist nur eine Frage der Zeit.«

»Der Verkauf eines großen, seltenen Diamanten könnte genug einbringen, um das Unternehmen liquide zu halten.«

»Könnte er ... wenn der Wert von Edelsteinen derzeit nicht so furchtbar in der Depression läge.«

Sebastian lehnte sich mit der Hüfte gegen den Rand seines Schreibtischs und verschränkte die Arme vor der Brust.

»Was ist?«, fragte Hero, die ihn beobachtete.

»Nun haben wir ein weiteres Mordmotiv, das ich noch nicht in Betracht gezogen hatte.«

Hero schüttelte den Kopf. »Das verstehe ich nicht.«

»Eisler war mehr als Diamantenhändler; er war auch ein autarker, reicher Mann. Was, wenn er den Diamanten nicht für den Preis losschlagen konnte, den Hope verlangt hat? Hope könnte sich entschlossen haben, Eisler zu töten und seinen eigenen Stein zu stehlen, damit er den Schätzwert des Diamanten aus Eislers Nachlass fordern konnte – und den Stein zusätzlich behalten.«

Sie stieß ein ungläubiges Lachen aus. »Thomas Hope? Das kannst du nicht ernstlich meinen.«

»Du würdest dich wundern, wozu verzweifelte Männer fähig sind.«

Sie schüttelte den Kopf. »Nein. Das glaube ich nicht. So ein Mann ist er nicht.«

»Ich muss eingestehen, dass diese Erklärung auch für mich unwahrscheinlich klingt, wenn auch aus einem anderen Grund.«

»Aus welchem?«

Sebastian stieß sich vom Schreibtisch ab. Vor seinem geistigen Auge sah er erneut eine verzweifelte Gestalt eine schmutzige Gasse entlanglaufen, hörte das Krachen eines Gewehrs und spürte, wie das Blut ihm warm über die Hände rann, als er einen sterbenden Jungen in die Arme zog.

»Wegen des Schützen in der Kutsche.«

Kapitel 34

Thomas Hope überwachte gerade ein paar Arbeiter, die in seiner fünfzehn Meter langen Gemäldegalerie das Dachfenster reparierten, als Sebastian das Haus des Bankiers in der Duchess Street aufsuchte.

»Ich frage Euch«, rief der kleine Mann angeekelt aus und verkniff ärgerlich den Mund, »wie schwer kann es sein, ein Dachfenster zu bauen, durch das es nicht leckt?«

Sebastian blinzelte zu der aufwendigen Stuckdecke hinauf, deren üppige Ornamente in blau und weiß von einem hässlichen braunen Fleck verunziert waren. »Ich schätze, es hängt davon ab, wie stark es regnet.«

Hope schnaubte. »Glücklicherweise ist die Galerie breit genug, dass keines der Gemälde zerstört wurde. Aber seht Euch an, was mit den Polstern der Bänkchen geschehen ist! Und ich habe sie gerade erst in diesem zauberhaften, blassblauen Ton erneuern lassen.«

»Tragisch«, pflichtete Sebastian ihm bei. »Könnte ich einen Augenblick unter vier Augen mit Ihnen sprechen?«

»Gewiss«, sagte Hope und watschelte mit seinen Plattfüßen neben Sebastian her zum anderen Ende der Galerie. »Sehe ich es richtig, dass Ihr immer noch im Mordfall Daniel Eisler ermittelt?«

»Ja.« Sebastian zögerte. Der Mann war so ernsthaft und eifrig bei der Sache, dass es höchst unzivilisiert wirkte, ihn auch nur der Heuchelei zu bezichtigen, geschweige denn einer so schlimmen Sache wie Mord. »Heute Morgen habe ich ein interessantes Gespräch mit einer Person geführt, die einigen der Dinge, die Sie mir neulich berichteten, widersprochen hat.«

»Ach?«

»Tatsächlich hat er die Informationen bestätigt, die ich ursprünglich erhalten hatte.« Sebastian unterbrach sich und rieb sich mit einem Knöchel an der Nase entlang. »Wenn mir jemand etwas erzählt, versuche ich grundsätzlich, bezüglich seiner Aufrichtigkeit objektiv zu bleiben. Aber wenn mir zwei völlig unterschiedliche Personen dieselbe Information liefern, neige ich dazu, ihnen zu glauben.«

Hope hielt seinem Blick stand, verengte die Augen und machte ein strenges Gesicht. Der Mann mochte leutselig und weich wirken, aber es wäre nicht klug zu vergessen, dass er ein Unternehmen besaß, das Königen und Herrschern Geld lieh. »Ich weiß nicht, worüber Ihr da sprecht.«

»Dann lassen Sie mich offener sein. Ich glaube, dass der blaue Diamant, der zum Mordzeitpunkt in Daniel Eislers Gewahrsam war, aus dem French Blue geschliffen wurde, und dass Eisler ihn in Ihrem Auftrag verkaufen wollte. Ich kann Ihnen versprechen, dass ich versuche, die Transaktion geheimzuhalten. Allerdings nicht auf Kosten des Lebens eines Unschuldigen.«

Hope ging zu einem massiven Rubens und legte den Kopf in den Nacken, um zu dem Gemälde hinaufzublicken. »Ich glaube nicht, dass Ihr wirklich begreift, was hier auf dem Spiel steht«, sagte er ruhig. »Es geht hier nicht um einen möglichen rechtlichen Anspruch der

Bourbonen. Wenn es sich bei dem Diamanten tatsächlich um den French Blue handelt – was ich hiermit keineswegs behaupte –, dann ist er neu geschliffen worden. Also kann man es zwar vermuten, jedoch niemals nachweisen.«

»Das stimmt. Aber ich glaube nicht, dass Sie über die Bourbonen besorgt sind, nicht wahr?«

Hope warf einen raschen Blick über die Schulter zu den Arbeitern auf dem Gerüst und schüttelte den Kopf. Seine Stimme wurde noch leiser. »Napoleon Bonaparte hat die letzten acht Jahre mit dem festen Willen verbracht, die französischen Kronjuwelen wieder zusammenzubringen. Er sieht den Verlust des Schatzes als Makel an Frankreichs Ehre, und zwar so sehr, dass er eine Besessenheit entwickelt hat. Und der wertvollste aller französischen Kronjuwelen war der *Diamant bleu de la Couronne*. Deshalb war Napoleon auch so fest entschlossen, das Herzogtum Braunschweig zu überrennen und den Palast zu plündern. Er war nämlich überzeugt, den French Blue dort zu finden. Und als er das nicht tat, war er erzürnt.«

»Also weiß Napoleon, dass die Revolutionsregierung den Herzog bestochen hat?«

»Ich bezweifle, dass die Welt je die Wahrheit darüber erfahren wird, was 1792 in Valmy wirklich geschehen ist. Aber es gab immer Gerüchte. Und man darf nicht vergessen, dass Napoleon selbst ein General ist. Ich habe sagen hören, dass seiner Meinung nach nur Bestechung als Erklärung für das, was in Valmy geschehen ist, einen Sinn ergibt. Ich weiß nur, dass er irgendwie herausgefunden hat, dass Eisler einen großen blauen Diamanten zum Kauf anbot.«

»Und das wissen Sie sicher?«

Hope nickte. »Einer seiner Agenten hat vergangenen Samstagmorgen Kontakt zu Eisler aufgenommen.«

»Wer?«, fragte Sebastian scharf. »Wer war dieser Agent?«

»Das hat Eisler mir nicht gesagt. Aus offensichtlichen Gründen war er sehr nervös. Wenn es um die Suche nach den französischen Kronjuwelen geht, hat sich Napoleon als ausgesprochen ...«, Hope zögerte auf der Suche nach dem passenden Wort, dann entschied er sich für: »skrupellos erwiesen.«

»Um ›tödlich‹ nicht zu erwähnen«, sagte Sebastian. »Warum also keine Zustimmung, ihm den Stein zu verkaufen?«

Hope lachte leise, dass es in seinem Brustkorb vibrierte. »Der Imperator hat einen schlechten Ruf, was die Bezahlung seiner Einkäufe angeht. Habt Ihr davon gehört, dass Eisler das Diamantenhalsband lieferte, das Napoleon seiner Herrscherin Marie-Louise als Hochzeitsgeschenk kredenzt hat?«

»Ja.«

»Die letzte Rate wurde nie gezahlt. Bei dieser Transaktion hat Eisler ein kleines Vermögen verloren. Nach Napoleons Ansicht sollte die Ehre, seine erhabene Persönlichkeit zu versorgen, Lohn genug sein.«

»Diese Neigung teilt er unglücklicherweise mit dem Prinzregenten«, sagte Sebastian trocken.

»Das stimmt. Aber jeder, der Prinny Juwelen verkauft, hat vor langer Zeit begriffen, dass er die Zahlung vorher und in bar fordern muss.«

»Warum sollte man es mit Napoleon nicht auf die gleiche Weise handhaben?«

»Weil Prinnys Agenten widerspenstige Verkäufer für gewöhnlich nicht einfach umbringen und ihre Ware stehlen, die von Napoleon aber schon.«

»Wollen Sie andeuten, dass Eisler genau das zugestoßen ist?«

Hope warf einen weiteren raschen Blick um sich. »Es ergibt Sinn, meint Ihr nicht auch?«

»Damit sagen Sie also, dass der Diamant verschwunden ist.«

Hopes Züge zuckten im Zorn. »Ja, ist er.«

Sebastian betrachtete das lebhafte, ausdrucksstarke Gesicht seines kleineren Gegenübers. »Wer hat außer Ihnen noch gewusst, dass Eisler den Diamanten im Gewahrsam hatte?«

»Das ist schwer mit Sicherheit zu sagen. Die Leute reden. *Irgendjemand* hat es offenbar gewusst, denn wie hätte Napoleons Agent sonst erfahren, dass er sich an Eisler wenden musste?«

»Und hat dieser französische Agent die Identität des wahren Besitzers des Steins gekannt?«

»Nein, woher denn? Es sei denn, Eisler hat es ihm verraten.«

»Sind Sie sich so sicher, dass er das nicht getan hat?«

Hope sah kurz verwirrt drein. »Warum sollte Eisler es ihm sagen?«

»Vielleicht in dem Versuch, sein Leben zu retten?«

Sebastian beobachtete, wie der Bankier die Unterlippe zwischen die Zähne zog und alle Farbe aus seinem unscheinbaren Gesicht wich. Mitleidig sagte Sebastian: »Wenn Napoleons Agent Eisler tatsächlich ermordet und den Diamanten gestohlen hat, dann hätte der Franzose keinen Grund, sich Ihnen jetzt zu nähern.«

»Ja, aber wenn die Franzosen den Diamanten nicht haben, was dann? Was, wenn jemand anderes Eisler ermordet und den Stein gestohlen hat? Oder wenn Eisler aus einem gänzlich anderen Grund ermordet wurde und Samuel Perlman jetzt im Besitz des Diamanten ist, was dann?«

»Weiß Perlman, dass sein Onkel in Ihrem Auftrag mit dem Diamanten handelte?«

»Aber sicher. Ich habe für das Stück doch sofort Anspruch auf Entschädigung aus dem Vermächtnis erhoben.«

»Und er weigert sich zu zahlen, richtig?«

Hope zuckte verärgert mit den Lippen. »Er versucht es.« Er sah stirnrunzelnd quer durch die Galerie zu den Männern, die gerade eine Scheibe auswechselten. Dann beugte er sich näher, um rasch zu fragen: »Glaubt *Ihr* denn, dass die Franzosen den Diamanten wieder an sich gebracht haben?«

»Tatsächlich wäre ich sehr überrascht, wenn es so wäre.«

Hope sah verblüfft drein. »Weshalb seid Ihr so sicher?«

»Weil ich glaube, dass sie noch immer danach suchen.«

Kapitel 35

Samuel Perlman sah auf einem Platz in der Nähe des Sloane Square bei einem Kricketspiel zu, als Sebastian zu ihm kam.

Er warf Sebastian einen Seitenblick zu und atmete empört übertrieben aus. »Euch ist schon bewusst, dass das langsam enervierend wird?«

»Für uns beide«, pflichtete Sebastian ihm bei und blieb neben ihm stehen, den Blick auf den Schlagmann geheftet. »Ich darf Ihnen einen Hinweis geben: Lügen sind niemals eine gute Wahl, wenn es um Mord geht. Für gewöhnlich erregen sie den Eindruck, man hätte etwas zu verbergen. Beispielsweise Schuld.«

Perlman lachte laut auf. »Sicher wollt Ihr nicht noch immer andeuten, dass ich etwas mit dem Tod meines Onkels zu tun habe?«

»Vielleicht doch, das weiß ich noch nicht. Aber wie der Zufall es will, bezog ich mich gerade auf einen gewissen, seltenen Edelstein, der verschwunden ist. Sie erinnern sich an ihn – den großen, blauen Diamanten, von dem Sie noch nie gehört haben wollten, obgleich Sie doch bereits nachdrücklich den von Thomas Hope erhobenen Anspruch auf eine Entschädigung aus dem Nachlass Ihres Onkels für den Stein zurückgewiesen haben. Es besteht natürlich die Möglichkeit, dass der

Mörder Ihres Onkels den Diamanten an sich genommen hat. Oder Sie könnten auch einfach vorgeben, dass es so ist.«

Perlmans dunkles, lockiges Haar zitterte neben seinen modisch blassen Wangen. »Werdet nicht beleidigend. Hätte ich den Wunsch, jenen Diamanten zu erwerben, so hätte ich ihn schlicht gekauft.«

»Ah, Sie geben also zu, dass Sie von ihm wussten.«

»Nun gut, ja. Aber ganz gewiss habe ich ihn nicht gestohlen. Derartiges auch nur anzudeuten, ist lächerlich. Ich bin ein wohlhabender Mann.«

Sebastian hielt den Blick auf das Spielfeld gerichtet. »Die Schwierigkeit beim Wohlstand ist die Tatsache, dass der Anschein täuschen mag. Der Handel ist immer so wankelmütig, nicht wahr? Besonders in Kriegszeiten. Ich vermute, dass die Werte Ihrer Anteile im Zuge der Verheerungen Napoleons und der Amerikaner in letzter Zeit nicht verlässlich waren.«

»Meine Besitztümer und Investitionen sind tadellos, besten Dank. Wenn Ihr also nach einem armen Teufel sucht, dem Ihr diesen Mord anhängen könnt, dann müsst Ihr woanders suchen.«

Sebastian lächelte träge und boshaft. »Wenn Sie so spielen möchten ... Ich hoffe, Ihre Geschäfte sind in tadelloser Ordnung.« Er verbeugte sich und machte Anstalten zu gehen.

Perlman erhob die Stimme. »Wartet! Was soll das heißen? Was wollt Ihr tun?«

Sebastian wirbelte zu ihm herum. »Ich brauche gar nichts zu tun. Ich wäre nicht überrascht, wenn die Franzosen bereits den Verdacht haben, dass der Stein, nach dem sie suchen, derzeit in Ihrem Besitz ist. Wissen

Sie, Napoleon ist der Meinung, dass Hopes Diamant früher zu den französischen Kronjuwelen gehörte. Und wie Sie wissen, hat der Imperator nichts gegen Mord, um seine Juwelen zurückzuerwerben.«

»Aber ich habe ihn nicht!«

»Irgendwie schätze ich, dass Napoleons Agenten nicht geneigt sein werden, sich darin allein auf Ihr Wort zu verlassen.«

Perlman warf einen Blick um sich, dann senkte er die Stimme. »Ich wurde beobachtet.«

»Tatsächlich?«

Ernsthaft nickte Perlman. »Ich habe es ein oder zwei Mal bemerkt. Aber für gewöhnlich ist es eher so ein Gefühl. Sehr unangenehm. Um nicht zu sagen ... beunruhigend.«

»Haben Sie es den Behörden gemeldet?«

»Damit sie sich über mich lustig machen können? Wohl kaum.« Perlman leckte sich über die Lippen. »Hört zu; ich sage Euch alles, was ich weiß. Aber solltet Ihr etwas davon vor Gericht wiederholen wollen, werde ich es Euch ins Gesicht hinein leugnen.«

»Fahren Sie fort.«

»Ihr habt recht; mein Onkel hat den Diamanten in Hopes Auftrag verkaufen wollen. Er hat ihn mir wenige Tage vor seinem Mord sogar gezeigt.«

»Weshalb?«

»Was meint Ihr mit ›weshalb‹?«

»Ich hatte den Eindruck, Ihr Onkel hätte Sie nicht sehr geschätzt. Weshalb hat er Ihnen also den Diamanten gezeigt?«

»Ihr habt meinen Onkel nicht persönlich gekannt, oder?«

»Glücklicherweise nicht.«

»Er war besessen von Schönheit und übermäßig stolz auf die Gegenstände, die in seinen Besitz gelangten – auch wenn es das Eigentum anderer Menschen war. Er hat sie gern hergezeigt.«

»Wo befindet sich der Diamant jetzt?«

»Das weiß ich nicht. Er hat ihn in einem Schmuckkästchen aus rotem, marokkanischem Leder verwahrt. Am Morgen nach dem Mord habe ich das leere Kästchen auf dem Boden des Salons gefunden. Vermutlich hat Yates den Stein genommen, als er meinen Onkel ermordete.«

»Nur dass Yates Eisler nicht getötet hat.«

Ein herablassendes Grinsen verzerrte Perlmans Gesicht. »Die Behörden scheinen anderer Ansicht zu sein.«

Sebastian ging über den Hohn hinweg. »Haben Sie das Haus danach durchsucht?«

»Aber gewiss habe ich nach dem verfluchten Ding gesucht. Glaubt Ihr etwa, ich will zahlen, was Hope dafür verlangt?«

»Haben Sie die Kontoführungsbücher Ihres Onkels gefunden?«

»Nein, die habe ich auch nicht gefunden.« Perlmans Ton wurde säuerlich.

»Ist Ihnen je in den Sinn gekommen, das sowohl der Diamant als auch die Bücher Ihres Onkels am selben Platz versteckt sein könnten?«

»Ja, der Gedanke ist mir gekommen. Haltet Ihr mich für einen Narren? Ich sage Euch doch, ich habe überall gesucht. Ich habe sogar Sachen durchsucht, die offensichtlich seit Jahrzehnten nicht mehr angerührt worden sind.«

»Würde es Ihnen etwas ausmachen, wenn ich das Haus selbst durchsuche?«

Perlman lachte auf. »Das kann nicht Euer Ernst sein.«

»Warum nicht?«

Perlman starrte eine Weile nachdenklich in die Ferne, dann zuckte er die Achseln. »Wenn Ihr wollt, dann tut es. Ich schicke Campbell eine Nachricht, damit er Euch erwartet. Aber sagt nicht, ich hätte Euch nicht gewarnt.«

»Wovor gewarnt?«

»Mein Onkel hatte eigenartige Interessen.«

»Was für Interessen?«

Doch Perlman schüttelte nur den Kopf und sagte: »Das werdet Ihr schon sehen.«

***

»Ich kapier nich, warum dieser komische Neffe plötzlich beschlossen hat, Euch zu unterstützen«, sagte Tom, als Sebastian die Pferde in Richtung Holburn lenkte.

»Vielleicht, weil er Angst hat, dass derjenige, der seinen Onkel ermordet hat, versuchen könnte, auch ihn zu ermorden.« Sebastian lenkte seine Pferde um einen Brauereikarren herum, der vor dem Pub an der Ecke stand. »Oder vielleicht, weil er seinen Onkel selbst umgebracht hat, und jetzt hat er Angst, Napoleons Agenten könnten hinter ihm her sein. Angst ist ein mächtiger Antrieb.«

Tom riss die Augen auf. »Meint ihr, er könnte der Nächste sein?«

271

»Es ist auf jeden Fall eine Möglichkeit. Wie es scheint, haben wir mit Menschen zu tun, die vor Mord und Totschlag nicht zurückschrecken.«

Tom verfiel in nachdenkliches Schweigen, das er jedoch nur wenige Minuten darauf wieder brach, indem er sagte: »Was erwartet Ihr 'n in dem alten Haus zu finden? Ihr wart doch schon zweimal dort.«

»Das stimmt. Aber meine beiden letzten Streifzüge wurden unterbrochen.«

»Was glaubt Ihr, dass Euch entgangen is?«

»Derzeit noch zu viel.«

***

Sebastian hob gerade die Hand, um Eislers Türklopfer zu betätigen, da wurde die Tür vom strahlenden Campbell weit geöffnet.

»Ich habe just Mr Perlmans Nachricht erhalten«, sagte der alte Diener mit einer seiner zittrigen Verbeugungen. »Und darf ich Euch sagen, Mylord, wie freudig erregt ich bin, Euch bei einer Eurer Ermittlungen zu unterstützen? Überaus freudig erregt.«

»Nun ... hervorragend«, sagte Sebastian und trat ein. Es wurde ihm langsam bewusst, dass ein übereifriger Zeuge auf seine Weise ein ebenso großes Problem werden konnte wie ein störrischer und schweigsamer.«

Campbell strahlte. »Wo wollen wir anfangen? Auf dem Dachboden? Im Keller? Im Salon?«

»Wie wäre es mit hier?«, schlug Sebastian vor und ging durch den vollgestellten alten Flur zu dem niedrigen Bogengang hinter der Treppe. Er streckte die Hand aus, um den Knauf der ersten Tür zur Linken zu drehen. Es war immer noch abgesperrt.

»Haben Sie den Schlüssel zu diesem Raum?«

»Unglücklicherweise nicht, Mylord. Mr Eisler hat den Schlüssel zu diesem speziellen Raum immer bei sich getragen. Weder Mrs Campbell noch ich durfte jemals hinein.«

»Hatte Mr Perlman einen Schlüssel, als er das Haus durchsuchte?«

»Ja, Mylord. Ich glaube, er hat einen in Mr Eislers Bürotresor gefunden. Jedoch fürchte ich, er hat ihn mitgenommen.«

»Verstehe.« Sebastian zog seine Kutschhandschuhe aus und steckte sie in die Tasche. »Nun denn. Vielen Dank. Ich läute, wenn ich Sie brauche.«

Campbell verzog enttäuscht das Gesicht. Mit einem resignierten Seufzer verbeugte er sich und trottete davon.

Sebastian wartete, bis der alte Mann seinem Blick entzogen war. Dann zog er einen Ring mit Metallstiften aus der Tasche. Es handelte sich um einen Dietrich, eine Vorrichtung, mit der Sebastian in seiner Zeit als Aufklärungsoffizier vertraut geworden war. Man brauchte nur ein gutes Gehör und Fingerspitzengefühl, beides Dinge, die Sebastian besaß. Er schob den passenden Dietrich in das Schloss und drehte ihn vorsichtig.

Die Tür sprang auf.

Der Raum dahinter lag in fast vollständiger Dunkelheit. Sebastian zog die Tür hinter sich zu und durchquerte den Raum zum Fenster, wo er die dicken Vorhänge aufzog. Dann drehte er sich um.

Der Raum war leer bis auf eine Truhe auf einem langen Tisch, auf dem eine kleine Anzahl von Gegenständen angeordnet waren. Im Gegensatz zum restlichen Haus war dieses Zimmer penibel sauber, die Wände waren frisch gestrichen und der abgenutzte, mit Steinplatten gefliese Boden geschrubbt. Es lag kein Teppich darauf. Allerdings war eine Zeichnung auf den Boden aufgebracht worden, anscheinend mit Kreide.

Mit eigentümlich steifen Muskeln ging Sebastian langsam darauf zu.

Er stand vor einem enormen Kreis, der ein Quadrat umschloss und drei kleinere Kreise enthielt. Vier noch kleinere Kreise waren an den Stellen eingezeichnet, die er für die Kompasspunkte hielt; jeder von ihnen enthielt ein seltsames geometrisches Symbol. Zwischen dem zweiten und dritten inneren Kreis waren weitere Symbole angeordnet; außerdem war offenbar ein Vers in einer fremden Schrift neben ihnen aufgeschrieben worden. Genau in der Mitte der Abbildung stand ein irdenes Behältnis, das mit abgebrannter Kohle gefüllt war. In der Luft hing schwer der Duft von Weihrauch und Aloe, Verbene und Moschus.

Sebastian spürte, wie es ihm kalt das Rückgrat entlanglief.

Er drehte sich um und ließ den Blick über die Gegenstände wandern, die auf dem langen, schmalen Tisch angeordnet worden waren. Zwei Messer, eines mit weißem, das andere mit schwarzem Griff, lagen neben einer kurzen Lanze. Alle drei hatten eine anscheinend von Blut dunkel gefärbte Spitze. Neben den Messern lag ein Trichter, der von zwei weißen Kerzen flankiert wurde.

Mit gerunzelter Stirn ging Sebastian zum Tisch und klappte den Deckel der Truhe auf. Er erblickte ein weißes Leinengewand mit einer Ansammlung seltsamer geometrischer Symbole, die mit rotem Seidenfaden auf die Brust gestickt worden waren. Unter dem Gewand lag ein Paar weißer Lederschläppchen, die ebenfalls mit fremdartigen roten Mustern bedeckt waren, dazu ein viereckiges Päckchen, das in schwarze Seide eingeschlagen war.

Behutsam schlug er sie zurück und enthüllte einen Stapel schneeweißer, neu gemachter Pergamentbögen. Jeder Bogen enthielt eine einzelne Abbildung, die aus Kreisen, Symbolen und geometrischen Formen bestand, die der auf dem Boden glichen, sich aber geringfügig voneinander unterschieden. Manche waren in leuchtendem Blau und Rot gezeichnet, andere in Gold und Grün oder Schwarz und Silber. Er blätterte sie durch und hielt bei einer inne, die ihn zugleich abzustoßen und anzuziehen schien.

In der Mitte prangte etwas, das wie ein Drehrad aussah und von einem Dreieck umgeben war. Um das Dreieck waren zwei Kreise gezogen worden, und zwischen beiden war etwas aufgeschrieben, anscheinend ein Reim. Er zögerte einen Augenblick, dann rollte er das Pergament zusammen und schob es in seinen Mantel. Er legte die übrigen Pergamentbögen und die weißen Kleidungsstücke zurück, senkte den Deckel der Truhe und ging zum Fenster, um die Vorhänge zu schließen.

Er fragte sich, was Samuel Perlman wohl gedacht hatte, als er diesen Raum zum ersten Mal aufgeschlossen hatte. Oder hatte er über die seltsamen Interessen

seines Onkels bereits Bescheid gewusst, bevor er angefangen hatte, das Haus in der Fountain Lane zu durchsuchen?

Sebastian schloss die Tür hinter sich und begab sich
auf die Suche nach dem alten Butler.

Mit einem enervierend aufgekratzten Campbell an
der Seite untersuchte er das restliche Haus vom Dachboden über die zugestaubten und vollgestellten Schlafzimmer bis hinunter zur Küche. Seine Durchsuchung
führte er aber nur der Form halber durch, weil er nicht
damit rechnete, etwas zu finden.

Männer wie Daniel Eisler gaben ihre Geheimnisse
nicht so leicht preis.

Kapitel 36

Das kleine Mädchen sah nicht älter als acht oder neun Jahre aus, obgleich es Hero sagte, es würde in der Woche vor Weihnachten zwölf Jahre alt werden. Langsam begriff Hero, dass sie ein hoffnungsloser Fall war, wenn es darum ging, das Alter von Kindern zu schätzen.

Das Kind mit Namen Elsie hatte zarte, unauffällige Züge und die Gewohnheit, nachdenklich die Stirn zu runzeln, bevor es auf Heros Fragen antwortete. Ihr nichtssagendes Haar war ungeschickt zu zwei Zöpfen geflochten, die in seltsamem Winkel von ihrem Kopf abstanden, während ihr verschossener, marineblauer Kittel hoffnungslos fadenscheinig war. Die großen Winkelhaken darin hatte jemand versucht, mit großen, unregelmäßigen Stichen zu flicken. Aber ihr Gesicht war überraschend sauber, und sie trug eine Baumwollhaube, die mit Bändern um ihren Hals gebunden war. Sie hatte die Haube von ihrem Kopf geschoben, so dass sie jedes Mal um ihre Schultern herum baumelte, wenn sie einen Knicks machte – was sie sehr oft tat.

»Ich kehre jetzt seit sieben Monaten, Mylady«, sagte sie zu Hero und machte einen ihrer hüpfenden Knickse. »Meine Mutter ist letztes Jahr gestorben, wisst Ihr. Sie hat mit handgemachter Spitze Geld für uns verdient, und jetzt ist sie gegangen, mein Pa verdient nicht genug, um uns zu ernähren.« Sie nickte zu den beiden kleinen Kindern, einem Jungen von etwa drei und einem Mädchen von vielleicht fünf Jahren, die auf den Stufen hinter ihr saßen und mit einem Haufen Austernschalen spielten. »Ich muss die Kleinen immer mitbringen, wenn ich fege, das regt mich auf, weil ich immer Angst haben muss, dass sie vor eine Kutsche laufen, wenn sie hinter mir sind.«

Hero sah einen modischen Landauer, der von einem Gespann hochbeiniger Brauner gezogen wurde, die Straße heraufrattern, und spürte einen Abklatsch von der Sorge des Mädchens. In Londons Straßen wurden immer Kinder totgefahren. Sie räusperte sich. »Was arbeitet dein Vater?«

Erneut knickste Elsie. »Er ist Scherenschleifer, Mylady. Aber in letzter Zeit hat er wenig Arbeit, arg wenig.«

»War es seine Idee, dass du die Kreuzungen fegst?«

»Oh nein, Mylady. Da drauf bin ich ganz allein gekommen. Zuerst hab ich's mit Singen versucht. Ich hab vier oder fünf Pence am Tag fürs Singen bekommen – und samstagabends auf dem Markt auch mehr.«

»Warum hast du es denn aufgegeben?«

»Ich kenn nur 'n paar Lieder, und ich schätz, die Leute waren dann davon gelangweilt, weil ich nach 'ner Weile nich mehr viel Geld gemacht hab. Wenn ich lesen könnt, könnt ich 'n paar neue Balladen kaufen und die singen, aber ich konnt ja nie in die Schule gehn, weil ich auf die Kinder aufpassen musste.«

»Würdest du gern zur Schule gehen?«

Ein sehnsüchtiger Ausdruck legte sich auf die zierlichen, glatten Züge des Kindes. »Oh ja, Mylady. Und wie!«

Hero blinzelte und sah auf ihr Notizbuch hinunter. »Und was verdienst du mit dem Fegen an deiner Kreuzung?«

»Normal nehm ich so sechs bis acht Pence ein. Aber wenn es richtig nass is, kann ich nicht herkommen, wegen den Kleinen.« Erneut rumpelte eine Kutsche die Straße herunter auf sie zu, und Elsie warf einen raschen, ängstlichen Blick auf ihre Geschwister.

»Wie lange hält dein Besen?«

»Normal 'ne Woche. Wenn's zu trocken is, fege ich nich. Dann sind die Einnahmen immer mies, wisst Ihr. Wenn's trocken is, singe ich deshalb wieder.«

»Das ist sehr gescheit von dir«, sagte Hero beeindruckt. Auch die Knaben, mit denen sie gesprochen hatten, hatten sich über die schlechten Einnahmen bei trockenem Wetter beklagt. Aber Elsie war die erste Straßenfegerin, die daran gedacht hatte, an diesen Tagen eine andere Arbeit zu machen. »Um wie viel Uhr kommst du für gewöhnlich zur Arbeit?«

»Also, ich versuch, vor acht morgens herzukommen, damit ich die Kreuzung fegen kann, bevor's voll mit Kutschen und Karren wird. Die machen mir Angst. Ich versuch immer, aus dem Weg zu gehn, wenn eine kommt.«

»Und wie lange bleibst du?«

Nachdenklich runzelte Elsie die Stirn. »In dieser Jahreszeit normal bis vier oder fünf. Mein Pa will, dass ich daheim bin, bevor es richtig dunkel wird. Deshalb kann ich nicht so lang bleiben wie die Bu'm.«

»Wer gibt dir mehr Geld? Die Damen oder die Herren?«

»Ach, die Herren geben mir fast immer mehr als die Damen. Aber da is so'ne alte Frau, die 'nen Bierladen hat, dort hinten.« Sie nickte zur anderen Seite der engen Straße. »Sie gibt mir jeden Tag zum Tee 'n Kanten Brot und Käse dazu, und ich teil's mit den Kindern.«

Hero sah nach ihrer Liste, ob sie weitere Fragen hatte. »Was glaubst du, wirst du in zehn Jahren machen? Meinst du, dass du für immer Straßenkehrerin bleibst?«

»Ich hoff's nich.« Elsie blickte zu den beiden Kindern, die jetzt einem Käfer über die Stufen folgten. »Wenn Mick und Jess mal groß genug sind, um für sich selbst zu sorgen, kann ich vielleicht als Mädchen in einem Haus anfangen. Ich würde hart arbeiten, ganz ehrlich, das würd ich. Aber man kriegt ja keine Stelle ohne richtige Kleidung, deshalb weiß ich nich, wie das jemals gehen soll.« Sie rieb sich mit der Hand nervös über den zerrissenen Rock.

Hero lächelte. »Hast du dein Kleid selbst ausgebessert?«

»Nein, Mylady. Mein Pa hat's gemacht. Er flicht mir auch jeden Morgen die Haare, bevor er auf die Suche nach Arbeit geht.«

Schlichte Worte, dachte Hero. Und doch verwandelten sie den unbekannten Vater von einem gefühllosen Unmenschen, der sein kleines Mädchen zum Straßenfegen schickte, in einen verarmten Mann, der sein Bestes tat, um ohne Frau für seine kleinen Kinder zu sorgen. Sie drückte dem Mädchen eine Guinee in die kleine Hand. »Hier. Hol dir und den Kindern etwas zu essen, und dann geh für den Rest des Tages nach Hause.«

Die fast wimpernlosen Augen des Mädchens wurden vor Erstaunen kugelrund, und erneut knickste sie auf ihre unbeholfene Art. »Oh, danke schön, Mylady.«

Hero sah zu, wie die Kinder Hand in Hand davonliefen, da spürte sie das Schaudern einer subtilen Wahrnehmung.

Sie drehte den Kopf und sah Devlin auf sich zukommen. Die Nachmittagssonne lag warm auf seinem ebenmäßigen, attraktiven Gesicht, und er bewegte sich fließend, anmutig und auf sinnliche, schöne Art. Und dann kam ihr der Gedanke, dass die Art, wie sie als Frau den schlichten Anblick ihres Mannes im Sonnenlicht genoss, etwas so Niederes war, dass die Gesellschaft zur Unterdrückung des Lasters es vermutlich verbieten würde, wenn sie könnte.

»Du kannst sie nicht alle retten, weißt du«, sagte er und schloss zu ihr auf, den Blick auf die laufenden Kinder gerichtet. »Es gibt zu viele von ihnen.«

»Woher weißt du, was ich gerade gedacht habe?«

»Ich habe dich beobachtet. Es steht dir ins Gesicht geschrieben.«

»Ach so. Ich frage mich nachgerade, ob das Kind in meinem Bauch mich so rührselig und sentimental macht. Was auch immer du tust, sag es bloß nicht Jarvis. Er wäre entsetzt.«

Devlin lachte laut. »Dein Geheimnis ist bei mir sicher.«

Sie wandten sich um und gingen zu ihrer wartenden Kutsche. »Hast du aus einem bestimmten Grund nach mir gesucht?«

»Ja. Ich habe etwas, das ich gern deiner Miss Abigail McBean zeigen möchte. Würdest du mich ihr vorstellen?«

»Gewiss. Was ist es? Noch ein Manuskript?«

Er schüttelte den Kopf. »Etwas, das ich für weit unheilvoller halte.«

***

»Man nennt es einen magischen Kreis«, sagte Abigail McBean und hielt das geöffnete Pergament in den leicht zitternden Händen. Sebastian und Hero saßen in Abigails vollgestelltem Kleinen Salon, dessen Buchregale von Manuskripten und Texten über Magie, Alchemie und Zauberkunst überquollen. »Woher habt ihr das?«

Devlin sagte: »Ich habe es mit einer ganzen Zahl anderer Pergamente in einer Truhe in Daniel Eislers Haus gefunden.«

Sie sah zu ihm auf. »Ihr sagt, dort gab es viele?«

»Ja.«

»Und weshalb habt Ihr gerade dieses ausgewählt, um es mir zu zeigen?«

Leicht amüsiert beobachtete Hero, wie ein Hauch Rot über die Wangen ihres Ehemanns glitt. »Ich fürchte, das kann ich nicht genau erklären. Auf die Gefahr hin, leicht verrückt zu klingen ... Dieses hier schien mächtiger zu sein ... beinahe bedrohlich.«

»Das ist es auch. Ich würde es als ›übel‹ bezeichnen.« Sie stand auf, ging zu den Regalen, um ein Buch auszuwählen, kam zurück und legte es geöffnet vor ihnen auf den Tisch. Auf der aufgeschlagenen Seite war eine fast

282

identische Abbildung zu sehen. »Dieser Kreis ist auch als das vierte Pentagramm des Saturn bekannt.«

Devlin sah zu ihr auf und schüttelte den Kopf. »Was bedeutet das?«

»In der Magie gibt es sieben Himmelskörper, von denen jeder einen Tag regiert und bestimmte, festgelegte Stunden innerhalb jeden Tages. Operationen – wie magische Handlungen von jenen, die sie praktizieren, genannt werden – sollen am besten zur Uhrzeit und am Tag durchgeführt werden, die von ihrem zuständigen Planeten regiert werden. Die Sonne wird als das Reich zeitlichen Wohlstandes und der Gunst von Prinzen betrachtet; die Venus regiert Freundschaft und Liebe, während Merkur der Redegewandtheit und Intelligenz zugeschrieben wird. Der Mond ist der Himmelskörper der Reisen und Botschaften. Die Stunden und die Tage des Jupiter sind am besten geeignet, um Reichtümer und alles was man sich wünscht, zu erwerben, während der Mars für Ruin, Gemetzel und den Tod zuständig ist.«

»Und der Saturn?«

Sie sah ihn offen an. »In den Stunden und Tagen des Saturn werden Seelen und Dämonen aus der Hölle heraufbeschworen.«

»Nett«, sagte Devlin.

Abigail zeigte auf die hebräischen Worte, die um die Seiten des Dreiecks herum aufgeschrieben waren. »Dieser Text ist aus dem Buch Deuteronomium, Kapitel sechs, Vers vier. Er lautet: ›Höre Israel, der Herr ist unser Gott, der Herr allein.‹«

»Aus der Bibel?«, sagte Hero überrascht. »Willst du damit sagen, dieser grässliche alte Mann hat beim Aussprechen von Zaubersprüchen die Bibel zitiert?«

Abigail nickte. »Die meisten Grimoires beinhalten Bibelverse. Die Bibel wurde lange Zeit als eine starke Quelle der Macht betrachtet.« Sie fuhr die eigenartige Inschrift um den Kreis herum mit dem Finger nach. »Seht ihr das hier? Der Text kommt aus den Psalmen. Hier steht: ›Er zog den Fluch an wie sein Gewand, so dringe er wie Wasser in sein Inneres ein und wie Öl in seine Gebeine.‹«

Devlin runzelte die Stirn. »In welchem Alphabet ist das geschrieben?«

»In einem Alphabet mit zweiundzwanzig Buchstaben. Es heißt *transitus fluvii*. Man findet es in Heinrich Cornelius Agrippas Grimoire aus dem 16. Jahrhundert, dem *Dritten Buch der okkulten Philosophie*. Ich weiß allerdings nicht, ob das Buch der Ursprung das Alphabets ist. Ich glaube, man kann es im Grunde als ›okkultes Alphabet‹ bezeichnen.« Sie ließ sich wieder auf ihrem Stuhl nieder. »Die Gegenstände auf dem Tisch, die Ihr beschrieben habt, kann man für verschiedene magische Rituale oder Operationen verwenden. Die kurze Lanze wird normalerweise benutzt, um sie in das Blut einer Elster zu tauchen, während das Messer mit dem weißen Griff in das Blut einer jungen Gans und in den Saft einer Pimpernelle getaucht wird.«

»Und das Messer mit dem schwarzen Griff?«, fragte Hero.

Abigail sah sie an. »Ein Messer mit einem schwarzen Griff wird nur verwendet, um böse Geister zu beschwören. Man tunkt es in Schierlingssaft und das Blut einer schwarzen Katze.«

»Oh Gott«, flüsterte Hero. »Dafür hatte er den Kater.«

»Und es erklärt, warum Eisler all diese Vögel hielt«, sagte Devlin, griff nach dem Pergament und betrachtete es erneut.

Abigail nickte. »Sie werden auch für Opferungen benutzt. Weiße Tiere und Vögel werden üblicherweise guten Geistern geopfert und schwarze den bösen Geistern.«

»Offensichtlich hat er die schwarzen bevorzugt«, sagte Devlin.

Abigail verschränkte die Hände in ihrem Schoß so fest, dass die Knöchel weiß hervortraten. Sie sah aus wie eine einfache, rothaarige Jungfrau, etwas prüde und schlicht – solange man nicht daran dachte, dass sie von Zauberbüchern und den dunkelsten Geheimnissen des Okkultismus umgeben war. »Er war kein angenehmer Mann«, sagte sie, und ihre Stimme klang eigenartig gepresst. »Ich bin froh, dass er tot ist.«

»Sie hören sich ganz wie Hero an«, sagte Devlin und sah auf.

»Er hat vielen großen Schaden und Unglück zugefügt. Wahrhaftige Gerechtigkeit ist in dieser Welt selten, aber zumindest dieses Mal glaube ich, dass wir sie haben walten sehen.«

»Wenn nicht ein Unschuldiger für diesen Mord erhängt wird.«

Abigails Zorn wich einer besorgten Miene. »Ihr werdet doch hoffentlich beweisen können, dass dieser Mann, Yates, unschuldig ist?«

»Ich weiß es nicht.« Devlin rollte das weiße Pergament sorgfältig wieder zusammen. »Sie sagten, diese Abbildung wird das vierte Pentagramm des Saturn genannt. Wofür wird es benutzt?«

»Für Operationen des Ruins, der Zerstörung und des Todes.«

»Ich frage mich, wessen Tod er verursachen wollte«, sagte Hero.

Devlins Blick begegnete ihrem. »Wenn wir das wüssten, wüssten wir vielleicht, wer ihn getötet hat.«

Kapitel 37

»Ah, Lord Devlin«, sagte Sir Henry Lovejoy, als Sebastian später am Nachmittag in der Bow Street vorbeiging, um ihn zu treffen. »Just wollte ich eine Nachricht in die Brook Street schicken. Ich habe einige interessante Informationen über diese Person gefunden, deren Hintergründe Ihr überprüft haben wolltet.«

»Sie meinen Jud Foy?«

»Ja, richtig.«

»Haben Sie ihn gefunden?«

»Noch nicht, nein. Aber ich dachte, es interessiert Sie, dass er anscheinend früher ein Grenadier war.«

»In welchem Regiment?«

»Im Hundertvierzehnten Infanterie. 1809 wurde er ausgemustert.«

»Grundgütiger, ist es Sergeant Judah Foy?«

»Ja, das ist er.« In Sebastians Gesicht musste sich wohl seine Reaktion abzeichnen, denn Lovejoy verkniff die Augen. »Kennt Ihr ihn?«

»Das kann man wohl sagen.«

***

Tyson war in Menton's Shoot Gallery und schoss auf Zielscheiben, da kam Sebastian heran und blieb auf der einen Seite stehen. Die Bewegungen des Mannes waren fließend und sicher, er schoss so zielgenau, wie man es von jemandem erwartete, der im Alter von sechzehn Jahren sein erstes Patent erworben hatte.

Er feuerte noch dreimal, bevor er den Kopf drehte und Sebastian ansah. »Wenn ich es richtig sehe, seid Ihr nicht um der Unterhaltung willen hier?«

Sebastian verschränkte die Arme vor der Brust und lächelte. »Kümmern Sie sich nicht um mich.«

Tysons attraktive Züge blieben gleichgültig. Sebastian sah jedoch, dass seine Augen sich verdunkelten. Er gab seine Steinschlosspistole dem Adjutanten und zog sich die Lederschoner herunter, die er trug, um seine Manschetten vor dem Pulver zu schützen. »Ich bin fertig.«

Sebastian beobachtete ihn, als er zu einer Waschschüssel ging, Wasser hineinschüttete und sich die Hände wusch. »Erzählen Sie mir etwas über Jud Foy.«

Tyson hielt einen Moment inne, dann seifte er sich weiter die Hände ein. »Wen?«

»Sie erinnern sich doch an Sergeant Judah Foy? Er war Grenadier in Ihrem Regiment. Aber nicht nur das, er ist auch der Sergeant, der zu Ihrer Verteidigung im Kriegsgericht ausgesagt hat. Ohne ihn wären Sie erhängt worden.«

»Ich erinnere mich an ihn.«

»Ich muss gestehen«, sagte Sebastian, »sein Erscheinungsbild hat sich so sehr geändert, dass ich ihn nicht wiedererkannt habe.«

Tyson schüttelte das Wasser von den Händen und griff nach einem Handtuch, dass ihm ein Diener reichte. »Das überrascht mich nicht. Er wurde von einem Maultier, das einen der Nachschubkarren zog, an den Kopf getreten. Seither ist er nie mehr ganz richtig gewesen, was eine freundliche Umschreibung dafür ist, dass der Mann ins Irrenhaus gehört.«

»Sie wissen nicht zufällig, wo ich ihn finden kann?«

»Habt Ihr es in Bedlam probiert?«

Sebastian schüttelte den Kopf. »Er ist ein freier Mann. Und wie es scheint, leidet er unter der Vorstellung, dass ihm irgendeine Ungerechtigkeit widerfahren ist. Wissen Sie etwas darüber?«

Tyson warf das Handtuch zur Seite. »Soweit ich mich erinnere, hatte er nach dem Unfall Schwierigkeiten damit, zwischen seinem eigenen Besitz und dem anderer zu unterscheiden. Warum? Was hat das mit mir zu tun?«

»Ich weiß nicht, ob das der Fall ist.«

Tyson griff nach seinem Mantel und zog ihn sich über. »Ich sagte Euch doch, der Mann ist verrückt.«

»Ist er gefährlich?«

»Gut möglich.« Tyson richtete seine Manschetten. »Glaubt Ihr, dass er irgendwie in den Mord an Eisler verwickelt ist?«

»War Foy mit Eisler bekannt?«

»Na, woher soll ich das wissen? Der Mann war Sergeant und damit nicht gerade einer meiner engsten Freunde.«

»Im Gegensatz zu Beresford?«

Tyson sah ihn an. »Was soll das heißen?«

»Wussten Sie, dass Eisler die Angewohnheit hatte, Informationen über Leute einzuziehen und sie dann gegen sie zu verwenden?«

Tyson wandte sich um und ging zum Eingang. »Ich kann nicht behaupten, dass mich das überrascht. Euch?«

Sebastian schloss zu ihm auf. »Mir kam der Gedanke, dass Eisler seine Tricks vielleicht bei Blair Beresford angewandt und ihm gedroht hat, Hope von seinen Spielverlusten zu erzählen.«

Erneut sah Tyson ihn an. »Weshalb denkt Ihr, Beresford hat Spielschulden?«

»Er hat es mir selbst erzählt.«

»Beresford ist nicht direkt eine lohnende Beute für Erpressung. Er besitzt kein Geld – was Eisler selbst offensichtlich nur allzu gut wusste.«

»Meines Wissens war die Erpressung, die Eisler durchführte, subtiler als Ihre übliche Form der Erpressung.«

Eine Regung flackerte über Tysons Gesicht, dann war sie verschwunden. »Vielleicht. Aber ich kann mir nicht vorstellen, was Beresford besitzt, das Eisler interessiert haben könnte. Er ist der jüngere Sohn eines kleinen irischen Landbesitzers und erst wenige Monate in London.«

»Für jemanden, der zehn Jahre damit verbracht hat, von Indien bis Spanien im Krieg zu kämpfen, scheint er ein ungewöhnlicher Freund zu sein.«

Tyson blieb auf dem Gehweg vor dem Schießstand stehen. Das goldene Septemberlicht fiel auf sein Gesicht und vertiefte die harten Linien und tiefen Falten, die ein Jahrzehnt der Gewaltmärsche, mittelmäßiger Verpflegung und des ständigen Aufenthalts in der glühenden Tropensonne hineingeprägt hatten. »Was wollt Ihr andeuten? Dass ich meine Tage beim *Fox and Hound* verbringen, krügeweise Starkbier trinken und mit meinen Offizierskollegen wehmütig über die guten alten Tage lamentieren sollte? Ich bin sechsundzwanzig, nicht sechsundsiebzig. Blair Beresford hat einen wachen Verstand und ist sehr unterhaltsam. Außerdem ist er ein brillanter Dichter. Für eines seiner Werke hat er den Newdigate Prize in Oxford gewonnen. Wusstet ihr das?«

»Nein.«

»Ihr wisst vieles nicht.« Tyson blinzelte zur Sonne hoch. »Und jetzt müsst Ihr mich wirklich entschuldigen. Ich habe einen Termin bei meinem Schneider.«

Der Lieutenant schlenderte zur Bond Street, aber Sebastian hielt ihn mit den Worten auf: »Wie haben Sie Beresford überhaupt kennengelernt?«

Langsam drehte Tyson sich um und sah ihn an, und seine dunklen Augen verengten sich in einem Grinsen, das alles Mögliche bedeuten mochte. »Wir haben uns durch Yates kennengelernt.«

Dann tippte er mit der Hand an seinen Hut und ging davon.

***

Seit ihrer Hochzeit mit Russell Yates lebte Kat Boleyn in einem weitläufigen Stadthaus am Cavendish Square. Es war eine angesagte Wohngegend, beim Adel und den wohlhabenden Kaufleuten und Bankiers beliebt. Zweifellos blickten sie alle mit Entsetzen auf ihre berüchtigten neuen Nachbarn. Kat mochte die angesehenste Schauspielerin der Londoner Bühnen sein, nichtsdestoweniger war sie immer noch eine Schauspielerin. Und obgleich es nicht alle Welt wusste, hatte sie einst als obdachloses, missbrauchtes Kind auf den Straßen Londons überlebt, indem sie das Einzige von Wert feilbot, was sie besaß: sich selbst.

Von dieser Zeit sprach sie nur selten. Aber Sebastian hatte gesehen, wie sie die kleinen, abgerissenen Mädchen in den abgelegenen Gassen von Covent Garden ansah. Er kannte die Wunden nur zu gut, die jene Tage zurückgelassen hatten. Er hatte versucht, den Schaden, der ihr in dieser verzweifelten Zeit von den englischen Soldaten, die ihre Mutter vergewaltigt und getötet hatten, und vom übergriffigen Ehemann ihrer Tante zugefügt worden waren. Aber er wusste, dass es ihm nie ganz gelungen war. Und nun grübelte er, als er die Stufen zu ihrer Haustür hinaufstieg, warum er sich gerade jetzt an diese Dinge erinnerte. Denn Kat war eine Frau, die weder nach Mitleid noch nach Zuspruch heischte, sondern die sich ihre Ziele selbst erkämpfte ...

Ebenso wie ihre Rache.

Als Kats biederer Butler für Sebastian die Tür öffnete, durchquerte sie die riesige, marmorgeflieste Eingangshalle. Er sah die Überraschung, die ihr Antlitz bei seinem Anblick beschattete, denn sie war bereits seit einem Jahr verheiratet, und doch war dies das erste Mal, dass er sie in dem Haus besuchte, das sie mit Yates teilte.

»Devlin«, sagte sie, griff nach seinen Händen und führte ihn in den nächsten Salon. »Was ist los? Hast du etwas herausgefunden?«

Sie trug ein einfaches Kleid aus weißem, bossiertem Musselin, das mit Pfingstrosen abgesetzt war. Eine feine Perlenkette zog sich durch ihre dunklen, dichten kastanienfarbenen Locken, und er hielt ihre Finger nur einen Augenblick zu lang, bevor er sie drückte und dann losließ. »Noch nichts, das irgendeinen Sinn ergäbe. Aber es gefällt mir nicht, wie Yates' Name immer öfter auftaucht, je mehr ich diese Dinge untersuche.«

Sie erwiderte seinen Blick mit ihren tiefgründigen und lebhaften blauen Augen, die so sehr den Augen des Mannes ähnelten, der ihr Vater war und nicht seiner, dass es immer noch wehtat, sie auch nur anzusehen.

Sie sagte: »Er hat es nicht getan, Sebastian.«

»Vielleicht nicht. Aber mittlerweile habe ich den Verdacht, dass er viel mehr darüber weiß, was hier vor sich geht, als er mich glauben machen will.« Er zog sie zum Fenster, damit sie sich neben ihm auf ein Sofa setzte. »Kennst du einen Mann namens Blair Beresford?«

Kat Boleyn mochte keine Einladungen zu den exklusivsten Bällen und Gesellschaften Londons erhalten, aber sie hatte Umgang mit den jovialen männlichen Freunden von Yates, und bei seinen Abendgesellschaften war sie die Gastgeberin.

Sie dachte einen Augenblick darüber nach, dann schüttelte sie den Kopf. »Ich glaube nicht. Warum? Wer ist das?«

»Ein gutaussehender, blauäugiger irischer Poet mit einem Lockenschopf, der erst kürzlich von Oxford abgegangen und nach London gezogen ist.«

Sie lachte leise. »Für gewöhnlich hat Yates sehr wenig Geduld mit Poeten – insbesondere mit Absolventen von Oxford.«

»Wie steht es mit einem Armeeleutnant namens Matt Tyson? Etwa Mitte zwanzig. Dunkelhaarig. Ebenfalls gut aussehend, allerdings nicht auf die jungenhafte Art wie Beresford. Er hat eine ziemlich schurkisch wirkende Narbe auf dem Kinn.«

»Ihn kenne ich. Yates findet ihn unterhaltsam.«

Unterhaltsam. Das gleiche Wort hatte Tyson benutzt, um Beresford zu beschreiben. »Aber schätzt du ihn auch?«, fragte Sebastian.

Ihr Lächeln erlosch. »Er war immer sehr charmant und liebenswürdig zu mir. Aber ...«

»Aber?«

»Sagen wir einfach, ich würde ihm nie den Rücken zukehren – metaphorisch gesprochen natürlich.«

»Weißt du, ob er ...«, Sebastian zögerte und suchte nach den richtigen Worten für seine Frage, »die gleichen Neigungen wie Yates hat?«

Sie verstand, was er meinte. »Das weiß ich nicht. Aber ich kann danach fragen.« Sie neigte den Kopf zur Seite und blickte ihn an, und er fragte sich, was sie sah. Sie war immer schon viel zu gut darin gewesen zu wissen, was er dachte. »Warum bist du hierher zu mir gekommen, Devlin? Warum fragst du Yates nicht selbst?«

»Weil ich nicht davon überzeugt bin, dass er mir gegenüber so ehrlich ist, wie er sollte.«

Sie erhob sich vom Sofa und ging zum auf den Platz hinaus weisenden Fenster, wo sie mit den schweren Satinvorhängen hantierte. Sebastian beobachtete sie. »Was ist los?«

Sie stieß einen langen Atemzug aus. »Um ehrlich zu sein, bin ich nicht ganz sicher, ob er mir gegenüber völlig aufrichtig war.«

»Warum? Weshalb sollte er lügen?«

Sie schüttelte den Kopf. »Das weiß ich nicht.« Aber sie wandte den Blick auf eine Weise ab, die ihm nicht gefiel.

Er sagte: »Weißt du etwas über einen großen blauen Diamanten, mit dessen Verkauf Eisler betraut war? Ein Diamant, der früher Teil der französischen Kronjuwelen gewesen sein könnte.«

Er beobachtete sie genau und erkannte nur Erstaunen und Überraschung in ihrem Gesicht. Beides wurde rasch von einer Regung abgelöst, die sehr nach Angst aussah.

Andererseits, rief er sich ins Gedächtnis, wäre es niemals klug zu vergessen, dass Kat Schauspielerin war, und zwar eine sehr gute. Und plötzlich kam es ihm wie eine Ironie des Schicksals und außerdem beunruhigend vor, dass er nun an beiden Frauen in seinem Leben zweifelte, wenn auch aus völlig unterschiedlichen Gründen.

Sie fragte: »Was willst du andeuten? Dass die Franzosen irgendwie in Eislers Tod verwickelt sind?«

»Weißt du davon, dass Napoleon danach trachtet, die französischen Kronjuwelen wieder zusammenzutragen?«

»Ja.«

Diese einfache Antwort verriet ihm, dass sie vermutlich mehr wusste als er. Sie hatte einst für die Franzosen gearbeitet und Napoleons Agenten Geheimnisse zugetragen, weil sie versuchte, England zu schwächen und Irland zu befreien. Sie hatte behauptet, diese Verbindung vor langer Zeit gekappt zu haben. Aber Sebastian hatte den Verdacht, dass sie immer noch Kontakt zu ihren einstmals Verbündeten hielt, genau wie Yates.

Er sagte: »Wen würde Napoleon damit beauftragen, den Diamanten sicherzustellen? Würde er jemand neuen schicken oder einen Kontakt einsetzen, der bereits vor Ort ist?«

»Das ist schwer zu sagen. In der Vergangenheit hat er beides schon getan.«

»Wäre es möglich, das herauszufinden?«

Er rechnete halb damit, dass sie verneinen würde. Doch sie ließ den schweren Vorhang wieder zurückfallen und glättete ihn, obwohl er ganz gerade herunterhing. »Das kann ich versuchen.«

Er ließ den Blick über ihre vertrauten Gesichtszüge gleiten: die dicht bewimperten, leicht schrägstehenden Augen, die kleine, kindlich wirkende Nase, der großzügige, sinnliche Mund. Seine Liebe zu ihr gründete tief und war stark, und er wusste, dass es immer so bleiben würde. Er hatte sie schon geliebt, als er noch sehr jung gewesen war, noch kampfunerfahren und von der schlimmsten aller Desillusionierungen noch unberührt. Selbst als er geglaubt hatte, sie hätte ihn betrogen – selbst als er versucht hatte, sie zu vergessen – selbst da hatte er sie immer noch geliebt. Ihre Seelen hatten sich auf eine Weise berührt, die nur wenigen geschenkt wird, und er wusste, dass, selbst wenn er sie nie wiedersehen würde, sein Leben für immer mit dem ihren verbunden sein würde.

Er wusste jedoch ebenso, dass die Distanz zwischen ihnen mit jedem voranschreitenden Tag subtil tiefer und grösser wurde.

Und es beunruhigte ihn, wie sehr sein Vertrauen und sein Glaube in sie erschüttert waren.

Kapitel 38

Nachdem Devlin gegangen war, setzte Kat sich hin und schrieb mit sorgfältig gewählten Worten eine Nachricht, die sie einem gewissen irischen Gentleman zukommen ließ, den sie kannte. Dann orderte sie ihre Kutsche und fuhr zum Newgate-Gefängnis.

Als sie eintraf, stand Yates in seiner Zelle neben dem kleinen vergitterten Fenster und blickte auf den Press Yard hinaus. In seiner Haltung lag eine untypische Anspannung, und sie ging zu ihm, schlang die Arme um seine Brust und barg in einer freundschaftlichen und tröstenden Geste die Wange an seinem geraden Rücken. Sie waren zwei Außenseiter, die sich zusammengetan hatten, um sowohl ihren Feinden als auch der missbilligenden Welt die Stirn zu bieten. In vielerlei Hinsicht war er wie der Bruder, den sie nie gehabt hatte, und sie bemerkte, dass sie gegen eine plötzlich aufwallende Emotion fest die Augen zusammenkneifen musste, als ihr der Gedanke kam, sie könnte ihn verlieren.

»Was für eine angenehme Überraschung«, sagte er, umschloss ihre Hände und legte den Kopf nach hinten, bis er ihren berührte. »Ich habe nicht damit gerechnet, dich heute wiederzusehen. Müsstest du dich nicht für das Theater fertig machen?«

»Ich habe noch etwas Zeit.«

Sie spürte, wie sich sein Oberkörper in ihren Armen dehnte, als er einatmete. Er sagte: »Heute Morgen hat mich dein umwerfender Viscount besucht.«

»Er ist nicht mehr mein Viscount.«

»Das stimmt. Allerdings ist er auch nicht direkt dein Bruder, nicht wahr?«

Als sie schwieg, sagte er: »Es tut mir leid. Das war vollends unangebracht.«

»Schon gut«, sagte sie sanft.

Er nickte zum Fenster, wo das alte Mauerwerk des Pförtnerhauses gerade noch sichtbar war, das zum Gefängnis gehörte. »Weißt du, was für ein Zimmer das dort ist, unmittelbar über dem Eingangstor? Sie nennen es ›Jack Ketch's kitchen‹. Es heißt, dort bewahrten sie die gevierteilten Leichen der Hochverräter auf, bevor sie sie in der Stadt zur Schau stellten. Angeblich haben sie sie in riesigen Kesseln voller Pech, Teer und Öl gekocht. Es muss widerwärtig gestunken haben. Die Köpfe hat man freilich einer anderen Prozedur unterzogen. Die wurden mit Lorbeer, Salz und Kreuzkümmel gekocht. Ich schätze, ich darf dankbar sein, dass ich mich in unserem aufgeklärteren Zeitalter lediglich darauf freuen darf, zur Unterhaltung des Volks den Tanz der Gehängten zu tanzen, bevor ich den Chirurgen überantwortet werde und der Ausbildung ihrer Studenten dienen darf.«

»Du wirst nicht hängen.«

Ein angedeutetes Lächeln legte sich auf seine Lippen. »Das Ergebnis des Untersuchungsrichters liegt vor. Meine Verhandlung ist für Samstag festgelegt worden; wusstest du das?«

»Oh Gott. So bald schon?« Sie spürte ein Gefühl der Dringlichkeit, das einer überbordenden Angst sehr nahe kam. Und sie verstand nun, weshalb er dagestanden und zugesehen hatte, wie das letzte Licht von den Mauern seines Gefängnisses verschwand.

Sie sagte: »Weißt du noch irgendetwas über Eisler, das du Devlin noch nicht erzählt hast?«

»Ich glaube nicht.« Er wandte sich ihr zu. »Glaubst du denn, dass ich hängen *will*?«

Sie betrachtete sein dunkles, hübsches Gesicht; der goldene Piratenring in seinem Ohrläppchen blitzte im schwindenden Licht auf. Sie sagte: »Um ehrlich zu sein, verstehe ich nicht, wieso du noch im Gefängnis bist. Jarvis hätte schon vor Tagen dafür sorgen können, dass alle Anklagepunkte gegen dich fallengelassen werden, aber das hat er nicht. Er weiß, dass du die Macht hast, ihn zu zerstören. Du brauchst nur dein Wissen über ihn auszupacken. Trotzdem hat er keine Angst. Wieso?«

Er schwieg. Aber sie las die Antwort in seinem Gesicht.

»Es ist meinetwegen, oder?«, flüsterte sie. »*Das* hat er zu dir gesagt, als er dich am Abend deiner Verhaftung besuchte. Er hat dich gewarnt, dass die Beweismittel, die du hast, dich beschützen können, oder mich. Aber nicht uns beide.«

Yates blieb regungslos.

Sie sagte: »Ich habe recht, nicht? Er hat zu dir gesagt, dass er mich töten lässt, wenn du irgendetwas gegen ihn unternimmst.«

Yates drehte sich zu einer Flasche Brandy um, die neben einem Glas stand. »Ich habe leider nur dieses eine Glas. Darf ich dir etwas zu trinken anbieten?«

Sie schüttelte den Kopf.

»Stört es dich, wenn ich ...?« Er schenkte sich eine ordentliche Menge ein. »Aber nun siehst du«, sagte er, während er die Flasche beiseite stellte, »dass ich sogar noch mehr Grund habe, mit deinem Viscount zusammenzuarbeiten, als du ursprünglich dachtest.«

Er nahm einen tiefen Schluck aus seinem Glas und sah sie erneut an. »Du bist aus einem bestimmen Grund gekommen; aus welchem?«

»Devlin möchte, dass ich dich nach Matt Tyson frage.«

Yates runzelte die Stirn. »Ich habe ihm schon gesagt, dass ich den Mann nur oberflächlich kenne. Was denn noch?«

»Wo hast du ihn kennengelernt?«

»In einer Schwulenkneipe auf der Pall Mall. Warum?«

Kat sog scharf den Atem ein. »Dann ist er ein Schwuler?«

»Aber sicher. Genau wie Beresford.«

***

Das letzte Tageslicht schwand rasch vom Himmel.

Kat wusste, dass sie im Theater sein und sich auf die Abendvorstellung vorbereiten sollte. Stattdessen schlenderte sie die Blumenstände des Covent Garden Market entlang.

Der Platz lag bereits in tiefem Schatten, und die wenigen Obst- und Gemüsehändler versuchten, ihre verderbenden Produkte noch für wenig Geld loszuschlagen, bevor sie für die Nacht schlossen. Nur die Floristen, Gärtner und Blumenmädchen trieben noch lebhaft Handel und verkauften ihre Blumen an das Theater, das Varieté, die Wirte der Speiselokale und an die Beaus, die nach Blumensträußen suchten, um sie ihren Liebsten zu verehren. Die Luft lag voll Gelächter, fröhlichen Rufen und einem süßen, vertrauten Gemisch blumiger Düfte, die sie immer in eine andere Zeit und an einen anderen Ort zurückbrachten.

Kat war als kleines Mädchen in einem kleinen, weißen Haus in Dublin aufgewachsen, das über eine smaragdfarbene Schneise von sattem Grün hinwegblickte. Ihre Mutter und ihr Stiefvater nahmen sie jeden Mittwoch mit zum Markt, der an den Nachmittagen auf dem kopfsteingepflasterten Hof der Gemeindekirche abgehalten wurde. Sie erinnerte sich daran, wie sie aufgeregt von einem Stand zum nächsten gerannt war und entzückte Rufe über die ausgestellten Satinhaarbänder, die Spitzenkragen und die geschnitzten Haarnadeln ausgestoßen hatte. Doch ihrer Mutter waren immer die Stände am liebsten gewesen, die Narzissensträuße und Tulpen in allen Regenbogenfarben oder Töpfe mit Raute und Polei-Minze, Malvensämlingen oder Dornröschenablegern feilboten. Die nahm sie mit nach Hause und pflanzte sie in dem schmalen Grünstreifen neben der Eingangstreppe des Cottage. Selbst nach so vielen Jahren konnte Kat, wenn sie die Augen schloss und tief einatmete, immer noch sehen, wie sich die starken Hände ihrer Mutter in die fruchtbare, dunkle Erde gruben und sie dabei ein abwesendes Lächeln auf den Lippen hatte, das von einer seltenen und tiefen Zufriedenheit kündete.

Auf unerklärliche Weise wusste Kat, dass das Kind, das sie damals gewesen war, auf die Freude und den

Frieden eifersüchtig war, die ihre Mutter in ihrem Garten fand. Jedoch hatte sie nie herausfinden können, ob ihre Selbstsucht von dem Wunsch kam, dass ihre Mutter diese reine und tiefe Freude nur bei ihrer Tochter finden sollte, oder ob sie einfach auf die Ruhe neidisch gewesen war, die sie im Antlitz ihrer Mutter erblickte. Es beschämte Kat nun, als sie sich daran erinnerte, dass sie ihrer Mutter wegen dieser kurzen Phasen von Frieden und Glück gegrollt hatte.

In Arabella Nolands kurzem Leben hatte es so wenig von beidem gegeben.

Als sie nun den schweren Duft der Astern, des Farns und der Chrysanthemen einsog, fragte sich Kat, ob der Geist ihrer Mutter sie hierher geführt hatte, zu diesem friedlichen Ort. Oder war die Liebe zu allem, was wächst, ein Wesenszug, der von der Mutter an die Tochter vererbt wurde wie dunkles Haar und ein Talent fürs Schauspiel? Eine Neigung, die immer schon tief in ihr versteckt gewesen war und nur darauf wartete, entdeckt zu werden.

Bei diesem Gedanken lächelte sie. Das Lächeln wich aus ihrem Gesicht, als sie eine plötzliche Anspannung in der Atmosphäre spürte und schnelle Schritte hörte. Die helle Stimme eines Händlers kreischte: »Hey! Was zum Teufel machst du da?«

Kat riss die Augen auf.

Sie wurde grob von hinten gepackt. Sie wand sich im festen Griff eines Mannes, den sie nicht sehen konnte, und versuchte zu schreien. Seine schwielige Hand landete auf ihrem Mund, presste ihre Lippen an ihre Zähne und drückte ihr die Nase platt, so dass sie nach Luft ringen musste. Sie roch Dreck, Zwiebeln und einen fauligen Atem, als er seine stoppelige Wange gegen ihre drückte und flüsterte: »Komm ganz still mit, und es passiert dir nichts.«

Kapitel 39

Kat warf sich gegen den Griff des Mannes und fühlte, wie seine Arme sie noch fester umschlangen. Er zog sie zurück in die schattige, enge Gasse, die an dem alten, rußgeschwärzten Kirchenschiff entlangführte. Sie versuchte, in die dicken, schmutzigen Finger zu beißen, die sie erstickten, doch der Druck war so fest, dass es ihr nicht gelang.

»He da«, brüllte einer der Floristen und trat hinter seinem Stand hervor. »Das kannst du nicht machen!«

Ein zweiter Mann – ein drahtiger, schwarzhaariger Kerl mit pockennarbigem Gesicht und einer kurzen, schmalen Nase – drehte sich um und hielt dem Händler eine Büchse ins Gesicht. »Kümmer dich um deinen eigenen Scheiß, oder du verlierst deinen Kopf.« Sein Englisch war sorgfältig und präzise gesetzt, aber Kat hörte die schwachen, unverkennbaren Spuren der französischen Satzmelodie und spürte eine neue Welle der Angst.

Der Florist trat zurück, streckte die Hände an den Seiten aus, und seine Gesichtszüge sackten herab.

Kat pochte das Herz, ihr Mund war schmerzhaft trocken, die Rufe der Straßenhehler und Standbesitzer hallten seltsam in ihrem Kopf wider, als säße sie am Grund eines Brunnens. Der Marktplatz drehte sich um sie herum in einem Wirbel aus erschrockenen und verängstigten Gesichtern, nassem Pflaster und verstreuten Chrysanthemen. Vom Kircheneingang flog ein Schwarm Tauben auf; ihre hellen, ausgestreckten Flügel flatterten in der kühlen, feuchten Luft. Kat versuchte, den Körper seitlich zu drehen, aber die Finger ihres Übeltäters gruben sich grausam in ihr Fleisch, und sein Atem schlug ihr heiß gegen das Ohr. »Wenn du leben willst, mach kein' Ärger! Hörst du, Mädchen? Weil nämlich, was ich hinterher mit dir mache, is meine Sache. Verstehste?«

Sie ließ alle Spannung aus ihrem Körper weichen und die Arme an den Seiten herabhängen, als würde sie ohnmächtig vor Angst. Sie hörte ihn zufrieden grunzen. »Dein Freund soll den scheiß Karren bringen, schnell«, sagte er zu seinem pockennarbigen Kumpan. »Lass uns verschwinden.«

Sie kamen am letzten Stand der Reihe vorbei, einem rohen Verschlag, in dem Tongeschirr verkauft wurde. Der Verkäufer kauerte hinter dem wackligen Tresen, die Augen aufgerissen, als könnte er irgendwie in dem verwitterten Pfosten hinter sich verschwinden. Kats Angreifer zog sie nun halb, halb trug er sie wie ein schlaffes, lebloses Gewicht, das in seinen Armen hing, sodass er mehr darauf achtete, sie aufrecht zu halten, als sie festzuhalten.

Mit einer Hand griff sie nach einem Starkbierkrug am Rand des Verkaufsstands, schwang ihn nach oben und dann zurück, um ihn gegen den Kopf ihres Angreifers zu schmettern. Er stieß einen grollenden Schrei aus, und sein Griff um sie lockerte sich vor Überraschung und Schmerz. »Verfluchter Dreckskerl!«, schrie sie, griff nach einem Teller vom Stand und zerschmetterte ihn im Gesicht des Mannes. »Ich sollte dir die Leber herausschneiden und sie an die Krähen verfüttern.«

Er heulte auf, Blut rann sein zerschnittenes Gesicht herab, und er riss die Arme hoch, um seinen Kopf zu schützen, als sie nach einer Schüssel schnappte und damit auf ihn einhieb.

»He, was tun Sie mit mei'm Geschirr?«, rief der Händler aus.

»Dein verfluchtes Geschirr?«, spie Kat, wirbelte herum und wuchtete einen Teller gegen ihn. »Du nutzloser, stinkender Feigling! Du würdest einfach hier stehen und dabei zuschauen, wie er mich umbringt!«

»Du Narr«, rief der Pockennarbige seinem Kumpan zu, als eine brüllende, ärgerliche Menge von Marketendern und Straßenhändlern, Blumenmädchen und Gärtnern auf sie zuwogte. »Steh nicht so rum, ergreif sie!«

»So behandelt man keine Lady!«, jaulte ein großer, schwarzhaariger Pförtner.

»Kümmer dich um deine eigenen Angelegenheiten«, grummelte der pockennarbige Mann und gestikulierte mit seiner Pistole.

Eine vergammelte Tomate flog durch die Luft und zerplatzte in seinem Gesicht.

Plötzlich war die Luft voll mit den unverkauften, verderblichen Waren des Tages, mit schimmeligen Rüben und überreifen Melonen, weichen Birnen und fauligen Äpfeln. Einen Augenblick lang konnten die beiden Männer die Stellung halten. Dann wurde der Kopf des

Größeren seitlich von einem gerupften, ausgeschlachteten Hühnerkadaver getroffen. Er drehte sich um und rannte los, wobei seine Füße in einem See verrotteten Gemüses, zerplatzter Früchte und zerschmetterten Geschirrs ausglitten und rutschten. Sein Komplize zögerte einen Moment, dann folgte er ihm, umrundete die Kirchentreppe und verschwand die Seitenstraße hinunter.

»Rührt mich noch einmal an, und ich schlachte euch ab! Hört ihr?«, rief Kat und schleuderte ihnen eine letzte Tonschüssel hinterher, als sie die Straße hinunter zu ihrem wartenden Karren rannten. Sie war nicht mehr Kat Boleyn, die Berühmtheit der Londoner Bühne, sondern Kat Noland, das abgerissene, wütende kleine Waisenmädchen, das in den heruntergekommenen Hintergassen einer riesigen, feindlichen Stadt ums Überleben gekämpft hatte. »Ich schneid euch die erbärmlichen Eier ab und verfüttere sie an die streunenden Köter in Moorefield. Ich schmücke die London Bridge mit euren Gedärmen, ich ...«

Aber die Männer kletterten schon auf ihren wartenden Karren, und ihr Fahrer gab seinen Pferden die Peitsche, sodass sie in einen wahnwitzigen Galopp fielen, der sie um die Ecke und außer Sicht brachte. Kat ließ die Hand herunterfallen, ihre Finger waren fest um den Griff des rauen Krugs geschlungen, den sie immer noch hielt, und das Herz trommelte ihr in der Brust.

***

»Kennst du die Geschichte von den Mäusen und der Katze?«, fragte Emma Wilkinson und sah mit den großen, grauen Augen ihres Vaters zu Sebastian auf.

Sie saßen vor dem unscheinbaren Kamin in Annie Wilkinsons kleinem Salon in Kensington. Er war, wie versprochen, hergekommen, um Emma eine Geschichte zu erzählen, bevor sie zu Bett ging. Er hatte erwartet, dass es eine peinliche Erfahrung werden würde, denn er war ein Mann, der nur selten mit Kindern zu tun hatte. Doch als Emma es sich an seiner Seite gemütlich machte und er ihre kindlich weichen Locken an seinem Kinn spürte, bemerkte er überrascht, wie seine Gedanken zu dem Kind drifteten, das Hero in nur wenigen Monaten zur Welt bringen würde.

»Das ist meine Lieblingsgeschichte«, sagte Emma.

»Es könnte sein, dass ich sie nicht ganz genau so erzähle wie dein Papa.«

»Das macht nichts«, sagte Emma. »Papa erzählt sie jedes Mal ein kleines bisschen anders.«

Sebastian sah zu Annie, die im schwindenden Licht des Regentags ein Betttuch flickte. An der Art, wie sich ihre Brust schnell hob und senkte, bemerkte er, dass auch ihr nicht entgangen war, dass das Mädchen in der Gegenwartsform gesprochen hatte.

»Nun denn«, sagte er. »Es war einmal eine Kolonie von Mäusen. Die lebte friedlich und glücklich in den Mauern eines kleinen Dorfladens. Die Mäuse waren gut genährt und zufrieden. Aber der Mann, dem der Laden gehörte, war nicht glücklich mit all diesen Mäusen, die ihm das Getreide stahlen und seinen Käse anknabberten. Also kaufte er sich einen Kater, der in seinem Laden Patrouille ging und die armen Mäuse schon bald so sehr terrorisierte, dass sie zu große Angst hatten, um auch nur aus ihren kleinen Löchern in der Wandvertäfelung herauszukommen und etwas zu essen.«

»Welche Farbe hatte die Katze?«, fragte Emma.

»Ein großer schwarzer Kater mit einem buschigen Schwanz.«

»Papa sagt immer, ein gescheckter.«

»Entschuldige.«

Emma kicherte.

»Jedenfalls«, sagte Sebastian, »haben die Mäuse schnell begriffen, dass sie entweder verhungern oder selbst gefressen werden würden, wenn sie nichts gegen den Kater unternahmen. Also haben sie sich alle versammelt, um nach einer Lösung zu suchen. Es gab viele Diskussionen und Geschrei, aber keiner konnte sich irgendetwas vorstellen, das funktionieren würde. Am Ende stand eine kluge, kleine Maus auf und sagte: ›Die Schwierigkeit ist, dass der Kater so leise ist, dass wir ihn nicht hören, wenn er sich heranschleicht. Wir müssen ihm nur ein Bimmelglöckchen um den Hals binden, dann werden wir immer wissen, wenn er in der Nähe ist.‹ Und all die anderen Mäuse hielten das für einen hervorragenden Gedanken. Alle haben applaudiert, der kleinen Maus auf die Schulter geklopft und ihr gesagt, wie klug und heldenhaft sie ist. Alle bis auf einen betagten Mäuserich, der so alt war, dass sein Haar so weiß wie der Frost war. Er räusperte sich, stand auf und sagte ...«, Sebastian sprach mit rauem Glasgower Akzent weiter. »Ich will nicht leugnen, dass ein Glöckchen um den Hals des Katers uns vor ihm warnen würde. Es gibt nur ein winziges Problem.‹ Der alte Herr

hielt inne und ließ den Blick über die Mäuseversamm-
lung wandern, dann sagte er ...«

»*Wer hängt ihm die Glocke um – wer verbimmelt den
Kater?*«, rief Emma aus, sprang auf und klatschte in die
Hände, dann ließ sie sich in einem Lachanfall wieder
gegen ihn fallen.

»Du hast es schon einmal gehört«, sagte Sebastian in
gespieltem Ernst.

»Ach, höchstens hundertmal«, sagte Annie, legte ihr
Flickwerk zur Seite, kam zu ihrem Kind und zog es in
die Arme. Ihr Blick begegnete seinem über den dunklen
Haarschopf des kleinen Mädchens hinweg. »Danke
sehr.«

»Es war mir ein Vergnügen. Ehrlich.«

Der Hauch eines Lächelns glitt über ihre Lippen. »Du
wirst ein wunderbarer Vater sein.«

Später fragte er sich, ob es nur so dahingesagt war
oder ob sich etwas von seinen eigenen Gedanken und
Emotionen in seinem Gesicht abgezeichnet hatte.

***

Später am Abend blätterte Sebastian eine Geschichte
der Französischen Revolution durch, während Hero in
Abigail McBeans englischer Übersetzung von *Der
Schlüssel Salomos* las. Der schwarze Kater lag zusam-
mengerollt neben ihnen auf dem kalten Kamin.

»Hör dir das an«, sagte sie und las laut vor: »Ich be-
schwöre euch Geister im Namen aller Patriarchen, Pro-
pheten, Apostel, Evangelisten, Märtyrer, Bekennenden,
Jungfrauen und Witwen, und bei Jerusalem, der heili-
gen Stadt Gottes, und bei Himmel und Erde und allem,

310

was da kreucht und fleucht, und bei allen anderen
Kräften und den Elementen der Erde, und beim heili-
gen Petrus, dem Apostel Roms, und bei der Dornen-
krone, die auf dem Kopf unseres Herrn getragen
ward.«« Sie sah auf. »Ich schätze, das soll von Salomo
selbst geschrieben worden sein.«

»Nähere Informationen«, sagte Sebastian und blickte
auf, da es an der Haustür pochte.

»Erwartest du jemanden?«, fragte Hero.

Sebastian schüttelte den Kopf. Wenig später erschien
Morey in der Tür. »Der Earl of Hendon macht seine
Aufwartung, Mylord.«

Sebastian spürte Heros stillen Blick auf sich. In all
den Wochen, seit sie verheiratet waren, war Hendon
noch nie zur Brook Street gekommen, noch hatte Sebastian seine junge Frau zu Hendons weitläufigem Anwesen am Grosvenor Square gebracht. Und doch hatte
sie ihm noch nie die offensichtlichste aller Fragen gestellt: *Warum?*

Morey räusperte sich. »Seine Lordschaft sagt, sein An-
liegen ist von größter Bedeutung. Ich habe mir die Freiheit genommen, ihn in die Bibliothek zu führen.«

Sebastian spürte große Beunruhigung. Nach allem,
was zwischen ihnen ausgesprochen worden war,
konnte er sich nur wenige Anlässe vorstellen, die Hendon dazu bewegen konnte, hierher zu kommen.

Keiner davon war gut.

»Entschuldige mich«, sagte Hero und verließ den
Raum.

Er traf den Earl vor dem Kamin der Bibliothek an. Die
Hände hatte er hinter dem Rücken verschränkt, und
seine Züge waren sorgenumwölkt.

»Was ist los?«, fragte Sebastian unumwunden. »Was ist geschehen?«

»Kat ist heute Abend am Covent Garden Market angegriffen worden.«

»Geht es ihr gut?« Es kam schärfer heraus als beabsichtigt.

Hendon nickte. »Ja. Zum Glück haben sich die Straßenhändler und Marketender zusammengetan und ihr geholfen, die Angreifer zu verjagen. Sie hat eine leichte Verletzung am Arm, das ist alles.«

Wortlos ging Sebastian zum Beistelltisch und schenkte zwei Gläser Brandy ein. Eines reichte er dem Earl.

Hendon nahm es, ohne zu zögern. »Sie sagt, sie weiß nicht, wer die Männer waren oder warum sie sie angegriffen haben.«

Sebastian nahm einen tiefen Zug seines Brandys und spürte, wie er ihm brennend die Kehle hinunterfloss. »Und du glaubst ihr nicht?«

»Ich weiß nicht, was ich glauben soll – obgleich ich dazu neige anzunehmen, dass es etwas mit dieser Geschichte um Yates zu tun hat.«

»Wenn es so ist, warum sollte sie es dir nicht sagen?«

»Das weiß ich nicht. Ich habe gehofft, dass du vielleicht die Antwort darauf kennst.«

Sebastian schüttelte den Kopf. »Ich fürchte, hier geht zu vieles vor sich, das ich noch nicht verstehe.«

Hendon blickte auf seinen Brandy. »Sie sagte, dass du dich darum kümmern willst, Yates' Unschuld zu beweisen.«

Als Sebastian darauf nichts sagte, räusperte Hendon sich und sagte grummelnd: »Vielen Dank.«

»Ich mache das nicht für dich.«

Ein langes, schmerzliches Schweigen setzte ein. Dann sagte Hendon: »Nein, natürlich nicht.« Er stellte den Brandy unberührt zur Seite und griff nach seinem Hut. »Richte deiner Gattin meine Grüße aus.« Dann verbeugte er sich und ging.

Sebastian ließ sofort nach seiner Kutsche rufen. Er wartete mit einer Hand an der Kaminummantelung und blickte auf den leeren Rost. Mit den Gedanken war er weit weg, da spürte er den schwarzen Kater an seinem Bein, blickte auf und sah Hero, die ihn beobachtete.

»Entschuldige«, sagte er und streckte den Rücken durch. »Ich habe dich nicht hereinkommen hören.«

»Das ist das erste Mal.« Sie bückte sich und nahm die schnurrende Katze auf den Arm. »Ist etwas passiert?«

»Kat Boleyn wurde heute Abend in Covent Garden angegriffen. Sie ist unverletzt, aber es ist dennoch ... besorgniserregend.«

Zwischen Heros Augen erschien eine Sorgenfalte. »Glaubst du, es hat mit Eislers Tod zu tun?«

»Ja.«

Sie sagte: »Wieso überbringt Hendon dir eine Nachricht über Kat Boleyn?«

Ihre Blicke begegneten sich. Er ertappte sich bei dem Gedanken: *Wenn Feinde zuerst Freunde und dann Liebende werden, wann fallen dann die letzten Barrieren? Wann werden die letzten Geheimnisse enthüllt?* Sie war seit sechs Wochen seine Frau; jede Nacht teilte sie das Bett mit ihm, und sie trug sein Kind unter dem Herzen. Dennoch gab es so vieles, das sie nicht voneinander wussten, so viele Dinge, die er ihr nie erzählt hatte, so vieles, worüber sie nie gesprochen hatten.

Und keiner von beiden hatte je die drei schlichten, aber mächtigen Worte *Ich liebe dich* ausgesprochen.

Er sagte unumwunden: »Kat ist Hendons leibliche Tochter. Bis zum vergangenen Herbst wussten wir beide das nicht. Die Entdeckung als erschütternd zu bezeichnen, wäre eine der großen Untertreibungen des Jahres.«

Er sah den Schock des Verstehens in ihren Augen, und dazu noch etwas, das er nicht erwartet hatte.

»Oh Gott«, flüsterte sie. »Sebastian, das tut mir so leid.«

Er leerte seinen Brandy und stellte das Glas zur Seite.

»Wenn du nun unseren kleinen Familienkreis als eine große Tragödie betrachtest, irrst du. Schlussendlich hat sich diese Entdeckung – so elend und schockierend sie auch war – lediglich als erster Akt von etwas herausgestellt, das inzwischen nur noch einer billigen Schmierenkomödie ähnelt.«

»Für mich siehst du nicht aus, als würdest du lachen.«

»Nun ja ...«, er hätte noch mehr gesagt, denn es gab noch so vieles, das er ihr erzählen musste. Doch in diesem Augenblick erschien Morey in der Tür und sagte: »Eure Kutsche ist bereit, Mylord.«

Er zögerte.

Sie streckte die Hand aus und berührte sanft seinen Arm. »Fahr, Sebastian. Ich verstehe es.«

Und so ließ er sie zurück, den schwarzen Kater wie ein Kind in den Armen geborgen.

Kapitel 40

Kat lag auf einem Sofa vor dem brennenden Kamin in ihrem Kleinen Salon, als er eintraf. Den linken Arm trug sie in einer Schlinge.

»Bitte steh nicht auf«, sagte Sebastian, als sie sich aufmühen wollte.

Doch sie setzte sich aufrecht hin, und ihre kleinen, strumpfsockigen Füße sahen unter ihrem Musselinkleid hervor. »Ich habe Hendon gebeten, dir diese Geschichte nicht zuzutragen. Aber offenkundig hat er nicht gehört.«

Sebastian trat zu ihr, legte ihr die Hände auf die Schultern und blickte in ihr nach oben gewandtes Antlitz. »Wie geht es dir? Ehrlich.«

»Gibson sagt, dass es nichts Ernstliches ist – nur eine Verstauchung. Einer der Männer hat mich am Arm gepackt, und ich muss ihn im Versuch, mich zu befreien, überdreht haben.«

»Was zur Hölle ist da passiert? Und warum zum Teufel bist du damit zu Hendon gegangen statt zu mir?«

»Blick nicht so finster, Sebastian. Ich bin nicht zu Hendon gegangen. Er ist heute Abend per Zufall zu mir gekommen, um sich zu erkundigen, wie es mir geht, und ich habe den Fehler gemacht, ihm eine ehrliche Antwort auf die Frage zu geben, wie ich mich verletzt hätte.«

»Hast du ihm wirklich eine ehrliche Antwort gegeben?«

Sie lächelte. »Weitgehend. Ich habe keinen Schimmer, wer diese beiden Männer waren. Allerdings
glaube ich nicht, dass sie die Absicht hatten, mich zu töten – zumindest nicht sogleich. Sie haben versucht,
mich zu einem Karren zu ziehen, der in der Nähe wartete.«

Sebastian ging zum Fenster, das den dunklen Platz
überblickte. »Hast du an der Frage gearbeitet, die ich dir
heute Nachmittag gestellt habe?«

»Ja. Aber ich habe nur eine vage formulierte Nachricht an eine Person geschickt und um ein Treffen gebeten. Ich bin nicht ins Detail gegangen, weshalb.«

Er sah sie an. »Sie könnte den Grund kennen.«

Sie schüttelte den Kopf. »Ich glaube nicht, dass diese
Person mir schaden würde.«

»Bist du dir da so sicher?«

Mit der freien Hand strich sie sich über den Schoß
und antwortete ihm nicht.

Er sagte: »Ich glaube, dass Napoleons Männer noch
immer nach diesem Diamanten suchen. Wenn sie Eisler nicht getötet haben, aber glauben, dass Yates es getan hat, glauben sie vielleicht, dass er ihn jetzt hat.«

»Warum sollten sie dann mich schnappen?«

»Um dich zur Erpressung einzusetzen vielleicht?«

»Du meinst, so wie ›Sie geben uns den Diamanten zurück, und wir geben Ihnen Ihre Frau‹?« Sie dachte kurz
darüber nach, dann sagte sie: »Ich glaube, einer der
Männer, die versucht haben, mich zu entführen,
könnte Franzose gewesen sein.«

Sebastian runzelte die Stirn. »War er dünn? Pockennarbiges Gesicht?«

»Ja. Woher weißt du das?«

»Ich hatte in Seven Dials letzte Nacht eine kleine Begegnung mit ihm.« Er hielt inne. »Konntest du mit Yates sprechen?«

Sie nickte. »Du hattest recht mit Tyson und Beresford. Sie sind warme Brüder.« Sie musterte ihn. »Das ist von Bedeutung. Warum?«

»Eisler hat gern Informationen über Menschen gesammelt.«

»Du meinst, um sie zu erpressen?«

»Ich glaube nicht, dass er Geldzahlungen für sein Schweigen verlangte. Er hat das, was er wusste, genutzt, um die Menschen zu manipulieren und sie zu Handlungen zu zwingen, die er von ihnen wollte.«

»Das würde ich Erpressung nennen.«

»In gewisser Weise ist es das wohl.«

Sie runzelte nachdenklich die Stirn. »Laut Yates ist Blair Beresford der jüngere Sohn eines kleinen irischen Landbesitzers. Was könnte er besitzen, das Eisler haben oder für sich nutzen wollen könnte?«

»Ich dachte nicht an Beresford.«

»Du meinst Tyson?« Sie schwieg einen Augenblick, als dächte sie darüber nach. Dann sagte sie: »Er ist auch ein jüngerer Sohn.«

»Ja. Aber er hat Edelsteine an Eisler verkauft. Eisler könnte die Informationen, die er hatte, verwendet haben, um hart zu verhandeln.«

»Willst du andeuten, dass das ein Mordmotiv für Tyson sein könnte?«

»Ich würde schon sagen. Bloß, wenn Eisler mit Drohungen auf Tyson Druck ausüben wollte, dann war er ein Narr. Tyson ist die Sorte Mann, die dir bei einem falschen Blick die Kehle durchschneidet.«

»Was sagte er denn, wo er am Sonntagabend war?«

»Beresford behauptet, sie hätten den Abend in Tysons Wohnung in der St James's Street verbracht.«

Sie schob sich die Locken aus der Stirn. Sebastian bemerkte, dass ihre Hand leicht zitterte. »Uns läuft die Zeit davon, Devlin. Yates' Verhandlung ist für Samstag festgesetzt worden.«

Er wollte zu ihr gehen, sie in die Arme ziehen und tröstend festhalten. Ihm kam in den Sinn, dass er das tun könnte, wenn sie wirklich seine Schwester wäre, und niemand hätte ein zweites Mal darüber nachgedacht.

Und das erschien ihm plötzlich wie die bitterste Ironie.

Er sagte: »Wer ist derjenige, dem du deine Nachricht geschickt hast?«

»Du weißt, dass ich dir das nicht verraten kann.«

»Auch nicht, um dein eigenes Leben zu retten?«

Aber sie schüttelte nur den Kopf, und ein Lächeln umspielte ihre vollen, schönen Lippen.

***

Sebastian verließ das Haus am Cavendish Square und trat in eine kühle Nacht hinaus, in der beißend der Geruch nach Kohlenfeuer und feuchtem Gestein sowie dem heißen Öl der Straßenlampen hing, die schwach flackerten, als würden sie von einer ungesehenen

Hand aufgerührt. Er wollte gerade auf seine wartende Kutsche springen, da entschied er sich um und schickte seinen Kutscher nach Hause.

Er wandte sich dem Regents Park zu und ging breite, gepflasterte Straßen entlang, die von stattlichen Backstein- und stuckverzierten Häusern gesäumt wurden. Sie standen dort, wo vor fünfundzwanzig Jahren seine Brüder und er durch goldene Heuwiesen gelaufen waren. Damals war hier ein kleiner Teich gewesen, beschattet von Kastanienbäumen – genau dort, dachte er, wo jetzt dieser Pferdemietstand war. Er erinnerte sich, wie sein Bruder Cecil bei der Suche nach Kaulquappen einmal eine alte römische Münze im Matsch gefunden hatte. Richard, der Älteste und deswegen Erbe ihres Vaters, hatte sie als sein Eigentum gefordert, wobei er die Erbregeln des Erstgeborenen so hinbog, wie er es wollte. Ihre Mutter war auch dabei gewesen; die Sonne lag warm auf ihrem blonden Haar, und ihre Stimme war hell vom Lachen, als sie die zankenden Jungen trennte. Und nichts davon – wirklich nichts – war so gewesen, wie er gedacht hatte.

Wann?, dachte er erneut. *Wann fallen die letzten Barrieren? Wann werden die letzten Geheimnisse enthüllt?*

Doch als er in der Brook Street ankam, lag Heros Schlafzimmer im Dunkeln. Er blieb einen Moment auf der Schwelle stehen und beobachtete, wie sich ihre Brust beim Atmen sacht auf und ab bewegte. Dann wandte er sich ab.

Als er am nächsten Morgen erwachte, hatte sie das Haus für weitere Befragungen verlassen.

***

Donnerstag, 24. September

Genau fünf Minuten vor elf Uhr am nächsten Morgen betrat Sebastian die Behörde in der Lambeth Street und traf dort Bertram Leigh-Jones an, der einen Stapel Akten durchwühlte. Seine Robe flatterte um ihn herum, die Perücke saß schräg auf seinem Kopf.

»Wir öffnen erst um elf Uhr«, schnappte der Magistrat. »Was wollt Ihr?«

»Ich frage mich, ob Sie eine Liste der Personen haben, die Daniel Eisler Geld schuldeten.«

Leigh-Jones schnaubte und widmete sich weiterhin seinen Akten. »Warum sollte ich denn so etwas haben wollen?«

»Nach allem, was ich gehört habe, hat Eisler in allem mitgemischt, von Erpressung über Zauberei bis hin zu sexueller Ausbeutung. Ein Mann wie er schafft sich viele Feinde.«

Der Untersuchungsrichter sah auf. »Vielleicht. Das ändert jedoch nichts daran, dass Russell Yates ihn getötet hat. Seine Verhandlung wird am Samstag stattfinden.«

»Das ist etwas übereilt, finden Sie nicht?«

»Zufällig nicht, nein. Der Mann ist eindeutig schuldig. Warum sollen wir ihn auf Kosten seiner Majestät gefangen halten, wenn er ebenso gut für die Öffentlichkeit als sportliche Attraktion herhalten und am Ende eines Seiles baumeln kann?«

Sebastian musterte das füllige, selbstgerechte Gesicht des Mannes. »Ich habe gehört, dass König George, als er noch bei klarem Verstand war, die Gewohnheit

hatte, persönlich die Fälle jedes einzelnen Gefangenen
zu überprüfen, die in London zum Tode verurteilt wurden. Es heißt, dass er oft in den frühen Morgenstunden
die Beweislage abgewogen hat, und dass er mit seinem
Seelsorger in Klausur ging, um zum Zeitpunkt ihrer
Hinrichtung zu beten.«

»Hat er das?« Leigh-Jones schichtete seine Akten über-
einander und steckte sie sich unter den dicken Arm.
»Nun, dann ist es kein Wunder, dass er verrückt geworden ist, nicht? Wenn Ihr mich fragt, ist ein Morgen, den
man damit verbringt zuzusehen, wie ein halbes Dutzend Verbrecher hängen, ein fast ebenso guter Sport
wie die Fuchsjagd.« Er zwinkerte Sebastian betont zu.
»Ihr könntet uns hinterher im Wärterhaus bei einem
Frühstück mit scharfen Nierchen Gesellschaft leisten.
Das ist so eine Art Tradition, wisst Ihr. Nun müsst Ihr
mich aber entschuldigen; ich muss zu einer Anhörung.
Er hob die Hand und richtete seine Perücke. Einen guten Tag, M'lord.«

Kapitel 41

Hero verbrachte den größten Teil des Morgens im Schatten von Northumberland House, wo sie die Gruppe der jungen Straßenkehrer von Charing Cross befragte. Diese Kreuzung, ein ungleichmäßiger offener Bereich am Ende der Strand, wo die Straßen White Chapel, Cockspur und St Martins zusammenstießen, war sehr stark befahren. Alle waren sich einig, dass es ein »Drehpunkt« war, den Unmengen von Adligen in alle Richtungen passierten. Schlechterdings waren sie einfach viel zu viele Kinder, als dass einer von ihnen wirklich gut verdienen könnte.

Sie sprach gerade mit einem hoch aufgeschossenen, schlaksigen rothaarigen Jungen namens Murphy, als sie das Gefühl hatte, beobachtet zu werden. Sie blickte um sich und sah die bronzene Pferdestatue, die eingezäunt war, die klassische Fassade der Hofstallungen, und die Gruppe der abgerissenen, barfüßigen Jungen, die ihre Besen festhielten. Sie hatte sich nie für eine übermäßig schreckhafte Frau gehalten, doch das unangenehme Gefühl blieb bestehen.

»Das ist der Kerl dort hinten«, sagte Murphy, als sie zum dritten oder vierten Mal um sich blickte. »Hinter dem Müllkarren dort, vor dem Schlafhaus für Kutscher. Der beobachtet Euch schon ganz schön lang.«

Der Karren des Müllmanns rollte ein Stück vor, und jetzt konnte sie ihn sehen: eine ungekämmte Vogelscheuche von Mann mit eingesunkenen Augen, vernarbten Wangen und dem törichten Grinsen eines Narren.

Hero steckte ihr Notizbuch in ihr Retikül und bezahlte den Jungen großzügig. »Ich danke dir.«

Die eine Hand immer noch in der Handtasche, ging sie angelegentlich über die Straße auf Jud Foy zu. Sie erwartete halb, dass er wegrennen würde. Doch er blieb einfach grinsend stehen, während sie auf ihn zuging.

»Warum beobachten Sie mich?«, verlangte sie zu wissen.

Er öffnete den Mund, und seine Brust bewegte sich, als würde er lachen, dabei gab er keinen Ton von sich. »Beobachte Euch schon seit Tagen. Habt's jetzt erst bemerkt? Hab Euch mit dem kleinen Mädchen in Holburn reden sehen.«

»Warum?«

»Warum?«, wiederholte er, und seine Augen verdunkelten sich, als würde ihn die Frage verwirren.

»Warum beobachten Sie mich?«

»Man kann jede Menge interessante Sachen über die Leute lernen, wenn man sie beobachtet.«

»Wenn Sie mir noch einmal hinterhersteigen«, sagte Hero, »dann lasse ich Sie von den Wachtmeistern festnehmen.«

Wieder lachte er auf diese eigenartig tonlose Weise. »Nur wenn Ihr mich auch seht.«

Sie wollte sich gerade abwenden, da sagte er: »Hab gesehn, dass Ihr Euch'n Kater geholt habt. Schwarze Katzen bringen Unglück, wisst Ihr das?«

Sie drehte sich langsam um und sah ihn an. »Was soll
das denn heißen?«

»Früher haben die Leute schwarze Katzen ertränkt.
Oder vielleicht ...«

Sie zog die messingverzierte Pistole aus ihrem Retikül
und zielte damit zwischen seine Augen. »Du hoffst besser, dass mein Kater ein sehr langes Leben hat. Wenn
ihm nämlich irgendetwas passiert – egal was –, dann
wirst du dir wünschen, auf den Schlachtfeldern von
Europa den Heldentod gestorben zu sein. Habe ich
mich klar ausgedrückt?«

Vage registrierte sie einen Mann mit Backenbart in
einem altmodischen Gehrock, der sich zu ihr umdrehte
und sie mit offenstehendem Mund anstarrte; eine
Witwe in einer Sänfte stieß einen erschrockenen
Schrei aus. Foy blieb reglos stehen, und sein Idioten-
grinsen wich aus seinem geistlosen Gesicht.

»Ihr würdet wegen ’ner Katze ’n Mann erschießen?«

»Ohne Reue.«

»Marja Muttergottes! Ihr seid genauso verrückt wie
Euer Mann.«

Sie schüttelte den Kopf. »Der Unterschied zwischen
Devlin und mir liegt darin, dass er vermutlich nicht ab-
drücken würde. Ich schon.« Sie deutete mit der Pistolenmündung in den Himmel und trat einen Schritt zurück. »Halten Sie sich von meinem Kater fern.«

***

Als Sebastian wieder zur Brook Street kam, saß Hero
auf den Terrassenstufen und blickte über den Garten
hinweg. Sie trug noch ihr taubengraues, schwachrosa

paspeliertes Kutschenkleid. Ihren federgeschmückten, rosafarbenen Samthut und die rehledernen Handschuhe hatte sie abgesetzt und zusammen mit ihrem Retikül auf die Fliesen hinter sich gelegt. Sie hielt den schwarzen Kater auf dem Schoß und kraulte ihn unter dem Kinn, als Sebastian zu ihr ging.

»Der Parlamentsabgeordnete von South Whitecliff hat mir erzählt, meine Gattin habe heute Morgen am Charing Cross drei Männer erschossen. Aber der Bäckerbursche schwört, dass es nur einer war.«

Sie barg das Gesicht im weichen, schwarzen Fell der Katze. »Du solltest es besser wissen und nicht alles glauben, was dir zu Ohren kommt. Ich habe Jud Foy dabei erwischt, dass er mich wieder beobachtet hat. Er hat damit gedroht, dem Kater etwas anzutun. Ich habe ihm erklärt, dass das keine gute Idee wäre, ganz gleich, was er meinte. Aber trotz großen Bedauerns meinerseits habe ich ihn nicht erschossen.«

Sebastian schob ihr Retikül zur Seite, sodass er neben ihr sitzen konnte. Er hörte das metallische Klirren ihrer Pistole. »War er von deiner Ernsthaftigkeit beeindruckt?«

»Ich glaube schon.«

Er streckte die Hand aus und streichelte mit der Rückseite der Finger ihre Wange. »Es tut mir leid.«

Sie hob den Kopf und sah ihn an. »Vielleicht habe ich etwas überreagiert.«

»Das glaube ich nicht.«

Sie gluckste leise. Aber ihr Lächeln erlosch sogleich wieder. »Ich verstehe nicht, warum er das tut – was will er?«

»Matt Tyson sagt, er wurde von einem Maultier gegen den Kopf getreten.«

»Tyson? Er kennt ihn?«

»Foy hat bei Tysons Kriegsgerichtsverhandlung für ihn ausgesagt. Er war Sergeant in Tysons Regiment. Ein Grenadier.«

Sie drehte den Kater auf den Rücken, damit sie ihm den Bauch kraulen konnte. »Jamie Knox war auch ein Grenadier, oder?«

»In einem anderen Regiment.«

Sie sah ihm in die Augen. »Glaubst du, dass es in London so viele ehemalige Grenadiere gibt, dass sie sich nicht alle kennen?«

***

Jamie Knox saß in Houndsditch in einer Taverne an einem der hinteren Tische, als Sebastian sich zu ihm gesellte. Er zog einen Stuhl heraus und setzte sich ihm gegenüber.

»Bitte, setzt Euch doch«, sagte der Kneipenbesitzer und schnitt sich ein Stück gegrilltes Hammelfleisch ab.

»Ich bin auf der Suche nach einem ehemaligen Grenadier namens Jud Foy.«

Knox wedelte in einer ausladenden Geste mit der Gabel durch die Luft und schloss den einfachen, vertäfelten Raum, die vollbesetzten Tische und Stühle und das fröhlich flackernde Feuer ein. »Ihr seht ihn hier nit, oder?«

»Aber Sie kennen ihn.«

»Ich kenn 'ne Menge Leute. Das bringt 'ne Kneipe so mit sich.«

Sebastian studierte Knox' ebenmäßiges Gesicht mit den hohen Wangenknochen. Die Ähnlichkeit zwischen diesem Mann und Sebastian war beunruhigend. Beide hatten die gleichen, tiefliegenden, goldenen Augen unter geraden, dunklen Brauen und auch ihre Lippen waren ähnlich geschwungen. Aber noch mehr faszinierten Sebastian die Unterschiede. Knox' Hakennase war noch etwas ausgeprägter, und in seinem Kinn deutete sich ein Grübchen an. Hatte er diese Charakteristika von seiner Mutter geerbt, einer Schankmaid?, fragte Sebastian sich. Oder von dem unbekannten Vater, den sie beide wahrscheinlich gemeinsam hatten?

»Immer noch hinter der Eislersache her?«, fragte Knox und pikte mit der Gabel eine Kartoffel auf.

»Ich untersuche immer noch seinen Tod, ja.«

Knox kaute bedächtig, dann schluckte er. »Was hat der mit Foy zu tun?«

»Ich weiß nicht, ob er etwas mit ihm zu tun hat. Aber der Mann hat meine Frau bedroht.«

Ein amüsierter Schimmer ließ das Gold in den Augen seines Gegenübers dunkler erscheinen. »Ich habe schon von dem Zwischenfall des Morgens am Charing Cross gehört.«

»So?«

Knox griff nach seinem Ale. »Foy ist nit richtig im Kopf.«

»Ich hörte, er wurde von einem Muli getreten.«

»Das ist die öffentliche Version.«

Sebastian legte die Unterarme auf den Tisch und stützte sich darauf ab. »Könnten Sie das näher erläutern?«

Knox zuckte die Achseln. »Ich habe gehört, er wurde mit eingedrücktem Schädel bei den Stallungen gefunden. Kann ein Muli gewesen sein. Kann auch ein Gewehrkolben gewesen sein.«

»Warum sollte jemand dem Mann den Kopf einschlagen wollen?«

»Es heißt, Foy hätte kurz vorher beim Kriegsgericht für 'nen Offizier ausgesagt.«

»Ist das nach Talavera passiert?«

Knox zuckte mit den Schultern. »Könnte sein. Ich hab die Einzelheiten vergessen. Der Kerl is nit gerade einer meiner Busenfreunde. Ihr habt aber schon begriffen, dass er nit richtig im Kopf ist, oder?«

»Wissen Sie, wo ich ihn finden kann?«

Knox schnitt sich noch ein Stück Fleisch ab, kaute und schluckte.

Sebastian sagte: »Sie wissen es, nicht wahr?«

»Und wenn, warum sollt ich Euch's dann sagen?«

»Ich glaube, Foy ist in Gefahr.«

Knox lachte leise auf. »Von Lord und Lady Devlin?«

»Nein. Von dem Mann oder *den* Männern, die Daniel Eisler ermordet haben.«

Knox schob den Teller von sich und griff nach seinem Ale. Er legte beide Hände um den Krug und blieb dann einfach in den Anblick versunken sitzen.

Sebastian wartete.

»Ich hab gehört, er hat ein Zimmer im *Three Moons* neben St Sepulchre in Holburn.« Knox leerte seinen Krug und erhob sich. »Lasst mich nit bedauern, dass ich's Euch gesagt hab.«

Kapitel 42

Jud Foy stieg gerade die baufällige Hintertreppe des Inns herunter, die Lippen in einem tonlosen Pfeifen geschürzt, da umklammerte Sebastian seinen übelriechenden, fadenscheinigen Mantelaufschlag, wirbelte den Mann herum und stieß ihn gegen die Wand in seinem Rücken.

»He, he«, jammerte Foy, dessen Hut zur Seite rutschte, und riss die Augen auf. »Warum macht Ihr das mit mir?«

Sebastian suchte im verrückten, ausgemergelten Gesicht des Mannes nach den Zügen des kräftigen, nassforschen Sergeanten, der vor drei Jahren bei Matt Tysons Verhandlung für ihn ausgesagt hatte. Aber der Mann war bis zur Unkenntlichkeit verändert. »Ich habe ein Problem mit Leuten, die meine Frau bedrohen.«

»Ich? Ich hab die nich bedroht. Wenn überhaupt, hat sie mich bedroht. Hat mir ihre kleine Damenpistole mitten ins Gesicht gestreckt, echt, und gedroht, mir den Kopf wegzupusten.«

»Sie haben sie verfolgt und beobachtet.«

»Ich hätt ihr doch nix getan, ich schwör's.«

»Sie haben ihren Kater bedroht.«

»Ich mag schwarze Katzen nich, da könnt Ihr jeden fragen. Die bringen Unglück.«

»Krümm dem Kater nur ein Haar, und ich bringe dich um.«

»Wegen 'ner *Katze*?«

»Ja.«

»Und die sagen, *ich* wär nich ganz just im Kopf.«

»Erzählen Sie mir, was Ihnen nach Talavera zugestoßen ist.«

Foys verzog verwirrt das Gesicht. »Was meint Ihr?«

»Wie wurden Sie verletzt?«

»Das weiß ich nich so richtig. Die ham mich bei den Ställen gefunden, Kopf eingeschlagen, und was vom Hirn hing raus. Die dachten, ich wär hinüber. Hab sie aber reingelegt, was?« Er schloss die Augen und stieß sein unheimliches, tonloses Lachen aus.

»Sie erinnern sich nicht daran, wie es passiert ist?«

»Ich erinnere mich an kaum irgendwas von davor.«

»Sie hatten kurz zuvor bei einem Kriegsgericht als Zeuge ausgesagt. Erinnern Sie sich an den Namen des Mannes, über den verhandelt wurde?«

»Aye. Das weiß ich noch. Es war Tyson. Lieutenant Matt Tyson.«

Sebastian löste den Griff vom schäbigen Mantel des Mannes und trat einen Schritt zurück. »Als Sie mir sagten, Sie hätten mich aus ›dem Haus‹ herauskommen sehen, wessen Haus meinten Sie da?«

Foy schnappte nach seinem verbeulten Hut, da er an der Mauer herabzurutschen begann. »Der Diamantenhändler, wo in der Fountain Lane gewohnt hat. Ich weiß den Namen grad nich mehr.«

»Eisler?«

Foy setzte sich den Hut sorgfältig wieder auf den Kopf. »Aye, das war's. Daniel Eisler.«

»Warum haben Sie sein Haus beobachtet?«

»Er hatte was, wo mir gehört hat.«

»Was?«

Erneut bebte die Brust des Mannes in seinem stillen Lachen. »Was denken ner wohl?« Er beugte sich vor, als würde er ein Geheimnis verraten. Sein Atem roch faulig. »Diamanten.«

»Eisler hatte Diamanten von Ihnen?«

»Klar.«

»Wie ist er daran gekommen?«

»Hat ihm jemand verkauft.«

»Definieren Sie ›jemand‹ näher.«

»Der hat mir mein' Anteil nie gegeben.«

»Wer? Wer hat Ihnen Ihren Anteil nie gegeben?«

»Das weiß ich nimmer.«

Sebastian studierte das skelettartig dünne Gesicht des Mannes, die eingesunkenen, stoppeligen Wangen und die regenwassergrauen Augen, in denen ein unheimliches Funkeln lag. Und nicht zum ersten Mal fragte er sich, wie viel von dem Wahn des Mannes echt war, und wie viel nur vorgetäuscht. »Sie sagten, Sie haben am Montag Eislers Haus beobachtet?«

»Ja.«

»Eisler war da schon tot.«

»Weiß ich.«

»Haben Sie das Haus am Abend davor auch beobachtet?«

»Ja, hab ich.«

»Haben Sie gesehen, wer an dem Abend ein und aus gegangen ist?«

»Hab ich.«

»Sagen Sie mir, was Sie gesehen haben.«

»Weshalb sollt ich?«

Sebastian machte einen drohenden Schritt auf ihn zu.

Foy riss die Hände hoch und schob sich an der Wand entlang zur Seite. »Schon gut, schon gut!«

»Wen haben sie gesehen?«, verlangte Sebastian zu wissen.

Foys Zungenspitze zuckte vor, und er benetzte seine trockenen, rissigen Lippen. »Na, zuerst mal diesen Gentleman.«

»Wen?«

»Woher soll ich das wissen? Hab ihn noch nie gesehn.«

»Wie alt?«

Foy zuckte die Schultern. »Vierzig? Fünfzig? Manchmal schwer zu sagen, nit?«

»Wie hat er ausgesehen?«

»Denkt Ihr, das weiß ich noch?«

»Groß oder klein? Dick oder dünn?«

Der Mann runzelte nachdenklich die Stirn. »Eher groß. Glaub ich. Elegant angezogen. Ich sag doch, ich weiß es nich mehr genau. Ich hab nich auf ihn geachtet. Warum sollt ich?«

»Wie lang ist er geblieben?«

»Nich lang. Zehn Minuten. Vielleicht weniger.«

»Um wie viel Uhr war das?«

»Na, ungefähr wie's dunkel geworden ist. Ich hab ihn nich so gut sehn können.«

Sebastian schluckte seine Frustration hinunter. »Wen haben Sie noch gesehen?«

Foy verzog nochmals nachdenklich das Gesicht. »Ich glaub, dann is die Dirne gekommen.«

»Eine Frau? Wann ist sie gekommen?«

»Vielleicht 'ne Stunde danach.«

»Wissen Sie noch, wie sie ausgesehen hat?«

Foy schüttelte den Kopf. »Bis dahin war's ja schon dunkel. Im Dunkeln kann ich keinen erkennen.«

»Wie ist sie angekommen?«

»So 'n Gentleman hat sie in 'ner Droschke gebracht. Er hat in der Kutsche gewartet, wie sie ausgestiegen und ins Haus gegangen ist. Dann isser weggefahrn. Und ich hab 'n nich gesehn, also braucht Ihr gar nich erst zu fragen, wie der ausgesehen hat.«

»Wenn Sie ihn nicht sehen konnten, woher wissen Sie dann, dass er ein Gentleman war?«

»Weil ich seine Umrisse im Fenster gesehn hab, wie er sich vorgebeugt hat. Der hatte nen eleganten Hut auf.«

»Sein Hut? Sie wissen aufgrund der Silhouette seines Huts, dass er ein Gentleman war?«

»Aye. Er hatte so 'nen gefalteten mit zwei Ecken, wie die feinen Pinkel sie zur Oper tragen.«

»Sie meinen einen Chapeau bras?«

»Denkt Ihr, ich weiß, wie die heißen?«

»Und was passierte dann?«

Foy zog eine magere Schulter hoch. »Weiß nich. Bin kurz danach gegangen.«

»Sie haben die Frau nicht wieder herauskommen sehen?«

»Nein.«

»Haben Sie sonst jemanden dort gesehen, während Sie das Haus beobachtet haben?«

»Nein. Dort sind jetzt fast nur noch Warenlager und Speicherhäuser, habt Ihr das schon bemerkt?« Die grobporige, schmutzstarrende Haut am linken Mundwinkel des Mannes begann in kleinen, unkontrollierten Spasmen zu zucken.

Sebastian sagte: »Ich glaube, Sie halten etwas vor mir zurück, Foy. Sie sagen mir etwas nicht.«

Foy blickte ihn aus leeren, wässrigen Augen an.

Vielleicht war es unmöglich zu sagen, wie viel von der Geisteskrankheit des Mannes vorgetäuscht war, wie viel er sich angeeignet hatte, und wie viel schon immer da gewesen war, aber Sebastian beging nicht den Fehler, den ehemaligen Soldaten für harmlos zu halten. Verrücktheit war immer gefährlich, besonders, wenn sie mit rücksichtslosem Eigennutzen gepaart war. Dennoch hatte er den Verdacht, dass Foy im Grad seiner Bösartigkeit von denjenigen, in deren Machtbereich er geraten war, noch weit übertroffen wurde.

Sebastian sagte: »Ich weiß nicht, wie viel von dem, was Sie mir erzählt haben, stimmt, und was davon barer Unsinn ist ...«

»Es is verletzend, sowas zu sagen.«

»... aber ich glaube, Sie sind da in etwas hineingestolpert, das Sie gar nicht erfassen. Etwas, das Ihren Tod bedeuten kann.«

Foy grinste und riss die Augen auf, dann schürzte er die Lippen, um einen äffenden Ton auszustoßen. »Oh-oh. Ich soll also Schiss haben, meint Ihr? Mir fehlt 'n Stück vom Schädel und 'n Teil vom Hirn, aber ich bin immer noch da, oder? Ich schätze, ich bin nich so leicht umzubringen.«

»Jeder ist leicht umzubringen«, sagte Sebastian und ließ ihn am Fuß der Treppe stehen: eine skelettartige

Gestalt in Lumpen, die wie ein Leichentuch an einem längst toten Mann herunterhingen.

***

Charles Lord Jarvis lehnte sich im Stuhl zurück und streckte die Füße zum Kamin in seiner Wohnung in Carlton House, dabei betrachtete er den Mann, der vor ihm stand. Er hielt Bertram Leigh-Jones für einen Waschlappen, groß und ungepflegt, aber aufgeplustert und von Selbstgerechtigkeit triefend. Jarvis hatte den Verdacht, dass er nicht nur ein bisschen lasterhaft war.

Jarvis hob eine Prise Schnupftabak an die Nase und schnupfte. »Ich gehe davon aus, dass Sie Ihre Anweisungen verstanden haben?«

»Jawohl, Mylord, aber ...«

»Gut.« Jarvis ließ die Tabakdose zuschnappen. »Das wäre alles.«

»Aber ...«

Jarvis zog eine Augenbraue nach oben.

Mr. Leigh-Jones' volle Wangen liefen dunkelrot an. Er reckte das Kinn vor, sagte »Wie Ihr wünscht, Mylord« und verließ den Raum mit einer Verbeugung.

Jarvis sah ihm hinterher. Auf seinem Gesicht lag ein nachdenklicher Zug, als ein ehemaliger Soldat, der in seinen Diensten war, am Eingang erschien. Sein dunkler, regennasser Umhang wirbelte, als er ihn schwungvoll von den Schultern zog.

Jarvis lächelte. »Ah, Archer. Kommen Sie herein und schließen Sie die Tür. Ich habe einen Auftrag für Sie.«

Kapitel 43

Obschon beide Männer es bereits verneint hatten, hatte Sebastian den Verdacht, dass der Schemen des Chapeau bras, den Foy in der Mordnacht durch ein Kutschfenster erhascht hatte, aller Wahrscheinlichkeit nach entweder zu Blair Beresford oder zu Samuel Perlman gehörte.

Er beschloss, es zuerst bei dem jungen irischen Poeten zu versuchen.

Es kostete ihn eine ganze Weile, doch zu guter Letzt stöberte Sebastian Beresford auf dem Kirchhof einer kleinen Kapelle aus dem achtzehnten Jahrhundert auf, die am nordöstlichen Rand des Cavendish Square stand. Der junge Mann ging zwischen den Grabsteinen umher. Sebastian blieb unter dem von einem Bogen überdachten Friedhofstor stehen und beobachtete Beresford, der neben einem der neueren Gräber stehenblieb, den Hut abnahm und den Kopf zum Gebet senkte.

Beresford betete schweigend mehrere Minuten, dann setzte er den Hut wieder auf und drehte sich zur Straße um. Da sah er Sebastian und blieb abrupt stehen; eine ärgerliche Röte machte seine Wangen fleckig. »Was? Kann ein Mann nicht einmal am Grab seiner toten Schwester beten, ohne dabei ausspioniert zu werden?«

»Sie haben eine Schwester, die hier begraben liegt?«, fragte Sebastian überrascht.

»Meine jüngere Schwester Elizabeth. Louisa hat sie vor zwei Jahren für die Saison nach London eingeladen. Für sie war es ein wahrgewordener Traum. Ich hatte sie noch so voller Vorfreude gesehen.«

Eine Brise ließ die gelb werdenden Blätter des Weißdorns auf dem Friedhof rascheln und brachte den Geruch nach feuchter Erde und absterbendem Gras heran. »Was ist geschehen?«

»Sie ist nur fünf Wochen nach ihrer Ankunft am Fieber gestorben.«

»Mein Beileid.«

In der Wange des jüngeren Mannes trat ein Muskel hervor, doch er sagte nichts.

Sebastian wandte sich ab, um zu gehen.

Beresford hielt ihn auf mit den Worten: »Ich nehme an, Ihr wolltet mit mir über etwas reden?«

Sebastian schüttelte den Kopf. »Ich kann auf einen passenderen Augenblick warten.«

»Warum? Aus Respekt für meine Schwester? Sie ist tot. Wenn Ihr mir etwas zu sagen habt, dann sagt es.«

Sebastian blickte an der klobig wirkenden, neoklassizistischen Fassade der Kapelle hoch. »Ich habe eine Zeugenaussage, laut der am Mordabend etwa eine Stunde nach Sonnenuntergang ein Mann in einer Droschke eine Frau in der Straße vor Eislers Haus abgesetzt hat. Ein Mann mit einem Chapeau bras.«

Beresford verzog die Züge auf eine Weise, die ihn deutlich älter und weniger sympathisch wirken ließ. »Wenn Ihr mich fragen wollt, ob ich dieser Mann war, dann lautet die Antwort Nein. Das habe ich Euch bereits gesagt.«

»In der Tat. Dann sagen Sie mir noch folgendes: Wann haben Sie Eisler zum letzten Mal gesehen?«

»Am Samstag vor seinem Tod.«

Die prompt gegebene Antwort überraschte Sebastian. »Haben Sie ihm da zum letzten Mal eine Frau zugeführt?«

»Tatsächlich: Nein. Ich habe ihn hier getroffen.«

»Hier?« Sebastian war sich nicht sicher, ob er ihn richtig verstanden hatte. »An der Portland Chapel?«

»Richtig.«

Sebastian blickte über die Reihe der grauen, moosbedeckten Grabsteine. Die Kapelle war kaum ein Jahrhundert alt, und schon war der Friedhof bereits nahezu überbelegt. Er sagte: »Wann war das?«

»Am späten Samstagnachmittag.«

»Was hat er hier getan?«

»Ich habe ihn nicht gefragt.«

»Haben Sie mit ihm gesprochen?«

»Ja. Ich hatte es nicht vor, aber er ist zu mir gekommen und hat mich angeklagt, ich würde ihn verfolgen. Wenn Ihr mich fragt, hatte er getrunken. Er sprach wirres Zeug – sagte, er wüsste, dass ›sie‹ ihn beobachten. Er hat mir sogar vorgeworfen, für ›sie‹ zu arbeiten. Aber als ich ihn fragte, wer ›sie‹ denn wären, hat er nur über einen Franzosen namens Collot hergezogen.«

»Jacques Collot?«, fragte Sebastian scharf. »Was ist mit Collot?«

»Ich sagte doch, der alte Bock war offenkundig besoffen. Er hat regelrecht deliriert. Nichts von dem, was er sagte, hat Sinn ergeben. Er sagte, Collot wäre an allem schuld.«

»Woran war Collot schuld?«

Beresford zuckte die Schultern. »Ich nahm an, er spräche davon, dass jemand ihn beobachtete. Ich weiß es nicht wirklich – ich sage ja, er war besoffen wie eine Haubitze.«

Der Wind frischte wieder auf, ließ tote Blätter auf die überwucherten Wege rieseln und die weichen, goldenen Locken des jungen Mannes flattern. Wenig später sagte Beresford: »Ich weiß, Ihr denkt, ich hätte ihn getötet. Aber das habe ich nicht. Ich will nicht sagen, dass ich es nicht gewollt hätte. Um ehrlich zu sein, habe ich sogar einige Male darüber nachgedacht – darüber, wie ich es anstellen könnte. Aber ich bin ein zu großer Feigling, um so etwas jemals in die Tat umzusetzen.« Er verzog die Züge in scheinbarem Selbsthass. »Ich habe zugelassen, dass dieser Hundsfott mich als Werkzeug benutzte, um seine kranken sexuellen Gelüste zu befriedigen. Er hat mit mir gesprochen, als wäre ich Abschaum. Hat mich bedroht. Und ich habe es zugelassen. Weil ich zu schwach und ängstlich war, um etwas dagegen zu unternehmen.«

»Manchmal erfordert es mehr Mut, seine Schwäche einzugestehen, als in ein Haus zu marschieren und einem Mann eine Kugel in die Brust zu jagen.«

Beresford lachte freudlos auf, dann schüttelte er den Kopf. »Nein.« Seine Züge wurden ernst.

»Was ist?«, fragte Sebastian, der ihn beobachtete.

»Mir ist gerade noch etwas eingefallen, das Eisler gesagt hat ... über diesen Franzosen Collot.«

»Was denn?«

»Er sagte, er hätte ein großes Maul.«

***

Es wurde gerade dunkel, das letzte Licht glitt vom Himmel. Sebastian durchforstete die engen Straßen und Gassen von St Giles auf der Suche nach Jacques Collot. Der beißende Rauch frisch entzündeter Talgkerzen und Fackeln mischte sich mit dem Geruch nach gegrilltem Hammel, verschüttetem Bier und billigem Gin.

Zuerst versuchte er es im *Pilgrim*, dann in einer Reihe Bierbeizen entlang der Queen Street und schließlich in der Taverne, in der er den Franzosen schon einmal aufgespürt hatte – ins Gespräch mit drei Gesinnungsgenossen vertieft.

Doch nichts.

Er ging an den rauchgeschwärzten Ruinen vorbei, die wohl mal ein Schlafhaus für Kutscher gewesen waren, da hörte er aus der Dunkelheit heraus eine leise, wütende Stimme, die ihm »*Psssst*« zuzischte.

Sebastian drehte sich um und entdeckte Collot, der sich in den Schatten des verkohlten, müllübersäten Bogens des niedergebrannten Bettenhauses herumdrückte. Er hatte den Hut tief ins Gesicht gezogen und den Kragen seines Herrenmantels hochgeschlagen, obgleich es nicht kalt war.

»Warum verstecken Sie sich im Schatten?«, fragte Sebastian und ging zu ihm – wenn auch nicht zu dicht heran.

»Warum? Weil isch nervös bin, was denkt Ihr denn?« Er warf einen raschen, gehetzten Blick um sich. »Viele Leute suchen nach mir, stellen Fragen über misch. Warum rührt Ihr den Ärger noch auf und sucht misch schon wieder?«

Sebastian sah durch den Bogen zu dem aufgegebenen Hof dahinter. Er schien leer zu sein; geschwärztes Gebälk und Schutt lag zu Haufen geschichtet in der tiefer werdenden Dunkelheit. »Ich wollte mit Ihnen sprechen.«

»Letztes Mal, als Ihr mit mir gesprochen 'abt, 'abt Ihr meinen Mantel zerrissen. Seht Ihr?« Er drehte sich zur Seite, um einen großen Riss zu zeigen, der sich eine Schulter hinunter zog.

»Entschuldigung«, sagte Sebastian. »Ich möchte wissen, wie Sie herausgefunden haben, dass Eisler einen bestimmten großen, blauen Diamanten in seiner Obhut hatte.«

»Warum sollte isch Eusch das sagen, hein? Nennt mir nur einen Grund, weshalb ich Eusch das sagen sollte.«

»Um Ihren Mantel zu schützen?«

Collots Schielauge verdrehte sich zur Seite. »Isch bin ein Mann mit vielen Kontakten. Ich 'öre vieles. Wer kann schon sagen, was isch wo erfahren habe?«

»Ich denke, Sie können mir das sagen.« Sebastian lächelte breit. »Wenn die Alternative unangenehm genug wird.«

»*Monsieur.*« Collot riss die Hände hoch wie jemand, der das Böse abwehren will. »Das ist gewiss nischt nötig.«

»Wie haben Sie festgestellt, dass Eisler den Diamanten hatte?«

»Er 'at ihn einer Frau gezeigt, die ich kenne. Einer *putain.* Sie 'at es mir erzählt.«

»Eine Hure? Warum sollte Eisler einen unschätzbaren Edelstein einer Frau von der Straße zeigen?«

»Warum? Weil er ein kranker *salaud* war, darum.«
Collot zog Schleim aus der Kehle in den Mund, drehte
den Kopf und spuckte aus. »Ihr würdet manche der
Dinge, die isch Eusch erzählen könnte, nischt glauben.«

»Probieren Sie es aus.«

Doch Collot schüttelte nur den Kopf.

Sebastian sagte: »Wie hat Eisler herausgefunden, dass
Sie über den Diamanten Bescheid wissen?«

»Wieso denkt Ihr, dass er das 'at?«

Sebastian lächelte. »Sie sind nicht der Einzige, der Sachen hört.«

Collot schniefte. »Er 'at es gewusst, weil isch es so
wollte. Er 'at misch 'ereingelegt, müsst Ihr wissen – in
Amsterdam. Es mag schon zwanzig Jahre 'er sein, aber
Collot vergisst so etwas nischt. Isch 'abe ihm meinen
Teil der Edelsteine aus dem Garde-Meuble gebracht.
Wir 'atten uns auf einen Preis geeinigt. Dann, nachdem
isch sie ihm übergeben 'atte, 'at er mir nur ein Drittel
des Versprochenen bezahlt. Sagte, wenn isch Aufruhr
machen wollte, würde er den Be'örden sagen, isch 'ätte
versucht, ihn auszurauben. Er war ein angesehener
'ändler, isch ein bekannter Dieb. Was konnte isch
schon tun? Er sagte, isch 'ätte Glück, dass er mir überhaupt etwas für die Juwelen gezahlt 'at. Isch 'ätte ihn
gleich dort töten sollen.«

»Warum haben Sie es nicht getan?«

Collot reckte mit einem eigenartigen Anflug von Stolz
die Schultern. »Isch bin ein Dieb, kein Mörder.«

»Was haben Sie sich denn davon erhofft, nach so vielen Jahren jetzt zu ihm zu gehen?«

»Isch 'abe ihm gesagt, dass isch das restliche Geld will,
das er mir noch schuldet, und dass isch, wenn er es mir

nischt geben wolle, den Franzosen verraten würde, dass er den *diamant bleu de la couronne* besitzt.«

Sebastian hörte aus einer Gruppe besoffener Männer in der Straße hinter ihm Gelächter aufbranden. Das restliche Licht war jetzt vom Abendhimmel gewichen und hatte die schmale Gasse dunkel und windumtost zurückgelassen. »Und? Was hat er gesagt?«

»Der alte Bastard 'at misch ausgelacht. Ausgelacht! Dann 'at sisch sein Gesichtsausdruck verändert, und plötzlich 'at er vor Wut gezittert. Er sagte, wenn isch je daran dächte, ein Wort an Napoleons Agenten durchzustechen, würde er dafür sorgen, dass isch lebendig in einem namenlos' Grab verbuddelt würde. Wer sprischt so, hm?«

»Wann war das?«

»Am Freitag.«

»Was haben Sie daraufhin gemacht?«

Collot zuckte betont, auf typisch französische Art, die Schultern. »Ich 'abe es gesagt.«

»Wem? Wem haben Sie etwas gesagt?«

»Na, dem Agenten Napoleons natürlich. Wem denn sonst? Eisler 'atte nischt gedacht, dass isch das täte. Er 'at nicht geglaubt, ich 'ätte den Mut. 'atte isch aber. Er 'ätte diese Sachen nie zu mir sagen dürfen.«

Sebastian studierte die lebhafte, von einem Bart beschattete Miene des Parisers. »Wollen Sie damit sagen, dass Sie die Identität eines napoleonischen Agenten in London kennen?«

Collots flinke Lippen verzogen sich zu einem Feixen. »Wie isch schon sagte, isch weiß Sachen.«

»Und wer ist es nun?«

Der alte Dieb lachte tief und heiser. »Glaubt mir, das wollt Ihr nischt wissen.«

»Gewiss doch.«

Collot schüttelte den Kopf, immer noch breit lächelnd, und seine Augen funkelten vor Vergnügen. »Isch könnte Eusch sagen, dass es jemand ist, den Ihr kennt. Darüber hinaus sogar jemand, dem Ihr vertraut.« Er lachte laut auf. »Aber das werde isch nischt.«

Sebastian unterdrückte den Drang, den Mann zu ergreifen und zu schütteln. »Sagen Sie mir nur eines: Wurden Sie für die Information angemessen entlohnt?«

Collot verzog das Gesicht.

»Also nicht«, sagte Sebastian, der ihn beobachtete. »Weshalb nicht?«

»Es 'ieß, das wüsste man längst. Schon seit Wochen.«

Sebastian bemerkte eine dunkle Kutsche, die langsam die Straße heraufgezogen wurde. Er sagte: »Ihnen ist klar, dass die Sie wahrscheinlich beobachten? Sie haben Eisler getötet, und jetzt werden sie Sie töten.«

»*Non.*«

»Doch. Sagen Sie mir, um wen es sich hier dreht.«

»*Non.*« Collot wich zurück, wackelte mit dem Kopf von einer Seite zur anderen, sein schielendes Auge zuckte. »Ihr versucht, misch umbringen zu lassen. Wofür 'altet Ihr mich? Einen verd...« Er unterbrach sich, und sein ausdrucksstarkes Gesicht erschlaffte im gleichen Augenblick, in dem ein Gewehrschuss in der engen Straße krachte. Die Vorderseite seines Mantels verwandelte sich in eine schimmernde Masse.

»Gottverdammt«, fluchte Sebastian und zerrte den in sich zusammensackenden Franzosen in die Dunkelheit des alten Bogens. Er fing den fallenden Körper des Mannes unter beiden Achseln auf und zerrte ihn in die Aufrechte, damit er nicht an seinem eigenen Blut ersticken sollte. Aber es war schon zu spät.

Er sah, wie Collots Augen sich Richtung Hinterkopf verdrehten, hörte, wie es in seiner Kehle rasselte, und spürte, wie die Essenz des Lebens ihn verließ. Sebastian hielt eine stille, leere Hülle in den Armen, die vor seinen Augen zu schrumpfen und kleiner zu werden schien.

Kapitel 44

Mehrere Stunden später, nach einem intensiven und unangenehmen Zwischenspiel bei der örtlichen Polizeiwache, betrat Sebastian Kats Garderobe am Covent Garden Theater. Der letzte Vorhang war soeben erst gefallen. Sebastian war immer noch überall voller Blut und nicht gerade bester Stimmung.

»Devlin«, Kat sprang von ihrem Garderobentisch auf. »Du bist verletzt!«

Sie trug noch das opulente Mieder und das Samtkleid ihrer Rolle, und er hielt sie mit einer Geste zurück, bevor sie ihm zu nahe kommen konnte. »Vorsicht, du ruinierst dein Kostüm. Und mir geht es gut. Das ist nicht mein Blut.«

Den Blick auf sein Gesicht gerichtet, wich sie zurück. »Wessen dann?«

»Das eines alten Pariser Diebes namens Jacques Collot. Er gehörte zu der damaligen Bande, die die französischen Kronjuwelen aus dem Garde-Meuble gestohlen hat. Er hat herausgefunden, dass Daniel Eisler den Verkauf von Hopes Diamant abwickeln sollte, und versucht, sein Wissen über die Herkunft des Steins zu verwenden, um Geld aus Eisler zu pressen.«

»Wie das?«

»Indem er ihm drohte, Napoleons Agenten zu verraten, wo er den French Blue finden konnte. Eisler hat den Fehler gemacht, ihn auszulachen.«

»Und Collot ist zu den Franzosen gegangen?«

»Genau das.«

Sie wandte sich um und begann, mit den Haarnadeln und Kämmen zu hantieren, die auf ihrem Tisch verstreut lagen. Ihr dunkles Haar fiel nach vorn über ihr Gesicht, als sie mit offenbar wohldosierter Beiläufigkeit fragte: »Und konnte er dir den Namen der Person nennen, die von Napoleon damit beauftragt worden ist, den Stein aufzutreiben?«

Er blickte unentwegt ihr halb abgewandtes Profil an. »Nein. Er wurde ermordet, bevor ich es aus ihm herausbekommen konnte. Er wurde erschossen – wahrscheinlich von derselben Person, die am Montagabend den jungen Dieb in der Gasse hinter Eislers Haus getötet hat.«

Er wartete auf eine Antwort von ihr. Als sie schwieg, sagte er ruhig: »Bist du es, Kat? Arbeitest du in dieser Sache für die Franzosen?«

Sie hatte vor einem guten Jahr geschworen, dass sie ihre Verbindung zu den Franzosen gekappt hatte. Aber das war vorher gewesen. Bevor ihrer beider Leben und ihre gemeinsame Zukunft in einem Morast aus lang vergrabenen Geheimnissen und Hendons selbstsüchtigen Lügengespinsten untergegangen war. Bevor sie Russell Yates geheiratet und Sebastian die Tochter von Charles Lord Jarvis geehelicht hatte – dem Mann, der geschworen hatte, er werde dafür sorgen, dass sie eines unschönen, schmerzlichen Todes sterben werde.

Bei seiner Frage sah sie auf, ihre Augen wurden groß, und ihre Kinnlade fiel vor Überraschung und Schmerz herunter, als sie scharf einatmete. »Ich kann nicht glauben, dass du mir gerade diese Frage gestellt hast.«

Er blickte in ihr schönes, geliebtes Antlitz, sah, wie sie verletzt das Gesicht verzog und ihre Augen feucht wurden. Er sagte: »Es tut mir leid.«

Sie schüttelte den Kopf und blinzelte heftig, als würde sie die Tränen zurückkämpfen. »Ich schätze, es sollte mir schmeicheln, dass du mir noch genug vertraust, um von mir eine ehrliche Antwort zu erwarten.«

»Kat ...«

Er griff nach ihr, aber sie zog sich zurück. »Nein. Lass mich ausreden. Meine Liebe zu Irland ist unverändert. Ich würde alles tun, um es frei von dieser tödlichen Besetzung zu sehen – alles außer das Versprechen zu brechen, das ich dir gegeben habe.«

Er fühlte sich, als hätte er sich gerade selbst die Brust aufgeschnitten und sein Herz herausgerissen. »Ich hätte niemals an dir zweifeln dürfen.«

»Nein.« Zu seiner Verblüffung hob sie die Hand und legte ihm die Fingerspitzen auf den Mund. »Es sterben Menschen. Ich verstehe, warum du hast fragen müssen. Ich habe die Wahrheit über meine Verbindung zu den Franzosen vor dir verheimlicht, als ich es längst nicht mehr hätte tun dürfen, und das wird immer zwischen uns stehen. Es ist nicht gut, wenn ein Mann und eine Frau Dinge voreinander verbergen. Geheimnisse zerstören das Vertrauen. Und ohne Aufrichtigkeit und Vertrauen ist Liebe nur ein ... schwankendes Trugbild.«

Er nahm ihre Hand, drückte seine Lippen in ihre Innenfläche und verschränkte die Finger mit ihren. »Meine Liebe für dich war nie ein Trugbild.«

Sie standen einander gegenüber, doch außer ihren Händen berührte sich nichts. Er spürte das unterschwellige Zittern, das sie durchlief, atmete den vertrauten Duft nach Theaterschminke und Orangen ein, blickte in die tiefblauen Augen, die so sehr denen ihres Vaters ähnelten. Er fragte: »Denkst du je darüber nach, was aus uns geworden wäre, wenn du vor all den Jahren nicht auf Hendon gehört hättest? Wenn du stattdessen auf dein Herz gehört und mich geheiratet hättest, als du siebzehn und ich einundzwanzig war?«

»Ich denke unentwegt darüber nach.«

Er legte seine Stirn an ihre und atmete tief ein.

Sie sagte: »Ich habe das Richtige getan, Sebastian. Für dich und für mich.«

»Das kannst du noch immer sagen? Nach allem, was geschehen ist?«

»Ja. Wir hätten uns gegenseitig zerstört, wenn wir geheiratet hätten. Ich hätte als Lady Devlin nicht mehr auf die Bühne gekonnt und wäre dennoch nie von der Gesellschaft akzeptiert worden. Was hätte ich also stattdessen getan? Zu Hause gesessen und Sitzkissen bestickt? Ich wäre unglücklich gewesen und hätte dich zuletzt auch unglücklich gemacht.«

»Wir hätten einen Weg finden können«, beharrte er.

Zum ersten Mal spürte er jedoch den Hauch eines Zweifels.

Eines schwachen, aber er war da.

***

In dieser Nacht zog von Norden her ein neuer Sturm herauf. Starker Wind ließ die Zweige der Ulmen im Garten rauschen und fegte Laub über die Straße. Hero sah, wie Blitze Streifen an den Himmel malten, und hörte den windgepeitschten Regen an den Fensterscheiben. Sie lag allein im Bett, die Augen zur blauen Seide ihres Betthimmels gewandt, und hatte die Hände auf den Bauch gelegt, auf die Wölbung, unter der das Kind lag, das sie mit einem Mann gezeugt hatte, den sie kaum kannte, und der jetzt ihr Ehemann war.

Sie hörte ihn nach Hause kommen, als der Sturm seinen Höhepunkt erreicht hatte. Aber obgleich sie angestrengt lauschte, hörte sie ihn nicht die Treppe zum zweiten Stock heraufsteigen. Also zog sie nach einer Weile ihr Hauskleid an und begab sich auf die Suche nach ihm.

Sie fand ihn im Speisesaal, neben den langen Fenstern, die auf den winddurchtosten Garten hinauswiesen. Er hatte ihr den Rücken zugewandt und drehte sich nicht um, als sie auf der Türschwelle stehenblieb. Seinen nassen Mantel und den Spenzer hatte er ausgezogen, und durch den feinen Stoff seines Hemdes konnte sie sehen, wie angespannt seine Schultern waren. Die Luft war feucht, und der Geruch nach Regen, Blut und einem flüchtigen Duft, den sie plötzlich als Orangen erkannte, lag schwer darin. Und sie spürte den Schmerz einer Frau, die ihr Herz einem Mann geschenkt hatte, der seines vor langer Zeit an eine andere Frau verloren hatte.

Sie sagte jedoch nur: »Ich hoffe, es ist nicht dein Blut, das ich hier riechen kann.«

Er drehte den Kopf und blickte sie über die Schulter an. »Nein. Jacques Collot ist tot. Er wollte mir gerade sagen, woher er wusste, dass Eisler den blauen Diamanten in Gewahr hatte, da hat ihm jemand mit einem Gewehr eine Kugel in die Brust gejagt.«

»Hast du nicht gesehen, wer es war?«

»Ich war zu sehr damit beschäftigt, nicht selbst erschossen zu werden.«

Sie schritt zu dem Tisch am Kamin, in dem das Feuer erstarb, schenkte ein Glas Brandy ein, ging zu ihm und hielt es ihm hin. »Hier.«

Er nahm das Glas entgegen und bedeckte kurz ihre Finger mit seinen. Er sagte: »Ich muss dir etwas sagen.«

»Sag es mir später. Du solltest ins Bett kommen. Du bist nass und dir ist kalt.«

»Nein.« Er stellte den Brandy beiseite und zog sie in die Arme. »Ich habe es schon zu lange aufgeschoben.«

Sie spürte, wie er mit den Händen ihren Rücken entlangfuhr und sie dann auf ihrer Hüfte ruhen ließ und sie festhielt – jedoch nicht zu eng.

Er sagte: »Ich habe mich in Kat Boleyn verliebt, als sie sechzehn war und ich gerade aus Oxford zurückgekommen bin. Hendon hat darüber gegrummelt, aber um die Wahrheit zu sagen, glaube ich, dass er etwas Derartiges erwartet hatte. Es ist ja nicht ungewöhnlich, dass ein junger Mann eine Tänzerin oder Schauspielerin aushält. Aber er hat nicht erwartet, dass ich den Rest meines Lebens mit ihr verbringen wollte.«

»Das musst du mir nicht erzäh...«

»Nein, hör mich bitte an. Als ich ihm sagte, dass ich Kat gefragt habe, ob sie mich heiraten möchte, wurde er fuchsteufelswild und schwor, dass ich keinen Heller des Vermögens bekäme, bis er tot wäre. Ich sagte ihm, dass es mir gleich sei.« Ein trauriges Lächeln glitt über seine Lippen. »Liebe ist wichtiger als alles andere auf der Welt, du weißt schon.«

Ein Blitz erleuchtete das Zimmer mit zuckendem, blauem Licht, Donnergrollen folgte. Sie wartete.

Etwas später fuhr er fort: »Ich wusste aber nicht, dass Hendon Kat hinter meinem Rücken gesucht und getroffen hat. Er sagte ihr, dass eine solche Ehe mein Leben ruinieren würde, und bot ihr zwanzigtausend Pfund an, wenn sie mich verließe. Sie warf ihn hinaus. Aber seine Worte hatten ihren Effekt. Sie entschied, dass er recht hatte. Wenn sie mich wirklich liebte, würde sie mich gehen lassen, um meines Glücks willen. Also sagte sie zu mir, dass sie nicht die Absicht hätte, einen Habenichts zu heiraten, und da mein Vater bei seiner Drohung blieb, mir den Geldhahn zuzudrehen, wolle sie nichts mehr mit mir zu tun haben.«

»Ach Sebastian«, flüsterte Hero. »Wie ... unfassbar nobel von ihr.«

Er sog tief den Atem ein, sodass sich seine Nasenflügel blähten. »Da habe ich das Offizierspatent erworben und England verlassen. Ich habe nicht direkt versucht, mich töten zu lassen, hätte es aber auch nicht allzu sehr bedauert, wenn es geschehen wäre. Als ich etwa sechs Jahre später nach London zurückkehrte, dachte ich, ich hätte es geschafft, all das hinter mir zu lassen.«

»Bis du sie wiedergesehen hast«, sagte Hero sanft, obgleich sie in Wahrheit ausrufen wollte: *Warum? Warum erzählst du mir das jetzt?*

Er nickte. »Zuletzt habe ich die Wahrheit darüber herausgefunden, was vor all diesen Jahren geschehen war und sie dazu gebracht hatte, mich anzulügen, um mich von sich wegzudrücken. Ich habe sie erneut gefragt, ob sie mich heiraten möchte, aber sie lehnte wieder ab. Sie sagte, es hätte sich im Grunde nichts geändert. Dass sie mich zu sehr liebe, um zuzulassen, dass ich mich durch eine Heirat mit einer Frau vom Theater ruiniere. In meiner Arroganz war ich überzeugt, dass ich ihre Meinung am Ende ändern könnte. Bloß ...«

»Dann hast du herausgefunden, dass sie Hendons Tochter ist.«

Sie beobachtete, wie er nach seinem Getränk griff und mit einem Zug das halbe Glas leerte. In der Luft lag eine Spannung, die einem unnatürlichen Summen glich und nichts mit dem Sturm zu tun hatte.

Er sagte: »Ich wusste, dass ich, wenn ich gerecht bleiben wollte, Hendon nicht die Schuld für die Blutsverwandtschaft geben konnte – schließlich hatte er seit Jahren versucht, Kat und mich auseinanderzutreiben. Aber ich habe sehr lang gebraucht, um ihm die unverhohlene Genugtuung zu verzeihen, die er an den Tag legte, als er endlich erreichte, wofür er so hart gearbeitet hatte.«

Sie wollte schon sagen: *Aber wenn du ihm verziehen hast, warum seid ihr dann noch immer entfremdet?* Doch etwas in seinem Gesicht ließ sie zögern.

Er leerte sein Glas und schenkte sich einen zweite Brandy ein, als ob er das Bedürfnis hätte, etwas Abstand zwischen sie beide zu bringen. Dann sagte er: »Und dann, im Mai, habe ich herausgefunden, dass Hendon im Dezember 1781 in geheimer Mission für den König nach Amerika gesegelt war.«

Hero sah ihn an. Jarvis war in derselben Mission gesegelt. Sie versuchte sich zu erinnern, ob sie das Datum dieser Schifffahrt kannte, ob sie wusste, wann ...

Er sagte: »Ich werde im nächsten Monat dreißig Jahre alt. Ich nehme an, du kannst es dir ausrechnen?«

Sie beobachtete, wie er die Brandykaraffe zur Seite stellte, sorgfältig mit dem Glasstopfen verschloss, und endlich verstand sie, was er ihr zu sagen versuchte. »Bist du sicher, dass Hendon nicht dein ...?«

»Ja. Zuerst hat er es zu leugnen versucht, aber schließlich musste er die Wahrheit eingestehen.«

»Weißt du, wer ...?«

»Nein. Meine Mutter hat es nie gesagt.« Er sah sie quer durch den Raum an.

Hero wusste, dass seine Mutter vor vielen Jahren auf See verschollen war, als Devlin noch ein Kind war.

Hero bemerkte plötzlich den Furor des Sturms, den Wind, der die Fensterscheiben in den Rahmen klappern ließ und den Regen, der auf die Terrassenfliesen platschte.

Er sagte: »Ich hätte es dir vor unserer Heirat gesagt, wenn die Umstände andere gewesen wären. Aber wie die Dinge lagen ...«

Sie sagte: »Jarvis hat es gewusst. Er war mit deinem Vater auf demselben Schiff. Also hat er es immer schon gewusst.«

»Ja.«

Dennoch hatte er es ihr nicht gesagt. *Weshalb?*, fragte sie sich. Laut sagte sie: »Und der Besitzer der Taverne in Bishopsgate? Jamie Knox? An welcher Stelle fügt er sich da ein?«

»Das weiß ich ehrlich nicht. Er könnte offensichtlich mein Halbbruder sein. Vielleicht auch ein Vetter. Ich kann schwerlich glauben, dass unsere Ähnlichkeit nur Zufall sein soll. Leider ist seine eigene Abstammung ... unklar.«

Als sie nichts sagte, fuhr er fort: »Ich habe Verständnis dafür, wenn dieses Wissen deine Meinung von mir ändert.«

»Sie ist nicht schlechter, wenn du das meinst.« Sie atmete so tief ein, dass ihre Brust bebte. »Warum gerade jetzt? Warum hast du beschlossen, es mir jetzt zu sagen?«

»Weil ich erkannt habe, dass ich dieses Geheimnis nicht länger zwischen uns stehen haben möchte.«

Plötzlich spürte sie sich zugleich beschämt und auf eigenartige, überbordende Weise hoffnungsvoll. »Ich habe auch Dinge vor dir verheimlicht«, sagte sie ruhig.

»Du hast die Geheimnisse deines Vaters gewahrt. Das ist ein Unterschied.«

Dann erst begriff sie den vollen Umfang dessen, was er ihr gerade erzählt hatte. »Dann ist Kat Boleyn gar nicht deine Halbschwester?«

»Nein. Und Hendon hat es die ganze Zeit gewusst, verflucht. Er hat es gewusst und für sich behalten, weil er begriffen hatte, dass er endlich die eine Sache gefunden hatte, die uns sicher voneinander fernhalten würde.«

Hero verstand, dass genau das die Ursache für diese neue, unabänderliche Entfremdung zwischen den beiden Männer war.

Sie sagte: »Hendon hätte deinen Ruf vor Jahren wiederherstellen können, hat es aber nicht getan. Das kann nur so sein, weil er für dich die Gefühle, die *Liebe* eines Vaters empfindet. Er hat das für dich getan, was er für richtig hielt.«

»Hendon hat das getan, was er für den Namen St Cyr und die Blutlinie der St Cyrs für richtig hielt. Für ihn ist nichts wichtiger, als das zu erfüllen, was er als sein Vermächtnis betrachtet. Nichts.«

»Aber der Vetter, der nach dir in der Erbfolge kommt ...«

»Der entfernte Vetter, der an meiner statt Viscount Devlin werden würde, stammt nur aus dem Seitensprung eines Priesters, während meine Mutter durch ihre Großmutter selbst eine St Cyr war. Du siehst also, in meinen Adern fließt tatsächlich St Cyr-Blut, auch wenn es nicht von Hendon selbst stammt.«

»Ich glaube, dass du Hendon Unrecht tust. Kat Boleyn ist seine Tochter. Wenn du sie geheiratet hättest, wäre euer Kind – euer *Erbe* – sein Enkel gewesen.«

Devlin lachte leise, freudlos. »Der Sohn einer Schauspielerin als der zukünftige Earl of Hendon? Er würde fast bis zum Mord gehen, um zu vermeiden, dass eine solche Abscheulichkeit jemals Realität würde.«

Sie drehte sich zum Fenster um und blickte auf den sturmumtosten Garten. »Aber wenn Yates für diesen Mord erhängt würde, könntest du nun Kat heiraten ... wenn du nicht mit mir verheiratet wärest.«

»Hero ...« Er trat hinter sie. Sie spürte, dass er die Hände einen Augenblick über ihre Schultern hielt, sie jedoch nicht berührte. Dann drehte er sie in seinen Armen herum und zog sie dicht an sich. Sie spürte warm seinen Atem an ihrer Wange und sein Herz an ihrem pochen. Er sagte: »Ich habe Kat geliebt, seit ich einundzwanzig Jahre alt war. Es gab eine Zeit, in der ich hätte schwören können, dass ich niemals eine andere Frau lieben könnte. Aber ... ich habe mich geirrt.«

Sie legte die Fingerspitzen an seinen Mund. »Du musst mir nichts sagen, nur weil du glaubst, dass ich es gern hören möchte.«

Er lächelte sie auf eigenartig schiefe Art an. »Ich hoffe, dass es das ist, was du hören möchtest. Weil ich dir sage, was ich empfinde.«

Sie sagte: »Es ist das, was ich hören möchte.«

Er nahm ihre Hand und küsste ihre Innenfläche. »Steh auf, meine Freundin, meine Schöne«, rezitierte er leise, und seine Züge wurden weich, er senkte die Lider etwas und sah sie intensiv an, »so komm doch. Denn vorbei ist der Winter, verrauscht der Regen.«

Ein krachender Donnerschlag ließ den Raum erzittern, und sie lachten beide.

Sie umschlang seine andere Hand, und ihre Finger verschränkten sich. »Die Blumen erscheinen im Land«, flüsterte sie. »Die Zeit zum Singen der Turteltauben ist da, und die blühenden Reben duften. Steh auf, mein Freund, mein Schöner, so komm doch!«

»Ich glaube, du hast ein paar Zeilen übersprungen und abgeändert«, sagte er und schob sie rückwärts zur Wand, sodass er nach den Bändern ihres Hauskleids greifen konnte.

Sie hob ein nacktes Bein, schlang es um seine Hüfte und ließ es langsam und provokativ an seinem festen Oberschenkel entlang nach unten gleiten. »Ich hatte es eilig«, sagte sie und beendete sein Auflachen mit einem Kuss.

Kapitel 45

Freitag, 25. September

Am nächsten Morgen marschierte Hero in aller Frühe in das Speisezimmer von Jarvis House am Berkeley Square, wo sie ihren Vater bei einem einsamen Frühstück vorfand, beschäftigt mit dem Durchsehen eines Stapels Berichte. Wortlos schloss sie vor der Nase des Hausdieners die Tür und lehnte sich dagegen.

»Ich ahne nichts Gutes«, sagte Jarvis, den Blick noch auf die Papiere in seiner Hand gerichtet.

Sie drückte sich von der Tür ab, ging zu ihm und stellte sich vor ihn. »Du wusstest, dass Devlin nicht der Sohn von Hendon ist, hast aber beschlossen, es mir nicht zu verraten. Warum?«

Er sah auf, sein Gesicht war so bewegungslos wie immer. »Ich sah unter den gegebenen Umständen keine Notwendigkeit. Oder willst du andeuten, dass du deine Entscheidung, ihn zu heiraten, geändert hättest, wenn du die Einzelheiten um seine Geburt gekannt hättest?«

»Nein.«

»Das habe ich auch nicht vermutet.«

Er ließ den Bericht, den er in der Hand hielt, neben seinem Teller fallen und lehnte sich zurück. »Also hat Devlin es dir endlich selbst gesagt?«

»Ja.« Sie zog den Stuhl neben ihm heraus und setzte sich. »Devlin sagte, er weiß nicht, wer sein Vater ist. Weißt du es?«

»Leider nicht. Glaub mir, ich habe im Lauf der Jahre versucht, die Identität des Mannes herauszufinden. Man weiß nie, wann eine Information dieser Art sich als nützlich erweisen kann. Doch bisher war keiner meiner Versuche von Erfolg gekrönt.« Er formte mit den Händen eine Raute. »Hat Devlin dir auch erzählt, dass seine Mutter noch lebt?«

»Dass sie was?«

»Diese Kleinigkeit hat er also ausgelassen?« Jarvis griff nach seiner Schnupftabakdose und ließ sie gelassen aufschnappen. »Oh ja. Sie ist noch sehr lebendig. Wie der Zufall es will, weiß er allerdings nicht, wo sie ist.«

Hero beobachtete, wie er eine kleine Prise an seine Nase hob. »Aber du schon?«

Er atmete scharf ein und lächelte. »Ich denke, diese Frage sollte ich vielleicht nicht beantworten.«

Ihr Blick begegnete seinem. »Das hast du gerade.«

***

Je mehr Sebastian über Daniel Eisler herausfand, desto mehr wunderte er sich, wieso nicht schon vor Jahren jemand diesen grässlichen Bastard getötet hatte.

Eislers Leben war von einem endlosen Strom verzweifelter Frauen und Männer erfüllt, denen er finanziellen Ruin, sexuelle Erniedrigung und brennende Schmach zugefügt hatte. Sebastian kannte die Namen mancher Opfer – allerdings nur einiger. Die Zahl von

Menschen, die diesem Mann den Tod an den Hals gewünscht hatten, musste unzählbar groß sein. Und Sebastian blieben weniger als vierundzwanzig Stunden, um denjenigen, ob Mann oder Frau, zu finden, der seinem tödlichen Drang nachgegeben hatte.

Sowohl Blair Beresford als auch Jacques Collot hatten eingestanden, dass sie den Diamantenhändler hatten töten wollen. Würde jemand, der seinem mörderischen Impuls nachgegeben hatte, diesen Wunsch eingestehen? Sebastian glaubte es nicht. Allerdings hatte er vor langer Zeit schon gelernt, dass er falschlag, wenn er selbstverständlich davon ausging, dass andere Menschen seine eigene Natur teilten.

Aber er fragte sich auch: *Warum gerade jetzt?* Nach Jahrzehnten erfolgreichen Betrugs, Erpressung und Ausbeutung derjenigen, die das Pech hatten, ihm ins Netz zu gehen, warum hatte Eisler schließlich den höchsten Preis für seine gierigen Machenschaften gezahlt? Hatte er einfach einen Mann falsch eingeschätzt? Oder war er Mächten zum Opfer gefallen, die zu stark waren, als dass er sie hätte kontrollieren können?

Über diese Fragen dachte Sebastian am Frühstückstisch nach, als er es leise an der Haustür läuten hörte. Kurz darauf erschien Morey in der Tür, räusperte sich und dienerte.

»Ein Gentleman macht Euch seine Aufwartung, Mylord. Oberst Otto von Riedesel entschuldigt sich für die Ungehörigkeit, Eurer Lordschaft um diese Uhrzeit einen Besuch abzustatten, möchte jedoch die Dringlichkeit seines Anliegens betonen.«

»Führen Sie ihn herein und bringen Sie ihm einen Krug Ale.« Sebastian blickte auf den schwarzen Kater hinunter, der auf dem Teppich zu seinen Füßen saß. »Und du benimmst dich.«

Der Kater schlug mit dem Schwanz und sah mit seinen glänzenden, grünen Augen auf eigentümliche Art gefährlich aus.

Der Oberst trat mit so raschem Schritt herein, dass die Sporen an seinen Stiefeln klirrten und der schwarze Umhang, den er sich über die Schultern geworfen hatte, wehte. »Bitte bleibt sitzen«, sagte er. »Nehmt meine Entschuldigung, dass ich Euer Frühstück unterbreche.«

»Darf ich Ihnen etwas anbieten, Oberst?«

»Vielen Dank, nein.« Er hielt seinen schwarzen Tschako unter einem Arm; Regentropfen zitterten an den Enden seines Schnurrbarts und auf dem hohen, blauen Kragen seines Dolmans. »Ich brauche nur einen Augenblick Eurer Zeit.«

»Nehmen Sie doch Platz.«

»Danke sehr.«

Von Riedesel setzte sich und verbreitete um sich herum die Düfte eines regnerischen Morgens vermischt mit dem Geruch nach warmem Pferd – so, als wäre er gerade vom Training aus dem Park gekommen. Er rieb sich mit den ausgestreckten Fingern einer Hand über das Gesicht und wischte die Nässe von seinem Schnäuzer. Dann zögerte er. Augenscheinlich wusste er nicht, wie er anfangen sollte.

Sebastian sagte: »Ich nehme an, Sie haben vom Tod Jacques Collots gehört?«

Von Riedesel nickte, seine sonst geröteten Wangen waren blass.

»Kannten Sie ihn?«

»Ich? Nein. Aber ich hatte schon von ihm gehört – von seiner Rolle beim Einbruch ins Garde-Meuble.« Die Stimme des Mannes war gepresst, und sein deutscher Akzent trat stärker als üblich hervor. »Varum vurde er getötet? Visst Ihr es?«

»Wahrscheinlich, weil jemand Angst davor hatte, dass er reden könnte.«

Der Oberst stützte sich mit den Unterarmen auf dem Tisch ab und beugte sich vor. »Aber vas hätte er denn vissen können?«

»Nun, er wusste, dass der verstorbene Herzog früher einen gewissen großen, blauen Diamanten in seinem Besitz hatte.«

»Sir!« Von Riedesel streckte abrupt den Rücken durch. »Wenn Ihr andeuten wollt ...«

»Dass Sie einen Grund hatten, ihn zu töten? Nun, den hatten Sie doch.«

Der Oberst sprang auf. »Ich weigere mich, hier zu stehen und mir ...«

»Setzen Sie sich«, sagte Sebastian. »Da Sie schon einmal hier sind, können Sie ebenso gut einige meiner Fragen beantworten. Es sei denn natürlich, Sie bevorzugen es, wenn ich sie an die Prinzessin richte?«

»Ich sollte Euch für diese Äußerung zur Rechenschaft ziehen!«

Sebastian kaute und schluckte. »Aber das werden Sie nicht, weil das die Aufmerksamkeit der Öffentlichkeit – vom Prinzregenten ganz zu schweigen –, auf eine

Stelle lenken würde, an der Sie sie nicht haben wollen. Setzen Sie sich.«

Der Oberst setzte sich.

Sebastian schnitt sich noch eine Scheibe Schinken ab. »Daniel Eisler hatte die hässliche Angewohnheit, Informationen über Menschen zu sammeln – vor allem über wichtige, angreifbare Personen.« Er hielt inne und sah den Obersten an, der stur geradeaus blickte. »Mir kam in den Sinn, dass er etwas herausgefunden haben könnte, wovon Prinzessin Caroline die Öffentlichkeit nicht informiert sehen wollte. Vielleicht so etwas wie die Einzelheiten über den Verkauf der Juwelen ihres Vaters? Oder über ihre außerehelichen Beziehungen?«

»Ver auch immer Euch gesagt hat, Eisler hätte prekäre Informationen über die Prinzessin, hat gelogen.«

»Nun, das waren Sie.«

»Ich? Aber ich habe doch nie ...«

»Weshalb sind Sie sonst hier?«

Auf den vollen Wangen des Obersten hatten sich frische Tröpfchen gebildet. Dieses Mal war es Schweiß, nicht Regen.

Sebastian sagte: »Eisler war nicht der übliche Erpressertyp. Er hat seine Informationen gern benutzt, um die Menschen zu quälen oder seinem Willen zu unterwerfen. Was wollte er also von der Prinzessin?«

»Das kann ich Euch nicht sagen!«

»Hat sie ihm gegeben, was er wollte?«

Von Riedesel verkniff die Lippen zu einem dünnen Strich, dann nickte er knapp. »Ja.«

Sebastian ließ von seinem Frühstück ab und lehnte sich zurück. »Sie haben die Tochter des Herzogs seit über einem Jahrzehnt beschützt. Ich kann mir nicht vorstellen, dass Sie tatenlos dabei stehen, während ein grässlicher, kleiner Diamantenhehler sie bedroht.«

»Vas deutet Ihr an? Dass ich am Samstagabend in sein Haus gegangen bin und ihm eine Kugel zwischen die Augen gejagt habe?« Wenn das Gesicht des Obersten bisher blass gewesen war, so war es jetzt gerötet vor Erregung. »Zufällig habe ich den Samstagabend in Gesellschaft einer Bekannten verbracht – und nein, ich beabsichtige nicht, Euch ihren Namen zu nennen.« Er stand so hastig auf, dass der Stuhl umkippte und die Katze aufschreckte. »Einen guten Tag, Sir!«

Er war bereits fast an der Tür, da sagte Sebastian: »Sagen Sie mir eines: Wusste der Prinz von dem Interesse, das Eisler an den Angelegenheiten seiner Gattin hatte?«

Von Riedesel blieb an der Tür stehen und sah zu ihm zurück. »Nein. Aber ich sage Euch, wer es sehr wohl wusste.«

»Wer?«

Ein triumphierendes Glitzern glomm in den kleinen, braunen Augen des Obersten auf. »Jarvis. Jarvis hat es gewusst.«

***

Eine halbe Stunde später war Sebastian gerade auf dem Sprung, seinem Schwiegervater einen formellen Besuch abzustatten, da erhielt er eine Nachricht von Sir Henry Lovejoy. Man hatte Jud Foy auf dem Friedhof von St Anne's auf einem Grabstein gefunden.

Tot.

Kapitel 46

Sir Henry stand im Windschatten der roten, rußbefleckten Backsteinmauern der Kirche, als Sebastian zu ihm kam. Die Schultern hatte er zum Schutz vor der Kühle des Morgens vorgeschoben und den Kragen seines Herrenmantels hochgeschlagen.

Jud Foy lag noch immer ausgestreckt an der Stelle, an der er gefunden worden war, halb gegen einen moosbewachsenen Grabstein gelehnt, wie ein Mann, der sich für ein Schläfchen hingelegt hatte. Allerdings starrten seine offenen Augen ins Leere, und jemand hatte die Seite seines Kopfes zu Brei geschlagen.

»Da ich Euer Interesse an dem Mann kannte, dachte ich, dass Ihr es sicher gern wissen wolltet«, sagte Sir Henry, als Sebastian neben ihn trat.

»Wer hat ihn gefunden?«

»Der Kirchendiener. Er sagte, er hörte letzte Nacht einen Tumult, konnte aber nichts sehen, als er nachschaute. Erst heute Morgen hat er den Leichnam entdeckt.«

Sebastian ging neben der Leiche in die Hocke. Im Tod schien Foy gleichsam zu einer losen Sammlung von Gliedmaßen geschrumpft zu sein, die der Regen der vorangegangenen Nacht in den Matsch hatte einsinken lassen. Nach kurzem Zögern streckte er die Hand aus und berührte die Wange des toten Mannes.

Sie war kalt.

Sebastian blickte auf und blinzelte durch den Nieselregen zu den Wachtmeistern, die sich durch den überwucherten Friedhof voranarbeiteten. »Haben sie etwas gefunden?«

»Nein, nichts, fürchte ich.« Sir Henry schwieg kurz. »Ich habe von der Schießerei in St Giles gestern Abend gehört. Ihr wurdet nicht verletzt?«

Sebastian schüttelte den Kopf. »Sie haben nicht auf mich geschossen.«

Sir Henry nickte zu dem toten Mann neben ihnen. »Ergibt das irgendeinen Sinn für Euch?«

»Nichts von alledem ergibt in meinen Augen Sinn.«

Der Magistrat runzelte die Stirn. »Man fragt sich, was er auf einem Friedhof zu schaffen hatte.«

»Jemanden treffen vielleicht?«

»Da wäre eine Taverne sicher passender gewesen ... und auch wärmer und trockener?«

»Aber auch öffentlicher.«

»Das ist das eine.« Sir Henry suchte sein Taschentuch und putzte sich prustend die Nase.

Sebastian sagte: »Werden Sie den Leichnam zu Gibson überstellen?«

Stirnrunzelnd kniff der Magistrat die Augen zusammen. Er sagte jedoch lediglich: »Gewiss. Ich habe soeben einen der Männer in die Mount Street zum Leichenhaus nach einer Kiste geschickt.«

Sebastian erhob sich, da zog etwas seinen Blick an, das halb unter dem verschmierten und zerrissenen Mantel des Toten lag. Er griff danach und hielt einen kleinen Lederbeutel in Händen, auf den die geschwungenen Initialen DE geprägt waren. Er hatte den Schriftzug schon einmal gesehen; bei Daniel Eisler.

Er löste die Kordel des Beutels und schüttelte etwa ein halbes Dutzend kleiner Steine daraus in seine Hand. Sie blinkten ihn an, fingen irgendwie das Licht des verregneten und bewölkten Tages ein und verwandelten es in einen leuchtenden, funkelnden Regenbogen.

»Was ist das?«, fragte Lovejoy und beugte sich vor, um besser sehen zu können.

»Diamanten«, sagte Sebastian. »Ich glaube, das sind Diamanten.«

***

Nachdem die Männer vom Leichenhaus die Überreste von Jud Foy zum Tower Hill davongetragen hatten, gab Sebastian Sir Henry in einem Kaffeehaus am Leicester Square eine Tasse heiße Schokolade aus.

»Ist Foy der Schurke, der gestern dem Vernehmen nach Lady Devlin in Charing Cross belästigt hat?«, fragte Sir Henry und hielt den dampfenden Becher mit beiden Händen fest. Seine Nase war rot, und Sebastian bemerkte, dass er immer wieder schniefte.

»Ja.«

Der Untersuchungsrichter griff nach seinem Schnäuztuch. »Eine bemerkenswerte Frau, Ihre Ladyschaft. Sehr bemerkenswert. Um nicht zu sagen, formidabel.«

»Sie hat Foy nicht den Schädel eingeschlagen.«

Sir Henrys Augen über seinem Taschentuch wurden groß. »Himmel. Ich hoffe, Ihr dachtet nicht, ich wolle etwas derartiges andeuten?«

Sebastian schüttelte lächelnd den Kopf. Dann verlosch das Lächeln. »Ich hörte, Yates' Verhandlung ist für morgen früh festgelegt.«

»Ja. Ich habe gehört, man ist sich seiner Verurteilung so sicher, dass der Wärter schon das Errichten des Galgens für Montagmorgen angeordnet hat.«

Sebastian trank einen Schluck Kaffee und verbrühte sich fast die Zunge. »Vielleicht führt der Tod gleich zweier Männer, die mit dem Fall zu tun hatten, die Autoritäten dazu, es zu überdenken.«

»Das wäre möglich, wenn wir es mit jemand anderem zu tun hätten als Bertram Leigh-Jones.« Lovejoy tupfte sich mit dem Taschentuch erneut an die Nase. »Obgleich man nicht leugnen kann, dass es sicherlich verdächtig ist, diesen Beutel in Foys Besitz gefunden zu haben.«

»Ich glaube nicht, dass Foy unser Mörder ist. Aber er könnte wohl gewusst haben, wer der Mörder war.«

»Der Mann war ein Habenichts. Wie könnte er sonst an die Steine gekommen sein?«

»Das weiß ich nicht«, sagte Sebastian. Aber es war nur die halbe Wahrheit. Denn Sebastian konnte sich mindestens zwei plausible Möglichkeiten vorstellen. Eine davon beinhaltete Napoleons unbekannten Agenten.

Die andere Matt Tyson.

***

Sebastian verbrachte die nächsten paar Stunden damit, mit mehreren Veteranen des Spanischen Unabhängigkeitskrieges zu sprechen, darunter ein Orgel-

368

bauer am Russell Square, der in Barossa ein Bein verloren hatte, und ein Sergeant, der in einem der Armenhäuser lebte, die Benjamin Bloomsfield gegründet hatte.

Als er Matt Tysons Wohnung in der St James's Street erreichte, hatte der morgendliche Regen aufgehört, und die schweren, tiefhängenden Wolken lockerten allmählich auf. Ein zerlumpter, barfüßiger Junge in einem gekürzten Männermantel, der mit einem Seil zusammengehalten wurde, kehrte geschäftig den Dreck und Kot von der Kreuzung. Sein struppiger Besen bestand aus gebündeltem Reisig, der an einen Stock gebunden war. Sebastian gab ihm zwei Pence Trinkgeld, als er die Straße überquerte, und sah, wie sich die Augen des Jungen weiteten. Es beschämte ihn, als ihm klar wurde, dass er die Armee halbverhungerter Gossenkinder, die sich als Straßenkehrer einen miserablen Lebensunterhalt verdienten, vor Heros beginnender Recherche für ihren Artikel fast gar nicht wahrgenommen hatte. Sie waren ein notwendiges Übel gewesen, dessen Existenz er akzeptiert hatte, ohne es wirklich zu hinterfragen.

Er betrat gerade den Bürgersteig auf der anderen Seite, als Tyson aus seiner Wohnung kam und stehenblieb, um die Tür hinter sich abzuschließen. Er war so tadellos gekleidet wie immer, in beigen Kniehosen und einem dunkelblauen Mantel im Militärstil. Sein attraktives Gesicht bekam einen harten Zug, als sein Blick dem von Sebastian begegnete.

»Wir müssen miteinander sprechen«, sagte Sebastian.

»Ich habe Euch nichts mehr zu sagen.«

»Ich glaube, doch. Sie müssen wissen, ich hatte gerade mehrere interessante Gespräche mit verschiedenen Veteranen des Hundertvierzehnten Infanterie.«

Tyson leckte mit der Zunge über seine perfekten Schneidezähne. »Nun gut. Kommt herein.«

Seine Räume im ersten Stock waren weitläufig und elegant ausgestattet. Das Mobiliar verriet denselben exquisiten Geschmack – und die Kostspieligkeit –, die er der Ausstaffierung seiner Person widmete. Die Vorhänge waren aus strukturiertem, burgunderfarbenem Satin, das Mobiliar aus feinstem, glänzendem Rosenholz. Er lud Sebastian nicht ein, sich zu setzen, sondern blieb mit dem Rücken zur geschlossenen Tür stehen und verschränkte die Arme vor der Brust. »Sagt, was Ihr zu sagen habt, und verschwindet wieder.«

Sebastian ließ den Blick über die Regale mit ledergebundenen Büchern wandern, über die Ölgemälde in vergoldeten Rahmen und eine Marmorbüste eines römischen Knaben. Tyson schien es für einen jüngeren Sohn, der gerade erst sein Offizierspatent veräußert hatte, sehr gut zu gehen.

Als ahnte er den Lauf, den Sebastians Gedanken nahmen, sagte Tyson: »Eine meiner unverheirateten Tanten ist kürzlich verstorben und hat mir ihren Anteil vermacht.«

»Na, und dazu kommt der Erlös aus Ihren Verkäufen der Kriegsbeute aus Badajoz.«

Tyson spannte den Kiefer an und schwieg.

Sebastian ging zu einem geschmackvollen Ölgemälde, das eine Fuchsjagd zeigte. »Sie sagten mir, Jud Foys Verletzung wäre von einem Maulesel verursacht gewesen. Allerdings wurde das nie offiziell bestätigt, nicht wahr? Tatsächlich besteht durchaus die Möglichkeit, dass jemand veranlasst hat, ihm mit einem Gewehrkolben den Schädel einzuschlagen.«

»Warum sollte irgendjemand denn so etwas tun?«

Sebastian setzte seine Inaugenscheinnahme des Raumes fort. »Ich glaube, Sie haben Foy dafür bezahlt, einen Meineid zu leisten. Dann haben Sie versucht, ihn zu töten, um die Möglichkeit auszuschließen, dass er eines Tages die Wahrheit aussagen könnte – und vielleicht auch, um das, was Sie ihm als Bestechungsgeld gezahlt haben, zurückzubekommen, was immer es auch war.«

»Glaubt mir, hätte ich ihn töten wollen, wäre er tot.«

»Nun, er *ist* tot. Jemand hat ihm gestern Abend auf dem Friedhof von St Anne's den Schädel eingeschlagen. Dieses Mal mit Todesfolge.«

Sebastian beobachtete aufmerksam das Gesicht seines Gegenübers.

Aber Tyson blieb unberührt; seine einzige Reaktion bestand in einem Zucken seiner Lippen, als wolle er lächeln. »Ich wäre ja versucht zu sagen: ›Wie tragisch‹. Bloß, wenn man bedenkt, wie viel das Leben des armen Kerls noch wert war, könnte ›Welche Ironie‹ passender sein. Oder vielleicht ›wie poetisch‹?«

Sebastian spürte nicht den Drang, Tysons Lächeln zu erwidern. »Interessanterweise hatte er einen kleinen Beutel mit losen Diamanten in seiner Tasche, als man ihn gefunden hat.«

»Soll ich das so verstehen, dass die Steine bedeuten, ich wäre da in irgendeiner Weise involviert? Und da dachte ich doch tatsächlich, Ihr hieltet mich für einen Juwelendieb – und nicht etwa für jemanden, der die

Leichen seiner mutmaßlichen Feinde mit den edlen Steinen schmückt.«

»Ich glaube, dass Sie es beim ersten Versuch nach dem Kriegsgericht in Talavera nicht geschafft haben, Foy zu töten. Aber da er sich an rein gar nichts erinnern konnte, hat es sich trotzdem in Ihre Zwecke eingefügt. Nur hat er begonnen, sich wieder an Dinge zu erinnern, nicht wahr? Vielleicht nicht an alles, aber doch daran, dass Sie ihm etwas schuldig waren. Also hat er nach Ihnen gesucht, und Sie haben beschlossen, ihn endgültig auszuschalten. Sie haben ihn unter dem Vorwand, ihn mit einem kleinen Beutel Diamanten auszuzahlen, auf den Friedhof gelockt, und ihm dann den Schädel eingeschlagen, als er mit den Edelsteinen abgelenkt war.«

Tysons Lächeln wurde starr. »Und sie dann dort liegenlassen? Das wäre ja ein seltsames Vorgehen.«

»Ich kann mir zwei logische Erklärungen vorstellen. Möglicherweise hatte Foy die Diamanten in der Hand, als er umgefallen ist, und Sie konnten sie in der Dunkelheit nicht gleich finden. Dann kam der Kirchendiener, um nach dem Tumult zu sehen, den er gehört hatte, und Sie mussten die Suche aufgeben und einfach weglaufen.«

»Und die zweite Erklärung?«

»Sie haben die Diamanten gezielt bei Foy abgelegt, damit es so aussieht, als hätte er Eisler ermordet.«

»Also wollt Ihr was genau andeuten? Dass ich auch Eisler ermordet habe? Das kann nicht Euer Ernst sein.«

»Ja, in der Tat will ich das. Eisler hat gern zerstörerische Informationen über Menschen gesammelt, und

Sie haben ein gefährliches Geheimnis. Eines, das Sie mit Beresford teilen. Und mit Yates.«

Tyson lachte schallend.

Sebastian sagte: »Sie sind die einzige Person, die ich kenne, die ein Motiv hat, beide Männer zu ermorden.«

Nun lachte Tyson nicht mehr. »Das bedeutet aber nicht, dass ich es auch getan habe. Foy war ein Irrer. Er hat herausgefunden, dass ich kürzlich ein paar Edelsteine an Eisler veräußert habe, und er war irgendwie davon überzeugt, dass sie rechtmäßig ihm zustünden. Eisler hat mir gesagt, der Narr hätte ihn eines Abends aufgesucht und gefordert, Eisler solle ihm das geben, was er als ›sein‹ Eigentum betrachtete. Er hat ihm sogar Mord angedroht, wenn er das nicht täte.«

»Was wollen Sie mich also glauben machen? Dass Foy Eisler getötet und ihm den Beutel Diamanten gestohlen hat? Und danach? Dass er Straßendieben zum Opfer gefallen ist?«

»Das ist möglich.«

Ja, das war es, dachte Sebastian. Foy hatte selbst gestanden, Eislers Haus beobachtet zu haben, und er war verrückt genug gewesen, Eisler zu töten und die Juwelen an sich zu nehmen, die er als rechtmäßig sein betrachtete. Aber Sebastian glaubte das nicht.

Er blickte unverwandt die harten, ebenmäßigen Gesichtszüge des ehemaligen Lieutenants an. »Wir wissen beide, dass Sie fähig zum Mord sind.«

Tyson lächelte. »Nun, das ist etwas, das wir beide gemeinsam haben, nicht wahr? *Captain?*«

Kapitel 47

Am selben Nachmittag fuhr Kat Boleyn in ihrem hochsitzigen Phaeton zum Physic Garden in Chelsea. Sie überließ ihre Pferde der Obhut ihres Burschen und ging rasch über einen nebelverhangenen Pfad, auf den Tropfen fielen, zu einem verborgenen Teich. Bei schönem Wetter konnte Kat sich stundenlang an den üppigen Beeten und großen, bepflanzten Flächen an den Ufern des alten Apothekergartens ergehen. Doch an diesem Tag war sie nicht in der Stimmung, sich zu verweilen.

Der Mann, den sie hier treffen wollte, wartete bereits am Ufer auf sie. Er wandte sich um, als sie sich näherte, eine große, kräftige Gestalt in glänzenden Hessischen Stiefeln, hellen Kniehosen und einem gutgeschnittenen, dunklen Mantel.

»Ein' wunderscheenen Morjn, M'Lady«, sagte er und übertrieb dabei seinen irischen Akzent. Sein Name war Aiden O'Connell, er war der jüngere Sohn des Earl of Rahkeale und gehörte damit zu einer alten irischen Familie, die seit Langem wegen ihrer bereitwilligen Kooperation mit den englischen Besatzern berüchtigt war. Kat konnte noch immer nur schwer glauben, dass dieser junge, attraktive, reiche Mann sich entschieden hatte, alles zu riskieren und für die irische Unabhängigkeit zu kämpfen. Wie Kat schon vor längerer Zeit, so hatte auch er beschlossen, dass eine der besten Möglichkeiten, den Iren zu helfen und die Engländer zu schwächen, darin bestand, ihre Feinde, die Franzosen, zu unterstützen.

Er tippte an seinen Hut, und ein träges Lächeln zeichnete verblüffenderweise Grübchen in seine ebenmäßigen Wangen. »Ist es zu viel gehofft, dass Sie Ihre Meinung geändert haben und bereit sind, wieder mit uns zu kooperieren?«

»Sie kennen mich doch besser«, sagte sie, als sie sich anschickten, um den Teich herum zu wandern. Der Nebel legte sich kühl und feucht auf ihre Gesichter.

»Ach, das hatte ich befürchtet«, sagte er und seufzte bedauernd. »Weshalb dann, bitte sagen Sie es mir, müssen wir einem der kältesten Septembermorgen trotzen, an die ich mich erinnern kann, um uns zu treffen?«

»Weil Russel Yates bald für einen Mord erhängt werden soll, den er nicht begangen hat, und jeden Tag mehr Menschen sterben.« Als der Mann neben ihr schwieg, fuhr sie fort: »Wissen Sie über den French Blue Bescheid?«

Er blinzelte zu den geisterhaften Schatten der Kastanien an der anderen Uferseite hinüber. »Ja.«

»Ich muss wissen, wen Napoleon mit seiner Auffindung betraut hat.«

»Das ist mir nicht bekannt.«

Sie drehte sich zu ihm um, sodass die schweren, wollenen Röcke ihres Kutschkleids um ihrer beider Knöchel wogten. »Ist es Ihnen nicht bekannt, oder wollen Sie es nur nicht sagen?«

Ein Hauch von Belustigung glänzte in den Tiefen seiner beschatteten, grünen Augen. »Nicht bekannt ... aber ich würde es auch nicht sagen, wenn doch.«

»Dann sagen Sie mir zumindest eines: Ist es ein Engländer?«

»Das weiß ich wirklich nicht. Es könnte sogar eine Frau sein, nach allem, was ich gehört habe. Aber eines weiß ich: Napoleon ist nicht zufrieden mit der Leistung seines Agenten. Er hat noch jemanden abgestellt – aus Paris –, um die Auffindung des Edelsteins sicherzustellen. Von dieser Person heißt es, sie sei schnell, klug und sehr gefährlich.«

»Ist es ein Mann mit einem pockennarbigen Gesicht?«

»Das weiß ich nicht; ich habe ihn nicht gesehen.«

»Ich aber. Er hat versucht, mich am Covent Garden Market zu entführen.«

O'Connells Lippen wurden zu einem Strich. »Davon habe ich gehört.«

»Von Ihren französischen Befehlshabern?«

Seine Nasenflügel blähten sich, und er riss den Kopf herum. »*Hölle noch mal.* Denken Sie das etwa? Dass ich meine Finger in der Sache habe?«

»Was soll ich sonst denken?«

»Ich habe von den Geschehnissen auf den gleichen Wegen gehört wie alle anderen Londoner – die Stadt ist voll davon! Abgesehen davon: Warum zum Teufel sollten Napoleons Agenten Sie überhaupt in ihre Gewalt bringen wollen?«

»Es ergibt Sinn, wenn sie glauben, dass Yates Eisler getötet und den French Blue gestohlen hat: Yates' Frau entführen und einen Handel anbieten.«

O'Connell schwieg.

»Nun, ist es so oder nicht?«

Der Ire atmete tief ein. »Ich schätze, das ist möglich. Aber wenn es stimmt, dann weiß ich jedenfalls nichts darüber.« Er streckte die Hand aus und berührte ganz sacht, ganz kurz ihre Wange. »Und bitte denken Sie daran: Die Franzosen sind nicht mehr meine Befehlshaber als Ihre. Ich arbeite mit ihnen zusammen – aber nicht für sie.«

Sie musterte sein scheinbar offenes, schönes Gesicht. Aber wie Kat spielte er ein gefährliches Spiel und hatte vor langer Zeit gelernt, nichts zu erkennen zu geben. Sie sagte: »Können Sie mir irgendetwas sagen, das mir weiterhelfen könnte?«

O'Connell schüttelte den Kopf. »Nur eines: Ich beneide diejenigen, die mit dieser Aufgabe betraut wurden, nicht. Die mögliche Entlohnung ist zweifellos enorm. Aber wenn es den Personen nicht gelingt, den Diamanten aufzuspüren, wird Napoleon aller Wahrscheinlichkeit nach vermuten, dass er hintergangen wurde und dass seine Agenten einfach beschlossen haben, den Diamanten selbst zu behalten.«

»Mit anderen Worten: Wenn sie versagen, werden sie getötet«, sagte Kat.

»Das ist mehr als wahrscheinlich, ja. Und das wissen sie. Das bedeutet: Mit wem auch immer Sie es zu tun haben, es besteht eine doppelte Gefahr. Denn deren Überleben hängt davon ab, dass sie ihre Mission erfolgreich beenden. Wenn Sie ihnen in den Weg geraten, werden Sie vermutlich tot enden.«

Er zögerte einen Augenblick, dann fuhr er fort: »Vielleicht möchten Sie Lord Devlin ebenfalls davor warnen.«

Kapitel 48

Diesen Teil der Mordermittlungen fürchtete Sebastian jedes Mal: wenn die Leichen von Zeugen und möglichen Verdächtigen sich häuften und sich mit jeder beantworteten Frage zwei neue stellten. Mit dem Gefühl wachsender Dringlichkeit verließ er die St James's Street und fuhr zum Tower Hill.

Der Regen hatte vielleicht aufgehört, aber der Wind, der von der Themse her wehte, war bitterkalt und fühlte sich eher nach Dezember als nach Ende September an. Als er zum Chirurgen kam, stand dieser über die Granitplatte in seinem kleinen Nebengebäude gebeugt da und pfiff ein altes irisches Trinklied. Nackt und halb ausgehöhlt lag der zusammengeschrumpfte Leichnam von Jud Foy da. Er sah im dünnen Morgenlicht leicht bläulich aus.

»Ach, da bist du ja.« Gibson blickte auf. Er legte das Skalpell klappernd zur Seite und griff nach einem Lappen, um sich die blutigen Hände abzuwischen. »Ich dachte schon, dass ich dich zu sehen bekomme.«

Sebastian nickte zum zerstörten Schädel des Leichnams. »Ich nehme an, daran ist er gestorben?«

»Ja. Überaus effektiv.«

»Was kannst du mir dazu sagen?«

»Nun ... Der Schlag ist anscheinend von der linken Seite gekommen, was zu einem Angreifer passen würde, der Rechtshänder ist.«

»Es sei denn, er wurde hinterrücks erschlagen.«

Gibson schüttelte den Kopf. »Vom Winkel her zu schließen, würde ich sagen, dass er seinen Mörder angeschaut hat.«

Sebastian beugte sich hinunter, um die breiige Masse zu betrachten. »Hast du eine Idee, womit er geschlagen wurde?«

»Mit einem langen, schweren Gegenstand, und der Schlag wurde mit großer Kraft ausgeführt. Ich würde sagen, wer ihn auch immer geschlagen hat, wollte ihn töten, nicht bloß außer Gefecht setzen.«

»Das erscheint mir eine seltsame Wahl der Tatwaffe. Ich meine, warum wurde er erschlagen? Es wäre doch viel einfacher – und sicherer –, ihm einfach ein Messer zwischen die Rippen zu jagen.«

»Unter Straßendieben ist der Knüppel eine weitverbreitete Waffe.«

»Das ist das eine. Vielleicht war das die Absicht? Es aussehen zu lassen, als wäre er von gewöhnlichen Dieben erschlagen worden.«

Gibson warf seinen Lappen auf ein Regalbrett. »Du weißt schon, dass es nicht das erste Mal war, dass jemand versucht hat, ihm den Schädel einzuschlagen, nicht? Nach allem, was ich sehe, ist es ein Wunder, dass der Mann noch gelebt hat.«

Sebastian richtete sich auf. »Ich hörte, er wäre in Spanien von einem Maulesel an den Kopf getreten worden.«

»Einem Maulesel?« Gibson schüttelte den Kopf. »Das war kein Muli.«

»Ach?«

»Ich habe schon Männer gesehen, die von einem Muli an den Kopf getreten worden waren, und ich habe gesehen, was ein Gewehrkolben an einem menschlichen Schädel anrichten kann, wenn er mit Kraft und Geschick geschwungen wird.«

Sebastian nickte zu der klaffenden Wunde. »Kann dies von einem Gewehrkolben stammen?«

»Nein. Eher von einem Bleirohr.«

»Bezaubernd.« Er ging zur offenstehenden Tür und sog die kalte, feuchte Luft in seine Lunge.

»Vorhin habe ich im Pub, in das ich gegangen bin, um einen Happen zu essen, ein interessantes Gespräch mit angehört«, sagte Gibson und humpelte zu ihm. »Es heißt, die Behörden haben beschlossen, Russel Yates freizulassen.«

Sebastian starrte ihn an. »Was?«

»Mhm. Es hieß, bei unserem Freund hier wäre ein Beutel mit Eislers Juwelen gefunden worden. Es heißt, er ist wahrscheinlich der Mörder.«

»Aber ... Ich glaube nicht, dass er es ist.«

Gibson betrachtete mit verkniffenen Augen Sebastians Gesicht. »Und ich dachte, du wärst ganz aus dem Häuschen, wenn du hörst, dass Yates entlassen werden könnte.«

Sebastian schüttelte den Kopf. Er erinnerte sich an das, was Kat ihm erzählt hatte, von Jarvis' Besuch in Yates' Zelle an jenem ersten Abend – und an die Besorgnis in ihrem Blick. »Von Anfang an ist nichts an Yates' Inhaftierung richtig erschienen«, sagte er. »Irgendwie fügt sich auch das hier in diesen Eindruck ein.«

»Es könnte sich um ein bloßes Gerücht handeln.«

Sebastian drückte sich vom Türrahmen ab. »Es gibt nur einen sicheren Weg, das herauszufinden.«

***

Ein arroganter Angestellter der Behörde der Lambeth Street informierte Sebastian, dass Bertram Leigh-Jones an Freitagen nicht zugegen zu sein pflegte.

»Er ist jeden Dienstag, Mittwoch, Donnerstag und Samstag anzutreffen«, sagte der Angestellte und warf einen missmutigen Blick in den hinteren Teil des Flurs. Dort schimpfte eine verlotterte Dirne in einem zerrissenen lilafarbenen Satinkleid und mit unnatürlich rotem Haar in gellendem, anklagendem Cockney-Englisch auf einen Wachtmeister ein.

»Nix davon hab ich gemacht«, kreischte sie. »Ich bin ein gutes Mädchen, das bin ich!«

Sebastian hielt den Blick auf das schmale, knochige Gesicht des Angestellten geheftet. »Damit sagen Sie, dass er am Montag nicht zugegen war?«

»Nein, war er nicht.«

»Wie kommt es dann, dass er in die Inhaftierung von Russell Yates verwickelt war?«

»Mr Leigh-Jones war per Zufall in der Nähe der Fountain Lane, als das Geschrei dort losbrach. Also kümmerte er sich um die Verfolgung des Verdächtigen und die Befragung der Zeugen, bevor er den Schurken formell nach Newgate überstellte. Er verweilte hier bis zum Morgengrauen.«

»Wie vorbildlich.«

Der Angestellte zog die Nase hoch. Er schien Ende dreißig oder Anfang vierzig zu sein. Das fettige, dunkle

Haar trug er eng an die vorstehende Stirn geklatscht, und seine Nase hätte derjenigen von Wellington Konkurrenz gemacht. »Mr Leigh-Jones ist ein überaus gewissenhafter Magistrat.«

»Und wo kann ich ihn finden?«

Aus der Tiefe des Flurs erscholl die laute, schrille Klage der Dirne: »Ich sag's doch, nie! Das ist nur ein Lügenmärchen, das Ganze!«

Der Angestellte musste lauter sprechen, um dagegen anzukommen. »Mr Leigh-Jones wünscht nicht, an seinen freien Tagen gestört zu werden. Ihr könnt am Samstag wieder herkommen, wenn Ihr es wünscht. Wir öffnen um elf Uhr.«

»Ich fürchte, diese Sache kann nicht warten.«

Der Angestellte trat zurück, um in seine Kladde zu schreiben. »Wie bedauerlich unter diesen Umständen. Ihr könntet Mr Dixon sprechen, den Untersuchungsrichter, der jetzt Dienst hat. Oder Ihr kommt am Samstag wieder. Es ist Eure Entscheidung.«

»Und da dachte ich doch, Sie haben Mr Leigh-Jones eben als überaus gewissenhaften Magistraten bezeichnet. Ich glaube nicht, dass Sie erwarten können, er wird Sie für Ihren Eifer, ihn vor dem Palast zu schützen, belohnen.«

»Dem Palast?« Der Angestellte sah auf; über sein Gesicht glitt eine Welle gegensätzlicher Emotionen: Zweifel, auf den Unentschlossenheit folgte, die von Ärger und Kummer weggewischt wurde.

Sebastian stieß sich vom Schreibtisch ab. »Ich werde Seiner Hoheit sagen ...«

»Nein! Einen Augenblick, bitte.«

Sebastian blieb stehen.

Der Angestellte warf einen raschen Blick um sich, beugte sich vor und leckte sich über die dünnen Lippen. »Sein Haus liegt am Crescent, gleich neben den Minories. Nummer vier.«

»Danke sehr«, sagte Sebastian. Da stieß die Dirne ein gellendes, ohrenzerfetzendes Geheul aus.

»Oh! Wenn du das noch einmal sagst, du Hundsfott, dann kratz' ich dir die verfluchten Augen aus und verfütter sie an die vermaledeiten Hühner.«

***

Bertram Leigh-Jones wohnte in einem gemütlichen Stadthaus aus dem achtzehnten Jahrhundert mit weißgestrichenen Fensterrahmen und einer glänzenden, grünen Tür. Sebastian rechnete halb damit, der Magistrat würde sich weigern, ihn zu sehen. Doch wenige Minuten, nachdem er dem dünnen Hausmädchen mit dem mausgrauen Haar seine Karte gegeben hatte, erschien sie erneut an der Haustür und sagte leise: »Bitte hier entlang, Mylord.«

Er traf Leigh-Jones in einer kleinen Stube an, die zum Crescent lag. Das Zimmer war als Werkstatt eingerichtet worden. Ein großer, wuchtiger Tisch stand in der Mitte, und eine Regalreihe war mit allen Sorten von Farben, Töpfen, Werkzeugen und Kisten mit Stücken feinen Holzes vollgestopft. In der Luft hing dicht der Geruch nach Leinöl und heißem Hautleim in einem Topf. Der Untersuchungsrichter saß, ein Paar Augengläser auf der Nasenspitze, auf einem hohen Stuhl und konzentrierte sich darauf, ein winziges Stück Takelage an einem detailgenau gebauten Modell einer spanischen Galeone zu befestigen.

Er warf Sebastian einen raschen Blick zu, dann sah er wieder auf sein Modell. »Ihr habt vielleicht Nerven, hier aufzutauchen«, sagte er und widmete sich trotz seiner großen, groben Finger überraschend minutiös seiner Aufgabe.

»Ich hörte, Sie sind der Meinung, dass der Beutel mit Diamanten, der bei Jud Foys Leichnam gefunden wurde, von Daniel Eisler stammt.«

»Ach? Wer hat Euch das gesagt?«

»Ist es wahr?«

»Zufällig ja.«

»Wie können Sie sich da so sicher sein?«

»Wegen der Initialen natürlich. Ihr habt sie doch bemerkt? Aber nicht nur das – eine Frau beim Gemüsehändler auf der Ecke hat sich erinnert, dass sie gesehen hat, wie Foy Eislers Haus ausgespäht hat.« Leigh-Jones seufzte und streckte den Rücken durch. Seine Hände legte er am Rand seines Arbeitstisches ab. »Man sollte doch annehmen, es erfreut Euch zu hören, dass Hinweise aufgetaucht sind, die darauf schließen lassen, dass Yates tatsächlich nicht der Mörder von Mr Eisler ist.«

»Sie wollen also sagen, Jud Foy ist es?«

»War«, korrigierte Leigh-Jones ihn, stand auf und werkelte auf der anderen Seite seines Arbeitstisches herum. »In Foys Fall lautet das korrekte Verb eindeutig ›war‹.«

»Sie werden Yates also freilassen?«

Der Magistrat konzentrierte sich ganz auf sein Modell. »Ich denke schon. Wir warten nur noch auf ein paar Informationen.«

»Wie etwa?«

Leigh-Jones sah ihn über den Rand seiner Augengläser hinweg an. »Ihr könnt es, wie alle anderen auch, in den Zeitungen nachlesen.«

»Wer hat denn Ihrer Ansicht nach Foy getötet?«

»Strauchdiebe wahrscheinlich. Glücklicherweise hat der Kirchendiener sie verjagt, bevor sie dem Kerl seine unrechtmäßig erworbene Beute entreißen konnten.«

»Und Collot? Wer hat ihn ermordet?«

»Wen?«

»Jacques Collot. Er wurde letzten Abend in der Nähe von Seven Dials von einem Gewehrschützen erschossen.«

»Ach, Ihr meint den französischen Dieb. Was hat er denn mit der Sache zu tun?«

»Nun, so einiges.«

»Das denke ich doch nicht.« Der vorstehende Bauch des Magistraten wackelte von einem schnaubenden Lachen, obgleich Sebastian in seinem Gesicht keine echte Erheiterung erkennen konnte. »Ich bezweifle nicht, welchen Stüber es Eurem Stolz versetzt, dass ein gewöhnlicher East-End-Magistrat einen Mordfall löst, der Euch so hat rätseln lassen. Aber wenn es Euch ein Trost ist: Ich selbst habe mich bezüglich Yates' geirrt, nicht wahr? Wichtig ist doch allein, dass Eislers Mord aufgeklärt wurde, der Täter tot ist und die guten Londoner Bürger abends wieder schlafen gehen können, ohne sich sorgen zu müssen, dass mitten unter ihnen ein Irrer umgeht.«

Sebastian musterte Leigh-Jones' fülliges, rotwangiges Gesicht: die wässrigen, blinzelnden braunen Augen und seinen kleinen Mund, der zu einem selbstzufriedenen Grinsen verzogen war. Sebastian hatte schon vor langer Zeit gelernt, dass es für viel zu viele Menschen nicht wichtig war, ob Recht geschah. Außer wenn sie selbst auf die eine oder andere Weise in einen Fall verwickelt waren, spielte es für sie keine Rolle, ob ein Unschuldiger am Galgen starb. Wichtiger war es, dass die zuständigen Behörden dem Anschein nach ihre Aufgabe, die Menschen vor Angst und irgendeiner dräuenden Bedrohung ihres ruhigen Lebens zu schützen, erfüllten. So gesehen war ein toter Jud Foy um einiges nützlicher als ein lebender. Tote erzählten keine Geschichten und beantworteten keine Fragen.

Sebastian sagte: »Und wenn Foy nicht der Täter war?«

Die Wangen des Untersuchungsrichters wurden schlagartig zornesrot, und mit einem leimverschmierten Finger stieß er in die Luft. Er lächelte nun nicht mehr. »Für diese Art von Äußerungen wird Euch niemand dankbar sein, hört Ihr mich? Niemand.«

»Ich fürchte, ich kann Ihnen nicht darin zustimmen, dass Dankbarkeit in der Angelegenheit von Bedeutung sein sollte«, sagte Sebastian und ließ ihn inmitten seiner Holzstücke, des Hanfs und seinem simmernden Leimtopf zurück.

Kapitel 49

Sebastian überquerte gerade die Pall Mall und ging zu Carlton House, da hörte er die Stimme von Mr Thomas Hope, der ihn grüßte. »Mylord«, sagte Hope, der von der ungewohnten Anstrengung, die Straße entlangzuhasten, etwas außer Atem war. »Welch ein glücklicher Zufall. Habt Ihr einen Augenblick Zeit, auf ein Wort?«

»Aber gewiss.« Sebastian verzögerte seinen Schritt und passte sich der langsameren Gangart des anderen an. »Stimmt etwas nicht?«

Der Mann stülpte erbost die Lippen vor und zog sie wieder zurück. »Ich nehme an, Ihr habt schon gehört, dass Yates aus dem Gefängnis entlassen werden soll?«

»Ja, das habe ich gehört. Sehe ich es richtig, dass Sie deshalb beunruhigt sind?«

»Was? O nein. Es ist nicht die Entlassung von Yates an sich, die mich beunruhigt. Es ist viel mehr, was man so über den Tod dieses Kerls, Jud Foy, hört. All diese Tode stehen mit dem Diamanten in Verbindung! Es ist, als wäre er verflucht oder etwas in der Art. Zuerst König Louis und Marie-Antoinette, dann der Duke of Brunswick. Dann Eisler und Foy und dieser französische Dieb, dessen Name mir gerade entfallen ist. Um ehrlich zu sein, sorge ich mich um Louisa.«

Sebastian betrachtete das unscheinbare, zerklüftete Gesicht des Bankiers. Er fragte sich, ob Hope bewusst war, dass er soeben eingestanden hatte, die wahre Herkunft seines seltenen blauen Diamanten zu kennen. »Sie haben den Diamanten aber nicht mehr, oder doch?«

»Nein. Aber schließlich hatten weder der König noch die Königin Frankreichs ihn noch zu dem Zeitpunkt, als sie ihre Köpfe einbüßen mussten. Oder Brunswick, als er auf dem Schlachtfeld getötet wurde. Oder ...«

»Menschen sterben zu allen Zeiten. Ich habe keinen Zweifel, dass Sie, wenn Sie die ganze Geschichte eines großen Juwels kennen würden, immer auf viele gewaltsame Tode stießen, die damit zusammenhängen. Abgesehen davon glaube ich allerdings nicht, dass Jud Foy etwas mit dem Diamanten zu tun hatte.«

»Nicht? Aber ... Es heißt, er wäre Eislers Mörder! Wollt Ihr andeuten, Ihr glaubt nun doch, *Yates* ...«

»Nein. Um ehrlich zu sein, weiß ich noch immer nicht, wer Eisler ermordet hat. Oder weshalb.«

Hope grub die Zähne in die Unterlippe und kaute darauf herum, als müsse er Mut fassen, um die nächsten Worte auszusprechen. »Ich fürchte, ich war nicht vollends aufrichtig Euch gegenüber.«

»Ach?«

»Ich sagte doch, ich wüsste nicht, ob Eisler einen interessierten Käufer für meinen Diamanten hätte. Das war nicht ganz die Wahrheit.«

Sebastian wartete.

Hope sog tief den Atem ein, dann platzte er heraus: »Prinny. Prinny war interessiert. Überaus interessiert.«

Sebastian sagte: »Das hatte ich tatsächlich schon vermutet.«

»Wirklich?«

»Ich kann mir nicht vorstellen, dass es viele potenzielle Käufer für einen Stein von diesem Kaliber gibt.«

»Sehr richtig. Aber eines wisst Ihr vielleicht nicht: Der Vertreter des Prinzen sollte sich genau in der Nacht des Mordes mit Eisler in der Fountain Lane treffen.«

»Kennen Sie die Identität dieses Individuums?«

Hope schüttelte den Kopf. »Leider nicht. Aber ich denke, die sollte nicht allzu schwer herauszufinden sein. Ich glaube, Lord Jarvis war ebenfalls in die Verhandlungen involviert.«

»*Jarvis?*«

Hope blinzelte rasch mehrmals, und Sebastian fragte sich, was sein Gegenüber in seinem Gesicht las. »Jawohl, Mylord.«

***

Sebastians Geschichte mit seinem Schwiegervater war von einem Maß an Feindseligkeit belastet, die körperliche Angriffe, Diebstahl, versuchten Mord und eine ganz bestimmte Entführung beinhaltete – und das war nicht alles.

Einerseits konnte Sebastian die Hingabe des großen Mannes an die Bewahrung Englands und seiner Monarchie nur bewundern. Allerdings machte er sich keine Illusionen über Jarvis' Maß an Skrupellosigkeit. Der mächtige Vetter des Königs hätte Machiavelli noch so einiges über Doppelzüngigkeit, Gerissenheit und unbeirrbaren Opportunismus erzählen können, die solch rührselige Anwandlungen wie Mitgefühl, Prinzipien und Moral überboten.

Nach Sebastians Wissen besaß Jarvis nur einen einzigen menschlichen Zug: seine Zuneigung zu seinem einzigen noch lebenden Kind, seiner Tochter Hero. Er verachtete seine alte, gierige Mutter und seine beiden närrischen Schwestern. Außerdem hätte er seine geistig arg mitgenommene Gattin wahrscheinlich nach Bedlam schicken lassen, wenn es Hero nicht gäbe.

Als Sebastian Carlton House erreichte, musste er allerdings feststellen, dass Lord Jarvis nicht zugegen war. Mit einem leisen Fluch auf den Lippen drehte er sich um und ging zum Stadthaus seines Schwiegervaters am Berkeley Square.

Auf sein Läuten an der Tür öffnete ihm ein gepflegt ausstaffierter Butler mit unbewegtem Gesicht, Grisham, den Sebastian im Verdacht hatte, dass er ihm einen bestimmten Zwischenfall vor einigen Wochen noch nicht verziehen hatte. Sebastian hatte damals einen Leichnam durch das gewundene Treppenhaus nach oben gewuchtet, um ihn auf dem Teppich von Lord Jarvis' Kleinem Salon fallen zu lassen.

»Mylord«, sagte Grisham mit professionell unbeweglicher Miene. »Ich fürchte, Lady Devlin ist nicht mehr anwesend, da sie das Haus kurz nach ihrer Unterhaltung mit Seiner Lordschaft heute Morgen verlassen hat.«

»Tatsächlich wünsche ich Lord Jarvis zu sehen.«

Ein Hauch von Vorsicht huschte über die sonst regungslosen Züge des Butlers. »Seine Lordschaft ist derzeit unglücklicherweise nicht verfügbar, da er sich in seinen Ankleideraum zurückgezogen hat, um sich auf eine wichtige Audienz vorzubereiten mit ...«

»Bestens«, sagte Sebastian, schob sich am Butler vorbei und ging zur Treppe. »Ich werde nur einen Augenblick brauchen.«

Es hatte eine Zeit gegeben, da hätte Grisham bei einem solchen Eindringen die Wachtmeister gerufen. Heutzutage musste er sich jedoch damit begnügen, die Haustür ungewöhnlich fest zuzuschlagen.

Sebastian nahm zwei Stufen auf einmal und betrat, oben angekommen, ohne anzuklopfen das Ankleidezimmer.

Jarvis stand vor seinem Garderobentisch, den Rücken zur Tür gewandt. Er hielt im Richten seiner Manschetten inne und warf Sebastian im Spiegel einen Blick zu. Ruhig strich er seine Manschetten glatt und sah seinen Kammerdiener an.

»Verlassen Sie uns.«

Der Mann verbeugte sich und legte die Halstücher, die er gehalten hatte, sorgfältig auf dem danebenstehenden Tagesbett ab. »Jawohl, Mylord.«

Jarvis wartete, bis der Mann die Tür geschlossen hatte. Dann drehte er sich um und wählte eine der Krawatten. »Nun?«

»Der Vertreter des Prinzen, der in der Mordnacht Eisler treffen sollte – um wen handelte es sich da?«

Javis legte sich das Tuch aus gestärktem Leinen sorgfältig um den Hals. »Ihr habt also davon gehört?«

»Ja.«

»Um ehrlich zu sein, war ich etwas überrascht, dass Ihr dies nicht bereits vor Tagen herausgefunden habt.«

Sebastian bedachte seinen Schwiegervater mit ein schmalen Lächeln. »Sein Name?«

»Die Identität des Gentlemans ist ohne Belang – ein nicht professioneller, wenn auch überaus geschickter Edelsteinschleifer, der zugestimmt hatte, den Stein vor Eislers formeller Präsentation desselben im Palast zu begutachten.«

»Die wiederum für welchen Tag festgelegt worden war?«

»Dienstag.«

»Wenn es um Mord geht, ist kein möglicher Zeuge – oder Verdächtiger – ›ohne Belang‹.«

Jarvis strich die Falten seiner Krawatte glatt und hielt den Blick auf sein Spiegelbild geheftet. »Der fragliche Gentleman ist eine Stunde nach dem Schuss dort erschienen und, als er den Aufruhr wahrnahm, ruhig wieder verschwunden. Er ist damit nicht in Erscheinung getreten, da er keinerlei triftige Informationen anzubieten hat, und weil es von größter Wichtigkeit ist, dass der Prinz aus Angelegenheiten von solcher Natur herausgehalten wird.«

»Aber weiß der Prinz denn, dass der fragliche Edelstein mit dem French Blue identisch ist? Das frage ich mich.«

»Nun, wie der Zufall es will, ja. Tatsächlich hat er eigens für den Diamanten eine Fassung entwerfen lassen, die ein Emblem des Goldenen Vlieses werden sollte.«

»Aber er ist kein Mitglied des Ordens des Goldenen Vlieses.«

»Er ist zuversichtlich, dass sich das bald ändern wird.« Jarvis drehte sich vom Spiegel weg. »Ich vermag Euer anhaltendes Interesse an dieser Angelegenheit nicht zu verstehen. Die Behörden haben einen abgehalfterten ehemaligen Soldaten als Mörder Daniel Eislers ermittelt. Soweit mir bekannt ist, wurde er sogar beim Beobachten des Hauses gesehen.«

»Jud Foy hat das Haus beobachtet, das stimmt. Aber ich glaube nicht, dass er Eisler getötet hat.«

Ein schwaches Lächeln umspielte Jarvis' Lippen. »So sicher?«

Sebastian betrachtete das halb abgewandte Profil seines Schwiegervaters. Er konnte den Verdacht nicht abschütteln, dass hinter diesem subtilen Spiel aus Verhaftung, sofort drohender Hinrichtung und plötzlicher Entlassung Jarvis' alte Vendetta gegen Russell Yates und Kat Boleyn steckte. Er sagte: »Und weiß der Prinz auch, dass der Diamant, den er begehrt, einst im Besitz seiner Gattin war?«

»Das ist ihm nicht bekannt.«

»Euch aber schon?«

Jarvis drehte sich um, das Gesicht ausdruckslos. »Vor siebzehn Jahren hat Seine Königliche Hoheit seiner Braut gegenüber eine unglückliche, sofortige Antipathie gefasst. Diese Antipathie hat sich seither zu einer soliden Abneigung und ...«

»Ich wäre tatsächlich eher geneigt, es als irrationale, dennoch mächtige Rachsucht zu bezeichnen.«

»... der Entschlossenheit ausgewachsen«, fuhr Jarvis fort, ohne auf den Einwurf einzugehen, »sein Gespons loszuwerden. Ein solcher Schritt wäre jedoch desaströs für die Stabilität des Königreichs sowie die Zukunft der Monarchie.«

»Daher auch die Notwendigkeit, vor dem Prinzen die gesamte Geschichte und Herkunft des Steins zu verschleiern?«, fragte Sebastian. »Wenn mich meine Erinnerung nicht täuscht, wurde der Prinzregent zum Testamentsvollstrecker von Brunswicks Anwesen ernannt, was wiederum bedeutete, dass Prinzessin Caroline jegliche Juwelen des Herzogs, die sie in Gewahrsam hatte, an ihren Gatten hätte übergeben müssen. Offenkundig hat sie das nicht getan.«

»Caroline mag dumm sein, doch nicht so dumm«, sagte Jarvis. »Glücklicherweise hat sie zumindest Abstand davon genommen, Prinny öffentlich zu bezichtigen, er würde mit dem Vermögen ihres Vaters Schindluder treiben.«

»Im Gegensatz zu ihrem Bruder, dem neuen Herzog.«

»Ganz richtig.«

Sebastian sagte: »Ich glaube, dass Eisler die Umwege kannte, auf denen der Stein in Hopes Besitz gelangte, und dieses Wissen benutzt hat, um auf die Prinzessin Druck auszuüben, mit dem er etwas von ihr erpressen wollte. Ihr wisst nicht zufällig, worum es sich dabei handelt?«

»Nein.«

Sebastian betrachtete die selbstgefällige Miene mit der Hakennase seines Gegenübers. »Ich glaube Euch nicht.«

Jarvis hatte ein erschreckend einnehmendes Lächeln im Repertoire, mit dem er auf unwiderstehliche Weise unaufmerksame oder misstrauische Menschen charmant einzuwickeln vermochte. Dieses Lächeln setzte er nun auf, und in seinen stahlgrauen Augen glomm ein Funken ehrlicher Erheiterung auf. »Würde ich Euch jemals anlügen?«

»Ja.«

Jarvis' Gelächter folgte Sebastian die Treppe hinunter
und aus dem Haus hinaus.

Kapitel 50

»Ich weiß nicht, wie ich Euch jemals angemessen danken kann«, sagte Yates.

Die beiden Männer spazierten im Hyde Park den Serpentine entlang. Die Abendsonne glitzerte auf dem vom Wind gekräuselten Wasser, und auf dem langen Gras und den vom Frost benetzten Blättern der Eichen und Walnussbäume in der Nähe lag golden das Licht. Sebastian bemerkte, wie Yates immer wieder das Gesicht zum Sonnenuntergang hob und tief die kühle, frische Luft einatmete, als ob er jede kleine Nuance seiner neuen Freiheit auskostete.

Sebastian sagte: »Tatsächlich haben Sie mir gar nicht so viel zu verdanken, wie sich herausgestellt hat. Ich habe mit der Entscheidung der Behörden, Sie zu entlassen, nichts zu tun. Das war das Werk von Jud Foy – so unbeabsichtigt dies auch geschehen sein mag.«

»Es heißt, er hätte Daniel Eisler getötet.«

»Das ist immerhin möglich.«

Yates sah zu ihm herüber. »Aber Ihr glaubt das nicht?«

»Nein.«

»Wie erklärt Ihr dann den Beutel mit Diamanten, der in seinem Besitz gefunden worden sein soll?«

»Nichts ist leichter, als einem Leichnam Beweise unterzuschieben und den Verdacht so auf ihn zu lenken.

Er ist nicht wirklich dazu in der Lage, sich noch gegen die Anklage zu wehren, nicht wahr?«

»Nein. Aber ... warum sollte sich jemand die Mühe machen? Die Behörden waren doch bereits überzeugt, den Mörder – mich – festgenommen zu haben.«

»Finden Sie seinen Tod nicht ausgesprochen günstig, wenn man den Zeitpunkt der Entscheidung betrachtet, Sie zu entlassen?«

Yates sah ihn an und zog besorgt die Brauen zusammen. »Werdet Ihr weiter nach dem Mörder suchen?«

Sebastian blieb stehen und beobachtete eine Ente, die von der Wasseroberfläche des Kanals aufstieg. Ihre Flügel schlugen die weiche Abendluft, und ihr Quaken hallte über das Wasser herüber. Nach einer Weile sagte er: »Ich wünschte, ich könnte daran glauben, dass alles vorbei ist. Aber das kann ich nicht.«

Yates blieb neben ihm stehen, den Blick wie Sebastian auf den ungelenken Flug der Ente gerichtet. Er sagte: »Kat traut Jarvis nicht.«

Sebastian schüttelte den Kopf und stieß einen langen, schweren Atemzug aus. »Ich auch nicht.«

***

Sebastian ging die Brook Street entlang, da bemerkte er einen großen, dunkelhaarigen Mann, der mit dem weit ausholenden, langbeinigen Schritt eines Soldaten auf ihn zu ging, der schon viele, viele Kilometer gelaufen war.

Mit der einen Hand in der Manteltasche blieb Sebastian stehen und ließ Jamie Knox herankommen.

»Suchen Sie nach mir?«, fragte Sebastian ruhig.

Knox blieb stehen, verengte die gelben Augen zu Schlitzen und spannte den Kiefer an. »Jud Foy ist tot.«

»Ich weiß.«

»Habt Ihr ihn getötet?«

»Nein.«

Knox kaute auf der Innenseite seiner Wange herum. »Ich glaube, dass er tot ist, weil ich Euch verraten habe, wo Ihr ihn finden könnt.«

»Das glaube ich nicht, aber ich könnte mich auch irren.«

Knox nickte. »Erinnert Ihr Euch daran, wie Ihr mir versprochen habt, dass Ihr für meine Hinrichtung am Galgen sorgen würdet, wenn Ihr herausfinden solltet, dass ich diesen französischen Lieutenant erschossen habe?«

»Ja.«

»Dann werdet Ihr mich verstehen, wenn ich Euch sage, dass Ihr ein toter Mann seid, wenn ich herausfinde, dass Ihr Jud Foy ermordet habt.«

Knox wollte sich abwenden.

Sebastian sagte: »Mir war nicht bewusst, dass Foy Ihr Freund war.«

Knox blieb stehen und sah ihn über die Schulter an. »Das war er nicht. Verflucht noch mal, der Mann war schwachsinnig.«

Sebastian begann zu lachen. Kurz darauf stimmte Knox ein.

***

Sebastian betrat sein Haus, schenkte sich ein Glas Burgunder ein und ging ins Esszimmer zum Fenster, durch das er den schwarzen Kater beobachtete, der auf der obersten Stufe der Terrassentreppe lag. Er war hingebungsvoll in die nie enden wollende Aufgabe vertieft, sein langes, seidiges Fell zu putzen. In Sebastians Geist nahm ein Gedanke Gestalt an, ein Verdacht, der sich aus einer Reihe subtiler Unstimmigkeiten und Unwahrscheinlichkeiten bildete, die zu vielgestaltig waren, um sie benennen zu können.

Er leerte sein Weinglas und ließ nach Jules Calhoun schicken.

»Was können Sie mir über Bertram Leigh-Jones sagen?«, fragte er ihn, als der Leibdiener erschien.

Dieser blickte leicht überrascht drein. »Meint Ihr den leitenden Untersuchungsrichter der Polizeibehörde an der Lambeth Street?«

»Eben jenen.«

Calhoun öffnete die Augen weit und stieß einen langen Atemzug aus. »Nun, er ist ein Fall für sich, daran besteht kein Zweifel.«

»Und das bedeutet?«

»Er regiert über den Distrikt, als wäre es sein privates Lehensgut. Die Kneipenwirte müssen ihm einen Anteil zahlen, wenn sie sicher sein wollen, dass ihre Lizenz erneuert wird. Und ich habe den Verdacht, dass sein Umgang mit den Armengeldern der Gemeinde einer genauen Inspektion auch nicht standhalten würde.«

»Mit anderen Worten: Er ist nicht gerade das, was man einen ehrlichen Menschen nennt.«

»Im Grunde würde ich sagen, dass er ein ganz typischer East-End-Magistrat ist.«

»Anscheinend ist jemand aus der Lambeth Street plötzlich zu einer Befragung der Frau im Gemüseladen an der Ecke Fountain Lane geschickt worden. Es würde mich interessieren, wann dieses Gespräch stattgefunden hat.«

»Ich werde sehen, was ich herausfinden kann, Mylord.«

Sebastian nickte. »Seien Sie vorsichtig. Dieser Magistrat hält es für einen guten Sport, vor dem Frühstück sechs Männer zu erhängen.«

Kapitel 51

An diesem Abend rollte von der Themse dichter Nebel heran, der die Stadt in undurchdringlichem, weißem Dunst erstickte. Kat schickte sich an, zum Theater aufzubrechen.

Sie stand in der Eingangshalle und schob sich gerade die Kapuze ihres Mantels übers Haar, da erschien Yates auf der Schwelle der Bibliothekstür, in einer Hand ein Glas Brandy. Seit seiner Entlassung aus Newgate trank er immerzu, was Kat ihm allerdings nicht zum Vorwurf machen konnte.

»Ich glaube, es wäre vielleicht am besten, wenn ich heute Abend mit dir in der Kutsche fahren würde«, sagte er.

»Himmel, weshalb das denn?«

Er sah ihr in die Augen. »Du weißt, weshalb.«

Sie lachte leise. Es klang sogar in ihren eigenen Ohren gezwungen. »Ich habe noch die davon gehört, dass jemand in den Straßen Londons eine Kutsche angehalten hätte, falls es das ist, was dich beunruhigt.«

»Es gibt immer ein erstes Mal.«

»Sollte es dazu kommen, habe ich einen Burschen und einen Kutscher, die mich beschützen können.«

Er leerte sein Glas und stellte es beiseite. »Lass mir doch meinen Willen.«

Sie lächelte, dieses Mal aufrichtig. »Nun gut.«

Sie fuhren durch weiß verhüllte Straßen, auf denen ungewöhnlich wenig Verkehr herrschte. Yates sagte: »Devlin hat mir gesagt, dass er die Suche nach Eislers Mörder fortsetzen will.«

»Überrascht dich das?«

»Auf gewisse Weise schon. Eisler war ein trauriges Modell des menschlichen Wesens. Welche Rolle spielt es, wer ihn getötet hat? Die Welt ist ohne ihn besser dran.«

»Vielleicht. Trotzdem sterben immer noch mehr Menschen.«

»Ein alternder Pariser Juwelendieb und ein halbverrückter ehemaliger Soldat?«

»Findest du, dass die Welt ohne die beiden auch besser dran ist? Ich glaube, es gibt viele Menschen, die das Gleiche von einer Schauspielerin des Covent Garten Theaters oder einem ehemaligen Freibeuter sagen würden, der die Neigung hat, die berüchtigtsten Schwulen-Etablissements zu besuchen.«

Er verzog die Lippen zu einem schiefen Lächeln. »Ich schätze, da hast du recht. Dennoch ...« Er brach ab und setzte sich plötzlich vor.

Sie fuhren soeben um die lange, gebogene Kurve von der Oxford zur Broad Street. Hier, in der Nähe der Themse, war der Nebel noch dichter, und die dunklen Bäume sowie der gedrungene Glockenturm von St Giles dräuten oberhalb der Schwaden.

»Was ist los?«, fragte sie, da schoss ein Gespann schwarzer Pferde aus einer engen Straße zu ihrer Linken heraus. Sie rollten wild mit den Augen, ihre Hufe klapperten und ihre Nüstern waren in der kalten Nacht weit gebläht. Hinter den Pferden wankte eine schwere, altmodische Reisekutsche hin und her. Ihr Kutscher lenkte sie geradewegs auf Kats zierliche Stadtkutsche zu.

»Was zur Hölle?«, fluchte Yates, und ihr eigener Kutscher schrie alarmiert auf. Die Pferde kreischten, und die Kutsche schlingerte heftig, als ihr Fahrer das Gespann nach rechts zerrte. Kat nahm verschwommen verstreut liegende, graue Grabsteine und die rostigen Eisenzinken auf der Friedhofsmauer wahr.

Die Kutsche kam schlingernd zum Stehen.

»Geht es dir gut?«, fragte Yates.

»Ja, aber ...«

Der erschrockene Schrei des Kutschers schnitt durch die Nacht, gefolgt vom hässlichen Geräusch eines Aufpralls.

Sie sagte mit tiefer, drängender Stimme »Yates«, da riss ein Mann in Livree und gepuderter Perücke auch schon die Tür auf. Er hatte eine Vorderlader-Pistole in der Hand.

»Was zum Teufel?«, donnerte Yates.

Der Mann griff nach Kats Handgelenk und zerrte sie nach vorne. »Wenn Sie klug sind, halten Sie sich da raus«, warnte er Yates mit unerwartet kultivierter Stimme.

»Das ist doch Wahnsinn«, keuchte Kat, die schwer gegen ihn fiel, als er sie durch die Tür und auf das Pflaster zerrte. Die Luft war kühl und feucht auf ihrem Gesicht, vom Friedhof stieg ihr der erdige Geruch nach Verfall in die Nase. »Wir haben nichts von Wert, das Sie stehlen könnten.«

Er presste ihr den kalten Stahl seiner Pistolenmündung an die Wange und lächelte schmal. »Ich brauche nur ein einzige Sache von Ihnen.«

Die Angst ließ ihr Herz losgaloppieren, und ihr Hals wurde eng, die Luft blieb ihr weg, als sie das leise Klackern hörte, mit dem der Hahn gespannt wurde. Sie wehrte sich heftig gegen den Griff an ihrem Arm, doch er krallte grausam fest zu.

Sie sah Yates in der offenen Kutschentür erscheinen, eine kleine Pistole in der Hand. Plötzlich war die Nacht von Flammen und dem beißenden Gestank nach verbranntem Schießpulver erfüllt, und die Brust des Mannes, der sie festhielt, löste sich in einem warmen Sprühregen aus Blut auf.

Er stürzte zu Boden.

»Mason?«, rief ein zweiter Angreifer, der Kats eigenem, entsetzt blickenden Burschen eine Waffe an den Kopf hielt.

»Yates! Pass auf!«, schrie Kat, als der zweite Kerl sich umdrehte, seine zweiläufige Pistole auf Yates richtete und feuerte.

»Yates!«, schrie sie.

Yates taumelte und fiel mit dem Gesicht nach unten auf das Pflaster.

Mit ausgestrecktem Arm spannte der Angreifer ruhig den zweiten Hahn seiner Pistole und richtete die Mündung auf Kat.

Kat erstarrte.

»Nein! Lass sie in Ruhe«, brüllte der große, in einen dunklen Umhang gehüllte Fahrer der Kutsche. »Du Narr hast gerade Russell Yates umgebracht. Du kennst deine Befehle. Schnapp Mason und lass uns von hier verschwinden.«

»Yates?« Kat ging neben ihm in die Knie. Sie nahm den dunklen Kutscher nur schemenhaft wahr, der seinen Pferden die Peitsche gab. Die alte Kutsche brauste davon.

»Oh, *Yates*«, flüsterte sie und zog seinen blutigen, gebrochenen Leib in die zitternden Arme.

***

Eine Stunde später durchquerte Kat die Halle ihres Hauses am Cavendish Square, als dröhnend an der Haustür geläutet wurde.

Sie erwartete Paul Gibson, denn sie hatte den Chirurgen gebeten, herzukommen und ihren verletzten Kutscher zu untersuchen. Doch als ihr Butler die Tür öffnete, stand Charles Lord Jarvis davor.

Sie erstarrte, die eine Hand am Treppenpfosten; das Blut ihres Ehemannes nässte noch ihr Mieder und den Rock ihres seidenen Abendkleids.

Jarvis zog bedächtig seinen nebelfeuchten Hut ab, und auf seine Lippen legte sich ein feines Lächeln, als er ihrem zornigen Blick begegnete. »Ich glaube, wir müssen ein Gespräch führen. Stimmen Sie mir da nicht zu?«

Kapitel 52

An diesem Abend besuchte Hero mit ihrer Mutter ein Konzert, während Sebastian es sich in der Bibliothek mit einem Glas Brandy und der englischen Übersetzung des *Schlüssel Salomos* gemütlich machte. Damit war er noch immer beschäftigt, als einige Stunden später Jules Calhoun von St Botolph-Aldgate zurückkam.

»Haben Sie etwas herausgefunden?«, fragte Sebastian und legte das alte Grimoire dankbar zur Seite.

»In der Tat«, sagte Calhoun. »Wie es scheint, hat die Lambeth-Street-Behörde unmittelbar nach dem Mord wenig Interesse daran gezeigt, die Bewohner in der Nachbarschaft zu befragen.«

»Als Yates im Gefängnis saß.«

»Ja. Die Wachtmänner haben erst am Mittwoch begonnen, in der Nachbarschaft allerlei Fragen zu stellen.«

»Interessant, wenn man bedenkt, dass Leigh-Jones zu der Zeit immer noch vollends überzeugt darauf bestand, dass Yates schuldig war.«

»In der Tat, Mylord. Aber es war sogar Mr Leigh-Jones selbst, der gestern Morgen im Gemüseladen die Befragung durchführte.«

»Nicht heute?«

»Nein, Mylord. Auf jeden Fall gestern.«

»Also noch *vor* Foys Tod. Ich frage mich, was ...«

»*Meister!*«

Sebastian unterbrach sich beim Klang von Toms Stimme, die durchs Haus hallte. Sie hörten die Schritte des Jungen über den Marmorfußboden der Eingangshalle laufen. »Meister!« Der *Tiger* platzte in den Raum herein, die Augen aufgerissen und mit offenem Mund nach Luft keuchend.

»Was ist denn los?«

»Russell Yates! Er is *tot*!«

***

Der ehemalige Pirat lag bedeckt in einem Bett im Haus am Cavendish Square. Sein dunkles, zu langes Haar bildete einen starken Kontrast gegen den weißen Leinenbezug des Kissens. Seine Hände waren auf der Brust gefaltet, die Augen geschlossen, und seine Züge waren so entspannt, dass er hätte schlafen können. Aber Sebastian erkannte den Tod, wenn er ihn sah.

Kat kniete neben dem Bett. Sie hielt den Kopf im Gebet gesenkt, und die Perlen eines Rosenkranzes glitten durch ihre Finger. Sebastian blieb in der Tür stehen, er war etwas überrascht. Er hatte immer gewusst, dass Kat als Katholikin aufgewachsen war, war aber aus irgendwelchen Gründen davon ausgegangen, dass sie ihren Glauben nicht mehr praktizierte. Nun begriff er, dass er sich darin geirrt hatte.

Da sah sie auf, bekreuzigte und erhob sich.

Er ging mit ausgebreiteten Armen zu ihr, und ohne zu zögern trat sie zu ihm, weil sie seine Umarmung brauchte. Ihre Wangen waren tränennass, und als sie den Kopf an seine Schulter legte, bebte ihr Körper in einem schwachen Seufzer. Einen langen, ausgedehnten

407

Augenblick hielt er sie einfach fest. Dann zog sie sich zurück und brachte Abstand zwischen sie beide.

Er sagte: »Erzähl mir, was geschehen ist.«

Sie wischte sich mit der Handfläche über die nasse Wange. »Wir waren auf dem Weg zum Theater. Yates hat darauf bestanden, mich zu begleiten. Das tut er nie, aber er hat sich wegen des Überfalls auf dem Markt Sorgen gemacht. Wir fuhren gerade bei St Giles um die Kurve, da kam aus einer Gasse eine alte Kutsche herausgeschossen und hat meine eigene Kutsche zur Friedhofsmauer abgedrängt. Es waren zwei Männer in Livree und ein Kutscher. Aber ich habe an ihren Stimmen hören können, dass keiner von ihnen das war, was er zu sein schien. Der Fahrer stieß meinen Kutscher mit einem langen Stab vom Bock. Gibson sagt, er hat eine Gehirnerschütterung, ist ansonsten aber unverletzt.«

Sebastian spürte tiefe Beunruhigung. Während es in der Heidelandschaft um London herum noch gefährlich sein konnte, hatte man noch nie gehört, dass in Londons Straßen eine Kutsche überfallen worden wäre. Sie atmete zitternd ein. »Einer der Männer hat mich aus der Kutsche gezogen. Er wollte mich umbringen. Aber dann hat Yates ihn erschossen. Und so ...« Ihre Stimme brach weg. Sie schluckte, brauchte aber noch eine Weile, bevor sie fortfahren konnte. »Und einer der anderen Männer hat ihn getötet. Und dann ... Das war am seltsamsten. Als Yates tot war, haben sie mich losgelassen und sind davongefahren.«

»Meinst du, dass es die Männer waren, die dich in Covent Garden angegriffen haben?«

Sie schüttelte den Kopf. »Nein. Diese Männer waren vielleicht wie Dienstpersonal gekleidet, aber sie hatten eine gebildete Sprache.« Sie schob das Kinn vor, und ihre Nasenflügel bebten in einem hastigen Atemzug. »Ich glaube, es waren Jarvis' Männer.«

»Hast du sie wiedererkannt?«

»Nein. Aber er ist gekommen. Hierher. Heute Abend.«

»Jarvis ist hierhergekommen?«

Sie nickte. »Nicht einmal zwei Stunden, nachdem Yates ermordet wurde. Er wollte sichergehen, dass ich genau verstehe, wie die Dinge zwischen uns nun stehen.«

»Nämlich?«

»Ich wahre sein Geheimnis und behalte mein Leben. Ich entscheide mich, ihn zu zerstören … und ich zerstöre mich selbst.«

Sebastian durchforstete ihr angespanntes Gesicht und bemerkte die neuen Linien aus Ärger und Entschlossenheit, die ihre Lippen umgaben. Er hatte nie herausgefunden, welcher Natur die Dokumente waren, die Yates besessen hatte, aber er hegte keinerlei Zweifel, dass sie wirklich machtvoll waren.

Er sagte: »Hat Jarvis dir gesagt, dass er hinter dem Angriff von heute Abend stand?«

»Nein. Aber welche andere Erklärung gäbe es? Diese Männer haben klargestellt, dass mein Tod ihr Ziel war. Nicht der von Yates. Meiner. Aber als sie Yates erschossen hatten, haben sie mich am Leben gelassen. ›Du kennst deine Befehle‹, hörte ich den einen sagen. Ich glaube, dass Jarvis strikte Anweisung gegeben hat, entweder mich oder Yates zu töten, aber nicht uns beide.«

»Wenn die Franzosen immer noch überzeugt sind, dass Yates Eisler ermordet und den blauen Diamanten gestohlen hat, wären sie sorgsam darauf bedacht, nicht die einzigen beiden Menschen zu töten, die etwas darüber wissen könnten, wo der Stein sich derzeit befindet.«

»Das stimmt. Aber warum haben sie mich dann nicht entführt, wie es die Männer am Covent Garden versucht haben? Warum haben sie mich nicht einfach geschnappt, um mich zur Herausgabe des Diamanten zu zwingen und anschließend zu töten?«

Er betrachtete ihr blasses, schönes Antlitz. »Ich weiß es nicht. Hast du irgendetwas über den Agenten herausfinden können, der von Napoleon beauftragt wurde, den French Blue wieder aufzutreiben?«

Sie schüttelte den Kopf. »Mein Freund behauptet, es nicht erfahren zu haben. Von dem, was er mir sagte, nehme ich aber an, dass das fragliche Individuum Engländer ist, wobei allerdings kürzlich eine zweite Person aus Paris abberufen wurde, um ihn zu unterstützen.«

»Ihn?«

»Oder sie. Das hat mein Kontakt nicht näher ausgeführt.«

Sie schwieg und blickte erneut auf Yates' bleiches Gesicht.

Sebastian griff nach ihrer Hand. »Es tut mir so leid, Kat«, sagte er. »Ich weiß, wie viel dir Yates inzwischen bedeutet hat.«

Sie atmete tief ein, ihre Brust bebte. »Ich habe es mir früher nie erlaubt, Angst zu empfinden. Aber … jetzt habe ich Angst.«

Er umfasste ihre Hand fester. »Ich werde immer dein Freund bleiben, Kat. Ganz gleich, was geschieht.«

Sie erwiderte seinen Blick. »Wirklich, Sebastian? Und wenn Jarvis hinter alledem steckt?«

»Ich habe Jarvis vor einem Jahr gesagt, dass ich ihn umbringe, sollte er dir auch nur ein Haar krümmen. Daran hat sich nichts geändert.«

»Und was wird aus deiner Ehe, wenn du den Vater deiner Gattin ermordest?«

Er sagte nichts, aber das war auch nicht nötig. Denn sie kannten beide die Antwort auf ihre Frage.

Kapitel 53

Charles Lord Jarvis befand sich in Gesellschaft des Prinzregenten in einer Spielhalle beim Portland Place, und sein gelangweilter Blick lag auf einem sich drehenden Rouletterad, als Sebastian auf ihn zuging und sich dicht zu ihm beugte. »Wie ich hörte, habt Ihr heute Abend dem Cavendish Square einen Besuch abgestattet.«

Jarvis richtete den Blick auf den Prinzen. »Ihr bezieht Euch wohl auf meinen Beileidsbesuch bei Yates' verzweifelter junger Witwe, nehme ich an?«

»Beileidsbesuch? So würdet Ihr das bezeichnen?«

»Würdet Ihr es anders bezeichnen?«

Sebastian betrachtete das füllige, arrogante Gesicht seines Gegenübers. »Vor einem Jahr habe ich Euch gewarnt, dass ich Euch töten werde, solltet Ihr Kat Boleyn Schaden zufügen. Ihr müsst folgendes verstehen: Meine Ehe mit Eurer Tochter ändert daran nichts. Wenn ich herausfinde, dass Ihr hinter dem Angriff von heute Abend steckt, seid Ihr ein toter Mann.«

Jarvis wandte sich ihm direkt zu. Die verkniffenen, grauen Augen, die so sehr denen seiner Tochter ähnelten, blickten hart. »Ebenso versteht Ihr sicherlich, dass Eure Hochzeit mit Hero Euch in keinster Weise schützt. Mischt Euch auf irgendeine Weise in Dinge ein, die ich für den Schutz und das Wohlergehen des Königreichs für wesentlich halte, und ich werde Euch eliminieren. Ohne Zögern, ohne Bedauern.«

Die beiden Männer maßen sich mit Blicken.

Sebastian verbeugte sich langsam und nur bis zu einem gewissen Grad, dann ging er davon.

***

Als Hero nach Hause in die Brook Street kam, fand sie Devlin in einem abgewetzten Armsessel neben dem Kamin der Bibliothek vor. Den Blick hatte er auf die glühenden Kohlen gerichtet, der schwarze Kater lag ausgestreckt neben ihm auf dem Kaminvorleger.

Er sah hoch, als sie auf der Türschwelle stehenblieb. Von einem Kerzenständer fiel ein scharfes Muster aus Licht und Schatten auf seine ebenmäßigen Züge. »Hast du deinen Vater gesehen?«, fragte er.

»Nein, warum? Habt ihr beide wieder die Klingen gekreuzt?«

»Etwas in der Art.«

Sie ging zu ihm und legte ihm in einer ungeschickten Geste des Trostes die Hand auf die Schulter. »Ich habe das von Yates gehört. Es tut mir leid; ich weiß, dass du ihn geschätzt hast.«

Er legte die Finger auf ihre Hand. »Er war ein interessanter Mann. Ich hätte ihn gern näher kennengelernt. Und jetzt ... ist er tot.«

»Kat Boleyn ist bei dem Angriff unverletzt geblieben?«

»Ja.«

»Gott sei Dank; wenigstens etwas.« Sie zögerte. »Du glaubst doch sicherlich nicht, Jarvis hätte etwas mit den Geschehnissen von heute Abend zu tun?«

»Ehrlich?« Er ließ den Kopf in den Nacken fallen und sah ihr in die Augen. »Ich weiß es nicht.«

Sie spürte die Wut und die Entschlossenheit, die ihn aufwühlten. Und sie spürte den Herzschmerz und die tiefe Beunruhigung einer Frau, die zwei Männer liebte – einen Vater und einen Ehemann –, die einander hassten.

Sie sagte mit leiser, aber fester Stimme: »Er ist mein Vater, Devlin. Ich mache mir keine Illusionen darüber, welche Art von Mann er ist. Aber ich liebe ihn dennoch inniglich.«

»Ich weiß.«

»Und es ändert nichts, oder?«

»Doch. Aber ...«

»Aber nicht genug.« Sie hob den schwarzen Kater hoch und hielt ihn eine lange, schweigsame Weile lang in den Armen. Dann sah sie auf. »Ich gehe ins Bett. Kommst du?«

Das leise Rascheln von Asche, die auf den Rost fiel, durchbrach die plötzliche Stille im Raum.

Er sagte: »Willst du mich denn dort haben?«

»Ja.«

***

Ihr Liebesspiel hatte in dieser Nacht etwas hoffnungslos Verzweifeltes, das vorher nicht dagewesen war.

Keiner von beiden sprach danach wieder über die Ereignisse dieses Tages oder über den Schatten, der seitdem zwischen ihnen lag. Aber sie nahmen ihn wahr, ebenso wie das Wissen, dass die Frau, an die Sebastian

414

vor so langer Zeit sein Herz verloren hatte, nun frei war.

***

Samstag, 26. September

Sebastians Träume brachten ihn an viele Orte. An eine wilde, windgepeitschte Hügellandschaft in Cornwall, die eine felsige Bucht überspannte; zu heißen, fiebrigen Nächten unter einem westindischen Himmel, an dem ein Universum unbekannter Sternbilder funkelte; in ein trockenes, sonnengebleichtes Land mit rauchgeschwärzten Mauern, hohläugigen Frauen und den ausgetrockneten, gebleichten Knochen längst gestorbener Männer.

Doch in dieser Nacht träumte Sebastian von züchtigen Damen in Kleidern aus schwerem Samt und Brokat, deren weiße Hauben in der Frühlingssonne leuchteten. Er wanderte über Kieselsteinpfade, die im Schatten belaubter Kastanienbäume lagen, und atmete die Düfte nach Lavendel, Apothekerrosen, Zitronenverbene und Zitronenbalsam ein. Er stieg die Stufen zu einer breiten, frisch gefegten Terrasse hinauf und betrat ein anmutiges Sandsteinhaus, dessen Bleiglasfenster von Efeu, Spinnweben oder anderen Zeichen der Zeit unbeeinträchtigt waren.

Die Fliesen unter seinen Füßen waren noch sauber und ganz, die frisch geweißelten Wände mit feingewebten Teppichen und gekreuzten Schwertern verziert. Als er den Gang hinunterging, hörte er in der Ferne die fröhliche Melodie einer Flöte, Kinderlachen und eine plötzlich verstummende Männerstimme, die gesungen hatte. Mit einem Schreck wachte er auf, schwang die Beine über den Bettrand, als er sich aufsetzte, und die eisige Luft des blassen Morgens biss ihm ins nackte Fleisch.

»Was ist los?«, fragte Hero schläfrig und drehte sich auf die Seite, um eine Hand auf seinen Arm zu legen.

»Etwas an Eislers Haus beunruhigt mich schon seit Tagen.«

Sie setzte sich auf, und ihr dunkles Haar fiel auf ihre bloßen Schultern, als sie die Decke zum Schutz vor der Kälte an sich zog. »Was ist mit dem Haus?«

Er erhob sich. »Etwas an den Proportionen des Zimmers stimmt nicht. Ich kann nicht den Finger darauf legen. Aber ich will es mir wieder anschauen.« Er sah zu ihr zurück. »Möchtest du mitkommen?«

»Glaubst du, Perlman ist damit einverstanden, uns das Haus erneut durchsuchen zu lassen?«

Sebastian lächelte. »Ich beabsichtige nicht, ihn zu fragen.«

***

Die Tür zum baufälligen, alten Tudorhaus in der Fountain Lane wurde von einer sauertöpfisch dreinblickenden Frau in einem Kleid aus schwarzem Bombasin und einer angegilbten Haube geöffnet. Sie war ebenso kräftig, wie ihr Gatte dürr war, und gut fünfzehn bis zwanzig Jahre jünger. Ihr Gesicht wurde von dichten, buschigen, grauen Brauen über einer Knollennase dominiert, und die kleinen, dunklen Augen waren unter den dicken, aufgeschwemmten Lidern halb verborgen.

»Guten Morgen«, sagte Sebastian fröhlich. »Ich bin ...«

»Ich weiß, wer Ihr seid«, sie schniefte. »Campbell ist heute Morgen zum Markt – Gott sei's gedankt. Seit Ihr neulich hier wart, tut er nichts anderes mehr, als damit anzugeben, wie er dem großen Lord Devlin bei einer seiner ›Ermittlungen‹ *geholfen* hat. *Pfff!«*

Sebastian und Hero wechselten einen Blick.

Hero sagte: »Wir sind hier, um uns das Haus noch einmal anzusehen.« Sie ging an der Haushälterin vorbei, ohne ihr Gelegenheit zum Widerspruch zu geben. Unmittelbar nach ihrem Eintreten blieb Hero in unverhohlener Überraschung abrupt stehen. »Gütiger Himmel.«

»Na ja, schon klar, es ist hier nicht so sauber und aufgeräumt, wie es sein könnte«, brach es aus Mrs Campbell heraus, und sie wechselte übergangslos von einem anklagenden zu schmeichelndem Ton. »Aber Mr Eisler war immer ganz speziell, wenn es um seine Sachen ging; er hat sie lieber unter Staub und Spinnweben verschwinden sehen, als dass ich mal Hand daran gelegt hätte.«

»Und die gleiche Haltung hatte er auch in Bezug auf den Fußboden?« Hero blickte auf die alten Fliesen hinunter, die unter dem trockenen Laub, Schmutz und Dreck von Jahrzehnten halb begraben waren.

»Ich bin nur noch allein, wisst Ihr. Und ich bin nicht so jung wie ...«

Sebastian sagte: »Vielen Dank, Mrs Campbell, das wäre für den Augenblick alles.«

Die Haushälterin schniefte und verschwand, leise vor sich hin brummelnd, zur Küche.

Hero drehte sich in einem Halbkreis, und ihre Augen wurden groß, als sie die Ansammlung exquisiten, aber

staubbedeckten Mobiliars, die Reihen großer alter
Meisterwerke und die schweren, vergoldeten Rahmen
sah, die von Stockflecken und Mückenschiss übersät
waren.

»So sieht das ganze Haus aus«, sagte Sebastian.

»Und du meinst, mit den Proportionen stimmt etwas
nicht? Wie kannst du in dieser Unordnung überhaupt
die Proportionen eines Raums erkennen?«

Sebastian trat ihr durch den steinernen Bogen voran
in den Flur. »Sieh dir zuerst die Größe der Kammer an,
die Eisler als Büro benutzt hat.«

Sie blickte durch die Tür auf das Tohuwabohu, das
Samuel Perlmans eifrige Suche nach den Kontobü-
chern seines Onkels verursacht hatte.

Sebastian sagte: »Und jetzt komm wieder hier durch
zurück«, er schritt zu dem langen Salon und schob den
Vorhang zur Seite, der die zweite Tür verbarg, »und
sieh dir an, wo dieser Raum zu Ende ist.«

Stirnrunzelnd ging sie mehrmals zwischen den beiden Räumen hin und her und blieb dann stehen, um
nachdenklich die Rückwand des Salons zu beäugen.
»Ich erkenne, was du meinst. Es ist so, als müsste zwischen den beiden Zimmern noch eine weitere, schmale
Kammer liegen. Ein Teil des Platzes ist offenbar von
dem Schacht dieses riesigen alten Kamins belegt. Aber
er ist nicht in der Mitte, und auf der anderen Seite gibt
es keinen Kamin, wie man erwarten würde.« Sie sah
ihn an. »Was ist deine Vermutung?«

Sebastian ging zu der mit aufwändigen Schnitzereien
verzierten Ummantelung und begann, zielstrebig an
den verschiedenen komplizierten hölzernen Tieren

und Obstgirlanden zu drücken, zu ziehen und zu drehen. »Mein Bruder Richard hat in unserem Haus in Cornwall einmal etwas Ähnliches bemerkt. Zum guten Schluss haben wir damals ein altes Priesterloch entdeckt, dessen Existenz alle vor langer Zeit vergessen hatten.«

Hero kam, um ihm zu helfen. Sie konzentrierte sich auf die Sprossen, den Schnitt und die Leisten der holzverkleideten Wand links vom Kamin. Kurz darauf hörte sie jedoch auf und schnupperte.

»Was ist los?«, fragte er.

»Riechst du es nicht?«

Er schüttelte den Kopf. »Moder? Schwamm? Knochen eines Toten? Was?«

»Und ich dachte immer, all deine Sinne wären unnatürlich scharf.«

»Mein Geruchssinn nicht, der ist sogar eher schwach.«

Sie drehte sich zu ihm um. »Wirklich? Ich kann mir so einige Situationen vorstellen, in denen das tatsächlich von Vorteil wäre.«

»Diese gehört offensichtlich nicht dazu. Was riechst du denn?«

»Urin. Sehr stark sogar – und der Geruch kommt von hinter diesem Teil her.« Sie tippte versuchsweise darauf. »Klingt das hohl?«

»Ja.« Er trat einen Schritt zurück und betrachtete die Übergänge der vom Alter nachgedunkelten Wandverkleidung. Nun, da er wusste, wonach er suchen musste, gewahrte er eine kaum erkennbare hellere Stelle. Er griff nach dem Dolch in seinem Stiefel.

»Dein Messer?«, sagte Hero und behielt ihn im Auge. »Du willst dein *Messer* benutzen? Wofür denn?«

Er schob die Spitze der Klinge in die Fuge, die am nächsten beim Kamin war. »Wenn ich den Schnäpper finde ...« Er hielt inne, als er spürte, wie er mit dem Dolch auf Metall traf. Er arbeitete langsam und sorgfältig, bewegte den Dolch zuerst in die eine Richtung, dann in die andere. Er veränderte den Winkel der Klinge und brachte sie unter den Riegel, dann drückte er sie vorsichtig nach oben und hörte ein leises Klackern.

Die Wandverkleidung öffnete sich ein Stück.

»Ich schätze, das ist gemogelt, aber es ist trotzdem beeindruckend«, sagte Hero.

»Danke sehr.«

Er schob den Dolch in den Schaft zurück und öffnete das Holzblatt weiter.

Der Platz dahinter war vielleicht anderthalb mal zwei Meter breit, zugestaubt und leer bis auf zwei eisenbeschlagene Holztruhen, einen Korb voller zugekorkter Glasbehältnisse und einen feuchten Fleck, der nur noch schwach auf den Fliesen unmittelbar hinter der Öffnung zu erkennen war. In der abgestandenen Luft des alten Verstecks war der Gestank nach Urin durchdringend.

Hero kräuselte die Nase. »Meinst du, es war jemand so lange hier eingesperrt, dass er oder sie nicht mehr anhalten konnte?«

Ein verknittertes Stück Stoff, das auf einer Seite des Eingangs lag, erregte Sebastians Aufmerksamkeit. Er griff danach und hielt ein billiges, mit Walbein verstärktes Gebilde aus vergilbtem Musselin in der Hand. Die Bänder waren vom vielen Tragen ausgefranst.

»Gütiger Himmel«, sagte Hero. »Das ist ein Frauenkorsett.«

Sebastian gab es ihr.

»Es ist so winzig.« Sie sah zu ihm auf. »Meinst du, dieses Korsett hat der Besitzerin der blauen Satinschläppchen gehört?«

Sebastian drehte sich um und blickte in den langgezogenen, altmodischen Salon. Jeder, der im Priesterloch eingesperrt wäre, musste einen hervorragenden Blick auf alles haben, was sich im Raum abgespielt hatte ... falls es ein Guckloch gab.

Er brauchte nur einen Augenblick, um es zu finden. Es war geschickt in das Muster der Wandvertäfelung eingefügt.

Er sagte: »Ich schätze, Eisler hat das Persönchen – und die meisten ihrer Kleider – hier hereingeschoben, als sie von jemandem gestört wurden, der durch die Haustür hereinkam. Wahrscheinlich hat sie durch das Guckloch beobachtet, wie der Eindringling Eisler erschossen hat, und war so verängstigt, dass sie sich nassgemacht hat. Yates hat gesagt, er ist sofort, als er den Schuss hörte, in das Haus gestürmt. Unmittelbar auf ihn ist dann Perlman gefolgt.«

»Wo war dann der Mörder?«

»Er könnte sofort zum Hintereingang gerannt sein. Oder er hat sich hinter einem Vorhang versteckt, bis sowohl Yates als auch Perlman wieder weg waren, und ist dann geflüchtet.«

»Gefolgt von unserem Aschenputtel in blauem Satin, das ihr Mieder hat fallenlassen und nicht gewagt hat, sich lang genug aufzuhalten, um ihre Schläppchen zu suchen. Sie muss sehr verängstigt gewesen sein.«

»Nun, das ist nicht verwunderlich.«

Hero nickte. Sie legte das kleine, fadenscheinige Kleidungsstück so sorgfältig zusammen, als wäre es etwas Feines und Wertvolles. »Sie weiß also, wer der Mörder ist.«

»Sie weiß vielleicht nicht, wer er ist, aber wahrscheinlich könnte sie ihn identifizieren.«

Hero sah mit ernster Miene auf. »Die Frage ist: Weiß *er* von *ihr*?«

»Ich hoffe nicht.«

Kapitel 54

Die größere der beiden Truhen enthüllte beim Öffnen stapelweise ledergebundene Kladden.

»Die verschwundenen Kontobücher?«, fragte Hero, die Sebastian über die Schulter blickte, als er das oberste Buch durchblätterte.

Er nickte. »Verräterisch, nicht? Alles von unbezahlbaren italienischen Gemälden aus dem fünfzehnten Jahrhundert bis zu feinsten griechischen Marmorstatuen lässt er im Haus herumliegen und -stehen und Staub ansammeln, aber diese hier versteckt er.«

Er ging zur nächsten, kleinere Truhe. Sie enthielt ein seltsames Sammelsurium aus Objekten, die allesamt in viereckige, weiße oder schwarze Seidentücher eingeschlagen und mit einer Kordel verschlossen waren. Er wickelte eine Schnupftabakdose, ein Riechfläschchen, eine goldene Kette mit einem Amulett aus, wie ein Mann sie seiner Frau als Hochzeitsgeschenk verehren könnte. Allerdings zeigte das Emailmuster auf dem Deckel die goldene Krone und die drei weißen Federn des Prinzen von Wales.

Er hob es hoch. »Sieh dir das an.«

»Prinny?« Hero griff nach dem Amulett, um es zu öffnen. Darin lag eine Locke goldroten Haars.

»Ich glaube, jetzt wissen wir, was Eisler von Prinzessin Caroline wollte.«

»Ein Medaillon mit Haar vom Prinzregenten? Aber warum das denn? Das kann nicht viel wert sein.«

»Für jemanden, der an magischen ›Operationen‹ interessiert ist und daran, den eigenen Wohlstand zu mehren sowie die Huld des Prinzen auf sich zu ziehen, schon.«

Hero blickte in die Truhe. »Sind diese Gegenstände alle so etwas? Persönliche Besitzstücke von mächtigen Menschen, die er manipulieren wollte, indem er sie mit Bannsprüchen belegte?«

»Manipulieren oder auch zerstören.«

Hero ging neben dem Korb in die Knie.

»Was ist das?«, fragte er und beobachtete, wie sie eines der kleinen Glasbehältnisse hochhob.

»Sie sehen aus wie Phiolen, die mit etwas gefüllt sind …« Sie öffnete den Korken und schnupperte. »Dreck.« Sie hob das Fläschchen ins Licht. »Wie überaus seltsam. Es steht ein Name daran. Hier: ›Alfred Dauncey‹.«

»Dauncey habe ich gekannt. Er hat sich letztes Jahr den Kopf weggeschossen. Es hieß, er war bis zum Kragen verschuldet.«

Sie hob eine andere Phiole hoch. »Hier steht ›Stanley Benson‹. Ist das nicht der Sohn des Barons? Hat er sich nicht letzten Winter die Kehle durchgeschnitten?«

Sebastian nickte. »Es wurde getratscht, dass er auch in den Fängen eines Geldverleihers war.«

Sie blickte auf die unzähligen Glasfläschchen hinunter. »Großer Gott. Meinst du, dass all diese Menschen sich wegen Eisler das Leben genommen haben?«

»Das vermute ich.«

Sie griff nach einer anderen Phiole. »Hier steht …«

»Was?«, fragte er nach, als ihr die Stimme wegblieb.

Sie sah ihn an. »Hier steht ›Rebecca Ridgeway‹.«

Sebastian sah ihr in das angespannte, plötzlich erbleichende Antlitz. »Warum ist das bedeutsam?«

»Rebecca Ridgeway war Abigail McBeans Schwester. Die, die im Frühling gestorben ist.«

***

Miss Abigail McBean saß auf dem vielbenutzten Sofa in ihrem gemütlichen Kleinen Salon und beugte den Kopf über die kleine, mit Dreck gefüllte Phiole in ihrer Hand. Neben ihr auf dem Kissen lag eines von Daniel Eislers ledergebundenen Geschäftsbüchern. Der dritte Eintrag von unten auf der aufgeschlagenen Seite lautete:

Marcus Ridgeway, 2.000 Pfund.

Daneben hatte Eisler gekritzelt:

Komplette Zahlung 2. April 1812.

Hero saß in einem Ohrensessel beim Kamin; Sebastian stand am anderen Ende des Raums.

Kurz darauf räusperte sich Abigail mühsam und sagte: »Rebecca war meine jüngere Schwester. Sie war … ganz anders als ich. Hübsch. Bezaubernd lebendig. Hat sich immer viel mehr für gesellschaftliche Anlässe interessiert als für Bücher. Sie hat Marcus mit nur neunzehn Jahren geheiratet. Leider war mein verstorbener Schwager zwar attraktiv und charmant, aber ein

Mann voller unglückseliger Laster: schwach, verantwortungslos und zu einer unfassbaren Eigensucht neigend. Er war permanent verschuldet, fand aber irgendwie immer Mittel und Wege, sich herauszuwinden.«

»Was ist im Frühling geschehen?«, fragte Hero sanft nach.

»Kurz vor Ostern ist Rebecca zu mir gekommen, in Tränen aufgelöst. Sie sagte, Marcus wäre einem Geldleiher von St Botolph-Aldgate in die Fänge gegangen und stünde vor dem Ruin. Ich hatte Marcus früher schon geholfen, aber er hat mir das Geld nie zurückgezahlt, und ich ... ich lebe von einem sehr eingeschränkten Einkommen.«

»Du hast ihr also gesagt, dass du ihr nicht helfen kannst?«

Abigail nickte, ohne aufzuschauen. »Ja. Eine Woche später waren beide tot.«

»Wie ist es passiert?«

Sie fuhr mit zitternden Fingerspitzen den Namen ihrer Schwester auf dem Flakonetikett nach. »Marcus wurde in der Themse treibend gefunden, in der Nähe der Whapping Stairs.«

»Meinst du, er hat Selbstmord begangen?«

»Marcus?« Sie schüttelte den Kopf. »Nach meiner Erfahrung braucht man für Selbstmord entweder ein gewisses Maß Schuldgefühl oder Verzweiflung. Marcus hatte aber die Gabe, sich selbst immer davon zu überzeugen, dass nichts seine eigene Schuld war. Und ganz gleich, wie verzweifelt die Lage auch war – er war immer überzeugt, dass er sich irgendwie herauswinden könnte.«

Hero nickte zu dem offenen Geschäftsbuch. »Offenkundig hat er das auch dieses Mal. Irgendwie.«

Abigail zog die Stirn kraus.

»Und Ihre Schwester?«, fragte Sebastian ruhig.

»Rebeccas Leichnam haben sie am nächsten Tag aus der Themse gezogen.«

Lastende Stille legte sich über den Raum, die nur von einer Kinderstimme aus der Ferne durchbrochen wurde. »*Ding dong dang, St Clement's Glockenklang* ...«

Hero sagte: »Was ist ihnen deiner Meinung nach zugestoßen?«

»Ganz ehrlich?« Abigail sah auf, ihr Antlitz war von ungeweinten Tränen fleckig und geschwollen. »Ich glaube, Rebecca hat ihn getötet. Und dann sich selbst. Aber vielleicht irre ich mich auch. Es könnte auch ein Unfall gewesen sein. Im amtlichen Totenschein stand Tod durch Unfall.«

»Warum hat Eisler eine Glasampulle mit Schmutz besessen, auf der der Name deiner Schwester stand?«

»Ich glaube, er wusste nicht, dass Rebecca meine Schwester war«, sagte sie ruhig.

»*›Wann zahlst du mich aus?‹, bimmelt Old Bailey hinaus*«, sang das Kind im Garten unten.

Sebastian sagte: »Wie lang vor seinem Tod ist Eisler zu Ihnen gekommen, um sich Rat bei seiner Arbeit mit den Grimoires einzuholen?«

»Mehrere Jahre.«

»Dann müssen Sie einen Verdacht gehabt haben, von wem sie sprach, als Ihre Schwester Ihnen etwas von diesem Geldverleiher aus St Botolph-Aldgate erzählte?«

»Ja.«

Sebastian spürte den ernsten Blick aus Heros grauen Augen auf sich ruhen. Doch er sagte lediglich: »Eisler hatte eine ganze Sammlung dieser Phiolen. Ich habe mehrere mit den Namen junger Männer erkannt, die kürzlich Selbstmord begangen haben.«

Abigail schloss die Hand um das Fläschchen. »Manche Menschen glauben daran, dass Selbstmörder diejenigen heimsuchen, denen sie die Schuld geben. In den verschiedenen Grimoires gibt es zahlreiche Beschwörungen, um die Seelen aus Selbstmorden zu binden. Die meisten werden mit Erde von Grabstätten der Toten ausgeführt.«

»Schnipp-schnapp, schnipp-schnapp, schneid den Hals ihm ab!«

Aufbrandendes Kindergelächter zog Sebastians Aufmerksamkeit wieder zu dem Fenster über dem Garten. Er sah ein blondes Mädchen, das mit seinem Bruder in einen Lachanfall ausgebrochen war. Er erinnerte sich daran, dass Francillon ihm erzählt hatte, Eisler fürchtete die Toten. Jetzt verstand er, was der Edelsteinschleifer damit gemeint hatte.

Abigail fragte: »Habt Ihr auch eine Ampulle für Marcus gefunden?«

Sebastian schüttelte den Kopf. Sie hatten alle Namen der Phiolen notiert und sie zusammen mit Eislers Büchern mitgenommen. Alles andere hatten sie zurückgelassen, wie sie es vorgefunden hatten, und die Holzverkleidung hinter sich wieder sorgsam verschlossen.

Abigail stieß mit einem eigenartigen Laut die Luft aus. »Eisler hat offenbar erkannt, dass Marcus nicht der Typ Mann war, der sich selbst aus der Welt schaffen würde.« Ihr Blick wanderte wieder auf den Namen ihres Schwagers in dem Kontobuch, und besorgt zog sie die Brauen zusammen. »Ich frage mich, wie es Marcus gelungen ist, seine Schulden zu begleichen.«

Sebastian und Hero wechselten schweigend einen Blick.

Aber wenn Abigail McBean die Wahrheit nicht kannte, so hatte Sebastian nicht die Absicht, sie aufzuklären.

***

»Gib es zu«, sagte Hero später zu ihm, als sie von Abigail McBeans bescheidenem Haus am Camden Place wegfuhren. »Du glaubst, Abigail hat ihn umgebracht.«

Sebastian sah ihr ins Gesicht. »Du nicht?«

Er erwartete, dass sie zur Verteidigung ihrer Freundin übergehen und darauf bestehen würde, dass Abigail McBean nicht zu einem Mord fähig war. Stattdessen sagte sie: »Glaubst du, Marcus Ridgeway hat seine Frau gezwungen, sich mit Eisler zu prostituieren, um seine Schulden zu begleichen?«

»Ich nehme es an – falls sie Eisler ermordet hat. Andernfalls ... hoffe ich es nicht. Es ist nicht nötig, dass sie mit diesem Wissen zu allem anderen weiterleben muss.«

Hero sagte: »Ich muss dauernd an all diese Glasampullen denken. So viele Männer und Frauen, die dieser verabscheuungswürdige Mensch in den Tod getrieben hat.«

»Und ihre eigenen Schwächen.«

Als Hero schwieg, fuhr Sebastian fort: »Denk mal über folgendes nach: Abigail McBean hat die letzten fünf Monate gewusst, dass Eisler in den Tod ihrer Schwester und ihres Schwagers verwickelt war. Trotzdem hat sie ihm weiter dabei geholfen, die alten Grimoires und die magischen Beschwörungen darin zu verstehen. Warum?«

Hero schüttelte den Kopf. »Das weiß ich nicht. Es ergibt keinen Sinn.«

»Das tut es eben doch, wenn man versteht, wie groß Eislers Angst vor den Seelen der Toten war.«

»Du meinst, Abigail hat diese Angst bewusst geschürt? Um ihn zu quälen?«

»Ja.«

»Warum hätte sie ihn dann töten sollen? Warum hätte sie ihn nicht einfach weiter quälen sollen, wenn sie das als ihr Mittel der Rache ausgewählt hatte?«

Sebastian sah aus dem Fenster auf die wogenden Hügel von Green Park, der in der Kälte und Feuchte dieses Tages leer war. »Vielleicht hat sie noch von einem anderen Opfer erfahren. Von einer Person, die sie kannte und die ihr auch am Herzen lag. Und die sie zu der Entscheidung brachte, dass Eisler aufgehalten werden musste – und zwar für immer.«

»Welches andere Opfer denn?«

Doch Sebastian schüttelte nur den Kopf, den Blick auf einen nebelverhangenen Eichenhain geheftet.

***

Während Devlin sich in seine Bibliothek setzte und sich Eislers Haushaltsbüchern widmete, tauschte Hero ihr Kutschenkleid gegen ein wärmeres aus zartrosafarbener Wolle aus und begab sich auf die Suche nach dem Straßenkehrer, den alle Drummer nannten.

Sie fand den Jungen, als er gerade einen frischen Dunghaufen von seiner Straßenecke fegte. Er unterbrach seine Arbeit nur widerwillig, doch die Aussicht auf eine versprochene Silbermünze lockte ihn zu den Treppen von St Giles. Er setzte sich, schob die bloßen Hände unter seine Achseln und bewegte sich vor und zurück, um warm zu werden. Hero bemerkte, dass er ein Paar klobiger Lederstiefel gekauft hatte, die vom Vorbesitzer nur wenig abgetragen worden waren.

»Wollt Ihr noch mehr über die Straßenkehrer wissen?«, fragte er und sah zu ihr auf.

»Heute nicht. Ich habe darüber nachgedacht, dass du und deine Freunde mir erzählt haben, ihr geht abends oft zum Haymarket.«

»Ja-a«, sagte er langgezogen, offenbar verwirrt durch die Richtung, die diese Befragung einschlug.

»Habt ihr jemals für einen Gentleman nach Mädchen Ausschau gehalten, der in einem wackeligen alten Haus in der Nähe der Minories in St Botolph-Aldgate wohnte?«

Drummer erstarrte, seine kleine, dürre Gestalt angespannt, als wolle er gleich lossprinten.

»Keine Angst«, sagte Hero sanft. »Du wirst dafür keine Schwierigkeiten bekommen. Ich versuche ein Mädchen zu finden, das letzten Samstagabend dorthin gebracht wurde. Weißt du, wer sie ist?«

Drummer sah sich rasch um, als wollte er sich vergewissern, dass niemand ihre Frage mit angehört hatte.

Dann nickte er feierlich mit großen, ängstlichen Augen.

Kapitel 55

Sebastian entdeckte den Namen, den er suchte, unter den Einträgen für Juni 1812.

Major Rhys Wilkinsons Schulden beliefen sich auf fünfhundert Pfund und waren zum Teil abbezahlt worden.

Er legte das Buch zur Seite, stand auf und ging zum Fenster, wo er die Hände auf der Bank abstützte und mit leerem Blick auf die neblige Straße hinaussah. Er versuchte, sich weiszumachen, dass der Tod der beiden Männer in ein- und derselben Nacht bloß Zufall sein konnte. Dass Rhys nicht der Typ Mann war, der wegen einer Summe von fünfhundert Pfund kaltblütig einen Mord beging. Aber die Erinnerung an ein junges Mädchen mit zimtfarbenen Sommersprossen auf der sonnenverbrannten Nase verfolgte ihn. Dieses Mädchen hatte einst einen spanischen Guerillakämpfer mitten ins Gesicht geschossen.

Einige Minuten später stand er noch immer am Fenster, als die gelbe Stadtkutsche von Hero vor dem Haus anhielt. Er beobachtete, wie sie den Kutschtritt herunterstieg. Sie hielt die Hand eines abgerissenen, drecksstarrenden Kindes, dem der Mund offenstand, fest umklammert.

»Wir möchten schnellstmöglich Sandwiches, Kuchen und heiße Schokolade in der Bibliothek«, hörte er sie bei Morey ordern, und ihre Schritte klangen fest, als sie die Eingangshalle mit den schwarz-weißen Marmorfliesen durchmaß. Der Raum füllte sich mit dem Geruch nach Kohlenrauch, frischem Dung und einem schmutzigen Jungen.

»Das ist Drummer«, sagte sie und ließ die Hand des Buben los, damit sie die Bänder ihrer Haube lösen und die Handschuhe abziehen konnte. »Er fegt die Kreuzung bei St Giles, arbeitet abends aber auch am Haymarket. Dort hilft er Gentlemen, die zu schüchtern sind, aus der Kutsche zu steigen, bei der Suche nach Mädchen.« Sie stupste den Jungen. »Verbeug dich und berichte Seiner Lordschaft von Jenny.«

Der Knabe stolperte vorwärts, einen schmuddeligen weißen Schlapphut in den Händen, seine Brust hob und senkte sich, so aufgeregt schnappte er nach Luft.

»Jenny?«, erinnerte Sebastian, als er weiter schwieg.

»Jenny Davie«, half Hero aus. »Sie ist siebzehn, und letzten Samstagabend wurde sie von einem Gentleman in einer Droschke angeheuert, der dafür bekannt ist, dass er Mädchen für einen grässlichen alten Mann in St Botolph-Aldgate aussucht.«

Sebastian führte den Jungen näher zum Kamin, wo der Kater bei der Störung mit indigniertem Blick aus schmalen Augen aufsah. »Wie hat dieser Gentleman ausgesehen?«

Drummer zog in der gleichmütigen Geste eines Jungen die Schulter hoch, für den ein Adliger wie der andere aussah. »Na, wie 'n reicher Pinkel wohl.«

»In meinem Alter? Jünger? Älter?«

Dummer runzelte angestrengt die Stirn. »Ich würde sagen, jünger – ganz schön sogar.«

Sebastian und Hero wechselten einen Blick. Dann war Jenny Davies Zuhälter nicht Samuel Perlman gewesen.

»Blond?«, fragte Sebastian. »Oder dunkelhaarig?«

»Hatte 'nen wilden Lockenschopf wie so 'ne Guinee-Münze. Die Mädchen gehen immer gleich mit ihm mit, weil er so hübsch is. Hat aber nie was mit einer von ihnen angefangen. Holt sie nur für den alten Bock.«

Blair Beresford, dachte Sebastian. Laut sagte er: »Erzähl mir etwas über Jenny Davie.«

Erneut das gleichmütige Schulterzucken. Die Umstände hatten Drummer offenkundig vor langer Zeit gelehrt, das Leben – und die Menschen – so zu nehmen, wie er sie antraf, mit wenig Zeit für Analysen oder um sich ein Urteil zu bilden. »Was ist da schon groß zu sagen? Sie is 'n leichtes Mädchen.«

»Wo wohnt sie?«

Der Blick des Jungen wanderte zur Seite. »Sie hatte immer 'n Zimmer in 'nem Unterkunftshaus am Rose Court.«

»Aber dort wohnt sie nicht mehr?«

Drummer schüttelte den Kopf. »'n ganzer Haufen Leute ham nach ihr gesucht.«

»Ach? Wer zum Beispiel?«

»Na, der gelockte Kerl, der sie ausgesucht hat, schon mal.«

Wie interessant, dachte Sebastian. »Wer noch?«

Der Junge zuckte mit der Schulter. »Irgendso 'n Franzmann. Der hat wirklich arg nach ihr gesucht. Hat sogar jedem von den Jungs, die ihm verraten könnten, wohin sie verschwunden is, Kohle angeboten.«

Sebastian sah, wie Hero die Augen verengte, und wusste, dass der Knabe ihr diesen Teil der Geschichte noch nicht berichtet hatte. »Wie sieht er aus?«

»Wie 'n Franzmann halt.«

»Groß? Klein? Alt? Jung? Dunkelhaarig? Blond?«

Drummer runzelte die Stirn. »Älter als wie Ihr und kleiner – aber nich richtig alt oder richtig klein. Ich mein, er hat 'ne richtig pockennarbige Fresse, hab aber nich so arg auf ihn geachtet. Ich mein', ich hatt' eh nich vor, viel über Jenny zu quatschen, also warum hätt' ich drauf achten sollen? Sie hat gesagt, wenn irgendeiner käm und nach ihr suchen würd', sollten wir dichthalten.«

»Also weißt du, wo sie ist.«

Der Junge sog scharf die Luft ein, als er seinen Fehler bemerkte. Er hechtete zur Tür, wurde aber durch Moreys Ankunft aufgehalten, der mit einem vollgeladenen Tablett eintrat: geschmierte Brote, kleine Küchlein und ein Krug mit dampfend heißer Schokolade.

Hero sagte: »Komm, ich mache dir einen Teller mit belegten Broten fertig. Magst du lieber Schinken oder Roastbeef?«

Der Junge schluckte hart. »Kann ich von beidem was ham?«, fragte er mit leiser, hoffnungsvoller Stimme.

»Aber gewiss.« Sie lud den Teller mit einer großzügigen Auswahl leckerer Sandwichs voll. »Ist Jenny ein Londoner Mädchen? Hier geboren und aufgewachsen?«

Drummer schob sich ein Sandwich in den Mund und schüttelte den Kopf. »Sie und Jeremy – was ihr Bruder is – sind in Bermondsey aufgewachsen, in Southwark unten. Ich weiß noch, wie er mir erzählt hat, dass seine

Familie ein Zimmer über'm Torhaus von 'ner alten Abtei dort hatte. Aber vor 'n paar Jahren sind ihre Leute an der Ruhr gestorben, und sie hatten keine Verwandten, also sind sie in die Stadt gekommen, um Arbeit zu finden.«

»Ist sie jetzt dorthin verschwunden?«, fragte Sebastian. »Nach Southwark?«

Drummer schluckte noch einen Bissen hinunter. »Nö. Hätt ich Euch auch nich gesagt, wenn's so wär.«

Hero schenkte dem Knaben eine Tasse heiße Schokolade ein. »Wir wollen Jenny helfen und ihr keinen Schaden zufügen. Sie braucht Hilfe, Drummer. Ich befürchte, dass diese anderen Männer, die du erwähnt hast, die nach ihr suchen, sie töten könnten, wenn sie sie finden. Und sie sind fest entschlossen, sie zu finden. Du musst uns verraten, wo sie ist.«

Der Junge hielt mitten im Kauen inne und blickte zwischen Hero und Sebastian hin und her.

Hero sagte: »Ich verstehe, wie schwer es dir fällt zu entscheiden, wem du vertrauen kannst.«

Drummer schluckte erneut mühsam.

»Sag es uns.« Sebastians Stimme war ruhig, aber nachdrücklich.

»White Horse Yard«, brach es aus Drummer heraus, und seine Brust bewegte sich stark, weil er so hektisch atmete. »Sie hat ein Zimmer im *Pope's Head* in White Horse Yard, gleich hinter der Drury Lane.«

***

Sebastian nahm den Jungen mit, außerdem einen Deckelkorb, der mit weiteren Butterbroten und Küchlein bepackt war, und einen warmen Mantel von Tom, aus dem dieser kürzlich herausgewachsen war. Hero war verärgert, weil sie die beiden nicht begleiten konnte, aber selbst sie musste eingestehen, dass der Aufruhr, den das Erscheinen einer Adligen in einer Kneipe der Drury Lane auslösen würde, nicht hilfreich wäre.

Das Gewirr enger, gewundener Gassen und dunkler, übelriechender Höfe um die Theater der Drury Lane und des Covent Garden herum hatte sich vor langer Zeit zu einem Bezirk mit Bordellen, billigen Schänken und von Ratten heimgesuchten Unterkunftshäusern entwickelt, in denen man Familien von zehn oder mehr Personen in einem kleinen, stickigen Raum zusammengepfercht finden konnte. Sebastian sorgte dafür, dass sowohl sein Kutscher als auch der Bursche Waffen trugen, und schob eine kleine, doppelläufige Steinschlosspistole in seine Tasche.

Es war noch einige Stunden vor Mitternacht, dennoch füllte sich die schmale, kopfsteingepflasterte Gasse, die nach White Horse Yard führte, bereits mit einer rauen, halbbesoffenen Menge und einem dichten Nebel, der wie ein fester, windgepeitschter und erstickender Umhang zwischen den engstehenden Häusern wehte.

»Warum hat sie sich hierher geflüchtet? Weißt du das?«, fragte Sebastian, als die Kutsche am Ende der Gasse anhielt.

Drummer schüttelte mit von Kuchen vollgestopftem Mund den Kopf. »Ich glaube, sie hat vielleicht anfangs in der Gegend geschafft, als sie nach London gekommen is.«

»Woher weißt du, dass sie hier ist? Hat sie es dir gesagt?«

»Ihr Bruder Jeremy is uns übern Weg gestolpert. Sie wollte vor 'n paar Tagen, dass er ihr 'n paar Sachen vorbeibringt, und er hat mich nach Hilfe gefragt. Allerdings war sie richtig stinkig, wie sie mich gesehn hat. Da hat sie mich auch versprechen lassen, nich zu verraten, wo sie is.«

»Sie hat recht damit, auf der Hut zu sein.«

Der Junge blickte zweifelnd drein, hielt aber inne, um sich noch ein paar Butterbrote zu schnappen und in seine Taschen zu stopfen, bevor er hinter Sebastian den Kutschentritt hinunterstieg.

Sebastian ergriff den Jungen am Arm und hielt ihn fest, als sie sich ihren Weg durch die drängelnde, lärmende Menge bahnten. In der feuchten, rauchgeschwängerten Luft hing dicht der Geruch nach Gegrilltem, ungewaschenen Körpern und dem durchdringenden, unausweichlichen Gestank nach Verwesung.

Das *Pope's Head* am White Horse Yard lag in einem Gebäude, das aussah, als wäre es früher der Kutschenstall einer längst verschwunden, großen Residenz gewesen. Seine Fassade aus rotem Backstein war mitgenommen und von Ruß geschwärzt; an einer Seite tropfte grüne, schleimige Flüssigkeit von einer defekten Regenrinne herunter. Als sie sich dem Inn näherten, flog die Tür auf, und zwei besoffene Soldaten schwankten heraus. Sie hatten einander die Arme um die Schultern gelegt und sangen mit zurückgelegten Köpfen: »König George befiehlt, wir folgen ihm, über die Hügel in weite Fernen hin ...«

Drummer wich zurück, riss die Augen auf und öffnete den Mund. Er rang erneut nach Atem. »Muss ich mit Euch da rein? Ich mein, Ihr wisst ...«

»Ja«, sagte Sebastian und schob den Buben durch den Eingang in das dunkle, enge Treppenhaus des Inns. »Du musst Jenny für mich überzeugen, dass ich hier bin, um ihr zu helfen.«

»Sie wird nich froh sein, dass ich Euch brungen hab.« Die Treppenstufen, die nur von einer einzigen, rauchenden Öllampe beleuchtet wurden, quietschten und stöhnten unter ihrem Gewicht. Doch die verräterischen Geräusche unter ihren Füßen verloren sich in dem fröhlichen Lärm aus dem Schankraum und dem rauen Gelächter aus einer Kammer am Ende des Flurs. Dazu erscholl eine gebildete Stimme von oben, aus der von der obersten Treppenstufe am weitesten entfernten Stube. Sie war laut vor Zorn.

»Wo ist er, verdammt noch eins? Ich weiß, dass du ihn genommen hast. Wo ist der Diamant? Hast du ...«

Der Rest seiner Worte ging im gellenden Angstschrei einer Frau unter.

Kapitel 56

»Hilfe«, schrie sie. »Der bringt mich um. Hilfe!« Sebastian trat die Tür so fest ein, dass das Türblatt aus dünnem Holz splitterte und die Tür nach innen gegen die Wand schlug.

Das Zimmer dahinter war klein und schmuddelig, die Luft dick und übelriechend. Im plötzlichen Luftzug flackerte eine einzelne Talgkerze auf einem schäbigen Tisch neben dem schmalen Bett und warf lange Schatten über die rohen Dielenbretter und alten, holzverkleideten Wände. Blair Beresford, dem der Hut vom Kopf gefallen war, hatte mit entschlossen verzerrten Gesichtszügen ein schmales Mädchen an einen hohen, baufälligen Schrank gedrängt. Die spindeldürren Handgelenke hielt er ihr mit einer Hand über dem Kopf fest.

»Du Dreckskerl«, fluchte Sebastian und stürmte auf ihn los.

Die beiden Männer fielen zusammen auf den Boden. Jenny Davie, die plötzlich frei war, hastete zur Tür.

»Eine Guinee, wenn du sie schnappst und festhältst!«, rief Sebastian Drummer zu und zog den Kopf ein, da Beresford mit der Faust nach seinem Gesicht schlug.

Sebastian warf sich herum, um das Handgelenk des Mannes zu fassen, stöhnte, als Beresford das Knie in seine Leiste stieß und versuchte, auf den Ellbogen rückwärts zu entkommen. Sebastian nahm vage Jenny Davies Schreie wahr. »Autsch! Lass mich los, du kleiner Deiwel!«, rief sie, als Drummer nach ihren Röcken griff und sie festhielt.

Beresford holte erneut heftig mit der Faust aus und streifte Sebastians Kinn. Stöhnend boxte ihm Sebastian die Faust in den Bauch und zerrte ihn hoch, um ihn rücklings gegen die Wand zu stoßen. »Gottverdammt«, fluchte Sebastian keuchend. »Ich habe Sie nie für einen Mörder gehalten.«

Beresford buckelte gegen Sebastians Griff, dann gab er resigniert nach. Aus seinem Mundwinkel rann Blut. »Wovon zum Teufel sprecht Ihr? Ich habe niemanden getötet.«

»Warum sind Sie dann hier, zur Hölle?«

»Wegen des Diamanten.« Er ruckte mit dem Kopf zu dem Mädchen. »Sie muss ihn genommen haben! Ich dachte, wenn ich ihn wiederbeschaffen kann, könnte ich Hope vergelten, was er für mich getan hat.«

Sebastian drehte den Kopf, um über die Schulter nach dem Mädchen zu schauen, das eigenartig still geworden war. »Warum glauben Sie, sie hätte ihn?«

»Weil ihn sonst keiner hat und sie dort war. Ich habe sie weniger als eine halbe Stunde vor Eislers Tod in der Fountain Lane abgesetzt. Schaut doch mal – ich weiß, ich habe Euch belogen, als ich behauptete, an dem Abend kein Mädchen für Eisler besorgt zu haben. Aber alles andere, was ich Euch gesagt habe, ist die Wahrheit. Ich schwöre!«

Sebastian festigte seinen Griff, und in einem harten Lächeln zog er die Lippen zurück. »Warum zur Hölle sollte ich Ihnen glauben? Ich glaube, Sie haben Eisler erschossen und sind jetzt hier, um die letzte Zeugin zu beseitigen.«

»Wovon labert Ihr da?«, stieß Jenny Davie mit schneidender Stimme aus. »Das is nich der Kerl, wo den alten Bock abgeknallt hat.« Als würde ihr schlagartig bewusst, dass sie die ungeteilte Aufmerksamkeit aller Anwesenden auf sich gezogen hätte, sah sie sie rasch der Reihe nach an und versuchte, einen Schritt zurück zu machen. »Was? Warum glotzt ihr mich jetze so an?«

Zum ersten Mal sah Sebastian das Mädchen, das Hero als Aschenputtel in blauem Satin bezeichnet hatte. Sie sah eher wie fünfzehn aus statt wie siebzehn. Sie hatte eine unglaublich kleine, schmale Figur und Haar, das honigfarben sein könnte, wenn es sauberer wäre. Ihr Gesicht war schmal und feingezeichnet, ihre Augen von einem weichen, leuchtenden Grau und das Kinn klein und spitz.

»Hast du gesehen, wer es getan hat?«, fragte Sebastian und ließ Blair Beresford los. Der junge Mann glitt an der Wand entlang auf den Boden und blieb einfach sitzen, den Rücken an die Paneele gelehnt, die Beine von sich gestreckt.

»'Türlich«, sagte sie. »Der alte Bock hat mich geschnappt und in 'nen grässlichen alten Wandschrank gestoßen, als jemand an der Tür klopfte, obwohl der noch gar nich mit mir fertig war. Ich hab alles gesehn, und der Kerl da«, sie ruckte abschätzig mit dem Kinn in Beresfords Richtung, »war nich mal da.«

»Wer hat ihn denn dann erschossen?«

»Woher soll ich 'n das wissen, verflucht?«

»Du hast gesagt, du hättest ihn gesehen.«

»Da heißt doch nich, dass ich weiß, wer das war!«

Sebastian drängte die aufwallende Ungeduld zurück. »Aber du kannst mir sagen, wie er ausgesehen hat.«

Jenny schüttelte ihr stumpfes Haar aus dem Gesicht. »Klar kann ich das. Er war 'n Totenkopf auf 'nem Schrubber.«

Sebastian sah sie verständnislos an. »Ein was?«

Sie schnaubte und rollte mit den Augen. »Ihr wisst schon, so 'n großer, dürrer Kerl, der aussieht, als würd er nich mehr lang auf der Welt rumlaufen. Und er hatte so 'n Soldatenschnurres.«

Sebastian starrte sie mit dem schweren Herzen eines Mannes an, der seine schlimmsten Befürchtungen bestätigt sah.

»Wenn Ihr mich fragt, war der nich ganz just in der Birne. Kommt da rein, fuchtelt mit der Knarre rum und sagt, er wär hier, um den Kater zu verbimmeln.«

»Und was ist dann passiert?«, fragte Sebastian mit mühsam beherrschter Stimme.

»Der alte Bock hat den Kerl ausgelacht und wollte wissen, wie er das wohl machen wollte. Nur ist dann noch ein anderer gekommen und hat an der Tür rumgepoltert. Der dürre Kerl hat sich vergeistert umgeschaut, und der alte Bock hat ihn angesprungen. Da is die Knarre losgegangen.«

»Und was hat der, ähm, dürre Kerl dann gemacht?«

»Na, der is zur Hintertür raus, grad bevor die beiden anderen Kerle reinkommen, einer nach dem andern, und der ohne Kinn mit Lockenkopf kreischt: ›Mord‹.«

»Und der Diamant?«, fragte Blair Beresford von seinem Platz auf dem Boden aus. Eine goldene Locke hing ihm in die staubbedeckte Stirn. »Was ist mit dem Diamanten passiert?«

Jenny Davie schob die Lippen vor, riss die Augen auf und schüttelte den Kopf. »Ich sag's Euch doch die ganze Zeit, ich weiß gar nix von keinem Diamanten.«

»Warum versteckst du dich dann hier in Covent Garden?«, fragte Sebastian. »Warum bist du nicht zu den Wachtmeistern gegangen und hast ihnen erzählt, was du weißt?«

Er sah, wie die Angst in ihren grauen Augen aufflackerte und sie ihr kleines, spitzes Kinn entschlossen vorreckte – und begriff seinen Fehler einen Augenblick zu spät.

»Halt sie fest!«, rief er Drummer zu, da riss Jenny auch schon die Faust hoch und boxte den Jungen auf die Nase.

»Autsch!«, schrie er, und Tränen stiegen ihm in die Augen. Blut schoss aus seiner Nase, als er das Mädchen losließ und beide Hände nach oben ins Gesicht riss.

»Halt sie auf!«, schrie Sebastian, als Jenny zur Treppe stürmte. »*Verfluchte Hölle!*«

Sebastian schoss ihr hinterher und lief die schmale Treppe halb hinunter, halb stürzte er. Er kam gerade noch rechtzeitig zum Eingang, um zu sehen, wie sich das Mädchen durch einen wogenden Haufen Viehtreiber schlängelte, die sich in den Schankraum schoben.

Als Sebastian sich auf die Straße hinausgedrängelt hatte, war Jenny Davie bereits verschwunden und vom Nebel verschluckt.

Kapitel 57

Als Sebastian zum *Pope's Head* zurückkam, waren sowohl Drummer als auch Blair Beresford längst verschwunden.

Der Straßenkehrer war allerdings einfach zur Kutsche am Ende der Gasse zurückgegangen und wartete dort auf Sebastian. Er hatte den Kopf in den Nacken gelegt und drückte im Versuch, den Blutstrom aus seiner Nase zu stoppen, den Nasenrücken mit Daumen und Zeigefinger zusammen. »Bekomm ich meine Guinee?«, fragte er, die Stimme wurde von seinem übergroßen Mantelärmel gedämpft. »Auch wenn sie mir am Schluss entwischt is?«

Sebastian gab dem Jungen sein Taschentuch und schob ihn zum Kutschentritt. »Wenn ich deine Kampfwunden berücksichtige, würde ich sagen, dass du dir für die Arbeit heute Abend zwei Guineen verdient hast.«

Die Augen des Buben wurden riesig beim Anblick der Ausmaße von Sebastians Schnäuztuch. »Boah.«

Sebastian drückte dem Jungen die Münzen in die Hand und wandte sich seinem Kutscher zu. »Bringen Sie den Knaben zur Brook Street zurück und bitten Sie Lady Devlin, dafür zu sorgen, dass sich um ihn gekümmert wird.«

Drummer schob den Kopf wieder durch die offene Tür. »Kommt Ihr nich?«

»Ich werde sofort da sein«, sagte Sebastian und schloss die Tür vor seiner Nase.

Er nickte dem Fahrer zu und begab sich auf die Suche nach einer Droschke, um nach Kensington zu fahren.

***

Die Vorhänge in Annie und Emma Wilkinsons Wohnung in der Yeoman's Row waren noch nicht vorgezogen, sodass ein warmer, goldener Schimmer aus dem Salon in die kühle, neblige Nacht drang. Sebastian blieb einen Augenblick vor dem Haus auf dem Bürgersteig stehen. Am Ende der Straße lagen dunkel und still die Gärten von Kensington Square. Aber kurz dachte er, er hörte den Widerhall eines Kinderlieds: »›*Wann zahlst du mich aus?‹, bimmelt Old Bailey hinaus.*«

»Warten Sie hier«, sagte Sebastian zu dem alten Droschkenfahrer und ging mit schmerzhafter Trauer, um an der Tür seines alten Freundes zu läuten.

***

»Devlin!« Ein erfreutes Lächeln erhellte Annie Wilkinsons Züge, als sie zu ihm trat. »Was für eine freudige Überraschung. Julie ...«, sie drehte sich zu dem Hausmädchen um, das ihn die Treppe hinauf begleitet hatte, »... setzen Sie den Kessel auf und bringen Sie für Seine Lordschaft etwas von dem Kuchen, den ...«

Sebastian drückte ihre Hand, dann ließ er sie los. »Danke, aber ich brauche nichts.«

447

Sie wandte sich zu dem Tisch neben dem Fenster, auf dem eine Weinflasche und ein Tablett mit Gläsern standen. »Dann lass mich dir wenigstens ein Glas Burgunder anbieten.«

»Annie ... wir müssen sprechen.«

Sie blickte vom Wein auf, den sie ihm eingoss. Etwas in seinem Tonfall musste sie alarmiert haben, denn sie stellte die Karaffe beiseite und sagte mit gezwungenem Lächeln: »Du klingst sehr ernst, Devlin.«

Er ging zum Kamin und stellte sich mit dem Rücken zu dem kleinen Feuer. »Ich hatte heute Abend eine interessante Unterhaltung mit einem jungen Mädchen namens Jenny Davie.«

Annie sah überrascht drein. »Ich glaube nicht, dass ich den Namen kenne. Müsste ich?«

»Ich denke nicht. Sie ist das, was in der feinen Gesellschaft abfällig als Haymarket-Ware bezeichnet wird. Vor einer Woche wurden ihre Dienste von einem arg garstigen, alten Diamantenhändler von St Botolph-Aldgate in Anspruch genommen. Sein Name ist Daniel Eisler.« Er hielt inne. »Den Namen erkennst du wieder, nicht wahr?«

Sie blieb regungslos stehen. »Was versuchst du zu sagen, Devlin?«

»Am letzten Sonntagabend gegen halb neun wurde Daniel Eisler von einem großen, krank aussehenden Mann mit einem typischen Schnäuzer der Kavallerie erschossen. Nun nehme ich durchaus an, dass diese Beschreibung auf zahlreiche Männer in London zutrifft. Dieser spezielle Mann allerdings hat offenbar eine besondere Schwäche für alte Märchen gehabt. Er sagte zu

Eisler, dass er gekommen wäre, um den Kater zu verbimmeln.«

Sie presste ein heiseres Lachen hervor. »Das Märchen ist ja bekannt genug.«

»Das stimmt. Aber ich habe Eislers Geschäftsbücher gesehen, Annie.«

Sie ging zum Fenster und griff mit einer Hand nach dem abgenutzten Stoff, als wolle sie den Vorhang zuziehen, den Rücken streckte sie schmerzlich gerade durch.

Sebastian sagte: »Du hast es gewusst, oder? Du wusstest, dass Rhys ihn getötet hat.«

Sie schüttelte den Kopf, und ihre Kehle bewegte sich sichtbar, als sie schluckte. »Nein.«

»Annie, du hast gesagt, dass Rhys an dem Abend um halb neun zu einem Spaziergang ausgegangen ist und nicht mehr zurückkam. Aber Emma hat mir erzählt, dass ihr Papa an dem Abend nicht rechtzeitig heimgekommen ist, um ihr die Geschichte zu erzählen. Wann geht Emma schlafen, Annie? Um sieben? Um acht? Jetzt liegt sie im Bett, nicht wahr?«

»Um sieben Uhr.« Annie drehte sich ihm zu, ihr Gesicht sorgenvoll verzogen. »Ich wusste nicht, was er getan hat, das schwöre ich. Ich gebe zu, dass ich einen Verdacht hatte, aber *gewusst* habe ich es nicht. Bis heute.«

»Wieso heute?«

»Ich zeige es dir«, sagte sie und ging ruhig aus dem Raum hinaus.

Sie war kurz darauf wieder zurück und brachte eine Steinschlosspistole mit, die lose in ein altes, quadratisches Flanelltuch eingeschlagen war. Als sie ihm die

Waffe entgegenhielt, nahm er den schwefligen Geruch von verbranntem Schießpulver wahr.

»Du weißt ja, wie Rhys war. Er hat sein halbes Leben in der Armee verbracht. Er wusste, wie wichtig es war, die Waffe zu pflegen. Er hat sie nie abgefeuert, ohne sie zu reinigen, bevor er sie wieder verstaute. Als ich sie also so gesehen habe, wusste ich sofort ...«

Sebastian schlug sorgsam den Stoff zurück. Es war eine alte Elliot-Pattern-Steinschlosspistole mit dreißig Zentimeter langem Lauf und dem sanft geschwungenen Griff der Leichten Dragoner.

Sie sagte: »Ich wusste nicht einmal, dass Rhys sich Geld geliehen hatte, bis er mit den Zinsen schon im Rückstand war. Da hat Eisler gesagt, er habe gehört, dass Rhys eine hübsche Frau hat, und er wäre gewillt, die Zinsen auf die Schulden nachzulassen, wenn ich ... wenn Rhys zustimmen würde ...«

»Ich weiß alles darüber, wie Eisler die Frauen missbraucht hat, die Schulden bei ihm hatten«, sagte Devlin sanft. »Hast du es getan, Annie?«

Sie schrak zurück, als hätte er sie geschlagen. »Nein!«

»Aber du warst versucht?«

Sie drückte sich die Hand auf den Mund, und ihre Augen schlossen sich, als sie nickte. »Wir waren so verzweifelt.«

»Annie ... du hättest jederzeit zu mir kommen können. Ich wäre mehr als glücklich gewesen, zu helfen. Das habe ich euch doch gesagt.«

Sie ließ die Hand herunterfallen und schniefte, die Lippen zu einem dünnen Strich verkniffen. »Das würde ich niemals tun, und Rhys auch nicht.«

Sebastian betrachtete ihr mühsam beherrschtes Antlitz. »Was ist also geschehen?«

»Rhys war von dem Vorschlag so angewidert, dass er begonnen hat, über Eisler Erkundigungen einzuziehen. Du sagtest, du weißt, wie er die Menschen benutzt hat, aber wir hatten keine Vorstellung davon. Eines Abends habe ich, als Rhys mir von den Dingen berichtete, die er erfahren hatte, gesagt: ›Es muss etwas gegen diesen Bastard unternommen werden. Es muss eine Möglichkeit geben, die Menschen davor zu warnen, ihm in die Falle zu gehen.‹ Ich meinte nichts Konkretes damit – ich dachte nur laut nach. Aber Rhys sagte, es gäbe keine Möglichkeit, wie die Mäuse den Kater verbimmeln könnten. Dass die einzige Möglichkeit, einen Mann wie Eisler aufzuhalten, wäre, ihn zu töten.«

Ihr Blick fiel auf die Waffe in Sebastians Händen, und ihr blieb die Luft weg. »Er hatte in letzter Zeit oft darüber gesprochen, dass es Emma und mir viel besser erginge, wenn er tot wäre – dass Eisler die Schulden dann nicht mehr eintreiben könnte, dass Emma und ich zu meiner Großmutter ziehen könnten und ich frei wäre, wieder zu heiraten.« Sie schluckte. »Ich habe ihn immer angefleht, nicht so zu reden, aber ...«

»Wann hast du Rhys zum letzten Mal gesehen, Annie?«

Sie blinzelte, und die Tränen, die sich in ihren Augen gesammelt hatten, flossen über und ungehindert ihre Wangen hinab. »Es muss um halb zehn gewesen sein. Er ... ist nach Hause gekommen, hat sich für mehrere Minuten im Schlafzimmer eingeschlossen und ist dann gegangen, zu einem Spaziergang, wie er sagte. Ich wusste, dass er in einer Schublade neben dem Bett eine

Flasche Laudanum aufbewahrte. Als er weg war, bin ich hingegangen, um nachzusehen. Es war eine frische Flasche. Er hatte einen Apotheker gefunden, der gewillt war, eigens für ihn eine besonders starke Mischung herzustellen. Die Flasche war weg.«

»Und da hast du mich kontaktiert und darum gebeten, bei der Suche nach ihm zu helfen?«

Sie nickte schweigend.

»Annie, Annie ... Warum hast du mir das alles nicht gleich erzählt?«

»Ich hatte Angst und habe mich geschämt. Vielleicht war meine Scham größer als meine Angst.«

»Und als du am Montag in den Zeitungen gesehen hast, dass Eisler ermordet worden war?«

»Ich weiß nicht ... Ich, ich habe gehofft, es wäre ein bloßer Zufall. Ich meine, alle sagten, dass Russell Yates über den Leichnam gebeugt gefunden worden war. Da wusste ich noch nichts von der Pistole. Erst heute.«

»Was hat dich dazu gebracht, heute danach zu sehen?«

Sie rieb sich mit dem Handrücken über die nasse Wange. »Der leitende Untersuchungsrichter der Polizeibehörde der Lambeth Street ist zu mir gekommen.«

»Bertram Leigh-Jones?« Sebastians Herzschlag beschleunigte sich. »Was hat er gewollt?«

»Er wollte wissen, wann ich Rhys zum letzten Mal gesehen hatte. Ich habe gelogen. Ich habe ihm das Gleiche gesagt wie allen anderen – dass Rhys um halb neun zu einem Spaziergang aufgebrochen und nicht mehr zurückgekommen ist. Aber sobald er weg war, bin ich ins Schlafzimmer gestürzt und habe in der Schublade nachgesehen, in der Rhys, wie ich wusste, seine Pistole aufbewahrte. Als ich sie gesehen habe, wusste ich Bescheid.«

Sie wandte sich ab und schlang die Arme um ihre Brust, als umarmte sie sich selbst. »Da wusste ich noch nicht, weshalb Leigh-Jones Rhys im Verdacht hatte. Aber ich vermute, dass dieses Mädchen, von dem du gesprochen hast – diese Jenny Davie – ihm das Gleiche erzählt haben muss wie dir.«

Sebastian schüttelte den Kopf. »Nein. Ich vermute, Leigh-Jones hat diese Information aus Jud Foy herausbekommen. Unmittelbar, bevor er ihn getötet hat.«

Annie schüttelte verständnislos den Kopf. »Wer ist Foy?«

»Ein halb wahnsinniger ehemaliger Grenadier, der in der Nacht, in der Eisler gestorben ist, dessen Haus beobachtet hat.«

»Aber ... weshalb sollte Leigh-Jones ihn denn umbringen?«

»Aus dem gleichen Grund, aus dem er einen alten, französischen Juwelendieb namens Jacques Collot umgebracht hat: weil der Chief Magistrate der Lambeth Street ein gefährliches Geheimnis hat, das er mit allen Mitteln wahren möchte.«

Sie sah ihn abwartend an.

Sebastian sagte: »Ich glaube, dass Bertram Leigh-Jones für Napoleon arbeitet, um einen Edelstein wiederzufinden, den Eisler in seinem Gewahrsam hatte – einen seltenen blauen Diamanten, der früher zu den französischen Kronjuwelen gehörte und jetzt vermisst wird. Man ist immer davon ausgegangen, dass der Mörder von Eisler den Diamanten gestohlen hat. Zuerst dachte Leigh-Jones, er hätte Eislers Mörder – Yates –

ins Gefängnis gebracht. Aber irgendetwas scheint Leigh-Jones davon überzeugt zu haben, dass er den falschen Mann hatte. Er begann, Fragen zu stellen, und die führten ihn zu Foy. Ich glaube, dass Foy Leigh-Jones von Rhys erzählt hat, und dass er deshalb heute zu dir gekommen ist.«

»Du sagst, *Rhys* hat einen Diamanten gestohlen? Aber so etwas würde er nie tun. Du kennst Rhys doch.«

»Ich weiß. Ich glaube, dass Jenny Davies ihn hat. Und wenn ich Leigh-Jones nicht aufhalten kann, ist sie vermutlich sein nächstes Opfer.«

***

Es schien Ewigkeiten zu dauern, bis Sebastians Droschkenkutscher sich den Weg durch den Samstagabendverkehr der Stadt bis zur Wohnung von Bertram Leigh-Jones in St Botolph-Aldgate erkämpft hatte. Dann machte das Hausmädchen, das auf Sebastians knappes Anklopfen die Tür öffnete, einen entschuldigenden Knicks und sagte: »Ich bitte Euer Lordschaft um Verzeihung, aber Mr Leigh-Jones ist nicht zugegen.«

»Es geht um etwas sehr Wichtiges«, sagte Sebastian, der ein wachsendes Gefühl der Dringlichkeit verspürte. »Wissen Sie zufällig, wohin er gegangen ist?«

»Ich fürchte, das hat er nicht gesagt, Mylord. Ein Franzose ist vor vielleicht einer halben Stunde hergekommen, und sie sind alle in seinem Gig davongefahren.«

»Alle? War sonst noch jemand dabei?«

Das Hausmädchen nickte. »Oh ja, Mylord. Der Franzmann hat noch ein Mädchen dabei gehabt. Ein schmales Ding war sie, und so ängstlich.«

454

Jenny, dachte Sebastian. *Verdammt, verdammt, verdammt.*

Laut sagte er: »Sie haben keine Ahnung, wohin sie gefahren sein könnten?«

Das Hausmädchen verzog angestrengt nachdenkend das Gesicht. »Ich glaube, sie haben vielleicht was von Southwark gesagt, aber mehr könnte ich auch nicht sagen.«

»*Southwark?*«

»Jawohl, Mylord.«

Sebastian rannte bereits zu seiner Droschke.

Kapitel 58

Die antike Abtei St Saviour in Bermondsey am südlichen Themseufer war einst eine der stolzesten religiösen Einrichtungen in England gewesen, von Königen gefördert und von Königinnen als Witwenzuflucht geschätzt. Heutzutage waren nur noch die Kirche für die Gläubigen, ein verfallendes Torhaus und eine Reihe verlassener, halbverfallener Wohnhäuser übrig. Ihre vom Alter gezeichneten Steinmauern und die zerbrochenen Schieferdächer glänzten nass im unruhigen, dunstigen Mondlicht.

Weshalb Leigh-Jones und seine pockennarbige französische Kohorte Jenny Davie ausgerechnet hierher brachten, in ihr Kindheitsheim, konnte Sebastian nur raten. Aber als seine Droschke um die Kurve der alten, erhöhten Chaussee fuhr, die in früheren Zeiten zu der Priorei geführt hatte, sah er ein Gig, das neben dem Gebäude geparkt stand, das heutzutage als Gemeindekirche St Mary Magdalen diente. Das Gig war leer, der Braune zwischen den Stangen graste friedlich am Wegesrand. Sebastian sah zwischen den moosüberwucherten, grauen Grabeinfassungen und umgefallenen Steinen des düsteren, nebelverhangenen Kirchhofs weiter hinten einen schmalen Lichtstreifen, wie von einer zerbrochenen Laterne, der sich hin und her bewegte.

»Halten Sie hier an«, orderte Sebastian.

Der Droschkenkutscher gehorchte. »Soll ich wieder auf Euch warten, Eure Lordschaft?«, fragte er hoffnungsvoll. Offenkundig empfand er einen Abend, den er dösend auf dem Kutschbock verbringen konnte, weit angenehmer als einen, an dem er ständig nach neuen Passagieren suchen musste.

»Achten Sie aber darauf, außer Sicht zu bleiben.« Sebastian sprang leise auf den Boden und streckte dem Kutscher seine Karte hin. »Und wenn mir etwas zustoßen sollte, bringen Sie dies zu Sir Henry Lovejoy in der Bow Street und erzählen Sie ihm alles, was Sie über heute Abend wissen.«

»Aye, Mylord.«

Sebastian verließ die Droschke, die im Schatten abgedunkelter, verfallener Läden stand, und huschte die Straße entlang. Die Luft war hier dick und feucht, und darin hingen schwer die durchdringenden Gerüche der Gerbereien, Leimfabriken und Brauereien. Auf dem gepflasterten Weg neben dem mittelalterlichen Kirchturm blieb er stehen, und eine kühle Bö wirbelte den Nebel um ihn herum auf.

Jetzt konnte er die drei Gestalten im Nebel sehen: Den großen, bulligen Magistraten, den kleinen, agilen Franzosen und das Mädchen, das Leigh-Jones mit seiner Pranke fest am zerbrechlich dünnen Arm zog, während sie sich einen Weg durch die eingesunkenen und überwucherten Gräber bahnten. Der Mond war nun ganz hinter den dichten, geballten Wolken verschwunden.

Die Steinmauer, die den Friedhof umgab, war niedrig und bröckelig, sodass Sebastian leicht darüber steigen konnte. Er ging in die Hocke und huschte vorsichtig von einem Grab zum nächsten, da brachte ihn die überraschend kräftig klingende Stimme des Mädchens zum Innehalten.

»Das ist es«, sagte sie.

»Bist du dieses Mal sicher?«, schnappte Leigh-Jones und hob seine Lampe, um auf das Grab vor ihnen zu schauen.

»Ich *glaub* mal.«

Der Franzose lachte zornig. »Das hat sie beim letzten Mal auch schon gesagt, als sie dachte, dort hätte sie ihn versteckt. Bevor sie zehn Minuten damit verplempert hat, um das Grab herum danach zu suchen.«

»Das ist im Dunkeln schwer zu sehn! Wenn wir morgen zurückkommen könnten, wenn's hell is, dann könnt ich ...«

Leigh-Jones sagte: »Halt die Klappe und grab.«

Der Franzose zog eine Pistole aus seinem Bund und drückte sie dem Mädchen an die Schläfe. »Sieh zu, dass du dieses Mal das richtige Grab hast, *ma petite*. Keine Spiele mehr, hmm?«

Jenny Davie erstarrte, der feuchte Wind spielte mit den honigfarbenen Locken um ihr feingezeichnetes Gesicht und drückte ihr die Röcke ihres schäbigen Kleids gegen die Beine. Im Gegensatz zu den beiden Männern, die Herrenmäntel und Hüte trugen, hatte sie nichts auf dem Kopf, und ihre Arme, die nur vom dünnen Stoff ihres Kleids bedeckt waren, hatte sie vor der Brust verschränkt, um sich zu wärmen. Sie musste wohl davon ausgehen, dass er meinte, was er sagte, denn sie ruckte mit dem Kopf in Richtung einer Grabstätte, die näher an der Kirchenmauer stand. »Ich glaube, ich hab mich vielleicht geirrt, und es ist dort drüben.«

Der Franzose grunzte.

Sie führte sie zu einem Grab, das so alt war, dass die verwitterten, moosüberwucherten Steine der Umrandung eingesunken waren und der Grabstein sich in einem Winkel von fünfundvierzig Grad geneigt hatte. Sie kauerte sich an einem Ende und begann zu graben. Das Geräusch des weggescharrten, fallenden Schutts klang laut in der nebelverhangenen Nacht.

Irgendwann hatte sie den Diamanten offenbar hierher gebracht, an einen Ort, an dem sie als Kind gespielt hatte, und ihn versteckt. Sebastian sah, wie sie beim Graben zögerlicher wurde. Dann fuhr sie mit der linken Hand in den Schutt und umfasste etwas, während sie mit der rechten einen Steinbrocken von der Größe ihrer Faust aufhob. Er konnte die Anspannung in jeder Faser ihres Körpers erkennen, sah, dass sie sich wie ein Läufer darauf vorbereitete, sich umzudrehen.

Leigh-Jones hatte die Lampe auf dem Grabstein abgestellt und stand nun etwas an der Seite, während sich der Franzose in der Nähe postiert hatte und die Pistole locker im Anschlag hielt. Sebastian sah, wie Jenny die Hand nach hinten riss und dem Franzosen mit dem gezackten Felsbrocken gegen den Kopf hieb.

»*Mon Dieu*«, fluchte er, versuchte sich zu ducken und verlor den Stand. Mit einem Grunzen ging er zu Boden.

Jenny sprang auf und rannte quer über den dunklen Friedhof los, zu dem alten, zerstörten Torhaus, das, von Nebel umhangen, in der Ferne stand.

»Stehen Sie nicht herum, Sie Narr«, schrie der Franzose und rappelte sich auf die Füße. »Hinterher! Sie hat den Diamanten!«

Leigh-Jones begann, mit schwankendem Schritt den Hang hinunterzulaufen. »Großer Gott, erschießen Sie sie einfach!«

Der Franzose zielte sorgsam auf die laufende Gestalt des Mädchens und krümmte gerade den Finger am Abzug, da rannte Sebastian in ihn hinein.

Der Aufprall schickte den Franzosen flach auf den Rücken, und die Pistole entlud sich in die Luft, ohne Schaden anzurichten, als sie ihm aus der Hand flog. Dann rutschte sie in das hohe Gras und aus der Sicht hinaus.

Er rollte sich flink unter Sebastians Griff weg und sprang in eine gebückte Haltung. In seiner Faust blitzte eine Messerklinge auf. »Ihr schon wieder«, spie er aus.

Sebastian sprang auf die Füße und schnappte sich die Hornlampe vom zerfallenen Grab, just als der Franzose mit blitzender Klinge zustieß.

Sebastian wirbelte herum und schlug krachend die Laterne auf die Hand des Franzosen. Sie tauchten in Dunkelheit ein, und das Messer schlidderte klappernd an die Seite des Grabmals. Der Franzose taumelte rückwärts, Sebastian holte erneut mit der Laterne aus, dieses Mal hieb er sie dem Mann gegen den Kopf.

Der Franzose duckte sich, dann trat er mit dem Fuß fest zu und wuchtete seinen Stiefelabsatz gegen Sebastians rechtes Knie.

Sebastians Bein gab in einer Schmerzexplosion nach. Noch während er stürzte, trat der Franzose wieder zu, dieses Mal nach Sebastians Kopf.

Sebastian riss die Hände hoch, packte den Stiefel des französischen Agenten mit beiden Händen und drehte ihn herum.

Der Franzose verlor die Balance und fiel nach hinten. Es gab einen hässlichen, dumpfen *Wumms*, als er mit dem Kopf auf eine Kante der Grabeinfassung fiel. Er rutschte an der Seite des moosbewachsenen Gesteins herunter und blieb mit eigenartig ausgestreckten Gliedmaßen liegen. Auf dem verwitterten Stein hinter ihm breitete sich ein hässlicher dunkler, größer werdender Fleck aus.

Mit zusammengebissenen Zähnen rappelte Sebastian sich wieder auf und bewegte sich unbeholfen hinkend zu dem alten Torhaus der Abtei am anderen Ende des Friedhofs. Jeder Schritt schickte quälende Pein von seinem Knie aus durch seinen Körper, sodass er, als er den schmutzübersäten, kopfsteingepflasterten Hof neben dem zerstörten Torhaus erreichte, am ganzen Körper den kalten Schweiß spürte und sein Atem schnell und stoßweise ging.

Das Torhaus, das aus behauenem, rohem Stein errichtet worden war, erhob sich anderthalb Stockwerke über seinen zentralen Bogengang. Früher war der zurückgesetzte Bogen reich mit Schnitzereien verziert und die Stabkreuzfenster darüber waren mit einem Maßwerk versehen gewesen, das einem Weinstock glich. Doch die vorüberziehenden Jahrhunderte hatten das Gestein zerstört und zerbröseln lassen, und der Rauch und Ruß von Generationen hatte die Verzierungen an den Überbleibseln getrübt und verwischt.

Westlich vom Torhaus erstreckte sich ein langes, zwei Stockwerke hohes Steingebäude, das einst ein Gästehaus oder ein Almosenhaus gewesen sein mochte, aber schon lange in einfachste Wohnungen umgeändert worden war. Die Gebäude waren jetzt leer, die

Fenster und Türen standen weit offen, Dachziegel waren zerbrochen oder fehlten ganz, das Gebälk darunter brach nach und nach ein. Alle anderen Spuren der Abtei waren schon vor langer Zeit verschwunden. Zwischen diesen wenigen verbliebenen Überresten erstreckten sich nur Gärtnereien und offene Felder, die leer unter den windgetriebenen Wolken, die sich am schwarzen Himmel zusammenballten, lagen.

Jenny Davie und Bertram Leigh-Jones waren verschwunden.

Sebastian blieb in den Schatten des Bogengangs unter dem Torhaus stehen und lauschte. Über sich hörte er einen schweren Schritt schlurfen und das ängstliche Keuchen eines Mädchens. Dann erklang Leigh-Jones’ Stimme. Er sprach mit einem schmeichelnden Singsang, in dem er seinen Zorn jedoch kaum verbergen konnte. »Ich tu dir nicht weh, Mädchen. Ich will nur den Diamanten. Gib mir einfach den Diamanten, und ich lasse dich gehen.«

»Halten Sie mich für dämlich?«, gellte Jenny mit vor Angst und Trotz heller Stimme. »Kommense mir bloß nich zu nah!«

Sebastian stieg mit geräuschlosen Bewegungen die enge, mittelalterliche Wendeltreppe hinauf, die auf der einen Seite des Bogengangs abging. Die alten Steinstufen waren in der Mitte so durchgetreten, dass jeder einzelne, ungeschickte Schritt sein verletztes Knie erschütterte und ihm den Atem raubte. Als er die einzelne Kammer oben erreichte, war sie leer.

Früher einmal war dies ein großartiger Raum mit eichenverkleideten Wänden und einem Sandsteinkamin an der gegenüberliegenden Wand gewesen. Doch von den Paneelen war ein großer Teil heruntergerissen und verheizt worden, und ein Teil des Kamins war in einer Kaskade aus Schutt zusammengestürzt und hatte sich über den zerstörten Holzboden verteilt. Am anderen Ende des Zimmers führte eine einfache Leiter zum Dachboden darüber. Sebastians Fuß stand auf der ersten Sprosse, als Jenny erneut schrie.

»Zurück!«, rief sie. »Ich sag's Ihnen!«

»Was machst du dummes Ding da?«, knurrte Leigh-Jones. »Geh nicht da raus! Bist du verrückt? Du wirst ausrutschen und in den Tod stürzen.«

»Ich sag's Ihnen. Bleiben Sie mir fern!«

»Du dumme Dirne! Komm wieder rein. Wenn ich dich in die Finger bekomme, das schwöre ich bei Gott, bring ich dich um!«

Sebastian hastete die Leiter hinauf und kam auf einen niedrigen Dachboden, der vom Alter, Feuchtigkeit und Verfall gezeichnet war. Durch ein gezacktes Loch im Dach sah er ein Stück vom schwarzen Himmel. Die meisten der Flügelfenster an der Giebelseite waren verschwunden; die leeren Nischen öffneten sich zur nassen, stürmischen Nacht.

Sebastian eilte zu der Öffnung und blickte auf das Dach des angrenzenden Gebäudes hinaus. Der Magistrat hatte sich den hinderlichen Herrenmantel ausgezogen und saß rittlings, wie auf einem Pferd, auf dem Dachfirst. Vorsichtig schob er sich mit dem Hintern vorwärts. Jenny Davie war ihm schon drei bis fünf Meter weit voraus. Sie war klein und leicht genug, um auf den Schindeln zu balancieren, wobei sie allerdings fast ganz vornüber gebeugt war und ihre Hände benutzte, um auf den nassen, moosigen Ziegeln das Gleichgewicht zu halten.

»Komm zurück, du verfluchte Dirne«, rief Leigh-Jones.

»Lass mich in Ruhe!« schrie sie und geriet ins Wanken, als sie das Giebelende erreichte.

Ein weiteres, kleineres Gebäude schloss sich an dieses an, aber das Dach war einen guten Meter unter ihrem Standort und stärker geneigt. Sebastian sah, wie sie näher an den Rand balancierte und dann schwankte.

»Jenny, spring nicht!«, rief er. »Bleib, wo du bist!«

Leigh-Jones ruckte zu ihm herum und starrte ihn an, sein Kinn schob sich genervt und zornig nach vorne. Jenny schrie: »Haut ab und lasst mich in Ruhe! Beide!«

Hätte sie sich auf den Bauch heruntergelassen und sich vorsichtig über die Giebelspitze hinuntergehangelt, hätte sie es vielleicht geschafft. Stattdessen richtete sie sich auf und sprang.

Sebastian hörte das Klappern zerberstender und hinunterfallender Ziegel, als sie landete, den Halt verlor und abstürzte, aus seiner Sicht hinaus. Sie stieß einen gellenden Schrei aus, und Sebastian blieb der Atem stehen. Aber irgendwie musste sie es geschafft haben, Halt zu bekommen und ihren Absturz aufzuhalten, denn er hörte sie keuchen und dann verstummen.

»Jenny!«, rief Sebastian und schwang seine Beine über die zerbrochene Fensterbank auf die Schindeln hinaus. »Halt dich fest!«

»Du verfluchter Bastard mischst dich in alles ein«, grummelte der Magistrat. Er hielt sich am First fest, und mit überraschender Behändigkeit gelang es ihm, seine Beine hochzuziehen und sich zu drehen, so dass er nun Sebastian zugewandt war. »Ich hätte Euch töten lassen sollen, als ich die Gelegenheit dazu hatte.«

»Geben Sie auf, Leigh-Jones«, sagte Sebastian und ging in eine gebückte Haltung, um seinen Schwerpunkt zu verlagern. »Sie hatten einen guten Lauf, aber das Spiel ist nun zu Ende.«

Leigh-Jones griff sich einen zerbrochen Ziegel und schleuderte ihn nach Sebastians Kopf. »Wir sehen uns in der Hölle wieder.«

Sebastian konnte den ersten beiden Ziegelstücken ausweichen; die Kante des dritten ritzte ihm in einem langen Schnitt die Stirn auf. »Gottverdammt«, fluchte er. Er machte einen weiteren Schritt vorwärts.

Und spürte, wie er mit dem Fuß durch das verrottete Dach brach.

Kapitel 59

Das einbrechende Dach ließ Sebastian zur Seite sacken. Er schnappte mit der linken Hand nach dem spitzen Schieferstein auf dem First und hielt so seinen Sturz auf. Aber nun steckte er mit dem verletzten rechten Bein fest, sein anderes Bein war in schmerzhaftem Winkel zur Seite gestreckt, und nur die eine Hand war frei.

»Sieht aus, als wärt Ihr in Schwierigkeiten, was?«, sagte Leigh-Jones und brach ein langes, gezacktes Stück aus dem Ziegel auf seiner Seite. Dann robbte er vorwärts, das spitze Schieferstück umklammerte er mit der rechten Faust wie ein Messer.

Der Wind frischte auf und wehte dicht fallende Regentropfen heran, die auf den bemoosten Schiefer fielen und Sebastian ins Gesicht stachen. Mit einem Lächeln holte Leigh-Jones aus und zielte mit seiner Waffe direkt auf Sebastians Herz.

Sebastian fuhr mit der freien Hand vor, umklammerte das Handgelenk des Untersuchungsrichters und hielt die Abwärtsbewegung der Schneide auf.

Immer noch grinsend umfasste Leigh-Jones sein rechtes Handgelenk mit der anderen Faust und legte sein ganzes Gewicht darauf. Die improvisierte Stichwaffe kam langsam näher.

Sebastian spürte das Blut bis in den Kopf hinein pochen und hörte seinen stoßweise kommenden Atem.

Warme Flüssigkeit sickerte von seiner Stirn in die Augen. Mit dem linken Stiefelabsatz kratzte er über das Schieferdach und suchte verzweifelt nach Halt. Dann gab das Dach unter seinem linken Stiefel nach, und sein Bein tauchte in die Leere darunter ein.

Kurz dachte er, das gesamte Dach würde unter seinem und dem Gewicht des Magistraten einbrechen. Dann bemerkte er, dass der First hielt und er jetzt rittlings darauf saß.

Er verlagerte das Gewicht und verschränkte die Füße unter sich. »Sie gieriger, gewissenloser Dreckskerl«, presste er zwischen zusammengebissenen Zähnen hervor und ließ mit der linken Hand den First los, um damit einen Aufwärtshaken im plumpen Gesicht des Magistraten zu landen.

Dieser schwankte nach hinten und drückte nicht mehr länger mit der Schieferklinge auf Sebastians Herzgegend. Sebastian biss die Zähne zusammen, griff mit beiden Händen nach den Handgelenken des Untersuchungsrichters und trieb die tödliche Klinge direkt in Leigh-Jones' Leib hinein.

Er sah, wie der Magistrat die Augen aufriss und seine Wangen sich in einer Mischung aus Schock und Wut aufpusteten. Dann rutschte er seitwärts, und die Schieferziegeln zerbrachen, das schwache Gebälk zerbarst, als sein schwerer Leib immer schneller nach unten strebte. Er riss die Arme hoch und scharrte verzweifelt mit den Fingern nach Halt. Aber seine Wucht war zu groß. Er rutschte zum Rand des Daches und stürzte hinunter ins Leere.

Er stieß einen gellenden Schrei aus, der von dem dumpfen Aufprall seines Körpers auf dem Kopfsteinpflaster weit unten abrupt beendet wurde.

Sebastian, der immer noch heftig keuchte, wischte sich mit dem Unterarm Blut und Schweiß aus dem Gesicht. Dann löste er die Fußgelenke, verlegte sein gesamtes Gewicht sorgfältig auf die Hände und befreite sich aus den beiden Löchern, die er in dem baufälligen Dach hinterlassen hatte.

»Jenny!«, rief er und bewegte sich vorsichtig Zentimeter um Zentimeter zum Rand des Gebäudes.

Nun konnte er sie sehen. Sie lag mit dem Gesicht nach unten am Rand des unteren Dachs. Ihre Hemden und Unterröcke hatten sich in einer zerrissenen, aufgewirbelten Wolke um sie herum ausgebreitet.

»Halt dich fest«, sagte er und ließ sich vorsichtig auf das kleinere, steilere Dach hinunter. »Ich bin hier, um dir zu helfen.«

Er umklammerte mit einem Arm den Backsteinschornstein, der an der Verbindungsstelle der beiden Gebäude hinaufwuchs, und lehnte sich so weit vor, wie er es wagte, um die Hand nach dem Mädchen auszustrecken, das sich am Dachrand festhielt. Aber er konnte sie nicht erreichen.

»Nimm meine Hand«, forderte er sie auf und hoffte, dass der Schornstein ihrer beider Gewicht halten würde.

»Warum sollt ich Euch trauen?«, rief sie, und der tosende Wind trug ihre Stimme fort.

»Weil ich, wenn ich nur den Diamanten wollte, dich verflucht noch mal von diesem verdammten Dach würde fallen lassen und den vermaledeiten Stein einfach an deiner Leiche suchen würde. Deshalb.«

Sie blieb still liegen, in ihrem weißen Gesicht lagen Schrecken und Unentschlossenheit. Dann streckte sie ganz langsam eine zitternde Hand in seine Richtung.

Kleine, klauenartige Finger umklammerten seinen Arm. Sebastian schlang die Hand um ihr Handgelenk und sagte sanft: »Ich hab dich. Jetzt musst du nur langsam zu mir klettern.«

Sie arbeitete sich zentimeterweise das steile, feuchte Dach hinauf. Der Wind riss an ihren Röcken, der Regen fiel in Strömen. Einmal brach ein Stück von einer Schieferschindel unter ihrem Fuß ab und trudelte in die Dunkelheit unter ihnen. Sie wimmerte leise, kletterte aber weiter.

Als sie dicht genug heran war, veränderte er seinen Griff am Schornstein und zog sie zu sich. Sie saßen Seite an Seite, den Rücken an den rauen Backstein des Schornsteins gelehnt. Der Atem schnitt ihnen in die Brust, und der Wind peitschte ihnen den kalten Regen in die Gesichter.

Nach einer Weile schluckte sie mühsam und fragte: »Wie kommen wir hier runter?«

Sebastian sah sie an und grinste. »Ganz vorsichtig.«

Kapitel 60

Sonntag, 27. September

Auf Sir Henry Lovejoys Schreibtisch stand ein mit Samt ausgekleidetes Kästchen. Darin lag glitzernd und atemberaubend schön der saphirblaue Diamant.

Sir Henry betrachtete ihn eine ganze Weile stirnrunzelnd, dann hob er den Blick zu Sebastian. »Seid Ihr sicher, dass Ihr das Schmuckstück nicht lieber selbst Mr Hope zurückgeben wollt?«

»Ich denke nicht.«

Sir Henry räusperte sich. »Und diese junge Frau, von der Ihr mir berichtet habt, die den Diamanten aus Eislers Haus mitgenommen hat – wie war ihr Name gleich?«

Sebastian behielt seine Gesichtszüge sorgsam unter Kontrolle. »Jenny.«

»Nur Jenny?«

»Ich fürchte ja.«

»Verstehe. Und sie ist in die Nacht verschwunden, bevor Ihr sie erkennen konntet, sodass sie für den Diebstahl zur Rechenschaft gezogen werden könnte?«

»Ganz recht.«

Sir Henry ging zum Fenster und blickte auf die morgendlich belebte Bow Street hinaus. »Ihr sagt also, dass Major Wilkinson Eisler erschossen hat, Bertram Leigh-

Jones jedoch Jacques Collot getötet hat, weil der Franzose herausgefunden hatte, dass Leigh-Jones für Napoleon arbeitete?«

»Ja.«

»Und Leigh-Jones hat Jud Foy im Wesentlichen aus dem gleichen Grund getötet – damit sein heimliches Interesse am Verbleib des Diamanten unbekannt bleiben sollte?«

»Deshalb; aber auch, damit er die Beweismittel bei Foys Leichnam platzieren konnte, um es so aussehen zu lassen, als hätte der Grenadier Eisler ermordet.«

»Aber Leigh-Jones hatte doch schon starke Indizien gegen Yates.«

Sebastian zuckte die Achseln. »Nachdem Leigh-Jones herausgefunden hatte, dass Yates nicht der Mörder war, befürchtete er wohl, dass die Beweislast gegen Yates in sich zusammenfallen könnte. Und das Letzte, was Leigh-Jones wollte, war neu aufbrandendes Interesse an diesem Mord.« Sebastian hatte auch den nagenden Verdacht, dass Leigh-Jones unter Druck von Jarvis stand, Yates zu entlassen, doch diese Möglichkeit behielt er für sich.

»Ja, das ergibt alles Sinn«, sagte Sir Henry nach einem Augenblick. »Aber ohne Zeugenaussage der jungen Frau muss Eure Erklärung zu den Geschehnissen, die sich wahrscheinlich in der Mordnacht vollzogen haben – auch wenn sie plausibel ist – unbewiesen bleiben. Deshalb sehe ich keinen Anlass, eine Untersuchung, die bereits offiziell beendet wurde, erneut aufzunehmen.« Er hielt inne und sah über die Schulter, eine Augenbraue hochgezogen. »Es sei denn natürlich, Ihr wisst, wo die junge Frau zu finden ist.«

Sebastian schüttelte den Kopf. »Nein, tut mir leid.«

Das zumindest entsprach der Wahrheit. Er sah keinen Grund, anzuführen, dass seine Unkenntnis durchaus gewollt war oder dass Hero sehr wohl wusste, wo Jenny Davie Unterschlupf gefunden hatte.

»Wie unglücklich.« Sir Henry fuhr mit dem Daumen und Zeigefinger seine Uhrenkette entlang, während er auf der Innenseite seiner Unterlippe herumkaute. »Man hat sich vom Palast aus an mich gewandt. Wie es scheint, haben die Ratgeber des Prinzen beschlossen, dass die Öffentlichkeit besser ohne das Wissen weiterlebt, dass ein bekannter Londoner Untersuchungsrichter für den Imperator Napoleon gearbeitet hat. Deshalb wird man die Menschen darüber informieren, Leigh-Jones wäre bei der Festnahme eines gefährlichen französischen Agenten getötet worden.«

»Wie geht es dem gefährlichen französischen Agenten inzwischen?«

»Er lebt noch, aber wohl nicht mehr lange. Das Bewusstsein hat er nicht wiedererlangt.« Sir Henry zögerte, dann fuhr er fort: »Leigh-Jones bekommt eine Heldenbestattung. Es ist sogar die Rede davon, dass der Prinz selbst anwesend sein wird.«

»Wie ... paradox.«

»In der Tat. Aber notwendig.«

»Ich möchte wissen, wie lange er schon für die Franzosen gearbeitet hat.«

»Wenn sein Konto einen Hinweis gibt, dann würde ich sagen, schon eine ziemliche Weile. Man fragt sich, wie viele andere wie ihn es da draußen gibt, nicht wahr? Menschen, die bekannt und angesehen sind, deren Loyalität jedoch ganz woanders liegt.«

»Ich schätze, wir werden es nie erfahren«, sagte Sebastian und drehte sich leicht hinkend zur Tür um.

»Lord Devlin ...«

Sebastian hielt inne und sah zu ihm zurück.

»Mein Beileid zum Tod Eures Freundes.«

Sebastian nickte, wagte aber nicht, darauf etwas zu sagen.

***

Sebastian verließ die Bow Street und fuhr zur südwestlichen Spitze des Hyde Park. Als er dort war, überließ er die Pferde Toms Obhut und schritt durch das hohe Gras zu dem Kanal, in dessen Nähe Rhys Wilkinsons Leichnam gefunden worden war.

Der nächtliche Regen war schwer gewesen, hatte das lange Gras durchnässt und die letzten, vom Frost verfärbten Blätter von den umstehenden Bäumen geschlagen. Die Einsamkeit, die hier herrschte, konnte tief in einen Mann einsickern und eine sehnsuchtsvolle Melancholie auslösen, die zu dem weißen, leeren Himmel, dem dürren Geäst und den geisterhaften Rufen der Gänse passte, die sich von der Wasseroberfläche über den Kanal erhoben. Er stand eine lange Weile neben dem frostüberzogenen Schilf, den Blick auf das flache, zinnfarbene Wasser gerichtet. Er dachte an den lachenden, draufgängerischen Offizier von einst und an die Verzweiflung, die Rhys empfunden haben musste, als er zum letzten Mal auf diese Szenerie hinausgeblickt hatte.

Sebastian schüttelte das Bild ab und begann, am Kanal zu wandern, wobei er kreuz und quer gehen musste. Den Blick hielt er auf den kalten, nassen Matsch gerichtet, der zu seinen Füßen im Schilf nach oben quatschte. Er wusste, dass Lovejoys Wachtmeister hier bereits gesucht hatten, vermutete aber, dass sie nur halbherzig bei der Sache gewesen waren, da ihre Erklärung für den Tod des invaliden Offiziers bereits auf einen Herzinfarkt oder Herzversagen hinausgelaufen war.

Es dauerte einige Minuten, doch dann fand er, wonach er suchte: eine hellblaue, gut zehn Zentimeter große Flasche. Der Korken war verschwunden, doch das dunkle, gelbe Etikett war noch weitgehend unversehrt. Darauf stand *Laudanum. Gift.* Er bückte sich, um die Flasche aufzuheben. Das schlammige Wasser platschte kalt gegen seine Finger, als er sie um die Flasche schloss, die jetzt leer war bis auf einen schwachen, rotbraunen Rest auf einer Seite am Bodenrand.

Man konnte nicht wissen, wie lange sie hier schon gelegen hatte; eine Stunde, einen Tag, eine Woche? Sie ließ tausend Schlüsse zu, bewies aber nichts. Sebastian umschloss das dicke Glas mit der Faust und bemerkte, wie unerwartet nackte Wut in ihm aufwallte. Er zog den Arm zurück und warf die Flasche weit in den Kanal hinaus.

Mit einem Platschen landete sie und versank dann rasch. Sebastian blieb stehen und sah zu, bis das aufgewühlte Wasser wieder still dalag.

Dann drehte er sich um und ging davon.

***

»Machst du ihm einen Vorwurf für das, was er getan hat?«, fragte Hero.

Sie saß in ihrem Zimmer im Armsessel neben dem Kamin, Sebastian auf dem Teppich neben ihr. »Wilkinson meinst du?« Er lehnte den Hinterkopf an ihr Knie und atmete tief ein. »Ich bin immer noch nicht davon überzeugt, dass er mit der Absicht zu Eisler gegangen ist, ihn zu töten. Er könnte auch einen anderen Plan gefasst haben.«

»Eine Möglichkeit, der Katze eine Glocke umzubinden, um sie zu verbimmeln?«

»Vielleicht. Aber dann hat sich alles anders entwickelt – wie es unglücklicherweise so oft geschieht.«

»Und dann hat er sich umgebracht«, sagte sie ruhig. »Um seiner Familie die Schande der Verhandlung zu ersparen und um seiner Frau und seinem Kind die Chance auf ein besseres Leben ohne ihn zu geben.« Er spürte ihre Finger, die mit den Locken in seinem Nacken spielten. »Wir kümmern uns nicht gut um die Männer, von denen wir verlangen, dass sie ihr Leben und ihre Gesundheit für uns aufs Spiel setzen, nicht wahr? Wir nutzen sie aus, und wenn sie für uns nicht mehr von Wert sind, werfen wir sie weg.«

»König George befiehlt, wir folgen ihm««, zitierte Sebastian. »Über die Hügel in weite Fernen hin.«« Er drehte sich zu ihr um und legte ihr die Hände auf den schwellenden Bauch. »In letzter Zeit frage ich mich oft, wie die Welt sein wird, wenn sie heranwächst.«

»Er«, sagte Hero fest.

Sebastian lachte. »Du bist dir sicher, oder?«

Sie verzog die Lippen zu einem Lächeln, und er dachte, dass sie nie schöner ausgesehen hatte. »Ja.«

Anmerkungen der Autorin

Der Diebstahl der französischen Kronjuwelen aus dem Garde-Meuble in Paris im September 1792 lief im Wesentlichen so ab, wie er hier beschrieben ist, wobei allerdings die Verwicklungen von Danton und Roland zwar vermutet, aber nie bewiesen worden sind. Napoleons Entschlossenheit, die französischen Kronjuwelen wieder zusammenzutragen und auch die Skrupellosigkeit, die er dabei an den Tag legte, waren ebenfalls real. Die Identifikation des Hope-Diamanten als der neu geschliffene French Blue ist heutzutage allgemein akzeptiert. Ein alter Bleiabguss des French Blue mit einem Schild, auf dem steht, dass er »Mr Hoppe aus London« gehörte, wurde kürzlich in Paris im französischen Museum für Nationalgeschichte in einer Schublade gefunden. Er war 1850 von einem Nachkommen der Familie Archard gestiftet worden. Interessanterweise war Charles Archard ein enger Bekannter der Hopes und zugleich einer der Edelsteinschleifer, die Napoleon beauftragt hatte, die französischen Kronjuwelen wieder zusammenzutragen. Wie Hope den Diamanten erworben hat, ist nicht bekannt; es existieren jedoch viele Thesen dazu. Ich habe mich für diejenige entschieden, die sich am besten in meine Geschichte einfügt. Es ist bedeutsam, dass Napoleon, der sicherlich mehr als unsereins über die Geschehnisse im September 1792 wusste, immer glaubte, der Herzog von Braunschweig, englisch: Duke of Brunswick, (Vater von Caroline, Prinzessin von Wales) wäre mit dem Diamanten bestochen worden, Paris nicht anzugreifen. Darüber hinaus gibt es auch beträchtliche Indizien dafür, dass Brunswick seine Juwelen seiner Tochter Caroline schickte, als sein Herzogtum von Napoleon bedroht wurde, und dass sie sie nach seinem Tode veräußert hat.

Hope and Co. geriet infolge des Krieges tatsächlich in finanzielle Schwierigkeiten und wurde 1813 an Barings verkauft.

Der umgeschliffene blaue Diamant tauchte kurzzeitig im September 1812 in London auf, exakt zwanzig Jahre nach seinem ursprünglichen Diebstahl, als ein Edelsteinschleifer der Hugenotten namens Francillon einen Verkaufsprospekt für einen Londoner Diamantenhändler namens Daniel Eliason entwarf. Da dieser Gentleman nicht eines gewaltsamen Todes starb (und meines Wissens keineswegs dem grässlichen Menschen ähnelte, den ich hier gezeichnet habe), habe ich seinen Namen zu Daniel Eisler geändert und ihn zu meinem Mordopfer erkoren. Was nach September 1812 mit dem Diamanten passiert ist, ist nicht bekannt; es gibt allerdings beträchtliche Indizien dafür, dass der Prinzregent ihn erworben und bis zu seinem Tod 1830 in Besitz hatte. Zu dem Zeitpunkt ist er wieder im Besitz von Henry Philip Hope aufgetaucht, der sich allerdings immer weigerte, seine Herkunft zu enthüllen.

Zahlreiche Bücher wurden über die Geschichte von Hopes Diamanten geschrieben, von denen wohl die nützlichsten und aktuellsten Patchs *Blue Mystery*, Kurins *Hope's Diamond* und Fowlers *Hope: Adventures of a Diamond* sind.

Blair Beresford habe ich erfunden. Die Heirat zwischen Thomas Hope und Louisa de la Poer Beresford war jedoch weitgehend wie hier beschrieben. Nach Hopes Tod heiratete sie ihren Cousin, William Carr Beresford, den illegitimen Sohn ihres Onkels, des Marquess of Waterford. Er war General unter Wellington und wurde schließlich zum Viscount Beresford erhoben. Interessanterweise war er der verantwortliche Hauptmann für den nicht autorisierten, desaströsen Angriff auf die Region des River Plate in Argentinien, der in »Das Schweigen von Mayfair« eine Rolle gespielt hat.

Die Walcheren-Expedition und das tödliche Fieber danach sind ebenfalls real.

Auch das Grimoire, das unter dem Titel *Der Schlüssel Salomos* bekannt ist, ist echt. Wahrscheinlich wurde es im vierzehnten oder fünfzehnten Jahrhundert geschrieben und wurde sehr bekannt, obwohl es lange Zeit nur in handschriftlichen Ausgaben existierte, bis es erst im späten neunzehnten Jahrhundert gedruckt wurde. Im neunzehnten Jahrhundert gab es tatsächlich einen enormen Aufschwung für Grimoires oder Zauberbücher. Die meisten davon, die bekannt geworden sind, stammen aus der Renaissance, und zwar aus den Gründen, die Abigail McBean Hero auseinandersetzt.

Londons lebendige Schwulenszene im Untergrund sowie die dazugehörige Gefahr der Entdeckung und Verfolgung war im Wesentlichen so, wie es hier beschrieben ist, wenn auch noch lebhafter im achtzehnten Jahrhundert als im neunzehnten.

Die Schwarzen Braunschweiger (Black Brunswickers) waren ein Freiwilligenkorps, das der Bruder von Princess Caroline, Herzog Friedrich Wilhelm, ins Leben gerufen hatte, nachdem die Franzosen sein Herzogtum besetzt hatten, um in den napoleonischen Kriegen zu kämpfen.

Das Leben der Straßenkehrer auf Londons Kreuzungen war so, wie es hier beschrieben ist. Die biografischen Porträts im Buch beruhen in groben Zügen auf denjenigen, die Henry Mayhew aufgezeichnet hat. Mayhews Arbeit, die Mitte des Jahrhunderts erschien, ist auch die Inspiration für die Artikelsammlung, an der Hero schreibt. Einige der Straßenfeger gingen nach Einbruch der Dunkelheit tatsächlich zum Haymarket und unterstützten dort Gentlemen in Kutschen bei der Suche nach Mädchen.

Die Abtei St Saviour in Bermondsey, Southwark, war zu Beginn des neunzehnten Jahrhunderts fast vollständig verschwunden. Außer der Kirche für die Gläubigen (die heute noch steht) sind alle anderen Überreste zwischen 1804 und 1812 verschwunden. Da über den genauen Zeitpunkt der Zerstörung des Torhauses und der angrenzenden Gebäude Unstimmigkeit herrscht, habe ich mir die Freiheit genommen, diese Gebäude in der Geschichte zu verwenden.